EL CIELO DE PIEDRA

EL CIELO DE PIEDRA

N. K. JEMISIN

Traducción de David Tejera Expósito
Galeradas revisadas por Antonio Torrubia

NOVA

Papel certificado por el Forest Stewardship Council®

Título original: *The Stone Sky*

Primera edición: enero de 2019

© 2017, N. K. Jemisin
© 2010, N. K. Jemisin por el extracto de
Los cien mil reinos
© 2015, Delores S. Dawson, por el extracto de
Wake of Vultures
© Tim Paul, por los mapas
© 2019, Penguin Random House Grupo Editorial, S. A. U.
Travessera de Gràcia, 47-49. 08021 Barcelona
© 2019, David Tejera Expósito, por la traducción

Printed in Spain – Impreso en España

ISBN: 978-84-17347-30-7
Depósito legal: B-23.084-2018

Compuesto en Comptex&Ass., S. L.

Impreso en Black Print CPI Ibérica
Sant Andreu de la Barca (Barcelona)

NV 47307

Penguin
Random House
Grupo Editorial

A los que habéis sobrevivido: respirad. Así se hace.
Una vez más. Bien. Estáis bien.
Y, aunque no lo estéis, estáis vivos.
Consideradlo una victoria.

Prólogo

Yo, cuando era yo

Nos quedamos sin tiempo, mi amor. Terminemos con el final del mundo, ¿te parece? Sí. Vamos allá.

Aun así, es extraño. Mis recuerdos son como insectos fosilizados en ámbar. Vidas congeladas, antaño olvidadas y que rara vez están intactas. A veces solo soy capaz de ver una pata; otras, un ala membranosa; otras, la parte inferior del abdomen... La imagen al completo es algo que hay que deducir de dichos fragmentos y termina por ser un borrón que se cavila entre hendiduras sucias y aserradas. Cuando entrecierro los ojos y me concentro en los recuerdos, veo caras y acontecimientos que deberían significar algo para mí, y tienen sentido, pero... también es cierto que no lo tienen. La persona que los contempló de primera mano soy yo, pero, al mismo tiempo, no soy yo.

En dichos recuerdos era otra persona, de igual manera que la Quietud era un mundo diferente. Antes y ahora. Tú y tú.

Antes. Este mundo estaba formado por tres masas de tierra, que se encontraban casi en la misma posición que lo que más tarde se conocería como la Quietud. Las continuas Estaciones terminarían por crear más hielo en los polos, reducir el nivel del mar y hacer que lo que llamas «Árticas» y «Antárticas» fuese mayor y más frío. Pero eso fue antes...

... ahora, siento que el ahora es lo que yo recuerdo como antes. A eso me refería cuando te dije que era extraño...

Ahora, en esta época antes de la Quietud, los lejanos norte y sur son buenas tierras de labranza. Lo que llamas las Costeras occidentales son, en su mayor parte, pantanos y bosques pluviales que se marchitarán durante el próximo milenio. Parte de las Normelat aún no existe y se creará con los efluvios volcánicos a lo largo de miles de años de erupciones intermitentes. ¿Y el lugar que se convertirá en Palela, tu hogar? No existe. Tampoco se puede decir que las cosas hayan cambiado mucho, pero es que ese ahora del que hablo es muy reciente a nivel tectónico. Cuando afirmo que «es el fin del mundo» recuerda que suele ser mentira. Al planeta no le pasa nada.

¿Cómo llamamos a ese mundo olvidado, ese ahora, en lugar de la Quietud?

Primero, déjame hablarte de una ciudad.

Es una ciudad mal construida si nos ceñimos a tus patrones. Se extiende de una manera que ninguna comu moderna podría permitirse, ya que requeriría muchos kilómetros de muros. Y las afueras más alejadas de esta ciudad han quedado divididas por ríos y otros accidentes de la orografía para formar urbes adicionales, de igual manera que el moho se divide y se extiende por superficies de tierra fértil. Demasiado hacinados, pensarás. Un territorio demasiado solapado; unas ciudades en expansión con su nociva prole que están demasiado conectadas y que no podrían sobrevivir por su cuenta si perdieran el contacto con el resto.

En ocasiones, esas ciudades inmaduras cuentan con sobrenombres locales, sobre todo en aquellos lugares en los que tienen un tamaño o una antigüedad suficiente como para haber alumbrado por su cuenta otras de esas ciudades inmaduras, pero es algo insustancial. La manera en que percibes la forma en que se conectan es certera: tienen la misma infraestructura, la misma cultura, los mismos anhelos y los mismos temores. Cada ciudad es igual que el resto de ciudades. De hecho, todas las ciudades son la misma ciudad. En este mundo, en este ahora, la ciudad se llama Syl Anagist.

¿Eres capaz de llegar a comprender de lo que es capaz una nación, hija de la Quietud? La Antigua Sanze al completo cuando unió por fin los fragmentos de cientos de civilizaciones que habían vivido y perecido entre el antes y el ahora no sería nada en comparación. Tan solo un grupo de ciudades-estado paranoicas y comunidades que a veces estarían de acuerdo en compartir cosas con la esperanza de sobrevivir. Ay, las Estaciones estaban a punto de reducir el mundo a unas fantasías tan miserables.

Aquí, ahora, esas fantasías no tienen límite. Los habitantes de Syl Anagist dominan las energías de la materia y su composición, han moldeado la propia vida a su antojo, han explorado tanto los misterios del cielo que se han aburrido de él y vuelto a centrarse en el suelo que yace bajo sus pies. Y Syl Anagist está viva, vaya si lo está: el ajetreo de las calles, un comercio interminable y edificios que a tu mente le costaría identificar como tal. Esos edificios cuentan con paredes de celulosa estampada que son difíciles de distinguir debajo de las hojas, el musgo, la hierba y los racimos de frutas o de tubérculos. En algunas azoteas ondean banderolas que en realidad son flores fúngicas inmensas y desplegadas. En las calles pululan cosas que quizá no fueses capaz de reconocer como vehículos hasta que descubrieras que sirven para viajar y como medios de transporte. Algunas de ellas caminan sobre patas como artrópodos gigantescos. Otras son poco más que unas plataformas abiertas que se deslizan sobre un colchón formado por la transferencia de energía... Bueno, eso tampoco lo entenderías. Solo te diré que esos vehículos flotan unos pocos centímetros sobre el suelo. No hay animales que tiren de ellos. Tampoco los alimentan ni el vapor ni ningún otro tipo de combustible. Si algo, ya sea una mascota o un niño, pasa por debajo, deja de existir por un instante y luego aparece al otro lado sin haber reducido la velocidad, ni consciente de lo ocurrido. Nadie considera que aquello se pareciese a la muerte.

Hay algo en el lugar que seguro reconoces, algo que sobresale de su núcleo. Se trata del objeto más alto y brillante en kilómetros a la redonda, y todo camino y vía está conectado a él de una forma u otra. Es tu viejo amigo, el obelisco de amatista. No flota; aún no. Está posado, no del todo inactivo, en la hendidura. De vez en cuando late de una manera que te recordaría a Allia. Es un latido más saludable que aquel, pues el de amatista no está dañado y moribundo como el granate. Aun así, si dicho parecido hace que te estremezcas, es una reacción de lo más normal.

A lo largo y ancho de las tres extensiones de tierra yace un obelisco en el centro de todos los lugares en los que hay un nódulo de Syl Anagist del tamaño suficiente. Salpican la superficie del mundo como doscientas cincuenta y seis arañas posadas en doscientas cincuenta y seis telas de araña, dan energía a cada una de las ciudades y, al mismo tiempo, también reciben energía.

Podrías considerarlas telarañas de vida. Como bien habrás visto, la vida es sagrada en Syl Anagist.

Ahora, imagina que alrededor de la base del de amatista hay un complejo de edificios. No se parecerá en nada a ninguna cosa que seas capaz de imaginar, pero imagina algo bonito y ya está. Ahora céntrate en uno en concreto, ese que se encuentra en el extremo sudoeste del obelisco, el que está sobre un montículo inclinado. En las ventanas de cristal del edificio no hay barrotes, pero figúrate que el material blanquecino está cubierto por una capa algo más oscura de tejido. Son nematoquistes, una manera muy popular de proteger las ventanas de contactos indeseados, y solo se encuentran en la cara externa, para evitar la entrada a los intrusos. Escuece, pero no mata. (La vida es sagrada en Syl Anagist.) En el interior, no hay guardas en las puertas. Da igual, porque los guardas son ineficaces. El Fulcro no es la primera institución que ha aprendido una de las grandes certezas de la especie humana: los guardas no son necesarios cuando eres capaz de convencer a los demás de que colaboren por voluntad propia.

Dentro de esa bonita prisión hay una celda.

No lo parece, lo sé. Hay un mueble de factura impecable que quizá llamarías sillón, aunque no tiene respaldar y está formado por una serie de piezas modulares. Los demás muebles son cosas normales que sí reconocerías; todos los pueblos necesitan sillas y mesas. A través de la ventana se ve un jardín sobre la azotea de uno de los otros edificios. A esa hora del día, el jardín recibe la luz del sol que atraviesa el gran cristal, y las flores que crecen allí se han plantado y cuidado con ello en mente. La luz púrpura baña los caminos y los parterres, y las flores parecen brillar con luz tenue al reaccionar con el color. Algunas de esas pequeñas luces que emanan de las flores titilan, y por eso el jardín centellea como el cielo nocturno.

Hay un niño que mira esas flores centelleantes a través de la ventana.

En realidad, se trata de un joven. Parece adulto de una manera superficial, de una manera algo intemporal. Tiene una apariencia maciza pero no fornida. Tiene la cara ancha y redonda, con la boca pequeña. Es del todo blanco: su piel incolora, su pelo incoloro, sus ojos geliris, sus prendas de factura elegante. Todo en la estancia es blanco: los muebles, las alfombras, el suelo debajo de las alfombras. Las paredes son de celulosa descolorida y no hay nada que crezca en ellas. El único lugar del que emana algo de color es la ventana. Dentro de ese espacio estéril, a la luz púrpura que se refleja en el exterior, el chico es lo único que parece estar vivo.

Sí, ese chico soy yo. La verdad es que no recuerdo su nombre, pero sí que recuerdo que tenía muchas letras, por el óxido. Vamos a llamarlo Houwha, la misma fonética rodeada de todo tipo de letras mudas que ocultan otros significados. Se parece lo suficiente, y simboliza muy bien...

Vaya. Estoy más enfadado de lo que debería. Qué fascinante. Vamos a cambiar de tema, pasemos a uno menos peligroso. Volvamos al ahora que será, a un lugar muy diferente de aquel donde nos encontramos.

Estamos en el ahora de la Quietud, y las reverberaciones de la Hendidura no han dejado de repetirse. El lugar donde nos encontramos no es exactamente la Quietud, sino una caverna justo encima de la cámara magmática principal de un volcán enorme y antiguo. Podría decirse que es el núcleo del volcán, si lo prefieres y te gustan las metáforas. Si no, se trata de una vesícula oscura, profunda e inestable en medio de la roca que apenas se ha enfriado después de los miles de años transcurridos desde que el Padre Tierra la eructó. Me encuentro dentro de dicha caverna, fundido en parte con un montículo de roca para así tener más conciencia de la más mínima perturbación o de las grandes deformaciones que pronostican un derrumbamiento. No necesito hacerlo. Hay ciertos procesos imparables que no tienen nada que ver con lo que he hecho aquí. Pero sé lo que es estar solo cuando estás confundido, aterrado e inseguro de lo que sucederá a continuación.

No estás sola. Nunca lo estarás, a menos que así lo desees. Sé lo que es importante aquí, en el fin del mundo.

Ah, amor mío. Un apocalipsis es algo relativo, ¿verdad? Que la tierra se quiebre es un desastre para la vida que depende de ella, pero no tanto para el Padre Tierra. Cuando un hombre muere, debería ser un acontecimiento devastador para la niña que en algún momento lo llamaba padre, pero se convierte en algo irrelevante cuando la han llamado monstruo tantas veces que se reconoce en dicho término. Cuando un esclavo se rebela, apenas tiene importancia para las personas que leen sobre ello a posteriori. No son más que meras palabras en una mera página de papel ajado que se ha deshecho debido a la erosión de la historia. («Erais esclavos, ¿y qué?», susurran. Como si fuese irrelevante.) Pero las personas que sobreviven a una rebelión de esclavos, los que dan por hecho el control que ejercen sobre ellos hasta que se vuelve en su contra cuando menos se lo esperan, y los que prefieren ver el mundo arder antes que tener que soportar un minuto más en «esa situación»...

No es una metáfora, Essun. Ni tampoco una hipérbole. Vi el mundo arder. No me interesan los espectadores inocentes, el sufrimiento inmerecido o la venganza insensible. Cuando se construye una comu sobre una falla geológica, ¿les echas la culpa a los muros cuando estos se derrumban sin remedio sobre la gente que vive en el interior? No. A quien culpas es al estúpido irresponsable que creyó que podía desafiar por siempre las leyes de la naturaleza. Pues algunos mundos se construyen sobre una falla de dolor, sobre pesadillas. No te lamentes cuando esos mundos queden destruidos. Enfurécete porque estuviesen condenados desde el momento en el que los construyeron.

Ahora te voy a contar la manera en la que quedó destruido ese mundo, Syl Anagist. Te diré cómo llegó a su fin o, al menos, cómo quedó tan destrozado como para que tuviese que empezar de nuevo y reconstruirse desde cero.

Te diré cómo abrí el Portal, cómo desvié la Luna y cómo sonreía mientras lo perpetraba.

Y te contaré con todo detalle cómo, más tarde, a medida que la muerte se cernía sobre nosotros, susurré:

«Se acabó.»

«Se acabó.»

Y la Tierra me respondió también entre susurros:

«Arded.»

1

Tú, despiertas y sueñas

Ahora. Recapitulemos.

Eres Essun, la única orogén con vida que ha sido capaz de abrir el Portal de los Obeliscos. Nadie esperaba que te aguardase un destino tan esplendoroso. Perteneciste al Fulcro, pero nunca tuviste una carrera tan meteórica como Alabastro. Eras una feral a la que encontraron sola, y eras única porque tenías unas capacidades innatas superiores a las de muchos orogratas nacidos de manera fortuita. Aunque empezaste bien, no tardaste en estancarte, por ninguna razón aparente. Sencillamente, no tenías el ansia por innovar ni el deseo de destacar, o de eso se lamentaban los instructores de puertas adentro. Eras demasiado rápida para ajustarte al sistema del Fulcro. Te limitaba.

Lo cual es bueno, ya que de lo contrario no te habrían enviado a esa misión con Alabastro. Ese hombre les asustaba, vaya por el óxido si lo hacía. Pensabas... pensaban que tú eras una de las seguras, una vez te dominaran y te entrenaran para obedecer, que no destruirías una ciudad por accidente. Acertaron de pleno, ¿verdad? ¿Cuántas ciudades llevas destruidas ya? Una de ellas, casi a propósito. Las otras tres han sido accidentes, pero ¿acaso importa? A los muertos, seguro que no.

A veces sueñas con que no has hecho nada. Con que no has agitado el obelisco granate en Allia y, en lugar de ello, contemplas cómo unos niños negros felices juegan entre las olas de una playa de arena negra mientras tú te desangras por culpa del cuchillo de un Guardián. Con que Antimonio no te ha llevado a Meov, sino que en lugar de eso has vuelto al Fulcro para dar a luz a Corindón. Lo habrías perdido después del parto y nunca habrías estado con Innon, pero tal vez ambos siguieran vivos. (Bueno. Todo lo «vivo» que podría estar Corin si lo hubiesen llevado a un nódulo.) Pero de ser así nunca habrías vivido en Tirimo, nunca habrías dado a luz a Uche para que muriese a manos de su padre, nunca habrías criado a Nassun para que la raptase su padre, nunca habrías acabado con los que eran tus vecinos cuando intentaron matarte. Se habrían salvado muchas vidas si te hubieses quedado en tu celda. O muerto cuando te hubiese llegado la hora.

Aquí y ahora, libre desde hace mucho de las restricciones formales impuestas por el Fulcro, te has vuelto muy poderosa. Has salvado a la comunidad de Castrima a cambio de sacrificar la propia Castrima, un pequeño precio que pagar comparado con la sangre que habría derramado el ejército enemigo en caso de haber vencido. Has conseguido la victoria después de desencadenar la energía concatenada de un mecanismo arcano más antiguo que la (tu) historia escrita y, como eres quien eres, al conseguir dominar dicho poder acabaste con la vida de Alabastro Decanillado. No querías hacerlo. Sospechabas que él sí quería que lo hicieras. Sea como fuere, está muerto, y esta cadena de acontecimientos te ha convertido en la orogén más poderosa del planeta.

También significa que ese calificativo de «más poderosa» acaba de adquirir una fecha de caducidad, porque te ha empezado a ocurrir lo mismo que a Alabastro: te estás convirtiendo en piedra. Por ahora, solo tu brazo derecho. Podría ser peor. Será peor la próxima vez que abras el Portal o incluso la próxima vez que uses mucha de esa plata no orogénica que Alabastro llamaba magia. Pero no tienes elección. Tienes un trabajo que hacer, cortesía del propio Alabastro y de esa facción indeterminada de los comepiedras que, en silencio, han intentado que concluya la guerra ancestral entre la vida y el Padre Tierra. Tu trabajo es el más sencillo de los dos, o eso crees. Solo tienes que atrapar la Luna.

Sellar la Hendidura de Yumenes. Reducir el impacto que se espera de la Estación actual de miles o millones de años a algo más manejable, algo que otorgue una oportunidad de sobrevivir a la especie humana. Terminar para siempre con las quintas estaciones.

Pero ¿qué quieres hacer tú? Pues encontrar a Nassun, tu hija. Arrebatársela al hombre que asesinó a tu hijo y la ha arrastrado por medio mundo en medio del apocalipsis.

Al respecto, tengo buenas y malas noticias. Pero en breve hablaremos de Jija.

En realidad no estás en coma. Eres la pieza clave de un sistema complejo que acaba de experimentar un gigantesco y descontrolado flujo total concatenado al iniciarse y luego un apagado de emergencia con poco tiempo para enfriarse, lo que ha creado una fase de resistencia arcanoquímica con respuesta mutagénica. Necesitas tiempo para... reiniciarte.

Esto significa que no estás inconsciente. Es más parecido a un periodo de vigilia, para que lo entiendas mejor. En cierto modo, eres consciente de las cosas. De los balanceos y de los empellones ocasionales. Alguien te mete comida y agua en la boca. Por suerte, tienes la capacidad suficiente para masticar y tragar, ya que una carretera cubierta de ceniza en el fin del mundo es un mal sitio para llevar una sonda nasogástrica. Unas manos te visten y hay algo que se ciñe a tus caderas: un pañal. También es un mal lugar y un mal momento para eso, pero tienes a alguien que te cuida, y no te importa. No sientes hambre ni sed antes de que te proporcionen ese sustento, y tampoco se puede decir que tus deposiciones te aporten alivio alguno. La vida sigue, pero no necesita hacerlo con tanto entusiasmo.

Poco a poco, los periodos de conciencia y de sueño se vuelven más pronunciados. Hasta que un día abres los ojos y ves el cielo que tienes sobre ti. Te balanceas hacia delante y hacia atrás. En ocasiones te tapan la vista unas ramas marchitas. Ves la tenue sombra de un obelisco entre las nubes: el de espinela, sospechas. Ahora que ha vuelto a la forma e inmensidad naturales. Vaya, y te sigue como una mascota abandonada ahora que ha muerto Alabastro.

Mirar el cielo termina por aburrirte, por lo que giras la cabeza e intentas comprender lo que sucede a tu alrededor. Hay figuras que se mueven, oníricas y bañadas de un color grisáceo y blanquecino... No. Llevan ropas normales, pero los cubre una ceniza nívea. Y llevan mucha ropa porque hace frío; no el suficiente para helar el agua, pero casi. Han transcurrido casi dos años desde el comienzo de la Estación, dos años sin luz del sol. La Hendidura calienta mucho la tierra alrededor del ecuador, pero no lo suficiente para sustituir a la enorme bola de fuego de los cielos. Aun así, sin ella, el frío sería peor: muy por debajo del punto de congelación del agua en lugar de ese frío helado. Una pequeña ayuda.

En cualquier caso, una de las figuras bañadas en ceniza parece darse cuenta de que estás despierta, o al menos sentir que te has agitado. Una cabeza envuelta en una máscara con gafas se gira hacia ti para echar un vistazo y luego vuelve a mirar hacia delante. Las dos personas que tienes enfrente murmuran algo que no entiendes. No hablan en otro idioma. No estás del todo consciente y la ceniza que cae a tu alrededor ahoga parte del sonido.

Alguien habla detrás de ti. Te sobresaltas y miras atrás, donde ves otra cara con máscara y gafas. ¿Quiénes son esas personas? (No se te pasa por la cabeza tener miedo. Al igual que el hambre, es uno de esos sentimientos tan viscerales a los que ahora eres un tanto indiferente.) Y en ese momento te das cuenta de algo y lo recuerdas. Estás en una camilla, formada tan solo por dos postes con un pedazo de piel cosido entre ambos, y te llevan entre cuatro personas. Uno de ellos grita, y otro responde a lo lejos. Se oyen muchos más gritos. Mucha gente.

Otra persona chilla más a lo lejos, y los que cargan contigo se detienen. Se miran entre ellos y te bajan al suelo con el cuidado y la sincronización de unas personas que han practicado muchas veces la misma maniobra. Sientes que la camilla se posa en una capa suave y pulverulenta de ceniza que se encuentra sobre otra más densa que, a su vez, está sobre lo que podría ser una carretera. Al cabo, tus camilleros se apartan, abren unas maletas y efectúan un ritual que te resulta familiar debido a los meses que pasaste en la carretera. Un descanso.

Conoces el ritual. Deberías levantarte. Comer algo. Comprobar si tienes agujeros o piedras en las botas o llagas en los pies en los que no hayas reparado. Asegurarte de que la máscara... Un momento, ¿llevas una? Si todos los demás la llevan... La tienes en tu portabastos, ¿no? ¿Dónde está tu portabastos?

Aparece alguien entre la ceniza y el ambiente plomizo. Es alto, ancho y ordinario, su identidad está cubierta por la ropa y la máscara; identidad que recobra gracias a la melena encrespada y familiar de color soplocinéreo. Se agacha junto a tu cabeza.

—Vaya. Al fin y al cabo, no está muerta. Supongo que he perdido la apuesta con Tonkee.

—Hjarka —dices. Tu voz suena más ronca que la de ella.

Supones que acaba de sonreír, por la manera en la que se retuerce su máscara. Se te hace raro percibir la sonrisa sin sentir la amenaza tácita de su dentadura afilada.

—Y al parecer tu cerebro sigue intacto. He ganado la apuesta con Ykka, al menos. —Echa un vistazo alrededor y grita—: ¡Lerna!

Intentas levantar una mano para agarrarlo del pantalón. Es como si intentases mover una montaña. Eres capaz de mover montañas, así que te concentras y la consigues levantar un poco, pero a esas alturas ya no recuerdas por qué querías llamar la atención de Hjarka. En ese momento, echa un vistazo alrededor y, por suerte, ve que has levantado la mano. Te tiembla debido al esfuerzo. Después de pensarlo un instante, suspira, te la coge y luego aparta la mirada, como si estuviese avergonzada.

—Ocurrido —consigues decir.

—Por el óxido si lo sé. No necesitábamos otro descanso tan pronto.

No te referías a eso, pero te costaría demasiado esfuerzo pronunciar el resto. Por eso te quedas allí tumbada mientras te sostiene la mano una mujer a la que no le apetece nada estar ahí pero que se ha dignado a mostrarte compasión porque cree que la necesitas. No es el caso, pero te alegras por lo que ha hecho.

Dos figuras más surgen entre aquel torbellino y reconoces la familiaridad de su apariencia. Una pertenece a un hombre menudo; la otra, a una mujer rolliza. El enjuto aparta a Hjarka de al lado de tu cara y se inclina para quitarte las gafas que no te habías dado cuenta de que llevabas puestas.

—Dame una roca —dice. Es Lerna, y sus palabras no tienen sentido.

—¿Qué? —preguntas.

No te hace caso. Tonkee, la otra persona, le da un codazo a Hjarka, quien suspira y rebusca en su mochila hasta que encuentra algo pequeño. Se lo ofrece a Lerna.

Te pone una mano en la mejilla mientras levanta el objeto. La cosa empieza a brillar con un tono familiar de luz blanca. Te das cuenta de que es un pedazo del cristal de Bajo-Castrima, que resplandece porque es lo que hacen esos cristales cuando están en contacto con los orogenes, y ahora Lerna está en contacto contigo. Qué ingenioso. Con la luz, se inclina sobre ti y te mira los ojos de cerca.

—Las pupilas se contraen con normalidad —murmura. Te toca la mejilla con la mano—. No tiene fiebre.

—Me pesa el cuerpo —dices.

—Estás viva —comenta Lerna, como si fuese una respuesta del todo razonable. Parece que hoy nadie habla un idioma que seas capaz de entender—. La motricidad es algo torpe. La cognición...

Tonkee se inclina sobre ti.

—¿Con qué soñaste?

Tiene el mismo sentido que «dame una roca», pero intentas responder porque estás demasiado ida como para darte cuenta de que no deberías.

—Con una ciudad —murmuras. Te cae un poco de ceniza en las pestañas y sacudes la cabeza. Lerna te vuelve a poner las gafas—. Estaba viva. Había un obelisco sobre ella. —¿Sobre ella?—. En su interior, quizá. Creo.

Tonkee asiente.

—Los obeliscos no suelen merodear los asentamientos humanos. Tenía un amigo en la Séptima que sostenía algunas teorías al respecto. ¿Quieres oírlas?

Al fin te das cuenta de que has hecho algo estúpido: motivar a Tonkee. Haces un esfuerzo más que deliberado por fulminarla con la mirada.

—No.

Tonkee mira a Lerna.

—Parece que conserva las facultades. Un poco lenta, quizá, pero no deja de ser ella.

—Sí, gracias por confirmarlo. —Lerna termina de hacer lo que quisiera que estuviese haciendo y se sienta sobre los talones—. ¿Quieres probar a caminar, Essun?

—¿No es muy pronto? —pregunta Tonkee. Tiene el ceño fruncido, visible a pesar de que lleva puestas las gafas—. Ya sabes. Hace nada estaba en coma.

—Sabes tan bien como yo que Ykka no le va a conceder mucho más tiempo para recuperarse. Puede que incluso sea bueno para ella.

Tonkee suspira, pero es una de las que asiste a Lerna cuando te pasa el brazo por debajo y te ayuda a incorporarte para dejarte sentada. Un esfuerzo nimio que dura eones. Te mareas al erguirte, pero se te pasa. Parece que algo va mal. Quizá sean las consecuencias de todo aquello por lo que has pasado, quizá por eso hayas empezado a acostumbrarte a una postura encorvada, a tener el hombro derecho caído y arrastrar el brazo como si

como si estuviese hecho de

Oh. Vaya.

Los demás se alejan de ti cuando te das cuenta de lo que ha ocurrido. Miran cómo levantas el hombro todo lo que puedes, cómo intentas arrastrar el brazo derecho para verlo mejor. Pesa. Te duele el hombro cuando lo haces, aunque la mayor parte de la articulación sigue formada por carne, te duele porque el peso tira de esa carne. Algunos de los tendones se han transformado, pero aún están unidos a un hueso orgánico. Unas partes rechinantes se raspan en el interior de algo que debería ser una suave articulación esfera-cavidad. No duele tanto como pensabas, sobre todo después de haber visto el sufrimiento de Alabastro. Menos mal.

Alguien te ha roto la camisa y arrancado la manga del resto del brazo para dejarlo al descubierto, y ya casi no lo reconoces. Es tu brazo, estás segura. Ves que sigue unido a tu cuerpo y que más o menos tiene la forma que recuerdas. No es tan grácil ni esbelto como cuando eras joven. Tuviste una época muy corpulenta que dejó un antebrazo algo rechoncho y la piel caída en la cara interna del brazo. Tienes el bíceps más definido que antes, después de haber tenido que sobrevivir los últimos dos años. La mano está cerrada en un puño y el codo un tanto flexionado. Siempre cerrabas el puño cuando hacías algo muy complicado con la orogenia.

Pero aquel lunar que tenías en medio del antebrazo y que era parecido a una pequeña diana negra ha desaparecido. No puedes girar el brazo para mirarte el codo, así que lo palpas. No notas la cicatriz queloide de aquella vez que te caíste, aunque debería sobresalir un poco entre la piel que la rodea. Ese nivel de definición ha dado paso a una textura áspera y densa, similar a arenisca sin pulir. Lo frotas sin saber muy bien si te harás daño, pero no te quedan partículas pegadas entre los dedos: es más sólido de lo que parece. Tiene un color gris parejo que no se parece en nada al de tu piel.

—Ya estaba así cuando te trajo Hoa —dice Lerna, quien se había quedado en silencio mientras te examinabas—. Dice que necesita tu permiso para... Vaya.

Dejas de frotarte la piel de piedra. Quizá sea a causa de la conmoción, quizás el miedo te haya privado de la conmoción o quizá ya no sientas nada.

—Dime —le comentas a Lerna. El esfuerzo de sentarte y mirarte el brazo te ha devuelto un poco la conciencia—. Según tu... docta opinión, ¿qué debería hacer en un caso así?

—Creo que deberías dejar que Hoa se lo coma o dejarnos destrozarlo con una almádena.

Haces una mueca de dolor.

—Eso es un poco exagerado, ¿no crees?

—Dudo que nada más ligero sea capaz de hacerle siquiera una muesca. Olvidas que tuve mucho tiempo para examinar a Alabastro mientras le ocurría lo mismo.

De pronto te viene a la mente que había que recordarle a Alabastro que tenía que comer, porque ya no sentía hambre. No es relevante, pero lo recuerdas.

—¿Te dejó hacerlo?

—No le di elección. Necesitaba saber si era contagioso, ya que parecía estar extendiéndose por todo el cuerpo. En una ocasión tomé una muestra y bromeó con que Antimonio, la comepiedras, me iba a decir que se la devolviese.

Seguro que no había sido una broma. Alabastro siempre sonreía cuando decía las verdades más crudas.

—¿Se lo devolviste?

—No me quedó más remedio. —Lerna se pasa una mano por el pelo y cae al suelo una pila de ceniza—. Mira, tenemos que envolverte el brazo para que no se reduzca tu temperatura corporal por la noche. Te han salido estrías en el hombro, por la parte en la que tira de tu piel sospecho que ha empezado a deformar los huesos y a estirar los tendones. La articulación no lo soportará. —Titubea—. Podemos cortártelo ahora y dárselo a Hoa más tarde, si quieres. No veo razón alguna para que tengas que... estar así.

Consideras probable que Hoa se encuentre en algún lugar debajo de ti en ese mismo instante, y que lo haya oído. Pero Lerna aborda el asunto con bastantes escrúpulos. ¿Por qué?

—No me importa que Hoa se lo coma —comentas. No solo lo dices por Hoa. Además, lo sientes así de verdad—. Si le va a sentar bien y, al mismo tiempo, le quita este peso de encima, ¿por qué no?

Algo cambia en la expresión de Lerna. Su rictus impertérrito se retuerce y ves de repente que le asquea la idea de pensar en Hoa masticándote el brazo. Bueno: visto así, es una imagen muy desagradable. Pero también una forma de verlo muy limitada. Demasiado atávica. Sabes muy bien lo que le ocurre a tu brazo debido a las horas que pasaste entre las células y las partículas del cuerpo de Alabastro mientras se transformaba. Lo único que ves al mirarlo son líneas de magia plateadas conformadas por partículas infinitesimales y la energía de la que está hecha tu sustancia, que se mueven y se alinean en la misma posición que el brazo para formar un complejo entramado que lo unifica todo. Sea cual sea el proceso que realiza, es demasiado preciso y poderoso como para considerarlo fortuito... o como para que la ingesta de Hoa pueda considerarse un hecho tan grotesco como lo que Lerna cree. Pero no sabes cómo explicárselo, y, aunque pudieras, ni siquiera tienes la energía para intentarlo.

—Ayúdame a ponerme en pie —dices.

Tonkee te sujeta con cuidado del brazo de piedra y ayuda a sostenerlo para que no se mueva ni se desplome, lo que te destrozaría el hombro. Fulmina con la mirada a Lerna hasta que al fin se sobrepone y te vuelve a pasar un brazo por debajo. Consigues ponerte en pie gracias a la ayuda de ambos, pero te cuesta mucho. Acabas jadeando y te tiemblan mucho las rodillas. La sangre de tu cuerpo no parece responder bien y, por un momento, te mareas y te quedas aturdida. En ese momento, Lerna comenta:

—Muy bien. Vamos a bajarla otra vez.

De pronto te das cuenta de que vuelves a estar sentada, te falta el aire y el brazo te tira del hombro hasta que Tonkee lo coloca bien. Esa cosa pesa muchísimo.

(Tu brazo, no «esa cosa». Es tu brazo derecho. Has perdido el brazo derecho. Eres consciente y no tardarás en lamentarlo, pero por ahora es más fácil pensar que es algo que no te pertenece. Una prótesis ya inservible. Un tumor benigno que hay que extirpar. Son afirmaciones correctas, pero también es tu brazo, por el óxido.)

Estás sentada, jadeas y esperas a que el mundo deje de girar, pero en ese momento oyes cómo se acerca alguien más. Esta persona habla muy alto y grita para que todo el mundo empiece a recoger. Se acabó el descanso. Necesitan recorrer otros ocho kilómetros antes de que oscurezca. Es Ykka. Levantas la cabeza. La mujer se acerca y, en ese momento, te das cuenta de que la consideras una amiga. Te das cuenta porque te tranquiliza oír su voz y verla salir de ese revoltijo de ceniza. La última vez que la viste corría un grave peligro, a punto de que la asesinasen los comepiedras hostiles que atacaban Bajo-Castrima. Es una de las razones por las que te enfrentaste a ellos y usaste los cristales de Bajo-Castrima para atraparlos: querías que ella, todos los orogenes de Castrima y, por extensión, todas las personas de la ciudad que dependían de esos orogenes sobrevivieran.

Sonríes. Es una sonrisa débil. Estás débil. Y por eso te duele cuando Ykka se vuelve hacia ti y hace una mueca inconfundible de asco con la boca.

Se ha quitado la tela que le cubre la parte inferior de la cara. Debajo ves el lápiz de ojos gris con el que se sigue maquillando pese enfrentarse al fin del mundo, y no eres capaz de distinguir su mirada debajo de las gafas improvisadas que lleva: un par de lentes sobre las que ha colocado unos harapos para evitar la ceniza.

—Mierda —le dice a Hjarka—. No vas a dejar de echármelo en cara, ¿verdad?

Hjarka se encoge de hombros.

—No, hasta que saldes la deuda.

Miras fijo a Ykka, y la sonrisa ligera e incierta se borra de tu gesto.

—Se recuperará del todo —aventura Lerna. Lo dice con tono neutro y, al instante, notas que también habla con cierta cautela. Una cautela propia de alguien que camina sobre la lava—. Eso sí, tardará unos días en ponerse en pie.

Ykka suspira al tiempo que se lleva una mano a la cadera y busca de forma manifiesta algo que decir. Lo que comenta al final también suena con ese tono neutro:

—Ampliaré las rotaciones de las personas que llevan la camilla. Pero haz que camine lo antes posible. En esta comu, todos tenemos que ser capaces de sostenernos en pie. Si no, sabemos que nos dejarán atrás.

Se gira y se marcha.

—Sí, verás... —susurra Tonkee cuando Ykka se ha marchado—. Está algo enfadada porque destruiste la geoda.

Te estremeces.

—Destruí... —Vaya, debió de ser por encerrar a todos esos comepiedras en los cristales. Querías salvarlos a todos, pero Castrima era una máquina, una máquina muy antigua y delicada que no comprendías. Y ahora te encuentras en el exterior y deambulas por la ceniza...

—Por el óxido de la Tierra, fue culpa mía.

—¿Acaso no lo sabías? —Hjarka ríe un poco, con cierto resquemor—. ¿Es que pensabas que toda la oxidada comu estaba aquí arriba y viajaba hacia el norte pasando frío y a través de la ceniza por gusto?

Se marcha sin dejar de agitar la cabeza. Ykka no es la única que está molesta.

—Yo no... —empiezas a decir. No querías, pero te interrumpes. Porque nunca quieres, pero siempre da igual.

Lerna te mira a la cara y deja escapar un pequeño suspiro.

—Rennanis destruyó la comu, Essun. No es culpa tuya. —Te ayuda a tumbarte de nuevo, pero no te mira a los ojos—. La perdimos en el instante en que llenamos de burbubajos Alto-Castrima para salvarnos. No se habrían marchado y tampoco nos habrían dejado nada por la zona para alimentarnos. De habernos quedado en la geoda, habríamos estado condenados de una forma u otra.

Es cierto, y también muy racional. Pero la reacción de Ykka es la prueba de que algunas cosas no dependen de lo racional. No puedes arrebatarle a la gente las casas y la sensación de seguridad de una manera tan trágica y repentina y esperar que vean otros culpables sin enfadarse primero.

—Lo superarán. —Parpadeas y ves que Lerna sí te mira ahora, con ojos tranquilos y gesto sincero—. Si yo he podido hacerlo, ellos también. Solo tardarán algo de tiempo.

No te habías fijado en que él había escapado de Tirimo.

Hace caso omiso de la manera en que lo miras y gestos a las cuatro personas que se han acercado. Ya estás tumbada, por lo que acomoda tu brazo de piedra junto a ti y se asegura de que está cubierto por las mantas. Los camilleros empiezan a trabajar de nuevo. Tienes que controlar tu orogenia, que ahora que estás despierta no deja de reaccionar ante cada agitación como si se tratase de un terremoto. La cabeza de Tonkee aparece sobre ti cuando te empiezan a mover.

—Oye, ya verás que no pasa nada. A mí me odia mucha gente.

No es nada tranquilizador. También te ofusca descubrir que te importa y que otros vean que te importa. Antes eras una persona mucho más fría.

Pero sabes por qué no lo eres, lo recuerdas de pronto.

—Nassun —le dices a Tonkee.

—¿Qué?

—Nassun. Sé dónde está, Tonkee. —Intentas levantar el brazo derecho para coger el suyo, y notas un dolor que te recorre el hombro, como si se te rasgara. Oyes un repiqueteo. No duele, pero te maldices en silencio por haberte olvidado—. Tengo que encontrarla.

Tonkee mira al instante a los camilleros y luego en la dirección en la que se marchó Ykka.

—No levantes la voz.

—¿Qué?

Ykka sabe muy bien que vas a querer ir detrás de tu hija. Fue casi lo primero que le dijiste.

—Pues sigue hablando si quieres que te dejen tirada a un lado del camino, por el óxido.

Al oírlo, te quedas en silencio y sigues esforzándote por reprimir tu orogenia. Vaya. Parece que Ykka está muy enfadada.

La ceniza no deja de caer y termina por cubrir del todo tus gafas, ya que no tienes las fuerzas necesarias para limpiarlas. En la penumbra grisácea resultante se impone la necesidad de tu cuerpo por recuperarse y vuelves a quedarte dormida. Al despertar y limpiarte la ceniza de la cara, ves que te han vuelto a dejar en el suelo y hay una roca o una rama que se te clava en los riñones. Te afanas por incorporarte sobre un hombro y no te cuesta demasiado, aunque tampoco eres capaz de mucho más.

Se ha hecho de noche. Varias docenas de personas se instalan en una especie de afloramiento rocoso que se encuentra en mitad de un bosque un tanto despoblado. Al sesapinarlas, las rocas te suenan de tus exploraciones orogénicas de las afueras de Castrima, lo que te ayuda a orientarte: os encontráis en un levantamiento tectónico reciente que se encuentra a poco más de doscientos cincuenta kilómetros al norte de la geoda de Castrima. Gracias a ello descubres que el viaje debe de haber comenzado hace unos pocos días debido a lo nutrido del grupo, y también que solo puede haber un lugar al que os dirigís si vais hacia el norte. Rennanis. De alguna manera, deben de haber descubierto que ahora se encuentra vacía y habitable. O quizá solo aspiren a encontrarla así y eso sea lo único que les haga mantener la esperanza. Bueno, al menos es un asunto con el que puedes darles buenas noticias... si te hacen caso.

La gente que te rodea ha empezado a encender hogueras, colocar espetones para cocinar y montar letrinas. A lo largo del campamento hay pequeñas pilas de burdos cristales de Castrima que aportan iluminación adicional; es bueno saber que aún quedan bastantes orogenes como para que sigan funcionando. Parte de esa actividad no es del todo eficiente cuando la realizan personas que no están acostumbradas a hacerlo, pero en general todo está bien organizado. Que la mayor parte de los habitantes de Castrima supiesen arreglárselas con la vida en la carretera ha resultado ser una bendición. Pero tus camilleros te han dejado sola en el lugar en el que te soltaron, y aún no hay nadie que te haya encendido un fuego ni traído comida. Ves a Lerna agachado en medio de un pequeño grupo de personas que también están tumbadas, pero el hombre está ocupado. Claro, seguro que hubo muchos heridos después de que los soldados de Rennanis entraran en la geoda.

Bueno, tampoco es que necesites un fuego. Ni tienes hambre. Por eso la indiferencia de los demás aún no es un problema, pero sí que te afecta a nivel emocional. Lo que te molesta es no tener portabastos. Has cargado con esa cosa durante más de la mitad de la Quietud, guardabas en ella tus viejos anillos de rango y hasta lo salvaste de quedar reducido a cenizas cuando un comepiedras se transformó en tu habitación. En el interior no quedaban muchas cosas que te importasen, pero a esas alturas tenía cierto valor sentimental en sí mismo.

Bueno, todo el mundo pierde cosas.

De repente percibes una montaña. A pesar de todo, no puedes evitar sonreír.

—Me preguntaba cuándo ibas a pasarte por aquí.

Hoa está delante de ti. Aún te sorprendes al verlo con esa apariencia: un adulto de tamaño mediano en lugar de un niño, de aspecto marmóreo ribeteado de venas negras en lugar de carne. De alguna manera, es sencillo percibirlo como la misma persona: su cara tiene la misma forma, los mismos ojos evocadores de color geliris, la misma rareza inefable, el mismo aroma de latente extravagancia... Es igual al Hoa que conoces desde hace un año. ¿Qué ha cambiado? ¿Que ahora un comepiedras no te parece tan ajeno? En él, solo es algo superficial. En ti, lo es todo.

—¿Cómo te sientes? —pregunta.

—Mejor. —Notas cómo el brazo tira de ti cuando te incorporas, como un recordatorio constante del contrato tácito que habéis firmado—. ¿Has sido tú quien les ha contado lo de Rennanis?

—Sí. Y también los guío hacia allí.

—¿Tú?

—Al menos, cuando Ykka me hace caso. Creo que prefiere que los comepiedras sean amenazas silenciosas en lugar de aliados activos.

Eso te arranca una carcajada. Pero.

—¿Eres un aliado, Hoa?

—Para ellos, no. Pero es algo que Ykka también sabe.

Sí. Puede que por eso sigas viva... de momento. Mientras Ykka te mantenga a salvo y bien alimentada, Hoa los ayudará. Volvéis a la carretera y todo se convierte en un oxidado compromiso. La comu que era Castrima aún vive, pero lo cierto es que ya no es una comunidad, sino un grupo de viajeros con motivaciones similares que colaboran para sobrevivir. Quizá más tarde se convierta de nuevo en una verdadera comu, cuando vuelva a haber un hogar que defender, pero ahora sabes por qué Ykka está enfadada. Se ha perdido algo íntegro y bonito.

Bueno. Bajas la mirada hacia tu cuerpo. Ahora tú tampoco estás íntegra, aunque puedes fortalecer lo que queda de ti. Pronto podrás partir en busca de Nassun, pero lo primero es lo primero.

—¿Vamos a hacer eso?

Hoa se piensa la respuesta.

—¿Estás segura?

—El brazo no me sirve de nada tal y como está.

Se oye un ruido muy tenue. Piedra que chirría contra piedra, lenta e inexorable. Una mano muy pesada que desciende y se posa sobre tu hombro a medio transformar. Te da la sensación de que, no obstante el peso, es un toque delicado para los estándares de los comepiedras. Hoa tiene mucho cuidado contigo.

—Aquí no —dice, y te lleva al interior de la tierra.

Solo dura un instante. Siempre hace que los viajes por la tierra sean rápidos, y es probable que sea porque cuanto más duran más difícil es respirar... y permanecer cuerdo. En aquella ocasión no es más que una sensación de movimiento desdibujada, un parpadeo en la oscuridad, un olorcillo a fertilizante mucho más intenso que el de la acre ceniza. Cuando pasa, estás tumbada en otro afloramiento rocoso, que tal vez sea el mismo en el que se ha asentado el resto de Castrima, pero en un lugar alejado del campamento. Allí no hay fogatas y la única luz proviene del reflejo rubicundo de la Hendidura en las sofocantes nubes que hay en el cielo. Tu vista se adapta al instante, aunque no hay mucho que ver aparte de las rocas y la sombra de los árboles cercanos. Y una silueta humana, que ahora se encuentra agachada junto a ti.

Hoa sostiene tu brazo de piedra con suavidad, de manera casi reverencial. A tu pesar, sientes la solemnidad de aquel instante. ¿Y por qué no debería ser solemne? Es el sacrificio que demandan los obeliscos. El pedazo de carne que debes pagar por la deuda de sangre de tu hija.

—Esto no es lo que crees —dice Hoa, y por un instante te

preocupa que pueda leerte la mente. Quizá se deba a que en realidad es más antiguo que las mismísimas colinas y que es capaz de leer tu expresión—. Ves lo que hemos perdido, pero también lo que hemos ganado. No es tan atroz como parece.

Te da la impresión de que te va a comer el brazo. No te importa, pero te gustaría comprenderlo.

—Entonces, ¿qué? ¿Por qué...? —Niegas con la cabeza, insegura de cómo plantear la pregunta. Quizá no importe. Quizá no puedas comprender. Quizá sea algo que no está a tu alcance.

—No lo hacemos para alimentarnos. Para vivir, solo necesitamos vida.

Lo último que ha dicho no tiene sentido, por lo que te aferras a la primera parte.

—Si no es para alimentaros, entonces...

Hoa se vuelve a mover muy despacio. Es algo que no hacen a menudo, los comepiedras. El movimiento es algo que enfatiza su naturaleza insólita, tan parecidos a la humanidad pero tan radicalmente diferentes. Sería más sencillo si fuesen más extraños. Cuando se mueven de esa manera aprecias lo que eran en otra época, y el hecho de darse cuenta es una amenaza para todo lo humano que hay en tu interior.

Y aun así. Ves lo que hemos perdido, pero también lo que hemos ganado.

Te levanta la mano con las dos suyas, coloca una debajo de tu codo y con la otra te rodea el puño cerrado y resquebrajado suavemente con los dedos. Despacio, muy despacio. Lo hace de tal manera que no te duele el hombro. Cuando está a mitad de camino de su cara, mueve la mano que tiene debajo del codo y la abre para colocar en ella la parte inferior de tu brazo. Su piedra se desliza sobre la tuya con un tenue sonido chirriante. Para tu sorpresa, te resulta sensual a pesar de que no sientes nada.

Luego notas que tu puño descansa entre sus labios. Labios que no se mueven mientras dice, desde las profundidades de su pecho:

—¿Tienes miedo?

Te lo piensas durante un buen rato. Deberías tenerlo, ¿verdad? Pero...

—No.

—Bien —dice él—. Lo hago por ti, Essun. Todo es por ti. ¿Lo crees?

Al principio no lo tienes claro. El impulso hace que levantes la mano buena y le pases los suaves dedos por su mejilla fría y pulida. Te cuesta verlo, negro en la oscuridad, pero tanteas sus cejas con el pulgar y llegas hasta la nariz, que tiene más larga en su forma adulta. En una ocasión te comentó que se considera humano a pesar de lo extraño de su cuerpo. Has tardado en darte cuenta de que también has decidido considerarlo humano. Eso convierte la escena en algo diferente de un acto de depredación. No estás segura de en qué, pero... te parece un regalo.

—Sí —respondes—. Te creo.

Abre la boca. Grande, más grande, más de lo que se puede llegar a abrir la boca de un humano. En una ocasión te preocupaste porque su boca era demasiado pequeña, pero ahora tiene la anchura suficiente para que quepa un puño. Esos dientes que tiene, pequeños y de una transparencia diamantina, relucen a luz roja del atardecer. Detrás de los dientes, solo ves oscuridad.

Cierras los ojos.

La mujer estaba de mal humor. La edad, me había dicho una de sus hijas. Aseguró que solo se debía al estrés de intentar advertir a la gente que no quería escuchar cuando se les decía que se acercaban malos tiempos. No era mal humor, era un privilegio que había adquirido gracias a la edad, mantenerse al margen con una falsa cordialidad.

—En esta historia no hay villano —dijo.

Estábamos sentados en la cúpula jardín, que era una cúpula porque ella había insistido en que lo era. Los Escépticos Syl no han dejado de afirmar que no hay pruebas de que las cosas se vayan a desarrollar como ella aseguraba, pero la mujer no se había equivocado con ninguna de sus predicciones, y ella era más Syl que ellos, así que... Bebía salva, como si diese su visto bueno a los productos químicos.

—Es imposible encontrar una única adversidad a la que culpar o un solo instante en el que cambiase todo —continuó—. Las cosas se complicaron, luego se volvieron terribles, luego mejoraron, pero luego volvieron a ir mal y entonces volvieron a ocurrir una y otra vez, porque nadie las detuvo. Pero se pueden... ajustar. Se puede hacer que el bien dure más, y predecir y reducir las malas épocas. A veces se puede prevenir lo terrible conformándonos con lo que solo es un poco malo. He dejado de intentar deteneros. Me he limitado a enseñar a mis hijos a recordar, aprender y sobrevivir... hasta que al fin alguien rompa el ciclo para conseguir algo bueno.

Estaba confundida.

—¿Se refiere a la Catástrofe?

Al fin y al cabo, esa era la razón por la que había ido a hablar con ella. Había predicho que ocurriría dentro de cien años, hace cincuenta. ¿Qué podía haber más importante?

Ella se limitó a sonreír.

Transcripción de una entrevista, traducida por el constructor de obeliscos C, encontrada en las ruinas de la llanura Tapita, número 723 por Shinash Innovador Dibars. Fecha desconocida. Transcriptor desconocido. Especulación: ¿El primer acervista? Personal: Bastro, ojalá pudieras ver este lugar. Hay tesoros históricos por todas partes. La mayoría de ellos se han degradado y son imposibles de descifrar. Aun así... Ojalá estuvieses aquí.

2

Nassun se siente libre

Nassun se inclina sobre el cuerpo de su padre, si es que se puede llamar cuerpo a un amasijo revuelto de joyas resquebrajadas. Se tambalea un poco. Le duele la cabeza porque la herida del hombro —donde lo apuñaló— le sangra en abundancia. Esa puñalada es el resultado de una elección imposible que el hombre le había pedido: ser su hija o ser una orogén. Ella rechazó cometer un suicidio existencial. Él rechazó el sufrimiento de tener que vivir con un orogén. No hubo malicia alguna en ninguno de los dos en aquel último momento, tan solo la nefasta violencia de lo inevitable.

A un lado de aquella imagen se encuentra Schaffa, el Guardián de Nassun, quien contempla los restos de Jija Resistente Jekity con una mezcla de sorpresa y apática satisfacción. Al otro lado de Nassun está Acero, su comepiedras. Ya es apropiado considerarlo así, suyo, ya que ha acudido a ella cuando más lo necesitaba. No para ayudar, para eso no, sino para aportarle algo a pesar de todo. Lo que él le ha ofrecido y lo que ella ha descubierto que necesita es un propósito. Ni siquiera Schaffa había sido capaz de proporcionárselo, pero eso es porque él la quiere de forma incondicional. Nassun también necesita ese amor, vaya si lo necesita, pero en el momento en el que su corazón se ha deshecho en mil pedazos, en el que al menos tiene la mente centrada, está ansiosa por algo más... sólido.

Tendrá toda la solidez que quiera. Luchará y matará por ella, porque es algo que ha tenido que hacer una y otra vez y ahora se ha convertido en un hábito. Y, si cumple su cometido, morirá por esa solidez. Al fin y al cabo, se parece mucho a su madre, y los únicos que temen a la muerte son aquellos que creen que tienen futuro.

En las buenas manos de Nassun resuena una estrecha esquirla de cristal de azul oscuro y facetada con precisión, aunque tiene unas ligeras deformaciones cerca de la base que parecen una especie de empuñadura. Aquel extraño cuchillo largo no deja de volverse translúcido e intangible una y otra vez, y bien podría ser ese su estado natural. Es muy real, y la atención de Nassun es lo único que evita que esa cosa que tiene en las manos la convierta en piedras de colores igual que ha hecho con su padre. Tiene miedo de lo que podría pasar si se desmaya debido a la hemorragia, y por eso le gustaría enviar otra vez el de zafiro a los cielos para que adquiera de nuevo su forma habitual y su inmenso tamaño. Pero no puede hacerlo. Aún no.

En ese lugar, junto al dormitorio, se encuentran las dos razones por las que no puede hacerlo: Umber y Nida, los otros dos Guardianes de Luna Hallada. La están vigilando y, cuando la mirada de Nassun recae sobre ellos, los zarcillos argénteos y trenzados que flotan entre la pareja titilan. No intercambian palabras ni miradas, solo esa silenciosa comunión que habría sido imperceptible de no ser Nassun quien era. Debajo de cada Guardián, unas sutiles ataduras plateadas ascienden desde el suelo hasta sus pies, se entrelazan con el resplandor de las venas y los nervios de sus cuerpos y se conectan con las pequeñas esquirlas de metal que tienen incrustadas en el cerebro. Esas raíces primarias siempre han estado allí, pero quizá sea la tensión del momento lo que hace que Nassun repare por fin en lo gruesas que son esas líneas de luz en cada Guardián, mucho más que las que unen a Schaffa al suelo. Y es así como al fin comprende lo que eso significa: que Umber y Nida no son más que meras marionetas de una entidad mayor. Nassun intentaba tenerlos en más alta estima, pensar que dependían de ellos mismos, pero aquí y ahora, con el de zafiro en la mano y su padre muerto a sus pies, hay cosas que caen por su propio peso.

Y entonces Nassun entierra un toro en las profundidades de la tierra, porque sabe que Umber y Nida serán capaces de sentirlo. Es un amago, no necesita la energía de la tierra, y sospecha que ellos lo saben. Aun así, reaccionan: Umber extiende los brazos, y Nida se envara y se levanta de la barandilla del porche en la que estaba apoyada. Schaffa también reacciona, y desvía la vista a un lado para mirar a Nassun a los ojos. Es inevitable pensar que Umber y Nida se darán cuenta, pero no puede hacer nada. Nassun no tiene un pedazo de la Aciaga Tierra incrustado en el cerebro para facilitar su comunicación. Donde la materia falla, el afecto se sobrepone.

—Nida —dice Schaffa, y eso es lo único que Nassun necesita.

Umber y Nida se mueven. Lo hacen rápido, rápido porque el entramado argénteo que tienen en el interior ha fortalecido sus huesos y reforzado el tejido de sus músculos para que sean capaces de hacer cosas que un humano normal no puede hacer. Un pulso de negación se adelanta a los movimientos de los Guardianes con la inexorabilidad del oleaje y aturde de inmediato los lóbulos mayores de las glándulas sesapinales de Nassun, pero ella ya se ha lanzado a la ofensiva. No a nivel físico, pues no tiene nada que hacer contra ellos en ese sentido y, además, casi no se puede mantener en pie. Su voluntad y la plata son lo único que le queda.

Es así como Nassun, con el cuerpo inerte y la mente impetuosa, arranca los hilos plateados del aire que la rodea y los entreteje en una red tosca pero eficiente. (No lo ha hecho antes, pero nadie le ha dicho nunca que no puede hacerlo.) Envuelve a Nida con esa parte y hace caso omiso de Umber porque Schaffa le ha dicho que lo haga. Y, en efecto, comprende al instante por qué le ha dicho que se concentre en solo uno de los Guardianes enemigos. La plata con la que ha enredado a Nida debería atrapar al instante a la mujer, como un insecto al chocar contra una tela de araña. En lugar de eso, Nida tropieza hasta detenerse y luego se ríe mientras los hilos de algo diferente se desenredan de su interior, restallan por los aires y despedazan la red que la rodea. Vuelve a ir a por Nassun, pero la niña, después de quedarse pasmada ante la eficacia y la velocidad de la respuesta de la Guardiana, eleva la roca de la tierra para atravesar el pie de Nida. Con ello solo retrasa un poco a la mujer. La Guardiana se abalanza, desmenuza la roca y carga aún con piedrecillas entre las botas. Levanta una de sus manos como si fuese una garra y extiende la otra como si se tratase de la hoja de un arma. La que alcance primero a Nassun será la que dicte cómo empezará a destrozar el cuerpo de la chica con sus manos desnudas.

En ese momento, Nassun sucumbe al pánico. Solo un poco, porque de lo contrario perdería el control del de zafiro, pero se asusta. Siente una reverberación caótica, ansiosa y pura en los hilos argénteos que resuenan a través de Nida. No se parece a nada que haya percibido antes y, de alguna manera, es aterrador e imprevisto. No sabe lo que le hará aquella extraña reverberación si cualquier parte de Nida toca la piel desnuda de su cuerpo. (Pero su madre sí que lo sabe.) Da un paso atrás y con la intención de que el cuchillo de zafiro se interponga a la defensiva entre Nida y ella. Aún tiene la empuñadura del de zafiro en la mano buena, pero da la impresión de que blande un arma con mano temblorosa y lenta. Nida vuelve a reír, en voz alta y con entusiasmo, porque ambas ven que ni siquiera el de zafiro será suficiente para detenerla. La mano en forma de garra de la mujer se sacude, extiende los dedos e intenta alcanzar la mejilla de Nassun, al mismo tiempo que la Guardiana se retuerce como una serpiente para evitar el feroz tajo de la chica...

Nassun suelta el de zafiro y grita al tiempo que sus apagadas glándulas sesapinales se tensan, desesperadas y con impotencia.

Pero todos los Guardianes parecen haberse olvidado del otro guardián de Nassun.

Acero no hace amago de moverse. En ese momento está donde ha estado en los últimos minutos: dándole la espalda a la pila en la que se ha convertido Jija, con gesto tranquilo y postura lánguida mientras encara el horizonte septentrional. Un instante después, está más cerca, justo al lado de Nassun. Se ha transportado a tanta velocidad que la chica oye un agudo restallido al desplazarse el aire. Y el impulso hacia delante de Nida se detiene de pronto cuando la garganta de la Guardiana queda enroscada en el interior del círculo que forma la mano levantada de Acero.

La mujer aúlla. Nassun ha oído a la Guardiana divagar durante horas con su vocecilla aflautada, y quizá sea eso lo que le hace considerar a Nida como un ave cantora, que pía y cacarea, inofensiva. Pero el aullido es el de un ave rapaz, hace gala de un salvajismo rabioso, como si acabaran de frustrar su intento de abalanzarse sobre su presa. La mujer trata de retirarse y pone en peligro su piel y sus tendones al hacerlo, pero el agarre de Acero es firme como la piedra. La ha atrapado.

Un sonido detrás de Nassun hace que la chica se dé la vuelta de pronto. A tres metros de ella, Umber y Schaffa se afanan en un combate cuerpo a cuerpo. No es capaz de ver los detalles. Ambos se mueven demasiado rápido y lanzan golpes veloces y virulentos. Cuando sus oídos procesan el sonido de un golpe, ambos ya han cambiado de posición. Ni siquiera es capaz de afirmar qué están haciendo, pero pasa miedo, mucho miedo, por Schaffa. La plata de Umber fluye como si fuesen ríos, como energía de la que se alimenta a través de esa raíz primaria y resplandeciente. No obstante, los débiles arroyos que fluyen por Schaffa no son más que unos rápidos llenos de obstrucciones que tiran de sus nervios y de sus músculos y resplandecen de manera impredecible con la intención de distraerlo. Nassun ve en el gesto concentrado de Schaffa que aún ejerce el control, y que por eso se ha salvado: sus movimientos son impredecibles, estratégicos y calculados. Aun así... El que sea capaz de luchar ya es asombroso de por sí.

La manera en la que termina el combate metiendo la mano hasta la muñeca en la parte inferior de la mandíbula de Umber es aterradora.

Umber hace un sonido terrible, da un respingo y se detiene, pero un instante después su mano vuelve a moverse en busca de la garganta de Schaffa, a una velocidad impredecible. Schaffa resopla, tan rápido que no parece diferente de su respiración, pero desvía el golpe. Nassun ha notado el miedo en aquel sonido. Umber no deja de moverse a pesar de que tiene los ojos en blanco y de que sus movimientos son torpes e histéricos. En ese momento, Nassun lo comprende: ya no es Umber. Es otra cosa, alguien que mueve sus extremidades y controla sus reflejos mientras las conexiones principales siguen intactas. Y sí: con el siguiente resuello, Schaffa lo arroja al suelo, se zafa de su mano y le aplasta la cabeza.

Nassun no es capaz de mirar. Oye el crujido: es suficiente. También oye que Umber no ha dejado de estremecerse. Sus movimientos son más débiles, pero persisten, y también nota el tenue susurro de las ropas de Schaffa al moverse. Luego oye algo que su madre oyó en una pequeña habitación del ala de los Guardianes del Fulcro, hace unos treinta años: el crujido de los huesos y el desgarro de unos cartílagos mientras Schaffa mueve los dedos hacia la base del cráneo fracturado de Umber.

Nassun no puede cerrar los oídos, por lo que intenta centrarse en Nida, quien aún forcejea para liberarse del inquebrantable agarre de Acero.

—Yo... Yo... —empieza a decir Nassun. El corazón solo se le frena un poco. El de zafiro se le agita con fuerza en las manos. Nida aún quiere matarla. Acero, que se ha erigido como un posible aliado, pero no uno definitivo, solo tendría que aflojar un poco la mano para sentenciar a muerte a Nassun. Pero...—. Yo no... no quiero matarte —consigue pronunciar. Es cierto, aunque no lo parezca.

De repente, Nida se queda quieta y en silencio. La rabia de su gesto se desvanece poco a poco y su cara pasa a no mostrar expresión alguna.

—La última vez, hizo lo que tenía que hacer —dice la Guardiana.

A Nassun se le pone la carne de gallina cuando repara en que ha cambiado algo intangible. No está segura de qué, pero ya no cree que esté hablando con Nida. Traga saliva.

—¿Hacer qué? ¿Quién?

Nida posa la vista en Acero. Se oye un tenue chirrido cuando la boca del comepiedras se convierte en una amplia sonrisa llena de dientes. En ese instante, antes de que a Nassun se le ocurra otra pregunta que hacer, Acero afloja la mano. No suelta a la Guardiana, pero la gira, con ese extraño movimiento lento y antinatural que quizá sea una imitación del movimiento humano. (O una manera de burlarse de él.) Encoge el brazo y gira la muñeca para mover a Nida y ponerla de espaldas a él. Deja la nuca de la Guardiana junto a su boca.

—Está enfadado —continúa Nida con calma, aunque ahora ya no mira ni a Nassun ni a Acero—. Pero incluso en estas circunstancias, tal vez esté dispuesto a comprometerse, a perdonar. Ansía justicia, pero...

—Ya ha disfrutado de esa justicia más de mil veces —afirma Acero—. No le debo nada.

Luego el comepiedras abre mucho la boca.

Nassun se da la vuelta, otra vez. Aunque esa misma mañana acabe de despedazar a su padre, hay cosas que a pesar de todo son demasiado perturbadoras para los ojos de una niña. Al menos, Nida no vuelve a moverse cuando Acero tira su cuerpo al suelo.

—No podemos quedarnos aquí —dice Schaffa. Cuando Nassun consigue tragar saliva y se centra en él, ve que se encuentra sobre el cadáver de Umber y sostiene algo pequeño y afilado en su mano sanguinolenta. El Guardián mira el objeto con la misma frialdad impasible que les dedica a aquellos que quiere matar—. Vendrán más.

Gracias al subidón de adrenalina que le ha producido la experiencia cercana a la muerte, Nassun sabe que se refiere a otros Guardianes contaminados, y no los que lo están a medias, como el propio Schaffa, quien de alguna manera ha conseguido conservar algo de libre albedrío. Nassun traga saliva y asiente, más calmada ahora que ya nadie intenta matarla de manera activa.

—¿Y qué... qué ocurrirá con los otros niños?

Algunos de esos niños en cuestión se encuentran de pie en el porche de la residencia, despiertos a causa de la sacudida que emitió el de zafiro cuando Nassun lo transformó en forma de cuchillo. La chica se da cuenta de que lo han visto todo. Algunos lloran al ver que han muerto sus Guardianes, pero la mayoría los contempla a Schaffa y a ella, aturdidos y en silencio. Uno de los más pequeños vomita a un lado de las escaleras.

Schaffa los mira durante un rato y luego mira de soslayo a Nassun. Conserva parte de esa frialdad, algo que no se transmite en su voz.

—Tendrán que marcharse de Jekity, rápido. Sin Guardianes, es muy posible que los habitantes de la comu no toleren su presencia.

O que Schaffa los mate. Es lo que ha hecho con el resto de orogenes con los que se han encontrado y que no estaban bajo su control. O son suyos o son una amenaza.

—No —espeta Nassun. Responde a esa frialdad silenciosa, no a lo que ha dicho Schaffa. Nota cómo la frialdad aumenta muy poco. A Schaffa nunca le gusta cuando dice que no. La chica respira hondo para armarse un poco más de valor y lo arregla—. Por favor, Schaffa. No... no puedo más.

Es de una hipocresía deleznable. La decisión que Nassun ha tomado hace poco, su tácita promesa sobre el cadáver de su padre, la contradice. Schaffa no sabe lo que ella ha decidido, pero por el rabillo del ojo Nassun es muy consciente de que Acero sigue ahí, con una sonrisa manchada de sangre.

Aprieta los labios porque a pesar de todo lo dice en serio. No es mentira. No soporta la crueldad, el interminable sufrimiento. Eso es. Hará lo que tenga que hacer, sea lo que sea, pero de manera rápida y compasiva.

Schaffa la contempla por un instante. Al cabo, se retuerce y hace una pequeña mueca, lo mismo que Nassun le ha visto hacer muchas veces a lo largo de las últimas semanas. Cuando pasa aquel espasmo, le sonríe y se acerca a ella, aunque antes cierra el puño con fuerza alrededor del pedazo de metal que le ha arrancado a Umber.

—¿Cómo tienes el hombro?

La chica extiende la mano para tocárselo.

La tela de su camisón está húmeda a causa de la sangre, pero no empapada, y aún puede usar el brazo.

—Duele.

—Me temo que lo tendrás así un tiempo.

Echa un vistazo a su alrededor, se levanta y se acerca al cadáver de Umber. Arranca una de las mangas de la ropa del Guardián, la que menos empapada en sangre está de las dos, para alivio de Nassun. Luego se acerca a ella, le sube la manga y la ayuda a atarse el pedazo de tela alrededor del hombro. Lo aprieta con fuerza. Nassun sabe que es por su bien, y también que es muy posible que le ayude a evitar tener que coserse la herida, pero por un momento el dolor es más agudo y tiene que apoyarse en Schaffa. Él la deja hacerlo, y ella le acaricia el pecho con la mano que le queda libre. La otra mano, la sanguinolenta, sigue aferrada a esa esquirla de metal.

—¿Qué harás con eso? —pregunta Nassun mientras mira la mano cerrada. Le resulta inevitable imaginar que en ella hay algo malévolo, algo cuyos tentáculos culebrean en busca de otra persona a la que infectar con la voluntad de la Aciaga Tierra.

—No lo sé —responde Schaffa con voz grave—. No es peligroso para mí, pero recuerdo que en... —Frunce el ceño un instante mientras tantea de forma manifiesta en busca de un recuerdo que no está—. Que una vez, en algún lugar, las reciclábamos. Aquí, supongo que tendré que buscar algún lugar desolado en el que tirarla, con la esperanza de que no la encuentre nadie. ¿Tú qué harás con eso?

Nassun sigue su mirada hasta el cuchillo de zafiro, que había olvidado y que flota con esmero detrás de ella, justo a treinta centímetros de su espalda. Se mueve un poco cuando lo hace ella, y también emite un zumbido tenue. La chica no entiende por qué lo hace, aunque esa fuerza acechante y quiescente que se cierne sobre ella la reconforta.

—Supongo que debería guardarlo.

—¿Cómo has...?

—Lo necesitaba y ya está. Supo que lo necesitaba y cambió para mí. —Nassun se encoge un poco de hombros. Es difícil explicarlo con palabras. Luego se aferra a su camisa con la mano herida, porque sabe que no es buena señal cuando Schaffa no responde una pregunta—. Los otros, Schaffa.

El Guardián termina por suspirar.

—Los ayudaré a preparar el equipaje. ¿Puedes caminar?

Nassun queda tan aliviada que, por un instante, le da la sensación de que podría hasta volar.

—Sí, gracias. ¡Gracias, Schaffa!

Él niega con la cabeza, sin duda arrepentido, aunque vuelve a sonreír.

—Ve a casa de tu padre y coge cualquier cosa que sea útil y con la que puedas cargar. Nos vemos allí.

La chica titubea. Si Schaffa decide matar a los demás niños de Luna Hallada... No lo hará, ¿verdad? Ha dicho que no lo haría.

Schaffa hace una pausa, arquea una ceja mientras mantiene la sonrisa, viva imagen del decoro, de una curiosidad sosegada. La plata aún es un látigo que azota en su interior e intenta provocarle para que la mate. Tiene que estar aquejado por un sufrimiento terrible. Aun así, se resiste, igual que ha hecho durante semanas. No la mata, porque la quiere. Y ella no es capaz de confiar en nada, en nadie, si antes no confía en él.

—Muy bien —dice Nassun—. Te veo en casa de papi.

Cuando se aleja de él, echa un vistazo a Acero, quien también se ha girado para encarar a Schaffa. En alguno de los últimos instantes, Acero se ha limpiado la sangre de los labios. Nassun no sabe cómo. También tiene una mano gris extendida hacia ellos. No. Hacia Schaffa. El Guardián ladea la cabeza un momento al verlo, sopesa la situación y, poco después, deja la sanguinolenta esquirla de metal en la mano de Acero. La mano del comepiedras aparece cerrada en un abrir y cerrar de ojos, y luego, despacio, vuelve a abrirse, como si hiciese un truco de prestidigitador. Y la esquirla ya no está. Schaffa inclina la cabeza para agradecérselo.

Los dos protectores monstruosos de la chica tienen que cooperar para cuidar de ella. Pero ¿acaso Nassun no es también un monstruo? ¿No lo es debido a eso que sintió justo antes de que Jija viniese a matarla, ese inmenso repunte de energía, concentrado y amplificado por docenas de obeliscos que trabajan al unísono? Acero lo ha llamado el Portal de los Obeliscos, un mecanismo vasto y complejo creado por la civitusta que construyó los obeliscos con algún propósito ininteligible. Acero también ha mencionado algo llamado Luna. Nassun ha oído historias: hace tiempo, mucho tiempo, el Padre Tierra tuvo una hija. La pérdida de esa hija lo hizo enfadar y dio comienzo a las Estaciones.

Los relatos presentan un mensaje de esperanza inalcanzable, una declaración sin sentido que los acervistas usan para intrigar a un público impaciente. «Algún día, cuando regrese la hija de la Tierra...» Se refiere a que quizás algún día el Padre Tierra se apacigüe al fin. A que, algún día, las Estaciones lleguen a su término y que todo vuelva a ir bien en el mundo.

Pero los padres seguirán queriendo asesinar a sus hijos orogenes, ¿verdad? Incluso si regresa la Luna. Nada será capaz de detener algo así.

«Trae la Luna a casa», había dicho Acero. Termina con el sufrimiento del mundo.

Algunas elecciones en realidad no son elecciones. De verdad.

Nassun quiere que el de zafiro vuelva a flotar ante ella. No sesapina nada debido a los vestigios de la negación de Umber y Nida, pero hay otras maneras de percibir el mundo. En medio del parpadeo trémulo, acuoso a pesar de no estar en el agua, del de zafiro, a medida que se descompone y se recompone a partir de esa inmensidad concentrada de luz argéntea que se encuentra en el interior del entramado de cristal, hay un mensaje sutil escrito con ecuaciones de energía y equilibrio que Nassun descifra por instinto, con algo diferente de las matemáticas.

Lejos. Al otro lado de un mar ignoto. Puede que su madre tenga la llave del Portal de los Obeliscos, pero Nassun ha aprendido a lo largo de carreteras inundadas de ceniza que hay otras maneras de abrir cualquier puerta, de hacer estallar los goznes, maneras de escalar o de escarbar. Y lejos, al otro lado del mundo, hay un lugar en el que se puede trastocar el control de Essun sobre el Portal.

—Sé adónde tenemos que ir, Schaffa —afirma Nassun.

La mira un instante, echa un vistazo a Acero y luego la contempla de nuevo.

—¿Ahora lo sabes?

—Sí, pero hay que recorrer un largo camino. —Se muerde el labio—. ¿Vendrás conmigo?

Schaffa se inclina y le dedica una sonrisa amplia y cariñosa.

—A donde sea, mi pequeña.

Nassun suelta un suspiro de alivio y le sonríe con incertidumbre. Luego le da la espalda con decisión a Luna Hallada y los cadáveres, y baja por la colina sin mirar atrás ni una sola vez.

2729 del periodo Imperial: Testigos de la comu de Amand (en el cuadrante de Dibba en las Normelat occidentales) afirman que una mujer orograta sin registrar ha abierto un conducto de gas cerca del lugar. No ha quedado claro de qué gas, pero mata en segundos y deja la lengua morada. ¿Provocará asfixia en lugar de ser tóxico? ¿Ambas cosas? De alguna manera, al parecer otra orograta se ha enfrentado a la anterior y conseguido devolver el gas al conducto antes de sellarlo. El Fulcro ha estimado que dicho conducto de gas podría haber matado a la mayor parte de las personas y del ganado de la mitad occidental de las Normelat, además de contaminar a posteriori el mantillo. La perpetradora ha sido una mujer de diecisiete años en respuesta a alguien que había cometido abusos sexuales contra su hermana pequeña. La que lo ha sofocado es una niña de siete años, hermana de la primera.

Notas del proyecto de Yeatr Innovador Dibars

Syl Anagist:

Cinco

—Houwha —dice una voz detrás de mí.

(¿De mí? De mí.)

Me giro hacia la ventana punzante y al jardín de flores titilantes. Hay una mujer con Gaewha y una de las directoras, y no la conozco. Tiene la apariencia de uno de ellos: la piel por completo de un marrón claro, ojos grises, con el pelo castaño oscuro que le cae en rizos, alta. La anchura de su cara recuerda a otra persona, o quizás, ahora que contemplo este recuerdo a través de los milenios, veo lo que quiero ver. Su aspecto es irrelevante. Para mis glándulas sesapinales es una de los nuestros con la misma certeza con la que puedo afirmar que Gaewha tiene el pelo blanco y encrespado. Ejerce una presión que agita el ambiente y le otorga una energía de una fuerza increíble e irresistible. Es algo que la convierte en una de nosotros, como si la hubiesen decantado de la misma mezcla biomagéstrica.

(Te pareces a ella. No. Quiero de verdad que te parezcas a ella. Es injusto, aunque sea cierto. Eres como ella, pero de maneras que no se limitan a la apariencia. Perdón por simplificarte de esa manera.)

La directora habla como hacen los que son como ella, con ligeras vibraciones que se limitan a agitar el aire y casi ni baten el suelo. Palabras. Sé cuál es la palabra nominal de esa directora, Pheylen, y también sé que es una de las más amables, pero tiene un conocimiento inerte y confuso, como muchos de los atributos de los de su clase. Durante mucho tiempo, no fui capaz de distinguirlos. Todos tienen un aspecto diferente, pero hacen gala de la misma presencia vacía en el ambiente. Aún tengo que recordarme que la textura del pelo, la forma de los ojos y los olores corporales únicos tienen para ellos el mismo significado que las perturbaciones de las placas tectónicas lo tienen para mí.

Debo respetar esa diferencia. Al fin y al cabo, nosotros somos los imperfectos, los que carecemos de muchos de los atributos que nos convertirían en humanos. Fue necesario, y no me importa lo que soy. Me gusta ser útil. Pero muchas cosas serían más sencillas si pudiera comprender mejor a nuestros creadores.

Miro a esa nueva mujer, la que es como nosotros, e intento prestar atención mientras la directora la presenta. Las presentaciones son un ritual que consiste en explicar los sonidos de los nombres y las relaciones con... ¿las familias? ¿Las profesiones? La verdad es que no lo sé. Me quedo donde se supone que tengo que estar y digo las cosas que se esperan de mí. La directora le dice a la mujer nueva que soy Houwha y que Gaewha es Gaewha, las palabras nominales que usan para referirse a nosotros. La directora dice que la nueva mujer es Kelenli. Eso tampoco es correcto. Su verdadero nombre es «puñalada profunda, dulce ráfaga de brecha de arcilla, capa blanda de silicato, reverberación», pero intentaré recordar «Kelenli» cuando me comunique con palabras.

La directora parece complacida cuando articulo «¿Qué tal estás?» en el momento adecuado. Me alegra, las presentaciones son muy difíciles, pero me he esforzado por hacerlo bien. Al cabo, la mujer empieza a hablar con Kelenli. Cuando queda claro que la directora no tiene nada más que decirme, me coloco detrás de Gaewha y comienzo a trenzar su pelo frondoso y encrespado. Es algo que parece gustarles a los directores, aunque desconozco la razón. Uno de ellos dijo que era «adorable» ver cómo nos cuidábamos, como si fuésemos personas. No tengo claro a qué se refería con adorable.

Mientras, escucho.

—Pero es que no tiene sentido —dice Pheylen entre suspiros—. O sea, los números no mienten, pero...

—Si quieres presentar una queja... —empieza a decir Kelenli. Sus palabras me fascinan de una manera en la que nunca han conseguido hacerlo. A diferencia de la directora, su voz tiene peso y textura, las capas y la profundidad de los estratos. Cuando habla, lanza las palabras hacia el suelo, como si fuera una especie de subvocalización. Eso las hace más reales. Pheylen, quien no parece ser consciente de lo profundas que son las palabras de Kelenli, o quizá no le importe, tuerce el gesto, incómoda, al oír lo que ha dicho. Kelenli repite—: Si quieres presentar una queja, le puedo pedir a Gallat que me saque de la lista.

—¿Y tener que aguantar sus gritos? Aciaga Muerte, no se callaría nunca. Menudo temperamento insoportable que tiene. —Pheylen sonríe. No es una sonrisa alegre—. Debe de ser difícil para él: querer que el proyecto salga adelante, pero, al mismo tiempo, querer también que estés... bien. No me importa que te quedes en espera, pero tampoco he visto los datos de la simulación.

—Yo sí —repone Kelenli con voz sombría—. El riesgo de fallo por retraso era pequeño, pero significativo.

—Bien, pues ya ves. Hasta el riesgo más pequeño es inaceptable si podemos atajarlo. Pero tengo la certeza de que están más ansiosos de lo que aparentan por que formes parte de... —De repente, Pheylen parece avergonzada—. Vaya, lo siento. No pretendía ofenderte.

Kelenli sonríe. Tanto Gaewha como yo vemos que no es más que una capa superficial, que no es una expresión real.

—No pasa nada.

Pheylen suspira, aliviada.

—Bueno, pues me retiro a Observación y os dejo a los tres para que os conozcáis. Tocad cuando hayáis terminado.

La directora Pheylen se marcha de la habitación. Es bueno, porque cuando no hay directores cerca podemos hablar con más facilidad. La puerta se cierra y me encaro a Gaewha (que en realidad se llama «geoda resquebrajada, sabor a sales adularescentes, eco disipado»). Ella asiente un poco, porque he supuesto con acierto que tiene algo importante que decirme. Siempre nos vigilan. Cierto grado de actuación es esencial.

Gaewha pronuncia con la boca:

—La coordinadora Pheylen me ha dicho que van a realizar un cambio en nuestra configuración.

Con el resto de su cuerpo, con perturbaciones atmosféricas e inquietos tirones de los hilos argénteos, comunica: «Han llevado a Tetlewha al zarzal.»

—¿Un cambio a estas alturas? —Miro a la mujer que es como nosotros, Kelenli, para ver si se ha dedicado a seguir la conversación. Se parece mucho a ellos, con esa superficie coloreada y esos huesos largos que hacen que sea una cabeza más alta que nosotros—. ¿Estás relacionada con el proyecto de alguna manera? —le pregunto mientras, al mismo tiempo, respondo a la noticia que Gaewha me ha dado sobre Tetlewha. «No.»

El «no» no es una negación, solo una declaración. Aún podemos detectar el «punto caliente agitado y elevación de estratos, socavón pulverizado», pero... hay algo diferente. Ya no está cerca o, al menos, no está al alcance de nuestras búsquedas sísmicas. Y la agitación y la pulverización que le caracterizan se han sofocado casi del todo.

La palabra que los directores prefieren usar cuando uno de nosotros deja el servicio es «retirado». Nos han pedido a cada uno que describamos lo que sentimos cuando tiene lugar ese cambio, ya que conlleva una disrupción de nuestra red. Por acuerdo tácito, comentamos la sensación de pérdida: les decimos que es algo que se aleja, nos consume y cuya señal se debilita. Por acuerdo tácito, ninguno menciona el resto, que de todas maneras es impronunciable con las palabras de los directores. Lo que experimentamos es una sensación abrasadora, un hormigueo por todo el cuerpo, y también la ruinosa maraña de resistencia del cableado presylanagistino que encontramos a veces en nuestras exploraciones de la tierra, oxidada y afilada debido al deterioro y al potencial desperdiciado. Algo así.

«¿Quién ha dado la orden?», quiero saber.

Gaewha se ha convertido en patrones confusos, malogrados y austeros. «El director Gallat. El resto de directores se han enfadado por ello y han informado a las altas esferas, y por eso han enviado aquí a Kelenli. Hemos tenido que aunar fuerzas entre todos para sostener el de ónice y la piedra lunar. Les preocupa nuestra estabilidad.»

Molesto, respondo: «Quizá deberían haber pensado en ello antes de...»

—Sí que estoy relacionada con el proyecto —interrumpe Kelenli aunque la conversación verbal no se ha visto interrumpida ni alterada. Las palabras son lentas en comparación con el terrargot—. Como podéis ver, tengo algo de conocimiento arcano y capacidades parecidas a las vuestras —añade—. Estoy aquí para enseñaros.

Es capaz de cambiar con tanta facilidad como nosotros de las palabras de los directores a nuestro idioma, el idioma de la tierra. Su presencia comunicativa es «metal pesado y radiante, abrasadoras líneas magnéticas cristalizadas de meteoritos metálicos» y cuenta con capas más complejas debajo de esas, todas tan potentes y afiladas que Gaewha y yo inspiramos maravillados.

Pero ¿a qué se refiere? ¿Enseñarnos? No necesitamos que nos enseñe. Cuando nos decantaron, ya sabíamos casi todo lo que teníamos que saber, y aprendimos el resto durante las primeras semanas que pasamos con nuestros compañeros afinadores. De no haber sido así, también estaríamos en el zarzal.

Me aseguro de que frunzo el ceño.

—¿Cómo puedes ser afinadora como nosotros?

Es una mentira que pronuncio para los que nos observan, quienes no ven más allá de la superficie de las cosas y piensan que nosotros también. No es blanca como nosotros, ni tampoco es baja ni extraña, pero la hemos reconocido como una de los nuestros desde que percibimos el cataclismo que conforma su presencia. No pongo en duda que sea una de los nuestros. No puedo poner en duda lo indiscutible.

Kelenli sonríe con desdén, como si admitiese la mentira.

—No tanto como vosotros, pero lo suficiente. Vosotros sois una obra terminada; yo, tan solo el modelo. —Unos hilillos de magia penetran en la tierra, reverberan y añaden otros significados. «Prototipo.» Una manera de controlar el experimento que se realizó antes para ver cómo teníamos que proceder. Ella solo es diferente en un aspecto, al contrario que nosotros, que lo somos en muchos. Tiene las mismas glándulas sesapinales que nosotros, diseñadas con esmero. ¿Es suficiente para ayudarnos a llevar a cabo la misión? La certeza de su presencia terrenal indica que sí. La mujer continúa con palabras—: No soy la primera que se creó. Pero sí la primera en sobrevivir.

Todos levantamos una mano para protegernos de la Aciaga Muerte. Pero me permito dar la impresión de que no lo he entendido mientras me planteo si deberíamos confiar en ella. Vi cómo la directora se relajaba en su presencia. Pheylen es una de las más amables, pero ni siquiera ella es capaz de obviar lo que somos. Con Kelenli sí que lo hace. Quizá todos los humanos crean que es una de ellos hasta que alguien confirme lo contrario. ¿Cómo será que te traten como un humano cuando no lo eres? Y también hay que tener en cuenta el hecho de que nos han dejado a solas con ella. A nosotros nos consideran armas que podrían dispararse por accidente en cualquier momento; pero en ella sí confían.

—¿Cuántos fragmentos has conseguido armonizar contigo? —pregunto en voz alta como si fuese relevante. También es un desafío.

—Solo uno —responde Kelenli. Pero no deja de sonreír—. El de ónice.

Vaya, vaya. Eso sí es importante. Gaewha y yo nos miramos sorprendidos y preocupados antes de mirarla de nuevo.

—Y la razón por la que estoy aquí —continúa Kelenli, quien de pronto parece muy interesada en darnos aquella información importante con simples palabras, algo que de alguna manera perversa consigue enfatizar el mensaje— es porque se ha expedido la orden. Los fragmentos se encuentran a una capacidad de almacenamiento óptima y listos para el ciclo generativo. Nucleobase y la Zona Cero se activarán en veintiocho días. Al fin vamos a conectar el Motor Plutónico.

(Dentro de diez mil años, después de que las personas se olviden una y otra vez de lo que son los «motores» y a los fragmentos se limiten a llamarlos «obeliscos», lo que ahora es el centro de nuestras vidas recibirá un nombre diferente. Se llamará el Portal de los Obeliscos, más poético y, al mismo tiempo, primitivo. Me gusta más ese nombre.)

En el presente, mientras Gaewha y yo la contemplamos, Kelenli emite un último sobresalto entre las vibraciones de nuestras células:

«Eso quiere decir que en menos de un mes tendréis que demostrar quiénes sois en realidad.»

Gaewha frunce el ceño. Consigo no reaccionar, porque los directores vigilan tanto nuestros cuerpos como nuestras caras, pero por muy poco. Estoy muy confundido, pero nada nervioso. En el presente en el que transcurre esta conversación no tengo ni idea de que eso es el principio del fin.

Porque los afinadores no somos orógenes, ¿sabes? La orogenia es aquello en lo que se convertirá lo que nos diferencia después de pasar generaciones tratando de adaptarnos a un mundo que ha cambiado. Tú eres una destilación más natural, especializada y superficial de lo más antinatural de nuestra rareza. Solo unos pocos como tú, como Alabastro, llegarán a acercarse al poder y la versatilidad que nos caracterizan, debido a que nos construyeron con un propósito y de una manera tan antinatural como eso que llamas obeliscos. Nosotros también somos fragmentos de esa gran máquina, un éxito de la genegeniería, la biomagestría, geomagestría y otras disciplinas para las que no habrá nombre en el futuro. Nuestra existencia glorifica el mundo que nos construyó, de la misma manera que una estatua, un cetro o cualquier otro objeto valioso.

No es algo que nos moleste, ya que nuestras opiniones y experiencias también se han fabricado con minuciosidad. No comprendemos que lo que Kelenli pretende aportarnos es la sensación de que formamos parte de un pueblo. No entendemos la razón por la que se nos ha negado el poder considerarnos así hasta ahora... pero lo haremos.

Y en ese momento llegaremos a comprender que las personas no pueden ser posesiones. Y como nosotros lo somos y es algo que no debería ser así, una nueva idea empezará a formarse en nuestro interior a pesar de que nunca hayamos oído la palabra porque los directores tienen prohibido mencionarla en nuestra presencia. «Revolución.»

Bueno, da igual: tampoco es que usemos mucho las palabras. Pero te he hablado del principio. Y tú, Essun, verás el final.

3

Tú, inestable

Al cabo de un par de días te has recuperado lo suficiente como para caminar por tu propio pie. Cuando lo consigues, Ykka no tarda en redistribuir a los camilleros para que lleven a cabo otras tareas. Eso te deja renqueando débil y torpe debido a la pérdida del brazo. Los primeros días caminas muy atrasada con respecto a la mayor parte del grupo, y los alcanzas y acampas con ellos cuando ya llevan unas horas descansando para pasar la noche. Cuando vas a coger tu parte, ya no queda mucho de la comida comunitaria. Lo bueno es que ya no sientes hambre. Tampoco queda mucho sitio donde extender el saco de dormir, aunque al menos te han dado unos suministros básicos para compensar la pérdida de tu portabastos. Los sitios que quedan no son buenos y están cerca de los extremos del campamento o justo en la carretera, donde hay mucho peligro de sufrir ataques de la fauna o los comubundos. Duermes allí de todos modos, porque estás agotada. Supones que cuando haya peligro de verdad, Hoa será capaz de transportarte fuera. Parece ser capaz de hacerlo a través de la tierra a lo largo de distancias cortas sin problema alguno. Aun así, la rabia de Ykka es difícil de soportar, por más de una razón.

Tonkee y Hoa van a tu zaga. Es casi como en los viejos tiempos, con la salvedad de que ahora Hoa aparece a tu lado mientras caminas y se queda rezagado cuando avanzas para luego reaparecer en alguna parte delante de ti. La mayor parte de las veces adopta una postura neutra, pero de vez en cuando hace algo gracioso, como cuando te lo encuentras inmóvil con la pose de un corredor. Al parecer, los comepiedras también se aburren. Hjarka acompaña a Tonkee, por lo que ahora sois cuatro. Bueno, cinco: Lerna también se queda rezagado para caminar a tu lado, molesto porque al parecer considera que se está tratando mal a una de sus pacientes. No le parece bien que una mujer que acaba de salir de un coma se vea obligada a caminar y, mucho menos, que la dejen atrás. Intentas convencerlo de que no se quede contigo, de que no se granjee la animadversión de Castrima, pero se limita a resoplar y a afirmar que si Castrima se quiere dedicar a hostigar a la única persona de la comu con estudios de cirugía, es que no merecen que esté ahí. Lo que... resulta ser una afirmación muy convincente. Te quedas en silencio.

Algo es algo: has mejorado más de lo que esperaba Lerna. Ello se debe en gran parte a que en realidad no estabas en coma, y también a que sigues habituada a la carretera a pesar de los siete u ocho meses que has vivido en Castrima. Las viejas costumbres no tardan en aflorar: encontrar un paso firme, aunque sea lento, con el que aguantar a lo largo de kilómetros, llevar la mochila muy baja para que el peso se apoye en tus nalgas en lugar de tirar de tus hombros, mantener la cabeza gacha mientras caminas para que la lluvia de ceniza no te cubra las gafas. La pérdida de un brazo es más una molestia que una adversidad, al menos ahora que aún tienes a mucha gente a tu alrededor que te ayuda. Quitando el desequilibrio que te crea y los picores y dolores fantasma que te aquejan los dedos o un codo que ya no existen, lo más complicado es vestirte por las mañanas. Te sorprende la presteza con la que consigues dominar el ponerte en cuclillas para orinar o defecar sin caerte, pero quizá solo se deba a que estás más motivada después de todos los días que te has pasado con un pañal puesto.

Consigues valerte por ti misma; apenas avanzas al principio, pero a medida que pasan los días vas cogiendo ritmo. No obstante, hay un problema: caminas en la dirección equivocada.

Una tarde, Tonkee se acerca a sentarse a tu lado:

—No puedes marcharte hasta que nos encontremos mucho más al oeste —dice sin preámbulo alguno—. Cuando estemos llegando al Merz, diría yo. Si quieres llegar tan lejos, tendrás que arreglar las cosas con Ykka.

La fulminas con la mirada, aunque ella cree que está siendo discreta. Ha esperado a que Hjarka haya empezado a roncar en su saco y Lerna se haya marchado a usar la letrina del campamento. Hoa aún está cerca, en pie y haciendo una guardia poco sutil entre vuestro pequeño grupo dentro del campamento de la comu. La hoguera que habéis encendido ilumina por debajo las curvas de su cara negra y marmórea. Pero Tonkee sabe que te es leal, al menos todo lo leal que puede ser en sus propios términos.

—Ykka me odia —dices al fin después de comprobar que tu mirada fulminante no ha suscitado ningún tipo de arrepentimiento ni desazón en Tonkee.

La mujer pone los ojos en blanco.

—Créeme, conozco muy bien el odio. Lo que Ykka siente es... miedo, y también algo de desesperación, pero en parte te lo mereces. Has puesto en peligro a los suyos.

—He salvado a los suyos de ese peligro.

Al otro lado del campamento, como si pretendiera ilustrar tus palabras, te das cuenta de que alguien se mueve con torpeza. Es una de las soldados de Rennanis, una de los pocos que se pudo capturar con vida después de la última batalla. Lleva puesto un yugo: un collar de madera con bisagras que le rodea el cuello y tiene agujeros en los tablones que le levantan y separan los brazos, todo ello unido por dos cadenas a dos grilletes que lleva en los tobillos. Primitivo, pero efectivo. Lerna se ha dedicado a atender las dolorosas irritaciones de los prisioneros y llegas a la conclusión de que les permiten quitarse los yugos por la noche. Es mejor tratamiento que el que los castrimenses habrían recibido de los renanienses en caso de que la batalla hubiera terminado de otra manera, pero no deja de ser una situación incómoda. Al fin y al cabo, tampoco es que los renanienses se puedan marchar. Aunque no lleven los yugos, si cualquiera de ellos se escapase ahora sin suministros y sin la protección de un gran grupo, apenas duraría unos pocos días. Los yugos no son más que una manera de agravar la humillación aún más, si cabe, y un recordatorio inquietante de que todo podría ser peor. Apartas la mirada.

Tonkee te ve mirar.

—Sí, salvaste a Castrima de un peligro, pero los hiciste enfrentarse a otro igual de malo. Ykka solo quería una parte de esa oferta.

—La otra parte era inevitable. ¿Debería haber dejado que los comepiedras matasen a todos los orogratas? ¿O que la matasen a ella? ¡Si lo hubiesen conseguido, los mecanismos de la geoda no se podrían haber activado de nuevo!

—Lo sabe. Por eso te digo que no es odio. Pero... —Tonkee suspira como si fueses tonta de remate—. Mira, Castrima era... o es, un experimento. No la geoda en sí, sino la gente. Siempre supo que intentar montar una comu con extraviados y orogratas era algo precario, pero funcionaba. Hizo que los que llevaban allí más tiempo comprendieran que los nuevos eran necesarios. Hizo que todo el mundo considerara personas a los orogratas. También que acordaran vivir bajo tierra, en las ruinas de una civitusta que podría habernos matado a todos en cualquier momento. Incluso logró evitar que se mataran entre sí cuando aquel comepiedras gris les dio una razón para hacerlo.

—Yo fui quien lo evitó —murmuras. Pero sigues escuchando.

—Ayudaste —concede Tonkee—, pero ¿y si hubieses estado sola? Sabes muy bien que habría funcionado. Castrima funciona bien gracias a Ykka. Porque saben que moriría por sacar adelante la comu. Si ayudas a Castrima, volverás a tener a Ykka de tu parte.

Tardaréis semanas, quizá meses, en llegar a la ciudad de las Ecuatoriales que ahora está vacía, Rennanis.

—Sé dónde está Nassun —dices, furiosa—. ¡Cuando Castrima llegue a Rennanis puede que ella ya se haya ido a otra parte!

Tonkee suspira.

—Ya han pasado varias semanas, Essun.

Y seguro que Nassun se encontraba en otra parte incluso antes de que te levantases. Empiezas a temblar. No es algo racional, y lo sabes, pero espetas:

—Pero si me marcho ahora, quizá... quizá pueda alcanzarla, quizá Hoa pueda armonizar con ella de nuevo, quizá yo pueda... —En ese momento, te quedas en silencio porque oyes una nota trémula y aguda en tu propia voz, y sientes cómo tu instinto maternal, relegado pero alerta, te reprende: «Deja de lloriquear.» Es lo que estás haciendo, así que te tragas algunas palabras, pero aún tiemblas. Un poco.

Tonkee niega con la cabeza, con un gesto que o bien podría ser comprensión, o bien la triste confirmación del patético espectáculo que has dado.

—Bueno, al menos sabes que es una mala idea. Pero si estás tan decidida, será mejor que te pongas en marcha.

Se da la vuelta. No puedes culparla, ¿no? ¿Aventurarse en lo desconocido y a una muerte casi segura con una mujer que ha destruido varias comunidades o quedarse en una comu que, al menos en teoría, pronto volverá a tener un hogar? Es algo que cae por su propio peso.

Pero deberías saber a ciencia cierta lo que va a hacer en vez de tratar de predecirlo. La mujer suspira cuando te tranquilizas y luego se sienta en la roca en la que te sentabas.

—Tal vez pueda conseguir algunos suministros adicionales del contramaestre si les digo que los Innovadores me han mandado a explorar algo. Están acostumbrados a que lo haga. Pero no estoy segura de poder convencerlos de que me den lo suficiente para dos personas.

Te sorprende descubrir lo agradecida que estás por su... Mmm. Lealtad no es la palabra. ¿Apego? Quizá. Quizás has sido sujeto de su investigación durante todo este tiempo y, como es obvio, no te va a dejar marchar después de seguirte durante décadas por media Quietud.

Pero, en ese momento, frunces el ceño.

—¿Dos? ¿No serían tres?

Pensabas que le iba bien con Hjarka.

Tonkee se encoge de hombros, luego se inclina con torpeza para comer algo del cuenco de arroz y judías que le corresponde. Cuando traga, dice:

—Prefiero hacer estimaciones conservadoras. Tú también deberías hacerlo.

Se refiere a Lerna, quien también está en proceso de quedar atado a ti. No sabes la razón. No te tienes en muy alta estima, estás llena de ceniza, sin brazo, y él se pasa mucho tiempo enfadado contigo. Aún te sorprende que no lo esté siempre. Siempre fue un niño raro.

—Sea como fuere, hay una cosa en la que quiero que pienses —continúa Tonkee—. ¿Qué hacía Nassun cuando la encontraste?

Te estremeces. Porque, joder, Tonkee ha vuelto a pronunciar en voz alta algo que hubieses preferido no decir ni tampoco pensar.

Y también porque recuerdas el momento en el que, con el poder del Portal recorriendo tu interior, encontraste, tocaste y sentiste una resonancia familiar. Una secundada y amplificada por algo azul, profundo y que tenía una extraña resistencia a la conexión con el Portal. De alguna manera, el Portal te hizo saber que era el de zafiro.

¿Qué hace tu hija de diez años jugando con un obelisco?

¿Cómo es que tu hija de diez años sigue viva después de jugar con un obelisco?

Piensas en lo que sentiste durante aquel contacto momentáneo. Una vibración familiar con un sabor a la orogenia que sofocaste desde que nació y entrenaste desde que tenía dos años, pero mucho más intensa y agudizada. No intentabas quitarle el de zafiro a Nassun, pero el Portal sí, debido a las instrucciones que habían dejado unos constructores muertos hace mucho tiempo que de alguna manera habían conseguido grabar entre las capas del entramado del de ónice. Pero Nassun se había quedado con el de zafiro. Había plantado cara al Portal de los Obeliscos.

¿Qué había hecho tu pequeña durante aquel año largo y sombrío para desarrollar una habilidad así?

—No sabes en qué situación se encuentra —continúa Tonkee, con lo que sale de esa terrible duermevela y te centras en ella—. No sabes con qué gente vive. Has dicho que se encuentra en las Antárticas, en algún lugar cerca de la costa oriental, ¿no? Esa parte del mundo aún no debería haberse visto muy afectada por la Estación. ¿Qué vas a hacer? ¿Sacarla a rastras de una comu en la que está a salvo, tiene suficiente para comer y aún es capaz de ver el cielo para arrastrarla hacia el norte, para llevarla a una comu cerca de la Hendidura donde habrá terremotos constantes y un conducto volcánico podría matarnos a todos? —Te mira a los ojos—. ¿Quieres ayudarla o solo que vuelva a estar a tu lado? No es lo mismo.

—Jija mató a Uche —espetas. Las palabras no duelen, a menos que pienses en ellas mientras las pronuncias. A menos que recuerdes el olor de tu hijo o su risilla o el hecho de verlo debajo de aquella manta. A menos que pienses en Corindón. Aprovechas la rabia para superar las punzadas de culpa y aflicción—. ¡Tengo que alejarla de él! ¡Mató a mi hijo!

—Aún no ha matado a tu hija. ¿Y cuánto ha pasado? ¿Veinte meses? ¿Veintiuno? Por algo será. —Tonkee observa a Lerna, quien se acerca a ti entre la multitud, y suspira—. Lo único que digo es que hay cosas en las que deberías pensar. No me puedo creer que yo diga algo así. Es otra usuaria de los obeliscos y ni siquiera puedo ir a investigarlo. —Tonkee suelta un gruñido de frustración—. Odio esta maldita Estación. Tengo que ser más práctica, por el óxido.

Te sorprendes a ti misma riendo entre dientes, un poco. Tonkee ha hecho preguntas apropiadas, sin duda, y para algunas no tienes respuesta. Piensas mucho en ellas esa noche y durante los días siguientes.

Rennanis se encuentra muy cerca de las Costeras occidentales, justo al otro lado del desierto de Merz. Castrima tendrá que atravesar el desierto para llegar, porque rodearlo incrementaría de forma drástica el tiempo de viaje: los meses pasarían a ser años.

Pero atravesáis a buen ritmo la parte central de las Surmelat, donde las carreteras se encuentran en un estado decente y tampoco habéis recibido muchos ataques de saqueadores ni de la fauna. Los Cazadores han sido capaces de encontrar comida suficiente para suplir los suministros de la comu, y también alguna que otra presa más que antes. No te extraña, ya que ahora no tienen que enfrentarse a hordas de insectos. Aun así, no es suficiente: los pájaros y los pequeños ratones de campo no surten a una comu de más de mil habitantes durante mucho tiempo. Pero eso es mejor que nada.

Cuando empiezas a notar los cambios de terreno que presagian la llegada del desierto, el bosque empieza a hacerse más ralo, la topografía se aplana y el agua entre los estratos empieza a ser más escasa. Decides que al fin ha llegado el momento de intentar hablar con Ykka.

Entráis en un bosque de piedra: un lugar lleno de capiteles altos, negros y de bordes afilados que se erigen de manera irregular hacia el cielo y a vuestro alrededor mientras el grupo se interna en sus profundidades. No hay muchos así en el mundo. La mayor parte de ellos se derrumban debido a los terremotos o, cuando existía el Fulcro, se ordenaba a los ropasbrunas de la zona que los destruyesen. No hay comus que se encuentren en el interior de un bosque de piedra, y ninguna comu que vaya bien quiere uno cerca. Aparte de su tendencia a derrumbarse y aplastar todo lo que hay en su interior, los bosques de piedra suelen estar plagados de cuevas o formaciones erosionadas por el agua que son refugios maravillosos para la flora y la fauna más peligrosas. O para personas.

La carretera atraviesa recta el bosque de piedra, lo que es absurdo. Nadie en su sano juicio construiría una carretera a través de un lugar como este. Si el gobernador de un cuadrante propusiera usar los impuestos de la gente para crear tal cebo para bandidos, no lo reelegirían en las siguientes elecciones... o se encargarían de él al amparo de la noche. Eso te da la primera pista de que este sitio está un poco fuera de lugar. La segunda es que en el bosque no hay mucha vegetación. Ya no queda demasiada a estas alturas de la Estación, pero tampoco hay indicios de que la haya habido. Es indicativo de que el bosque de piedra es reciente, tanto que ni el viento ni la lluvia han tenido tiempo de erosionar la piedra para permitir que crezcan las plantas. Tan reciente que no existía antes de que comenzase la Estación.

Las glándulas sesapinales te dan la tercera pista. La mayor parte de los bosques de piedra están hechos de piedra caliza y se forman con la erosión del agua después de cientos de millones de años. Este es de obsidiana, vidrio volcánico. Los picos aserrados no son rectos, sino más bien curvados hacia dentro; hay incluso algunos arcos intactos que se extienden sobre la carretera. Es imposible verlo de cerca, pero eres capaz de sesapinar el patrón general: el bosque al completo es una flor de lava, solidificada en mitad de un estallido. La explosión tectónica de los alrededores no ha afectado ni una línea de la carretera. Un trabajo precioso, sin duda.

Cuando la encuentras, Ykka está en medio de una discusión con otro miembro de la comu. Ha ordenado que se detengan a unas decenas de metros del bosque y la gente no deja de dar vueltas con gesto confundido, porque no saben si han parado para descansar o deberían estar montando el campamento, ya que es bastante tarde. Terminas por reconocer a la miembro de la comu: es Esni Lomocurtido Castrima, la portavoz de la casta al uso. Te dedica una mirada incómoda cuando te detienes junto a ellas, pero te quitas las gafas y la máscara y se relaja. No te reconoció porque te has metido unos harapos en la manga del brazo que ya no tienes para mantener el calor. Su reacción es un agradable recordatorio de que no todos los de Castrima están enfadados contigo. Esni está viva porque la peor parte del ataque, el momento en el que los soldados de Rennanis se abrieron paso con violencia a través de los Lomocurtidos que custodiaban el Mirador Pintoresco, terminó cuando encerraste a los comepiedras enemigos en los cristales.

Pero Ykka no se gira, aunque debería haber sido capaz de sesapinar tu presencia con facilidad. Luego dice, crees que a Esni, aunque sea una frase que bien podría ir dirigida también a ti:

—De verdad que no me apetece saber nada de discusiones ahora mismo.

—Me alegro —dices—. Porque entiendo muy bien por qué nos hemos detenido aquí, y creo que es buena idea.

Lo dices un poco más alto de lo que deberías. Miras a Esni para que sepa que ahora es tu turno con Ykka y que quizás ella no quiera estar allí en ese momento. Pero la mujer que lidera a los defensores de la comu no se va a dejar achantar con tanta facilidad, por lo que no te sorprende cuando pone gesto de diversión y se cruza de brazos, como dispuesta a disfrutar del espectáculo.

Ykka se gira hacia ti, con una mezcla de irritación e incredulidad en el gesto. Luego dice:

—Gracias por tu aprobación. —Usa un tono que denota cualquier cosa menos agradecimiento—. La verdad es que tampoco es que me importe.

Aprietas los dientes.

—Lo has sesapinado, ¿verdad? Diría que es obra de un tetra o pentanillado, pero también sé que hay ferales con aptitudes extraordinarias.

Te refieres a ella. Es una ofrenda de paz. O quizá solo sea un cumplido.

Hace como si no lo hubiese oído.

—Iremos tan rápido como podamos antes del anochecer y montaremos campamento allí. —Señala con la cabeza hacia el bosque—. Es demasiado grande como para atravesarlo en un día. Quizá podamos rodearlo, pero hay algo...

Se le nubla la vista, luego frunce el ceño, se da la vuelta y hace una mueca por haberte mostrado sus debilidades. Tiene la capacidad suficiente como para sesapinar que hay algo, pero no para saber con exactitud el qué.

Tú eres la que ha pasado años aprendiendo a leer piedras subterráneas con la orogenia, por lo que terminas su frase.

—En esa dirección hay un foso de pinchos cubierto con maleza —dices mientras señalas con la cabeza hacia la hierba marchita que cubre el bosque de piedra por un lado—. Después hay una zona llena de cepos. No sé cuántos, aunque sesapino mucha tensión cinética de cables y cuerdas. Pero si rodeamos por el otro camino encontraremos unas columnas de piedra algo descascarilladas y rocas colocadas con esmero a lo largo de la linde del bosque de piedra. Todo dispuesto para que tenga lugar un desprendimiento. Y también sesapino que hay huecos colocados en puntos estratégicos junto a las columnas exteriores. Una ballesta, o incluso un arco y flechas, podría hacernos mucho daño desde una posición así.

Ykka suspira.

—Sí. Parece que atravesarlo es el mejor camino.

Mira a Esni, que al parecer discutía por lo mismo. Esni suspira también, y luego se encoge de hombros y acepta el argumento.

Te giras hacia Ykka.

—Quienquiera que haya hecho este bosque, si sigue vivo, tiene la capacidad para congelar con precisión la mitad de la comu en segundos y sin previo aviso. Si estás segura de querer atravesarlo, nosotros tendremos que preparar una rotación de guardias y tareas. Y con ese «nosotros» me refiero a los orogenes que tengamos mejor control. Hoy vas a tener que mantenernos despiertos toda la noche.

Entrecierra los ojos.

—¿Por qué?

—Porque si alguno se duerme mientras tiene lugar el ataque —estás segura de que habrá un ataque—, reaccionaremos de manera instintiva.

Ykka te dedica una mueca. No es una feral común, pero sí lo suficientemente feral como para saber qué ocurriría en caso de que algo la haga reaccionar con la orogenia mientras duerme. Todo el que sobreviva al ataque podría morir a sus manos por accidente.

—Mierda. —Aparta la mirada por un instante en el que te preguntas si no te ha creído, pero al parecer solo está pensando—. Bueno. Pues dividiremos las guardias. Los orogratas que no estén de guardia se pondrán a trabajar; por ejemplo, a quitarles la cáscara a esos guisantes silvestres que encontramos hace unos días. O a reparar los arneses que los Lomocurtidos usan para el arrastre, porque mañana tendrán que llevarnos en carros, ya que estaremos demasiado cansados y somnolientos como para caminar.

—Bien. Y... —Titubeas. Aún no. No eres capaz de admitir tu debilidad frente a esas mujeres, aún no. Pero...—. Yo no.

Ykka entrecierra los ojos al instante. Esni te dedica una mirada escéptica, como si dijera: «Con lo bien que lo estabas haciendo.» Al momento, añades:

—No sé de lo que soy capaz ahora. Después de lo que hice en Bajo-Castrima... soy diferente.

Ni siquiera es una mentira. De manera inconsciente, extiendes la mano hasta tu brazo ausente y tiras de la manga de tu chaqueta. Nadie puede ver el muñón, pero de pronto eres muy consciente de que está ahí. Resulta que a Hoa no le gustaba la manera en la que Antimonio dejaba marcas de dientes en los muñones de Alabastro. El tuyo es suave, redondeado y hasta pulido. Menudo perfeccionista, por el óxido.

La mirada de Ykka sigue el gesto consciente de tu mano, y la mujer pone una mueca de dolor.

—Sí. Vale. Supongo que no pasa nada. —Aprieta los dientes—. Parece que al menos sí que puedes sesapinar.

—Sí. Puedo ayudar con las guardias. Pero no debería... hacer nada.

Ykka niega con la cabeza, pero dice:

—Bien. Pues te encargarás de la última guardia de la noche.

Es la guardia menos agradable, el momento más frío ahora que ha empezado a helar. La mayoría preferiría estar durmiendo en cálidos sacos de dormir. También es el momento más peligroso de la guardia, ese en el que cualquier atacante con sentido común se enfrentaría a un gran grupo como este, con la esperanza de pillar a los defensores somnolientos y remolones. No sabes si se trata de una muestra de confianza o de un castigo. Para comprobarlo, preguntas:

—¿Puedo al menos llevar un arma?

No llevas ninguna desde hace meses, después de que abandonaras Tirimo, cuando cambiaste el cuchillo por escaramujos deshidratados para prevenir el escorbuto.

—No.

Por el óxido de la Tierra. Empiezas a cruzarte de brazos, pero cuando se te agita la manga recuerdas que no puedes hacerlo y haces una mueca de dolor en su lugar. (Ykka y Esni también la hacen.)

—¿Y qué se supone que tengo que hacer? ¿Gritar muy alto? ¿En serio vas a poner en riesgo a la comu porque estás resentida conmigo?

Ykka pone los ojos en blanco.

—Por el óxido de la Tierra. —Es tan similar a lo que acabas de pensar tú que frunces el ceño—. Increíble. Crees que estoy molesta por lo de la geoda, ¿verdad?

No puedes evitar mirar a Esni. Ella mira fijo a Ykka, como si pensara: «¿Es que no lo estás?» Su elocuencia es suficiente para ambas.

Ykka la fulmina con la mirada, se restriega la cara y suelta un suspiro fatídico.

—Esni, vete... Mierda, vete a hacer cosas de Lomocurtido. Essie, ven. Ven aquí. Vamos a dar un paseo, por el óxido.

Te hace unos aspavientos impetuosos, frustrada. Estás demasiado confundida como para ofenderte. Se gira para marcharse y la sigues. Esni se encoge de hombros y se marcha.

Las dos atravesáis el campamento en silencio durante unos instantes. Todo el mundo parece muy consciente del peligro que representa el bosque de piedra, por lo que aquel se ha convertido en uno de los descansos más ajetreados que habéis realizado nunca. Algunos de los Lomocurtidos transportan objetos entre los carros para colocar los más esenciales en los que tienen las ruedas más robustas, lo que hará que estén menos cargados y sea más sencillo cogerlos y salir disparados en un momento de presión. Los Cazadores tallan varas afiladas con la madera de los árboles jóvenes y las ramas que hay alrededor del campamento. Las colocarán alrededor del perímetro cuando la comu termine de montarlo todo, con el objetivo de desviar a los atacantes hacia zonas concretas en las que acabar con ellos. El resto de los Lomocurtidos se toman siestas cuando pueden, a sabiendas de que cuando anochezca tendrán que patrullar o los obligarán a dormir en la parte externa del campamento. «Contad siempre con unos lomos bien curtidos para protegerlos», reza el litoacervo. Los Lomocurtidos que no quieran ser escudos humanos tendrán que encontrar la manera de ser útiles para otra casta o marcharse y que los adopte otra comu.

Arrugas la nariz cuando pasas la zanja excavada a toda prisa que ya ocupan seis o siete personas, y en la que algunos de los Resistentes más jóvenes realizan la ingrata tarea de lanzar paladas de tierra para cubrir los resultados. No es lo normal, pero hay una pequeña fila de personas que esperan su turno para acuclillarse. No te sorprende que tanta gente necesite evacuar las entrañas a la vez: a la lóbrega sombra del bosque de piedra, todo el mundo se ha puesto de los nervios. Nadie quiere que lo pillen con los pantalones bajados una vez llegue la noche.

Mientras piensas que quizá te vendría bien ponerte a la cola en la zanja, Ykka te sorprende con una animada reflexión:

—Entonces, ¿ya te caemos bien?

—¿Qué?

Con un gesto, abarca el campamento. La gente de la comu.

—Has acompañado a Castrima durante casi un año. ¿Tienes algún amigo?

—No —respondes.

Te mira un instante y te preguntas sintiéndote culpable si esperaba que dijeras su nombre. Luego suspira.

—¿Ya has empezado a liarte con Lerna? Sobre gustos no hay nada escrito, supongo, pero los Sementales afirman que todo apunta a que sí. Cuando yo quiera estar con un hombre, elegiré a uno que no hable tanto. Las mujeres son una apuesta más segura. Saben cómo no agriarle el humor a una.

Empieza a estirarse y hace una mueca de dolor cuando llega a una contractura que tenía en la espalda. Te tomas ese tiempo para controlar el terrible gesto de bochorno que se ha adueñado de tu rostro. Al parecer, esos oxidados Sementales no tienen nada mejor que hacer.

—No —dices.

—¿Todavía no?

Suspiras.

—Todavía... no.

—¿Y a qué esperas, por el óxido? La carretera no se va a volver más segura.

La fulminas con la mirada.

—Pensé que te daba igual.

—Y me da igual, pero ponerte a parir por ello me ayuda a reafirmarme.

Ykka te lleva hacia los carros, o eso es lo que crees al principio. Luego los pasáis de largo, y te quedas rígida debido a la sorpresa.

Allí, sentados y comiendo algo, se encuentran los siete prisioneros de Rennanis. Incluso sentados son diferentes de los habitantes de Castrima, ya que todos los renanienses son sanzedinos puros o casi tan puros que dan el pego, más altos incluso de lo que es habitual en la raza, con largas melenas soplocinéreas, trenzas por los lados de la cabeza o pelo encrespado hacia arriba, lo que hace más intenso el efecto. Les han quitado los yugos un momento, aunque los prisioneros aún llevan puestas las cadenas que los unen a ellos, y unos pocos Lomocurtidos montan guardia cerca.

Te sorprende ver que comen, ya que aún no habéis acampado para pasar la noche. Los Lomocurtidos que se encuentran de guardia también comen, pero eso sí que tiene sentido, ya que tienen una larga noche por delante. Los renanienses levantan la cabeza cuando os acercáis Ykka y tú. Os detenéis de sopetón, ya que reconoces a una de ellos. Es Danel, la generala del ejército de Rennanis. Parece estar sana y entera, a excepción de las marcas rojas que tiene alrededor del cuello y las muñecas debido al yugo. La última vez que la viste de cerca llamaba a un Guardián descamisado para que acabara contigo.

Ella también te reconoce, y su boca se convierte en una línea recta llena de ironía y resignación. Luego, de manera deliberada, te saluda con la cabeza antes de centrarse otra vez en su cuenco.

Para tu sorpresa, Ykka se acuclilla junto a Danel.

—Bueno, ¿qué tal está la comida?

Danel se encoge de hombros y sigue comiendo.

—Es mejor que morirse de hambre.

—No está mal —dice otro de los prisioneros del círculo, quien se encoge de hombros cuando uno de sus compañeros lo fulmina con la mirada—. ¿Qué pasa? Es verdad.

—Solo lo hacen para que podamos tirar de sus carros —dice el hombre que lo había mirado.

—Cierto —los interrumpe Ykka—. Muy cierto. Los Lomocurtidos de Castrima reciben una parte de los suministros de la comu y una cama, cuando los tenemos, a cambio de su contribución. ¿Qué os daba Rennanis?

—Un orgullo oxidado, supongo —dice el de la mirada fulminante, haciéndolo aún más.

—Calla, Phauld —dice Danel.

—Estos mestizos creen que...

Danel suelta el cuenco de la comida. El de la mirada fulminante se queda en silencio y se pone tenso al momento mientras abre un poco los ojos. Un instante después, Danel coge el cuenco y sigue comiendo. Su gesto no ha cambiado en todo ese tiempo. Algo te hace sospechar que ha criado a algún niño.

Ykka, que tiene el codo apoyado en una rodilla, apoya la barbilla en el puño y mira por un momento a Phauld. Luego le dice a Danel:

—¿Qué quieres que haga con él?

Phauld frunce el ceño al instante.

—¿Qué?

Danel se encoge de hombros. Ha vaciado el cuenco, pero pasa un dedo por el interior para coger el caldo del fondo.

—Ya no me corresponde a mí decidir.

—No parece muy listo. —Ykka aprieta los labios y examina al hombre—. No es feo, pero es más difícil encontrar listos que guapos.

Danel no dice nada durante un rato, y Phauld desvía la mirada entre ella e Ykka con un gesto de incredulidad cada vez más marcado. Luego Danel suspira con fuerza y también mira a Phauld.

—¿Qué quieres que diga? Ya no soy su comandante. Nunca quise serlo. Me reclutaron. Que me oxide si me importa.

—No te creo —dice Phauld. Con voz cada vez más desesperada y como si estuviese sucumbiendo al pánico—. He luchado por ti.

—Y hemos perdido. —Danel niega con la cabeza—. Ahora tenemos que sobrevivir y adaptarnos. Olvidarnos de toda esa basura que oímos en Rennanis sobre los sanzedinos y los mestizos, que no era más que propaganda para unir a la comu. Las cosas han cambiado. «La necesidad es la única ley.»

—¡No me cites el litoacervo, por el óxido!

—Cita el litoacervo porque no lo has entendido —espeta el otro hombre, al que le gustaba la comida—. Nos han dado de comer. Nos dejan ser útiles. Es una prueba, pedazo de imbécil. ¡Lo hacen para ver si queremos ganarnos un puesto en esta comu!

—¿Esta comu? —Phauld abarca el campamento con un gesto. Sus carcajadas reverberan en las fachadas de piedra. La gente mira alrededor e intenta descubrir si los gritos se deben a algún problema—. ¿Acaso no oyes lo que dices? Esta gente no tiene nada que hacer. Deberían estar buscando algún lugar en el que asentarse, o quizás empezar a reconstruir una de las comus que hemos saqueado de camino. Pero en lugar...

Ykka se mueve con un disimulo que no te pasa desapercibido. Todo el mundo sabe lo que va a ocurrir, y también Phauld, pero él es demasiado cabezota para aceptar la realidad. La mujer se levanta y se quita la ceniza de los hombros aunque en realidad no necesitaba hacerlo. Luego recorre el círculo hasta Phauld y le pone una mano en la coronilla. El hombre intenta zafarse y darle un golpe.

—Por el óxido, ¡no me toques...!

Pero en ese momento se detiene. Se le ponen los ojos vidriosos. Ykka le ha hecho eso, lo mismo que le hizo a Cutter en Bajo-Castrima cuando la gente empezó a formar una turba para linchar orogenes. Como ahora sabías que iba a ocurrir, eres capaz de discernir mejor cómo emite esa extraña palpitación. Sin duda se trata de magia, algún tipo de manipulación de esos filamentos estrechos y plateados que revolotean y titilan entre las partículas de la sustancia de una persona. La palpitación de Ykka atraviesa el nudo de hilos que se encuentra en la base del cerebro de Phauld, justo encima de las glándulas sesapinales. Todo sigue intacto a nivel fisiológico, pero a nivel mágico se podría decir que le ha cortado la cabeza.

El hombre se derrumba hacia atrás, e Ykka se echa a un lado para dejar que caiga inmóvil al suelo.

Otra de las renanienses jadea e intenta acercarse, lo que hace resonar sus cadenas. Los guardas se miran entre ellos, inquietos, pero no se sorprenden: el rumor de lo que Ykka le hizo a Cutter no tardó en extenderse por la comu. Un renaniense que no había hablado hasta el momento suelta un taco en una de las lenguas criollas de las Costeras. No es etúrpico, por lo que no lo entiendes, pero sin duda denota pavor. Danel se limita a suspirar.

Ykka también suspira y luego mira al muerto. Luego se gira hacia Danel.

—Lo siento.

Ella esboza una ligera sonrisa.

—Lo intentamos. Y tú misma lo has dicho: no era muy listo.

Ykka asiente. Por algún motivo te mira un instante. No tienes ni idea de la lección que supone que deberías aprender de aquello.

—Quitadles los grilletes —dice. Te quedas confundida un instante antes de darte cuenta de que se trata de una orden para los guardas. Uno de ellos se acerca a hablar con otro y luego empiezan a rebuscar en un llavero. Luego, con pesadumbre y disgustada de forma manifiesta consigo misma, Ykka pregunta—: ¿A quién le toca ser el intendente hoy? ¿A Memsid? Que alguien le diga a él y a otros Resistentes que se encarguen de esto. —Señala con la cabeza hacia Phauld.

Todo el mundo se queda inerte y nadie protesta. Los Cazadores han encontrado más presas y comida, pero la gente de Castrima necesita más proteínas de las que están consiguiendo, y están a punto de llegar al desierto. Sabías que llegaría el momento.

Pero después de un momento de silencio, te acercas a Ykka.

—¿Estás segura? —preguntas en voz baja. Uno de los guardas se acerca para abrir los grilletes de los tobillos a Danel. La mujer que intentó matar a todo ser vivo de Castrima. Danel, la que intentó matarte.

—¿Por qué no iba a estarlo? —Ykka se encoge de hombros. Lo pronuncia en voz alta y los prisioneros la oyen—. Tenemos pocos Lomocurtidos desde el ataque de Rennanis. Acabamos de conseguir seis más.

—Seis que podrían apuñalarnos, o quizá apuñalarte solo a ti, ¡por la espalda y a la primera oportunidad que tengan!

—Eso solo si no los veo venir y los mato yo primero, claro. Pero sería muy estúpido, y he matado al más estúpido de todos por esa misma razón. —Te das cuenta de que Ykka no pretende asustar a los renanienses. No son más que hechos—. ¿Ves? Esto es lo que intentaba decirte, Essie: el mundo no se divide en amigos y enemigos. Se divide en gente que puede ayudarte y gente que se interpone en tu camino. Si matas a estos últimos, ¿qué es lo que consigues?

—Seguridad.

—Hay muchas formas de estar seguro. Y es cierto que ahora hay más posibilidades de que me trinchen al anochecer, pero también lo es que la comu estará más segura. Y cuanto más fuerte sea la comu más posibilidades tendremos todos de llegar vivos a Rennanis. —Se encoge de hombros y luego mira al bosque petrificado que os rodea—. Sea quien fuere el que ha formado esto, es uno de nosotros y se le da muy bien. Vamos a necesitar esas capacidades.

—¿Cómo? ¿Ahora quieres adoptar a...? —Niegas con la cabeza, incrédula—. ¿A bandidos ferales y violentos?

Pero te quedas en silencio, porque hubo un tiempo en el que disfrutaste siendo una pirata feral y violenta.

Ykka te mira mientras recuerdas a Innon y vuelves a lamentar su pérdida. Luego, la mujer te habla con una dulzura extraordinaria:

—Mis objetivos no se basan en sobrevivir solo un día más, Essie. Quizá deberías probarlo, por cambiar.

Apartas la mirada y te extraña descubrir que te pones a la defensiva. El lujo de pensar en algo que no sea el día siguiente no es algo que hayas tenido mucha oportunidad de catar.

—No soy jefa, solo una orograta.

Ykka ladea la cabeza y lo acepta con sorna. Tú usas esa palabra mucho menos que ella. Cuando ella la pronuncia, lo hace con orgullo. En cambio, para ti es una ofensa.

—Pues yo soy ambas cosas —dice—. Soy jefa y soy orograta. He decidido ser ambas, y también más cosas. —Pasa a tu lado y espeta la siguiente frase por encima del hombro, como si fuese algo insignificante—: No pensaste en nosotros cuando usabas esos obeliscos, ¿verdad? Solo en destruir a tus enemigos. Pensabas en sobrevivir... solo en eso. Por eso estoy enfadada contigo, Essie. Llevas meses en mi comu y todavía no has conseguido dejar de ser «solo una orograta».

En ese momento se aleja y grita a todos los que están a su alcance que se ha acabado el descanso. La miras mientras desaparece entre la enorme y refunfuñona multitud, luego echas un vistazo hacia Danel, quien se ha levantado y se frota la marca roja de una de sus muñecas. La mujer te devuelve la mirada con gesto neutro y cauteloso.

—Si ella muere, tú mueres —le dices. Si Ykka no se preocupa por su seguridad, harás lo que puedas por ella.

Danel suelta un suspiro breve y socarrón.

—Eso es cierto, me amenaces o no. No creo que haya nadie dispuesto a darme una oportunidad. —Te dedica una mirada escéptica, con todo su orgullo sanzedino intacto a pesar de las circunstancias—. Esto no se te da muy bien, ¿verdad?

Por las montañas de óxido y los fuegos de la Tierra. Te marchas, porque si a Ykka ya no le gusta que le quites peso a sus amenazas, le sentará mucho peor que empieces a matar a aquellos que te molestan por puro resentimiento.

2562: Un terremoto de nueve grados en las Costeras occidentales, con el epicentro en algún lugar del cuadrante de Baga. Los acervistas de la época registraron que el terremoto «convirtió el suelo en líquido». (¿Licencia poética?) Una aldea de pescadores sobrevivió intacta. Recogido en los escritos de un aldeano: «Un cabrón rograta sofocó dese tremor y después matámosle.» Un informe registrado en el Fulcro (y compartido con permiso) realizado por un orogén imperial que visitó el lugar después de la catástrofe afirma asimismo que junto a la costa hay un yacimiento subterráneo de petróleo que podría haberse abierto debido al terremoto, pero el orograta sin registrar de la aldea lo evitó. Podría haber envenenado el agua y las costas a lo largo de kilómetros.

Notas del proyecto de Yaetr Innovador Dibars

4

Nassun, deambulando en la espesura

Schaffa tiene la amabilidad suficiente como para guiar a los otros ocho niños fuera de Jekity y Luna Hallada con Nassun y él. Le dice a la jefa que se marchan para realizar un viaje de entrenamiento a unos kilómetros de distancia para que la comu no se vea afectada por los seísmos adicionales. Como Nassun acaba de devolver el de zafiro a los cielos —con un escándalo debido al sonido atronador del desplazamiento de aire y con unos resultados trágicos, ya que ahora se encuentra flotando sobre ellos, enorme, muy cerca y de un color añil—, la jefa está a punto de tropezarse cuando sale disparada en busca de unos portabastos que contienen provisiones y suministros para el viaje y para que los niños se marchen en cuanto puedan. No contienen el mejor avituallamiento que uno podría necesitar para un largo viaje. No hay brújulas, solo unas botas de mediana calidad y el tipo de raciones que apenas durarán unas pocas semanas antes de echarse a perder. Aun así, es mucho mejor que irse con las manos vacías.

Ninguno de los habitantes de la comu sabe que Umber y Nida están muertos. Schaffa ha llevado sus cuerpos a la residencia de los Guardianes y los ha colocado en sus respectivas camas con una pose digna. Con Nida no quedó del todo mal, ya que estaba más o menos intacta a excepción de la nuca, pero Umber tiene la cabeza destrozada. Luego Schaffa tiró tierra sobre las manchas de sangre. Jekity terminaría por descubrirlo, aunque para entonces los niños de Luna Hallada ya estarían quizá no a salvo, pero sí fuera de su alcance.

Schaffa dejó a Jija apilado en el lugar donde Nassun le había atacado. En realidad, el cadáver no es más que un puñado de rocas bonitas, hasta que se miran más de cerca algunos de los pedazos.

Los niños están taciturnos en el momento en el que dejan la comu que les ha dado cobijo, durante años en algunos casos. Se marchan por los escalones orogratas, nombre informal (e irrespetuoso) que les han puesto a la serie de columnas de basalto de la parte septentrional de la comu y que solo pueden atravesar los orogenes. La orogenia de Wudeh es la más constante que ha sesapinado Nassun y lo descubre cuando el chico la usa para descender hasta el nivel del suelo empujando uno de los pedazos de basalto en forma de columna hacia el antiguo volcán. No obstante, también ve el gesto de desesperación de su rostro y eso la destroza por dentro.

Caminan hacia el oeste en grupo, pero antes de que hayan recorrido poco más de kilómetro y medio uno de los niños empieza a llorar en silencio. Nassun, cuyos ojos han permanecido sin lágrimas a pesar de pensamientos tan dispares como «He matado a mi padre» y «Papi, te echo de menos», se compadece junto a ellos. Es cruel que hayan tenido que sufrir algo así, que hayan sido abandonados a la ceniza durante una Estación y por culpa de ella. (Por culpa de lo que pretendía Jija, intenta convencerse, aunque no se lo cree.) Pero sería aún más cruel dejarlo en Jekity, donde los habitantes de la comu terminarían por darse cuenta de lo que ha ocurrido y atacarían a los niños.

Oegin e Ynegen, las gemelas, son las únicas que miran a Nassun con algo que se podría considerar comprensión. Fueron las primeras en salir después de que Nassun atrapase el de zafiro desde los cielos. Los otros vieron poco más que a Schaffa enfrentándose a Umber y a Acero acabando con Nida, pero esas dos contemplaron lo que Jija le intentó hacer a Nassun. Entendieron que Nassun se enfrentara a él, como habría hecho cualquiera. Pero todos recuerdan que la chica mató a Eitz. Como Schaffa le había dicho, algunos ya la habían perdonado, sobre todo la tímida y curtida Hurona, quien le contó a Nassun lo que ella le había hecho a su abuela, que la había apuñalado en la cara hacía mucho tiempo. Los niños orogenes aprenden pronto el significado del arrepentimiento.

Pero eso no significa que ya no le tengan miedo a Nassun, y el miedo lleva a una lucidez que rompe con todas las racionalizaciones infantiles. Al fin y al cabo, en el fondo no son asesinos... pero Nassun sí.

(Ella no quiere serlo, como tú.)

El grupo se encuentra en una encrucijada, literalmente. Un sendero de la zona que va de nordeste a sudeste se cruza con la más occidental carretera imperial Jekity-Tevamis. Schaffa afirma que la carretera imperial desembocará en una vía rápida. Nassun ha oído hablar de ellas a lo largo de sus viajes, aunque no las ha visto nunca. Pero la encrucijada es el lugar donde Schaffa ha decidido informar a los niños de que ya no pueden seguirlo más.

Pellas es la única que protesta al oírlo.

—No comeremos mucho —le suplica a Schaffa, un poco a la desesperada—. No... no tendrás que alimentarnos. Solo tendrías que dejar que te siguiéramos. Nos buscaremos nuestra propia comida. ¡Sé hacerlo!

—Tal vez nos persigan a Nassun y a mí —responde Schaffa. Su voz hace gala de una amabilidad inequívoca. Nassun sabe que esa actitud empeora el efecto de las palabras: su amabilidad es señal de que Schaffa se preocupa de verdad. Las despedidas resultan más sencillas cuando son crueles—. También nos queda por delante un largo viaje que será muy peligroso. Estaréis más seguros si viajáis solos.

—Más seguros, pero comubundos —dice Wudeh. Luego ríe. Es el sonido más amargo que Nassun le ha oído emitir jamás.

Pellas ha empezado a llorar. Las lágrimas dejan surcos de deslumbrante limpidez en la ceniza que empieza a oscurecerle la cara.

—No entiendo. Nos has cuidado. Te gustamos, Schaffa, ¡incluso más que Nida y Umber! ¿Por qué...? Pero si ibas a...

—Silencio —sentencia Lashar. Ha crecido durante el último año, como una buena sanzedina de sangre pura. Toda la arrogancia que esgrimía con un «pues mi abuelo era de las Ecuatoriales» ha ido desapareciendo, pero aún se pone altiva cuando se enfada por algo. Se ha cruzado de brazos y no mira hacia el sendero, sino a un grupo de laderas que se encuentran cerca—. Muestra algo de orgullo, por el óxido. Nos han abandonado a la ceniza, pero seguimos vivos, y eso es lo que importa. Podemos buscar refugio en esas colinas para pasar la noche.

Pellas la fulmina con la mirada.

—¡No hay ningún refugio! Vamos a morirnos de hambre o...

—No lo haremos. —Deshati, quien no ha dejado de mirar el suelo mientras hace un surco con el pie en la fina e inerte ceniza, levanta la cabeza de repente. Mira a Schaffa mientras les habla a Pellas y a los demás—. Podemos vivir en ciertos lugares. Basta con que nos las arreglemos para que nos abran las puertas.

En su cara se aprecia tensión y determinación. Schaffa dedica a Deshati una intensa mirada y, para sorpresa de los demás, la chica no se estremece ni un instante.

—Te refieres a irrumpir en algún lugar, ¿verdad? —le pregunta el Guardián.

—Eso es lo que quieres que hagamos, ¿no? No nos dejarías marchar si no estuvieses de acuerdo con que... hiciésemos lo que tengamos que hacer. —Trata de encogerse de hombros. Está demasiado tensa como para realizar un movimiento tan relajado, y hace que dé la impresión de que está más inquieta, como si estuviese paralizada—. No seguiríamos vivos si no vieras bien ese tipo de cosas.

Nassun mira el suelo. Tiene la culpa de que la elección de los demás niños se haya visto reducida a esto. Había cosas bonitas en Luna Hallada: entre los compañeros de su edad, la chica había conocido el placer de disfrutar de lo que es y de lo que puede hacer, entre personas que comprenden y comparten ese placer. Pero todo lo bueno y floreciente que era aquello ha muerto ya.

«Terminarás por matar a todos aquellos a quienes quieres», le había dicho Acero. Odia que tenga razón.

Schaffa se demora un buen rato en la contemplación de los niños. Retuerce los dedos, quizás ante el recuerdo de otra vida y otra personalidad que no habría sido capaz de liberar a su suerte a ocho jóvenes Misalem. Pero esa versión de Schaffa está muerta. El movimiento de los dedos es involuntario.

—Sí —afirma—. Es lo que quiero que hagáis. Por si necesitáis que lo diga en voz alta. Tenéis más posibilidades en una comu grande y próspera que si os quedáis solos. Por lo que permitidme haceros una sugerencia. —Schaffa da un paso al frente y se agacha para mirar a los ojos a Deshati mientras que, al mismo tiempo, extiende una mano para coger el pequeño hombro de Pellas. Se dirige a todos, con la misma amable intensidad que ha usado antes—: Al principio, matad solo a uno. Que sea alguien que haya intentado haceros daño, pero solo a uno. Aunque sean varios los que lo intenten. Inutilizad a los demás, pero tomaos vuestro tiempo para matar al elegido. Que sea doloroso. Que grite. Eso es importante. Si el primero a quien le arrebatáis la vida se queda en silencio..., matad a otro.

Le devuelven la mirada. Incluso Lashar parece desconcertada. Por otra parte, Nassun ha visto matar a Schaffa. Ha dejado atrás parte de lo que era, pero por lo demás sigue siendo un artista del terror. Tienen suerte de que le parezca bien compartir alguno de los secretos de ese arte. Espera que los demás se lo agradezcan.

El Guardián continúa:

—Después de matarlo, aseguraos de que ninguno de los presentes haya actuado solo en defensa propia. Luego, ofreceos a ocupar el puesto de la persona que ha muerto o a proteger del peligro a los demás: seguro que comprenden el ultimátum. Se verán obligados a aceptaros en la comu. —Hace una pausa, y luego planta sus ojos geliris en Deshati—. ¿Qué haríais en caso de que se nieguen?

La chica traga saliva.

—M-matarlos a todos.

El hombre vuelve a sonreír, por primera vez desde que salieran de Jekity, y luego le acaricia la cabeza con afectuosa aprobación.

Pellas emite un ligero jadeo y la conmoción hace que deje de llorar. Oegin e Ynegen se aferran la una a la otra, con gestos vacuos que solo expresan desesperación. Lashar tiene los dientes apretados y las fosas nasales abiertas. Ha decidido memorizar las palabras de Schaffa. Nassun tiene claro que Deshati también, aunque dejará tras de sí parte de su personalidad si llega a hacerlo.

Schaffa lo sabe. Cuando se levanta para besar a Deshati en la frente, hay tanta tristeza en su rostro que Nassun siente dolor otra vez.

—«Todo cambia durante las Estaciones» —dice Schaffa—. Vivid. Quiero que viváis.

Una lágrima se derrama por la mejilla de Deshati antes de que pueda parpadear para evitarlo. Traga saliva con tanta fuerza que se oye. Pero luego asiente, se aleja de él y se acerca a reunirse con los demás. Ahora hay un abismo entre ellos: a un lado, Schaffa y Nassun; al otro, los niños de Luna Hallada. Se han separado. Schaffa no se muestra descontento al verlo. Debería. Nassun repara en que la plata de su interior se mueve y palpita, de que protesta por haber permitido a esos niños que se marcharan. Pero no muestra ese dolor. Cuando hace lo que siente que es correcto, el dolor lo vuelve más fuerte.

Se pone en pie.

—Y si la Estación muestra el menor indicio de amainar en algún momento…, marchaos. Desperdigaos y entremezclaos donde mejor podáis. Los Guardianes no están muertos, pequeños. Volverán. Y cuando se empiecen a extender los rumores de lo que habéis hecho, irán a por vosotros.

Nassun sabe que se refiere a los Guardianes normales, a los que no están «contaminados», los de antes. Dichos Guardianes han desaparecido desde el comienzo de la Estación, o al menos Nassun no ha oído que ninguno se haya unido a comu alguna ni los ha visto por las carreteras. La palabra «volver» indica que se han marchado a algún lugar específico. ¿Adónde? Tiene que ser un lugar al que Schaffa y el resto de contaminados no han podido o no podrían ir.

Pero lo que importa es que, aunque esté contaminado, ese Guardián los está ayudando. Nassun siente que de improviso le sobreviene una esperanza irracional. Sin duda, el consejo de Schaffa los mantendrá con vida, de alguna manera. Luego la chica traga saliva y añade:

—Todos se manejan muy bien con la orogenia. Quizá la comu que elijáis... Quizá...

Se queda en silencio, sin saber bien lo que quiere decir. «Quizá le gustéis», estaba pensando, pero le parece una estupidez. «O quizá podáis ser útiles», pero así eran las cosas antes. Las comus solían contratar orogenes del Fulcro por cortos periodos de tiempo, o eso le ha contado Schaffa, para realizar el trabajo que necesitasen y luego los dejaban marchar. Incluso las comus cercanas a los puntos calientes y a las fallas no querían tener entre sus filas a los orogenes de manera permanente, sin importar lo mucho que los necesitasen.

Pero antes de que a Nassun le dé tiempo de rumiar las palabras, Wudeh se le queda mirando.

—Cállate.

Nassun parpadea.

—¿Qué?

Hurona le suelta un bufido a Wudeh para que se calle, pero el chico no le presta atención.

—Que te calles. Te odio, por el óxido. Nida solía cantarme.

Luego, sin previo aviso, rompe a llorar. Hurona los mira, confundida, pero algunos de los que los rodean murmuran y le dan palmadas en la espalda para reconfortarlo.

Lashar lo ve todo y luego lanza una última mirada de reproche a Nassun antes de decirle a Schaffa:

—Pues nos marchamos, Guardián. Gracias por... por lo que has hecho por nosotros.

Se da la vuelta y empieza a apartar de ellos al grupo. Deshati camina junto a ella con la cabeza gacha y no mira atrás. Ynegen se detiene por un instante entre los dos grupos, y luego mira a Nassun y susurra:

—Lo siento.

Luego se marcha ella también, a toda prisa, para alcanzar al resto.

Tan pronto como los niños desaparecen de su vista, Schaffa le pone una mano en el hombro a Nassun para girarla hacia el oeste, por la carretera imperial.

Después de varios kilómetros de silencio, la chica dice:

—¿Aún crees que habría sido mejor matarlos?

—Sí. —El Guardián la mira fijo—. Y lo sabes tan bien como yo.

Nassun aprieta los dientes.

—Lo sé.

Es una de las razones para detener lo que ha ocurrido. Para detenerlo todo.

—Entonces tienes un destino en mente —comenta Schaffa. No es una pregunta.

—Sí, me gustaría... Schaffa, tengo que ir al otro lado del mundo.

Da la impresión de acabar de decir: «Necesito ir a una estrella», pero como tampoco es tan diferente de lo que tiene que hacer de verdad, la chica se niega a sentirse cohibida por esa pequeña ridiculez.

Aunque, para su sorpresa, el Guardián ladea la cabeza en lugar de estallar en carcajadas.

—¿A Nucleobase?

—¿Qué?

—Es una ciudad que se encuentra al otro lado del mundo. ¿Allí?

Nassun traga saliva y se muerde los labios.

—No lo sé. Solo sé que lo que necesito es... —No es capaz de articularlo con palabras. En lugar de ello realiza unos gestos con las manos ahuecadas mientras mueve los dedos, como si enviase ondas imaginarias que se chocan y se entremezclan. Los obeliscos... tiran de ese lugar. Los crearon para eso. Si estuviese allí, creo que podría... pueees... ¿soltarlos? No puedo hacerlo en otro lugar, porque... —No es capaz de explicarlo. Líneas de energía, líneas de visión, configuraciones matemáticas; todo el conocimiento que necesita está en su mente, pero su lengua no es capaz de reproducirlo. Parte de él es un obsequio del de zafiro, otra es la aplicación de las teorías que le enseñó su madre, y también hay algo relativo a unir las teorías con la observación y cubrirlo todo con una pizca de instinto—. No sé cuál de las ciudades que hay por allí es la adecuada. Si me acerco y viajamos un poco, quizá sea capaz de...

—Nucleobase es lo único que hay al otro lado del mundo, pequeña.

—Quizá... ¿Qué?

Schaffa se queda en silencio de improviso y se quita la mochila. Nassun hace lo mismo y lo toma como una señal de que ha llegado el momento de descansar. Se encuentran al sotavento de una colina, que en realidad no es más que un poste de vieja lava del gran volcán que se encuentra debajo de Jekity. Hay terrazas de formación natural por toda la zona, de obsidiana desgastada debido al viento y la lluvia, y la roca que se encuentra unos centímetros por debajo de la tierra es demasiado dura para la agricultura e incluso para la vegetación. Algunos árboles de raíces superficiales se aferran con determinación entre las terrazas vacías y llenas de ceniza, pero la mayoría empiezan a marchitarse debido a la lluvia de ceniza. Nassun y Schaffa serán capaces de ver cualquier amenaza en potencia desde una buena distancia.

Mientras Nassun saca algo de comida para compartirla, Schaffa dibuja algo con el dedo en una zona llena de ceniza que el viento había arrastrado. Nassun extiende el cuello para ver y descubre que ha trazado dos círculos en el suelo. En uno, esboza el contorno aproximado de la Quietud que le resulta muy familiar a la chica gracias a las clases de Geografía del creche, pero en este caso divide el continente en dos partes, con una línea que lo separa cerca del ecuador. La Hendidura, sí, que se ha convertido en una frontera más infranqueable que miles de kilómetros de océano.

Nassun repara en que los círculos son una representación del mundo, y el otro está en blanco a excepción de un único punto justo encima del ecuador y algo hacia el este de la parte central. Pero Schaffa no dibuja ni una isla ni un continente sobre el que colocarlo. Tan solo dicho punto.

—En tiempos llegó a haber más ciudades en la cara vacía del mundo —explica Schaffa—. Unas pocas civilizaciones se pasaron milenios edificando sobre el mar o debajo de él. Pero ninguna duró mucho. Lo único que ha quedado es Nucleobase.

Se encuentra, literalmente, a un mundo de distancia.

—¿Y cómo llegamos hasta allí?

—Si...

Hace una pausa. A Nassun le da un vuelco el estómago cuando ve la mirada vidriosa en el rostro del Guardián. En esa ocasión, el hombre hace una mueca de dolor y también cierra los ojos, como si ese intento de recordar su antigua personalidad acrecentara su dolor.

—¿No te acuerdas?

Suspira.

—Recuerdo que solía hacerlo.

Nassun se da cuenta de que debería haber esperado una respuesta así. La chica se muerde el labio.

—Quizás Acero sepa llegar.

El rostro de Schaffa se retuerce un poco por aquí y por allá como si apretase los dientes, y luego se relaja.

—En efecto, quizá sepa.

Acero, quien había desaparecido mientras Schaffa se deshacía de los cuerpos de los otros Guardianes y quien puede que también los estuviese oyendo desde algún lugar en las cercanías. Pero ¿acaso no es prueba suficiente el hecho de que a estas alturas no haya aparecido para decirles qué hacer? Quizá no lo necesiten.

—¿Y el Fulcro de las Antárticas? ¿No tienen registros y ese tipo de cosas?

Nassun recuerda ver la biblioteca del lugar antes de que Schaffa, Umber y ella se sentasen con sus líderes, tomaran una copa de salvaguardia y luego los matasen a todos. La biblioteca era una habitación alta y extraña atiborrada de estanterías llenas de libros. A Nassun le gustan los libros —su madre solía gastar por encima de sus posibilidades para comprar uno cada pocos meses y, en ocasiones, los leía después que sus padres si Jija los consideraba apropiados para los niños—, y recuerda quedarse pasmada en aquel lugar, ya que no había visto tantos libros juntos en su vida. Seguro que algunos de ellos tenían información sobre... ciudades muy antiguas de las que nadie había oído hablar nunca, esas a las que solo saben llegar los Guardianes. Mmm. Vaya.

—Es poco probable —asegura Schaffa, y confirma los recelos de la chica—. Y menos ahora que tal vez el Fulcro se haya anexionado a otra comu o lo haya tomado una turba de comubundos. Sus campos de labranza estaban llenos de cultivos y las casas eran habitables. Volver sería un error.

Nassun se muerde el labio inferior.

—¿En barco, quizá?

No sabe nada sobre barcos.

—No, pequeña. Un barco es impracticable para un viaje tan largo.

El Guardián hace una pausa significativa, y al verlo Nassun se prepara para lo que va a decir después. Se aterra, se estremece y siente que aquel es el momento en el que la va a abandonar. El momento en el que querrá saber qué trama y no estará de acuerdo en formar parte de ello. ¿Cómo iba a estarlo? Incluso ella sabe que se trata de algo terrible.

—Doy por hecho —comenta Schaffa— que quieres hacerte con el control del Portal de los Obeliscos.

Nassun boquea. ¿Schaffa sabe lo que es el Portal de los Obeliscos? Ella había aprendido el término esa misma mañana gracias a Acero. Pero tiene que recordar que, casi intacto en el interior de Schaffa, se encuentra el acervo del mundo, todos sus extraños mecanismos, su funcionamiento y los eones llenos de secretos. Lo único que ha perdido de manera permanente son todas las cosas relacionadas con su antigua naturaleza..., lo que es indicativo de que el antiguo Schaffa necesitaba conocer bien la ruta para llegar a Nucleobase. ¿Qué conclusión se puede extraer de ahí?

—Pues sí. Por ese motivo me gustaría ir a Nucleobase.

La boca del Guardián se retuerce ante la sorpresa de la chica.

—Nuestro objetivo original al crear Luna Hallada era encontrar algún orogén que fuese capaz de activar el Portal, Nassun.

—¿Qué? ¿Por qué?

Schaffa mira hacia el cielo. El sol ha empezado a ponerse. Quizá podrían caminar otra hora más antes de que se vuelva demasiado oscuro para continuar. Pero en realidad mira el de zafiro, que no se ha movido de forma perceptible de su posición sobre Jekity. El Guardián se frota la nuca con la mirada perdida mientras contempla el tenue contorno entre las espesas nubes. Luego asiente, como si lo hiciese para sí mismo.

—A Nida, Umber y a mí —dice Schaffa—, hace unos diez años, se nos... instruyó... para viajar hacia el sur y encontrarnos. Se nos invitó a buscar y entrenar a cualquier orogén que tuviese el potencial necesario para conectarse a los obeliscos. Debes saber que los Guardianes no suelen hacer estas cosas, ya que solo puede haber una razón para incentivar a un orogén para que se cruce en el camino de los obeliscos. Pero es lo que quería la Tierra. Ignoro la razón. En esa época, yo... me cuestionaba menos las cosas. —Su boca se tuerce en una sonrisa breve y arrepentida—. Ahora tengo ciertas suposiciones.

Nassun frunce el ceño.

—¿Qué suposiciones?

—Que la Tierra tiene sus propios planes para los humanos.

De pronto, Schaffa se queda tenso y se dobla sobre sí mismo. Nassun lo coge al momento para que no se caiga, y él le pasa un brazo por encima de los hombros de manera involuntaria. El brazo le pesa mucho, pero no protesta. Es obvio que el hombre necesita reconfortarse con la presencia de la chica. Que la Tierra está más enfadada que nunca con él, quizá porque ha revelado sus secretos, es algo casi tan palpable como el crudo y lacerante latido de la plata a lo largo de cada nervio y entre cada una de las células de su cuerpo.

—No hables —dice Nassun con la garganta agarrotada—. No digas más. Si te va a doler así...

—No me domina —intenta espetar Schaffa entre jadeos—. No me ha quitado el núcleo. Puede que..., puede que me tenga en su perrera, pero no puede atarme.

—Lo sé. —Nassun se muerde el labio. Schaffa se ha dejado caer sobre ella y la chica ha tenido que ponerse de rodillas, cosa que le ha provocado un dolor terrible al apoyarse contra el suelo. No le importa—. Pero no tienes por qué contarlo todo. Lo he ido descubriendo por mi cuenta.

Cree que tiene todas las pistas. Nida había dicho una vez lo siguiente sobre la habilidad de Nassun para conectarse con los obeliscos: «En el Fulcro teníamos que controlar esto.» En ese momento Nassun no lo había comprendido, pero después de percibir parte de la inmensidad del Portal de los Obeliscos, puede llegar a dilucidar por qué el Padre Tierra quiere verla muerta si no se encuentra bajo el control de Schaffa y, por extensión, del de la Tierra.

Nassun se muerde el labio. ¿Lo entenderá Schaffa? No está segura de poder seguir adelante si él se marcha o, peor aún, si la rechaza. Respira hondo.

—Acero dice que la Luna está volviendo.

Por un instante, nota un silencio que viene de la dirección de Schaffa. El peso de la sorpresa.

—La Luna.

—Es real —espeta la chica. Pero en realidad no tiene ni idea de si es cierto, ¿verdad? Solo puede contar con la palabra de Acero. Ni siquiera está segura de lo que es una luna, solo sabe que es la hija perdida del Padre Tierra, como cuentan las historias. Pero de alguna manera sabe que esa afirmación de Acero es cierta. No es capaz de sesapinarlo, y no hay hilos de plata en el cielo que le sirvan para comprobarlo, pero lo cree de igual manera que cree que hay otra cara del mundo aunque nunca la haya visto, de la misma manera que sabe cómo se forman las montañas y de igual manera que tiene la certeza de que el Padre Tierra es real, está vivo y es un enemigo. Algunas verdades son demasiado abrumadoras como para negarlas.

Pero, para su sorpresa, Schaffa dice:

—Vaya, sí, sé que la Luna es real. —Quizá su dolor haya mermado de alguna manera, ya que ahora su gesto es impasible y mira hacia el disco neblinoso e intermitente del sol en el horizonte, que no ha sido capaz de penetrar las nubes—. Eso sí que lo recuerdo.

—¿De... de verdad? Entonces, ¿crees a Acero?

—Te creo a ti, pequeña, porque los orogenes sienten la atracción de la Luna cuando está cerca. Tener consciencia de ella es algo tan natural para vosotros como sesapinar los terremotos. Pero además es que la he visto. —Luego entrecierra los ojos con brusquedad para centrarse en Nassun—. Pero dime, ¿por qué ese comepiedras te ha hablado de la Luna?

Nassun respira hondo y suelta un gran suspiro.

—Yo solo quería vivir en un lugar bonito —dice—. Vivir en algún lugar... contigo. No me habría importado trabajar y hacer cosas para ganarme la aprobación de una comu. Quizá podría haber sido acervista. —Siente que empieza a apretar los dientes—. Pero ya no puedo hacer ese tipo de cosas. No sin tener que ocultar mi naturaleza. Me gusta la orogenia, Schaffa, me gusta cuando no tengo que ocultarla. No creo que poseerla, el hecho de ser o-orograta... —Se queda en silencio, se sonroja y siente la necesidad de sentirse avergonzada por haber pronunciado una palabra tan malsonante, pero en una ocasión así es la palabra adecuada—. No creo que el hecho de serlo me convierta en algo perverso, raro o maligno...

Se vuelve a quedar en silencio e intenta pensar en otra cosa, porque una conversación así solo puede llevar a «pero has hecho cosas tan malas».

De forma inconsciente, Nassun enseña los dientes y aprieta los puños.

—No es justo, Schaffa. No es justo que la gente quiera que yo sea perversa, rara o maligna, que ellos mismos me conviertan en algo perverso... —Niega con la cabeza mientras busca las palabras adecuadas—. ¡Solo quiero ser normal! Pero no lo soy y... y todos, mucha gente, me odia porque no soy normal. Tú eres la única persona que no me odia por... por ser lo que soy. Y eso no es justo.

—No, no lo es. —Schaffa se mueve para sentarse apoyado contra su mochila, con aspecto cansado—. Pero hablas como si fuera sencillo pedirle a la gente que se sobreponga a sus miedos, pequeña.

Y no lo dice, pero Nassun piensa de pronto: «Jija no pudo hacerlo.»

La rabia de Nassun se dispara de repente, tanto que debe llevarse un puño a la boca por un momento y centrarse en pensar en la ceniza y en lo frías que tiene las orejas. En su estómago tan solo tiene el puñado de dátiles que se acaba de comer, pero es una sensación igual de horrible.

Para su sorpresa, Schaffa no se acerca para consolarla. Se limita a mirarlo, con gesto adusto pero también ilegible.

—Sé que no pueden hacerlo. —Sí. Hablar ayuda. Su estómago no se tranquiliza, pero ya no le dan esas arcadas sin vómito—. Sé que ellos... los táticos... nunca dejarán de tener miedo. Si mi padre no pudo... —Un mareo. Deja de pensar en el final de esa frase—. Seguirán teniendo miedo para siempre, y nosotros seguiremos viviendo así por siempre, y no es justo. Tiene que haber alguna manera de... solucionarlo. No es justo que vaya a ser siempre así.

—Pero ¿hablas de imponer esa manera de solucionarlo, pequeña? —pregunta Schaffa. Lo hace con tranquilidad. Se da cuenta de que ya sabe la respuesta. La conoce mucho mejor que ella a sí misma, y le quiere justo por eso—. ¿O de que se termine todo?

La chica consigue ponerse en pie y empieza a caminar de un lado a otro, en pequeños círculos entre la mochila del Guardián y la suya. Lo ayuda a superar las náuseas y los temblores, a controlar la tensión en aumento que siente bajo su piel y para la que no tiene nombre.

—No sé cómo solucionarlo.

Pero no es toda la verdad, y Schaffa huele las mentiras de igual manera que los depredadores huelen la sangre. Entrecierra los ojos.

—Si supieses cómo hacerlo, ¿lo solucionarías?

Y entonces, en una ráfaga de recuerdos repentinos que Nassun no se había permitido evocar ni tener en cuenta desde hace más de un año, rememora su último día en Tirimo.

Cómo volvió a casa. Vio a su padre en pie en medio del salón con la respiración entrecortada. Se preguntó qué le pasaba. Se preguntó también por qué no se parecía a su padre en ese momento, por qué tenía los ojos y la boca demasiado abiertos, los hombros encogidos de una manera que parecía dolorosa. Y luego Nassun recuerda bajar la cabeza.

Bajar la cabeza y quedarse mirando y mirando y pensando: «¿Qué es eso?» Y mirando y pensando: «¿Es una pelota?» Una de esas con la que los niños juegan en el creche durante la hora de la comida. Pero esas pelotas están hechas de cuero, y lo que hay a los pies de su padre tiene varios tonos de marrón, marrón con unas motas púrpura por toda la superficie, que es burda y curtida y medio desinflada. «No, no es una pelota. Un momento, ¿eso es un ojo?» Quizá, pero está tan cerrado y tan hinchado que parece un enorme grano de café. «No puede ser una pelota», porque lleva la ropa de su hermano, y los pantalones que Nassun le había puesto esa misma mañana mientras Jija estaba ocupado preparándoles el bolso con la comida para el creche. «Uche no quería ponérselos», porque aún era un bebé y le gustaba hacer tonterías, por lo que Nassun había tenido que hacerle el baile de las nalgas y el niño se había reído mucho. ¡Muchísimo! La risa de Uche era una de las cosas favoritas de la chica, y después de terminar el baile de las nalgas el niño se había dejado poner los pantalones como agradecimiento, y eso significaba que la cosa irreconocible y parecida a una pelota desinflada que había en el suelo... «es Uche... significa que era Uche... que era una persona y que era Uche...».

—No —resopla Nassun—. No voy a solucionarlo. Ni aunque supiese cómo.

La chica ha dejado de caminar. Se rodea la cintura con un brazo. La otra mano la tiene cerrada en un puño y se la aprieta contra la boca. Espeta las palabras alrededor del puño, se ahoga con ellas como si salieran a borbotones de su garganta, se aprieta el estómago, que está lleno de cosas tan terribles que tiene que dejarlas salir de alguna manera para que no la destrocen desde dentro. Son esas cosas las que han distorsionado su voz, la que la han convertido en un gruñido tembloroso que de manera fortuita se vuelve más agudo y aumenta de volumen, porque es lo único que puede hacer para no empezar a gritar.

—No voy a solucionarlo, Schaffa. No lo haría, lo siento, pero no quiero solucionarlo. Quiero matar a todo el que me odia...

Le pesa tanto el estómago que es incapaz de mantenerse en pie. Nassun se dobla sobre sí misma y luego cae de rodillas. Le dan ganas de vomitar, pero en lugar de eso escupe las palabras al suelo entre sus manos abiertas.

—¡A-acabe! ¡Quiero que se ACABE, Schaffa! Quiero que ARDA, quiero quemarlo todo, matarlo todo, que se acabe todo, todo, que no quede NADA, que no haya ni más odio ni más muertes, que no haya nada, p-por el óxido, nada, nada PARA SIEMPRE...

Schaffa la levanta con sus manos recias y fuertes. Ella intenta zafarse y golpearlo. No lo hace por maldad ni por miedo. Nunca ha pretendido hacerle daño. Solo necesita sacar lo que lleva dentro de alguna manera o se volverá loca. Por primera vez, la chica entiende a su padre, mientras grita, patalea y agita los puños y muerde y se tira de la ropa y del pelo e intenta darle un cabezazo al Guardián. Schaffa no tarda en darle la vuelta y envolverla con uno de sus grandes brazos para pegarle los de Nassun a los costados y que no pueda hacerle daño ni hacerse daño ella debido a la rabia.

«Eso era lo que había sentido Jija —opina una parte de sí misma distante, objetiva y conformada por un obelisco flotante—. Es lo que recorrió sus entrañas al darse cuenta de que mamá le había mentido, yo le había mentido y Uche le había mentido. Es lo que le hizo empujarme del carro. Es la razón por la que vino a Luna Hallada aquella mañana con un cuchillo de cristal en la mano.»

Es eso. Es la parte de Jija que tiene en su interior, la que la hace agitarse, gritar y llorar. En ese momento de rabia absoluta y desenfrenada siente más apego que nunca por su padre.

Schaffa la sostiene hasta que se queda extenuada. Luego se desploma sin dejar de agitarse, estremecerse, jadear y gemir un poco, con la cara llena de mocos y de lágrimas.

Cuando tiene claro que Nassun no volverá a descontrolarse, Schaffa se mueve para sentarse con las piernas cruzadas y hace que la chica se apoye en su regazo. Ella se enrosca contra él tal y como lo había hecho otra niña una vez, hace muchos años y a muchos kilómetros de distancia, cuando le había dicho que tenía que pasar una prueba para que la dejara vivir. Nassun ya ha superado la prueba, algo con lo que estaría de acuerdo incluso el antiguo Schaffa. A pesar de toda su rabia, la orogenia de Nassun no se ha crispado ni un instante, y tampoco ha intentado usar el poder de la plata.

—Shhh... —la tranquiliza Schaffa. Lleva mucho rato haciéndolo, y ahora le frota la espalda y le enjuga las lágrimas de vez en cuando con los pulgares—. Shhh. Pobrecita. Qué injusto he sido. Esta mañana... —Suspira—. Shhh, pequeña. Descansa.

Nassun se siente agotada y vacía por todo lo ocurrido, pero la aflicción y la rabia recorren su interior como violentos lahares y se llevan todo a su paso en un lodo revuelto y ardiente. Aflicción, rabia y un último sentimiento preciado y constante.

—Tú eres el único al que quiero, Schaffa. —Habla con voz quebrada y agotada—. Eres la única razón por la que no lo haría. Pero... pero yo...

El Guardián le besa la frente.

—Desencadena el final que necesites, mi Nassun.

—No quiero. —Tiene que tragar saliva—. Quiero que... ¡Quiero que vivas!

Se ríe con suavidad.

—Aún eres una niña, a pesar de todo por lo que has tenido que pasar.

Es una afirmación dolorosa, pero sabe por qué lo dice. Es imposible que Schaffa sobreviva y que el odio del mundo desaparezca al mismo tiempo. Debe elegir uno u otro final.

Pero en ese momento, Schaffa repite con firmeza:

—Desencadena el final que necesites.

Nassun se aparta para poder mirarlo a la cara. Ha vuelto a sonreír y tiene la mirada lúcida.

—¿Qué?

El Guardián la aprieta con mucha suavidad.

—Eres mi redención, Nassun. Eres todos los niños a quienes debería haber amado y protegido, incluso de mí mismo. Y si hacerlo te devuelve la tranquilidad... —Le da un beso en la frente—. Seré tu Guardián hasta que el mundo quede reducido a cenizas, pequeña mía.

Le sienta como una bendición, como un bálsamo. Termina por dejar de sentir náuseas. Se duerme al fin en los brazos de Schaffa, segura y acogida, entre sueños de un mundo fundido y resplandeciente, un mundo en paz, a su manera.

—Acero —llama la mañana siguiente.

La presencia de Acero se desdibuja delante de ellos y aparece en pie en medio de la carretera, con los brazos cruzados y un gesto de curiosidad en la cara.

—El camino más cercano a Nucleobase no está muy lejos, hablando en términos relativos —responde cuando Nassun le pregunta por aquello que Schaffa ignoraba—. A un mes de viaje, más o menos. Claro que...

Se queda en silencio, a propósito. Se ha ofrecido a llevar a Nassun y a Schaffa al otro lado del mundo, algo que al parecer los comepiedras pueden hacer. Les ahorraría muchas adversidades y peligros, pero tendrían que confiar su seguridad al cuidado de Acero mientras los transporta de esa manera tan extraña y aterradora de los de su especie, a través de la tierra.

—No, gracias —repite Nassun. La chica no le pregunta a Schaffa su opinión al respecto, y el Guardián se apoya en una roca cercana. No necesita preguntarle. Es obvio que a Acero solo le interesa Nassun. No le costaría nada olvidarse de llevar a Schaffa o perderlo por el camino a Nucleobase—. Pero ¿podrías decirnos dónde se encuentra el lugar al que tenemos que ir? Schaffa no se acuerda.

La mirada plomiza de Acero se posa en Schaffa, quien le devuelve la sonrisa con una serenidad impostada. Durante ese instante, se calma hasta la plata de su interior. Quizás al Padre Tierra tampoco le guste Acero.

—Se llama estación —explica el comepiedras un momento después—. Es antigua. Para vosotros es como las ruinas de una civitusta, aunque esta sigue intacta en el interior de otras ruinas que en realidad no lo son. Hace mucho tiempo, la gente usaba estaciones, o más bien los vehículos que había en su interior, para viajar largas distancias, algo mucho más eficiente que ir a pie. Pero hoy en día, solo los comepiedras y los Guardianes recuerdan la existencia de dichas estaciones.

Su sonrisa no ha cambiado un ápice desde que apareció, sigue siendo mordaz e indolente. De alguna manera, parece dirigida a Schaffa.

—Todos pagamos un precio por el poder —dice Schaffa. Su voz es fría y suave, esa que usa cuando piensa en hacer algo malo.

—Sí. —Acero hace una pausa que parece demasiado larga—. También hay que pagar un precio por usar este tipo de transporte.

—No tenemos dinero ni nada con lo que negociar —repone Nassun, preocupada.

—Por suerte, hay otras maneras de pagar.

De pronto, Acero aparece en un ángulo diferente, con la cara inclinada hacia arriba. Nassun le sigue la mirada, se gira y ve... Vaya. El de zafiro, que se ha acercado un poco durante la noche. Ahora se encuentra a medio camino entre Jekity y ellos.

—La estación —continúa Acero— es de una época anterior a las Estaciones. La época en la que se construyeron los obeliscos. Todos los artefactos de esa época que han sobrevivido usan la misma fuente de poder.

—Te refieres a... —Nassun coge aire—. La plata.

—¿La llamáis así? Qué poético.

Nassun se encoge de hombros, incómoda.

—No conozco otra manera de llamarla.

—Bueno, cómo ha cambiado el mundo. —Nassun frunce el ceño, pero Acero no explica esa críptica afirmación—. Seguid la carretera hasta que lleguéis a la Arruga del Anciano. ¿Sabéis dónde está?

Nassun recuerda haberla visto en los mapas de las Antárticas, hace lo que le da la impresión de ser más de una vida, y se ríe al oír el nombre. Mira a Schaffa, quien asiente y sentencia:

—La encontraremos.

—Pues nos veremos allí. Las ruinas se encuentran justo en el centro de la foresta, en el círculo interior. Entrad en la Arruga justo después del alba. No os entretengáis, os aseguro que no querréis estar en el bosque después del ocaso. —Acero hace una pausa y cambia a una nueva posición, una particularmente reflexiva. Ha girado la cara hacia un lado y se toca la barbilla con la mano—. Pensaba que sería tu madre.

Schaffa se queda paralizado. A Nassun le sorprende por la oleada de calor y luego de frío que la atraviesa. Despacio, aún desconcertada por la extraña complejidad de sus emociones, dice:

—¿A qué te refieres?

—A que esperaba que fuese ella quien hiciese todo esto. Nada más. —Acero no se encoge de hombros, pero hay algo en su voz que denota indiferencia—. Amenacé a su comu. A sus amigos, a la gente que ahora le importa. Pensé que se volverían en su contra y que esta decisión sería más de su agrado.

La gente que ahora le importa.

—¿Ya no está en Tirimo?

—No. Se ha unido a otra comu.

—Y... ¿no se han vuelto en su contra?

—No. Para mi sorpresa. —Los ojos de Acero se deslizan para mirar a Nassun—. Ahora sabe dónde estás. El Portal se lo ha dicho. Pero no está de camino; al menos, no por ahora. Antes quiere que sus amigos estén a salvo.

Nassun aprieta los dientes.

—Da igual, yo ya no estoy en Jekity. Y dentro de poco ella tampoco tendrá el Portal, por lo que no me podrá encontrar otra vez.

Acero se gira del todo para encararla, un movimiento demasiado lento y de suavidad tan humana que no parece humano, aunque su asombro sí que parece genuino. La chica odia cuando se mueve despacio. Hace que se le pongan los pelos de punta.

—En efecto, nada dura para siempre —dice.

—¿Eso a qué viene?

—Solo a que te he subestimado, pequeña Nassun. —A Nassun no le gusta nada que se dirija a ella en esos términos. El comepiedras vuelve a cambiar a esa pose reflexiva, con algo más de rapidez en esta ocasión, para su alivio—. Más me vale no volver a hacerlo.

Al decirlo, se desvanece. Nassun frunce el ceño y mira a Schaffa, quien niega con la cabeza. Se echan al hombro sus pertenencias y se dirigen hacia el oeste.

2400: Este de las Ecuatoriales (comprobar si la red de nódulos era escasa en esta zona, porque...), comu desconocida. Hay una antigua canción que habla sobre una enfermera que evitó una erupción repentina y cómo el flujo piroclástico lo congeló todo. Uno de sus pacientes se lanzó delante del virote de una ballesta para protegerla de la turba. La dejaron ir. Desapareció.

Notas del proyecto de Yaetr Innovador Dibars

Syl Anagist:

Cuatro

Toda energía es igual, aunque adquiere estados y nombres diferentes. El movimiento crea calor, que también es luz que se desplaza como sonido y refuerza o afloja los enlaces atómicos de los cristales que retumban con tañidos fuertes o suaves. La magia resuena con todo de igual manera, como una emisión radiante de vida y muerte.

Esa es nuestra misión: entrelazar esas energías tan dispares. Manipularlas, mitigarlas y, gracias al prisma de nuestra conciencia, producir una energía similar que no se pueda rechazar. Crear una cacofonía, una sinfonía. Esa gran máquina que recibe el nombre de Motor Plutónico es el instrumento. Y nosotros, sus afinadores.

Y este es el objetivo: la Geoarcanidad. La Geoarcanidad pretende establecer un ciclo energético de eficiencia infinita. Si tenemos éxito, el mundo no volverá a sufrir carencias ni conflictos... o eso es lo que nos han dicho. Los directores apenas explican poco más que lo que necesitamos conocer para cumplir con nuestra parte. Nos basta con saber que, pese a ser pequeños e insignificantes, ayudaremos a que la humanidad recorra un nuevo camino hacia un futuro más brillante. Tal vez seamos herramientas, pero somos de las buenas, dotadas de un propósito glorioso. No es difícil sentirlo como un motivo de orgullo.

Estamos tan armonizados entre nosotros que la pérdida de Tetlewha nos causa problemas durante un tiempo. Cuando nos unimos para formar la red de inicialización, la encontramos desequilibrada. Tetlewha era nuestro contratenor, la parte central de la longitud de onda del espectro. Sin él, me tengo que colocar un poco más cerca, pero mi resonancia natural es algo más aguda. La red resultante es más débil de lo que debería. Nuestros filamentos refectorios no han dejado de buscar ese rango medio de Tetlewha.

Gaewha termina por ser capaz de compensar la pérdida. Se interna un tanto más, resuena con más energía y es justo eso lo que tapona el hueco. Tenemos que pasar varios días forjando de nuevo las conexiones de la red para crear una nueva armonía, pero hacerlo no es complicado, solo nos quita tiempo. No es la primera vez que nos vemos obligados a ello.

Kelenli solo se nos une en la red de tanto en tanto. Es frustrante, ya que, a pesar de ser aguda, su voz es profunda y potente, de esas que crean un cosquilleo en los pies. Tiene una voz perfecta. Mejor que la de Tetlewha, con un rango más amplio que la de todos nosotros juntos. Pero los directores nos han dicho que no nos acostumbremos a ella.

—Nos ayudará durante la activación del Motor —dice uno de ellos cuando le pregunto—, pero solo si no es capaz de enseñaros cómo hacer lo que hace. El director Gallat quiere que se quede en reposo hasta el Día del Lanzamiento.

Es una idea prudente, en apariencia.

Cuando Kelenli está con nosotros, toma el control. Es algo natural, porque su presencia es mucho más amplia que la nuestra. ¿Por qué? ¿Es por alguna diferencia en la manera en la que la crearon? Tiene que ser otra cosa. Es como si emitiese... una nota continuada. Como si hubiese una quemadura perpetua entre el equilibrio de sus líneas, en su fulcro, que ninguno de nosotros comprendiese. Los demás tenemos una similar, pero la nuestra es débil e intermitente y resplandece de vez en cuando antes de quedarse inactiva de inmediato. La suya es permanente, como si tuviese combustible ilimitado.

Sea lo que sea esa quemadura de nota continuada, los directores han descubierto que encaja a la perfección con el caos devorador del de ónice. El de ónice es el cabujón de control de la totalidad del Motor Plutónico, y aunque hay otras maneras de inicializarlo, maneras más bruscas y alternativas que requieren subredes de la piedra lunar, el Día del Lanzamiento sin duda necesitaremos la precisión y el control del de ónice. Sin él, nuestras posibilidades de éxito para conseguir inicializar la Geoarcanidad disminuirían en gran medida. Hasta el momento ninguno de nosotros ha tenido la fuerza suficiente para sostener el de ónice durante más de unos pocos minutos. Sí que hemos observado boquiabiertos cómo Kelenli lo domina durante una hora entera para luego quedar impertérrita cuando se desconecta de él. Cuando nos conectamos al de ónice, nos castiga y nos deja extenuados, en un sueño apagado durante horas o días. Pero a ella no. Sus hilos le acarician en lugar de rasgarla. Kelenli le gusta al de ónice. Es una explicación irracional, pero a todos se nos ha pasado por la cabeza, así que al final la hemos dado por buena. Su misión ahora es enseñarnos a gustarle más al de ónice cuando ella no está.

Después de realizar el reequilibrado y que nos dejen levantarnos de las sillas de malla que sostienen nuestros cuerpos mientras nuestras mentes están ocupadas, después de tambalearnos y tener que regresar apoyados en los directores a nuestras habitaciones individuales...; después de todo eso es cuando ella viene a visitarnos. Uno a uno, para que los directores no sospechen nada. Reuniones cara a cara en las que decimos tonterías a viva voz, mientras usa el terrargot para hablarnos en serio a todos.

Explica que se siente más pulida que los demás porque tiene más experiencia. Porque ha vivido fuera del complejo de edificios que rodea el fragmento local y que conforma la totalidad de nuestro mundo desde que nos decantaron. Ha visitado más nódulos de Syl Anagist que este en el que vivimos, ha visto y tocado más fragmentos que el de amatista que tenemos aquí. Ha estado incluso en Punto Cero, donde yace la piedra lunar. Todos nos quedamos sorprendidos.

—Tengo más contexto —nos dice. Me dice, en realidad. Está sentada en mi sillón. Yo estoy sentado con la cabeza gacha en el asiento de la ventana y no la miro a la cara—. Cuando lo tengáis, estaréis igual de pulidos.

(Usamos la tierra para añadir significado a las palabras sonoras, como si fuese una especie de dialecto entre nosotros. Sus palabras son simples: «Soy mayor», y una subsidencia divagante añade el matiz de la deformación del tiempo. Es «metamórfica», se ha transformado para soportar una presión insoportable. Para contarlo de manera más sencilla, lo traduciré todo en palabras, excepto aquello que resulte imposible.)

—Sería mejor si ya estuviésemos igual de pulidos que tú —respondo con pesadumbre. No es una queja. Los días de reequilibrado siempre son difíciles—. Danos ese contexto para que el de ónice escuche y deje de dolerme la cabeza.

Kelenli suspira.

—Entre estas paredes no hay nada con lo que puedas pulirte. —(Crujido de resentimiento y trituración que no tarda en dispersarse. «Te han mantenido muy seguro y resguardado.»)—. Pero creo que sé cómo ayudaros a ti y a los demás si consigo sacaros de aquí.

—Ayudar a... ¿pulirme?

(Me tranquiliza con una caricia lustrosa. «Si os tienen aquí tan anquilosados no es porque sean amables.»)

—Tenéis que comprender más cosas sobre vosotros mismos. Sobre lo que sois.

No entiendo por qué piensa que no me comprendo.

—Soy una herramienta.

—Si sois una herramienta, ¿no deberían perfeccionaros lo máximo posible? —reflexiona.

Su voz es serena. Aun así también contiene la agitación furiosa y reprimida de todo el ambiente: las moléculas de aire que se alteran, los estratos que se comprimen bajo nuestros pies, un chirrido disonante que gimotea entre los límites de nuestra capacidad para sesapinar y que me dice que a Kelenli no le gusta lo que acabo de decir. Giro la cabeza hacia ella, fascinado por la manera en la que esa dicotomía no se expresa de ninguna manera en su rostro. Es otra de las cosas que la hacen parecerse a nosotros. Desde hace mucho, hemos aprendido a no mostrar dolor, ni miedo ni pena en cualquier lugar que se encuentre por encima de la tierra o debajo del cielo. Los directores nos dicen que estamos construidos para ser como estatuas, frías, inamovibles y silenciosas. No sabemos muy bien por qué creen que somos así. Al fin y al cabo, estamos tan calientes al tacto como ellos. Sentimos emociones igual que ellos, aunque al parecer somos menos propensos a mostrarlas en nuestro rostro o con lenguaje corporal. ¿Quizá por esa razón usamos el terrargot? (No parecen saber que nos comunicamos así. Y eso está bien. En la tierra podemos ser nosotros mismos.) Nunca hemos tenido claro si somos un error de fabricación o si en realidad son ellos los que no nos comprenden. O cuál de esas cosas es la que importa.

Al parecer, Kelenli está calmada, pero la rabia la consume por dentro. La miro durante tanto tiempo que de pronto regresa a sus cabales y repara de nuevo en mi presencia. Sonríe.

—Creo que te gusto.

Considero las posibles implicaciones de lo que acaba de decir.

—No de esa manera —respondo.

No estoy acostumbrado a estos comentarios. Se lo he tenido que explicar a los nuevos directores y demás personal en numerosas ocasiones. También nos han fabricado como estatuas en ese sentido: tenemos un diseño que nos permite hacerlo y también entrar en celo, pero no tenemos interés alguno por ello. Y somos estériles por mucho que lo intentemos. ¿Será igual Kelenli? No, los directores han dicho que ella es diferente de ellos en tan solo una característica: que tiene nuestras poderosas, complejas y adaptables glándulas sesapinales, algo que no tiene nadie más en el mundo. Es lo único que la diferencia de ellos.

—Qué pena que no estuviese hablando de sexo.

La mujer emite un zumbido jocoso que, al mismo tiempo, me ofende y me satisface. No sé por qué.

Ajena a mi repentina confusión, se pone en pie.

—Volveré —dice, y se marcha.

Tarda días en regresar. Todavía es una parte distante de la última red que formamos, aunque está presente cuando despertamos, cuando vamos a comer, cuando defecamos, cuando tenemos esos sueños inconclusos durante la noche y cuando nos sentimos orgullosos por nosotros mismos o por los demás. Cuando lo hace, no parece que nos esté vigilando, aunque sea eso lo que haga en realidad. No puedo hablar por los demás, pero me gusta tenerla cerca.

A ninguno de los otros le gusta Kelenli. En particular, Gaewha es muy beligerante con ella y me lo demuestra en nuestras discusiones privadas:

—¿Ha aparecido justo después de haber perdido a Tetlewha? ¿Justo para el final del proyecto? Hemos trabajado muy duro para convertirnos en lo que somos. ¿La felicitarán por el trabajo que hemos hecho nosotros cuando lo realicemos?

—Solo es un apoyo —explico, tratando de sonar razonable—. Y quiere lo mismo que nosotros. Tenemos que cooperar.

—Eso es lo que dice ella. —Esto lo dice Remwha, quien se considera más listo que nadie. (Nos han creado para ser igual de inteligentes. Pero Remwha es imbécil.)—. Los directores la mantienen apartada por una razón. Puede que nos acabe dando problemas.

Creo que es una estupidez, pero no lo digo ni siquiera en terrargot. Somos parte de una máquina excelente. Todo lo que mejore las funciones de la máquina es bueno, y todo lo que no esté relacionado con su finalidad no lo es. Si Kelenli fuese a dar problemas, Gallat la habría enviado al zarzal con Tetlewha. Eso lo sabemos todos. Pero Gaewha y Remwha son unos cabezotas.

—Con el tiempo veremos si da problemas o no —respondo con firmeza. No zanja la discusión, pero al menos la pospone.

Kelenli regresa al día siguiente. Los directores nos reúnen para hablar con nosotros.

—Kelenli me ha pedido permiso para llevarte a una misión de afinación —dice el hombre que viene a dar las instrucciones. Es mucho más alto que nosotros, mucho más que Kelenli incluso, y más esbelto. Le gusta usar colores que peguen y botones ornamentados. Tiene el pelo negro y largo, la piel blanca, aunque no tanto como la nuestra. Los ojos sí que lo son, blanco con blanco. Blancos como el hielo. Nunca habíamos visto a ninguno de ellos que tuviese los ojos como nosotros. Es el director Gallat, el jefe del proyecto. Pienso en él como si fuese un fragmento plutónico, cristalino, de un blanco diamantino. Tiene ángulos precisos, las facetas lisas y una belleza única, y también es implacablemente mortífero si no se maneja con precisión. No nos permitimos pensar en el hecho de que fue él quien asesinó a Tetlewha.

(No es quien creéis que es. Quiero que Gallat se parezca a él de la misma manera que quiero que tú te parezcas a ella. Es el problema de tener recuerdos defectuosos.)

—Una misión de... afinación —repite Gaewha despacio para dar a entender que no sabe lo que es.

Kelenli abre la boca para responder, pero luego se gira hacia Gallat. Él sonríe cordial.

—Esperamos que todos lleguéis a estar al nivel de desempeño de Kelenli, pero por ahora siempre habéis estado por debajo —dice el hombre. Nos quedamos tensos, incómodos y somos muy conscientes de que nos ha criticado, pero él se limita a encogerse de hombros—. He hablado con la jefa de biomagestría e insiste en que no hay diferencias significativas entre vuestras habilidades. Tenéis la misma «capacidad» que Kelenli, pero no habéis demostrado la misma «habilidad». Podrías realizar ciertas alteraciones para intentar resolver dicha discrepancia. Afinaros, por así decirlo. Pero es un riesgo que no nos podemos permitir cuando queda tan poco tiempo para el lanzamiento.

Reverberamos al unísono por un momento, muy contentos por lo que acabamos de oír.

—Kelenli dijo que había venido para enseñarnos el contexto —comento con mucho cuidado.

Gallat gira la cabeza hacia mí y asiente.

—Cree que la solución pasa por tener experiencia con el exterior. Que hay que aumentar la exposición a los estímulos, poner a prueba vuestro nivel de resolución de problemas y ese tipo de cosas. Es una sugerencia digna de tener en cuenta y que acarrea el beneficio de ser apenas invasiva, pero por el bien del proyecto no podemos sacaros a todos al mismo tiempo. ¿Y si ocurriese algo? Por eso os dividiremos en dos grupos. Como solo hay una Kelenli, la mitad de vosotros saldrá con ella ahora y la otra mitad dentro de una semana.

Fuera. Vamos a salir. Me desespero por estar en el primer grupo, pero sé que no hay que mostrar anhelos a los directores. Las herramientas no deberían mostrar el deseo de escapar de su caja.

Por ese motivo, digo:

—Estamos muy bien afinados entre nosotros para cumplir con la misión que se nos ha encomendado. —Mi voz suena uniforme. Como la de una estatua—. Las simulaciones muestran que podemos controlar el Motor de manera fiable, tal y como se esperaba.

—Y en realidad da lo mismo que hagamos seis grupos o dos —añade Remwha. Es un comentario tan estúpido que deja al descubierto su entusiasmo—. ¿No tendría cada grupo experiencias diferentes? Se supone que... el exterior... es imposible de controlar, por lo que la exposición no será coherente entre grupos. Si de verdad tenemos que dejar las preparaciones para hacer algo así, ¿no sería mejor hacerlo de una manera en la que se minimicen los riesgos?

—Creo que formar seis grupos no sería ni rentable ni eficiente —aduce Kelenli mientras en silencio nos muestra su aprobación y la diversión que le produce nuestra farsa. La mujer mira a Gallat y se encoge de hombros, sin preocuparse por aparentar ser insensible, tan solo da la sensación de estar aburrida—. Da igual que formemos un grupo, dos o seis. Podemos preparar una ruta, colocar guardas adicionales por el camino y avisar a la policía nodal para que vigile y nos apoye. La verdad es que realizar varios viajes iguales solo serviría para aumentar la posibilidad de que ciudadanos problemáticos sean capaces de prever la ruta y preparar algo... semejante.

Todos nos quedamos muy intrigados ante la posibilidad de encontrar algo desagradable. Kelenli se ocupa de sofocar nuestros temblores de emoción.

El director Gallat hace una mueca al sentirlo. Eso se ha notado.

—Vais a salir por la posibilidad que esto entraña de obtener grandes beneficios —sentencia el director Gallat. No ha dejado de sonreír, aunque algo ha cambiado. Le da muy poco énfasis a la palabra «vais». Las perturbaciones de las palabras en el ambiente son ínfimas. Eso me hace pensar que no solo va a dejarnos salir, sino que también ha cambiado de idea con respecto a enviarnos en varios grupos. En parte porque la sugerencia de Kelenli ha sido la más sensata, pero también porque se ha enfadado con nosotros al sentir nuestro aparente rechazo.

Vaya, Remwha sabe sacarle el máximo partido a su naturaleza irritante, como de costumbre.

«Un trabajo excelente», palpito. Devuelve un agradecimiento educado en forma de ondulaciones.

Vamos a salir ese mismo día. Unos directores sin apenas antigüedad traen a mi cuarto una vestimenta adecuada para el exterior. Me pongo la ropa, que es más gruesa, y los zapatos con cuidado, fascinado por las diferentes texturas, y luego me siento en silencio mientras uno de ellos me hace una única trenza blanca en el pelo.

—¿Esto es necesario para salir al exterior? —pregunto. Es una curiosidad genuina, ya que los directores llevan el pelo de muchas maneras diferentes. Hay algunos a los que ni siquiera podría parecerme, porque mi pelo es grueso, encrespado e imposible de alisar. Somos los únicos que tenemos el pelo así. El de ellos tiene muchas texturas diferentes.

—Puede ser de ayuda —responde el director—. Vais a llamar la atención pase lo que pase, pero cuanto mayor normalidad le demos a vuestro aspecto, mejor.

—La gente sabrá que somos parte del Motor —digo al tiempo que me envaro un poco debido al orgullo.

Por un instante, sus dedos se mueven más despacio. No creo que él se llegue a dar cuenta.

—En realidad, eso no es... Es más probable que piensen que sois otra cosa. No te preocupes, habrá guardas que se asegurarán de que no ocurre nada. Pasarán desapercibidos, pero estarán allí. Kelenli ha insistido en que no podéis sentir que estáis protegidos, aunque sí que lo estéis.

—Es más probable que piensen que somos otra cosa —repito despacio, con tono reflexivo.

Los dedos del director se retuercen y tiran de algunos pelos con más fuerza de la necesaria. No pongo una mueca de dolor ni me aparto. Se sienten más cómodos si piensan que somos estatuas, y se supone que las estatuas no sienten dolor.

—Bueno, es una posibilidad remota, pero tienen que saber que no sois... Digo, que es... —Suspira—. Vaya. Aciaga Muerte. Es complicado. Pero no te preocupes.

Es lo que dicen los directores cuando cometen un error. No les envío un tañido a los demás en ese momento porque hemos intentado minimizar la comunicación fuera de las reuniones oficiales. Los que no son afinadores son capaces de percibir la magia de formas muy rudimentarias: usan máquinas e instrumentos para hacer algo que para nosotros es natural. No obstante, siempre nos vigilan de alguna manera, por lo que no podemos permitir que descubran hasta qué punto podemos hablar entre nosotros y oírlos a ellos, algo que por el momento no saben.

No tardo en estar listo. Después de consultarlo con otros directores, el que me estaba preparando decide darme unos brochazos de maquillaje. Se supone que es para que me parezca más a ellos. En realidad consigue que me parezca a alguien de piel blanca a quien han pintado de marrón. Debo poner un gesto algo escéptico cuando me pone delante de un espejo, porque suspira y se justifica diciendo que no es un artista.

Luego me lleva a un lugar que solo había visto en contadas ocasiones, dentro del edificio en el que me hospedo: el vestíbulo del piso inferior. Las paredes de allí no son blancas, ya que se ha dejado sin blanquear el verde y marrón natural de la celulosa autorreparadora. Alguien había sembrado el lugar con fresas, que habían germinado y producido mitad de flores y mitad de frutas rojas y maduras. Encantador. Los seis nos quedamos junto al estanque esperando a Kelenli e intentamos hacer caso omiso al resto del personal del edificio que entra y sale sin dejar de mirarnos: seis personas más bajas de lo normal, fornidas con pelo blanco y encrespado y las caras pintadas que esbozan una sonrisa agradable y a la defensiva. Si hay guardas, somos incapaces de distinguirlos de los mirones.

Pero cuando se nos acerca Kelenli, al fin los veo. Los que la protegen se encuentran a su lado y no se molestan en ser discretos, un hombre y una mujer altos que bien podrían ser familia. Reparo en que ya los había visto, siguiéndola en otras ocasiones en que ha venido de visita. Se quedan rezagados cuando se acerca a nosotros.

—Bien, ya estáis listos —dice. Luego pone una mueca y extiende la mano para tocar la mejilla de Dushwha. Cuando la aparta, tiene el pulgar lleno de maquillaje—. ¿En serio?

Dushwha aparta la mirada con incomodidad. Nunca le ha gustado que le obliguen a emular a nuestros creadores, ni en la ropa, ni en el género, ni mucho menos así.

—Es para ayudar —murmuran todos, infelices, quizá para intentar convencerse a sí mismos.

—Así llamáis más la atención. Y, además, de todos modos sabrán lo que sois. —Se gira y mira a uno de los guardas, la mujer—. Voy a llevármelos para limpiar esta bazofia. ¿Quieres ayudar?

La mujer se limita a mirarla en silencio. Kelenli ríe para sí. Un sonido cargado de una alegría genuina.

Nos lleva hasta una de las alcobas de necesidades personales. Los guardas se apostan fuera mientras ella nos echa en la cara agua de la parte limpia de la letrina y luego nos limpia el maquillaje con una tela absorbente. Canturrea mientras lo hace. ¿Eso quiere decir que está contenta? Cuando me agarra del brazo para limpiarme la mugre de la cara, la miro para intentar comprenderla. Me mira con fijeza cuando se da cuenta.

—Eres un pensador —dice. No tengo claro a qué se refiere.

—Todos lo somos —repongo. Aderezo las palabras con un breve retumbar. «Tenemos que serlo.»

—Exacto. Pensáis más de lo que debierais.

Al parecer, le cuesta limpiar una franja marrón que tengo cerca del nacimiento del pelo. La frota, hace una mueca, suspira, enjuaga la tela y vuelve a frotar.

No dejo de contemplar su cara.

—¿Por qué te ríes de lo que temen?

Es una pregunta estúpida. Debería haberla hecho a través de la tierra, no en voz alta. Deja de limpiarme la cara. Renwha me dedica un gesto anodino de reproche y luego se dirige a la entrada de la alcoba. Oigo cómo pregunta a la guarda si por favor le puede preguntar a un director si el sol nos puede hacer daño sin la protección de la pintura. La guarda ríe y llama a su compañero para contarle la pregunta, como si fuera ridícula. Después de ese momento de distracción que Renwha nos ha conseguido, Kelenli sigue frotándome.

—¿Y por qué no me iba a reír?

—Porque les gustarías más si no lo hicieras.

Envío los matices por la tierra: un alineamiento, un armónico, confusión, conformidad, conciliación, atenuación. Si quisiera podría gustarles.

—Quizás es que no quiero gustarles.

Se encoge de hombros y se gira para volver a enjuagar la tela.

—Podrías. Eres como ellos.

—No lo suficiente.

—Más que yo. —Es una obviedad. Tiene la misma belleza que ellos, la misma normalidad—. Si intentases...

También se ríe de mí. El instinto me dice que no es por crueldad. Es compasión. Pero debajo de aquella risa, su presencia se vuelve tan inerte y aislada como la piedra presurizada y, un instante después, cambia. Vuelve a ser rabia. No dirigida a mí, pero sí desencadenada por mis palabras. Parece que siempre la hago enfadar.

«Tienen miedo de nuestra existencia —dice—. No hemos hecho nada para provocarlo, tan solo existir. No hay nada que podamos hacer para ganarnos su aprobación, tan solo dejar de existir. Por ese motivo, o bien morimos tal y como ellos quieren, o bien nos reímos de su cobardía y seguimos con nuestras vidas.»

Al principio me da la impresión de que no entiendo lo que ha dicho. Pero lo entiendo, ¿verdad? Llegaron a haber dieciséis de los nuestros, pero ahora somos seis. Los demás se cuestionaron cosas y fueron retirados por ello. Apartados. Abandonados. Eludidos. Desesperanzados. Hemos intentado todo, hecho todo lo que nos han pedido y más. Aun así, solo quedan seis de los nuestros.

Eso significa que somos mejores que los otros, pienso mientras frunzo el ceño. Más inteligentes, más versátiles, más cualificados. Son cosas importantes, ¿verdad? Somos componentes de una gran máquina, la cumbre de la biomagestría sylanagistina. Si tuvieron que prescindir de algunos debido a sus defectos...

«Tetlewha no tenía defectos», espeta Remwha con un deslizamiento de fallas.

Parpadeo y lo miro. Ha vuelto a la alcoba y espera junto a Bimniwha y Salewha, quienes han usado la fuente para quitarse la pintura mientras Kelenli me ayudaba a mí, a Gaewha y a Dushwha. Los guardas que distrajo Remwha están fuera y aún ríen entre ellos por lo que les ha dicho. Me mira con fijeza. No he dejado de fruncir el ceño, y repite:

«Tetlewha no tenía defectos.»

Aprieto los dientes.

«Si Tetlewha no tenía defectos, eso quiere decir que lo retiraron sin razón alguna.»

«Sí. —Remwha, que pocas veces está contento cuando tiene un buen día, frunce los labios con indignación. Por mí. Me sorprende tanto que me olvido de fingir indiferencia—. Eso era justo a lo que se refería Kelenli. Da igual lo que hagamos. Ellos son el problema.»

Da igual lo que hagamos. Ellos son el problema.

Cuando estoy limpio, Kelenli me cubre la cara con las manos.

—¿Conoces la palabra «legado»?

La he oído y conozco su significado gracias al contexto. Es difícil recuperar el hilo de pensamientos después de la respuesta irritada de Remwha. Nunca nos hemos llevado muy bien, pero...

Niego con la cabeza y me centro en lo que Kelenli me acaba de preguntar.

—Un legado es algo obsoleto, pero de lo que no puedes llegar a librarte del todo. Algo que ya no se quiere pero que aún se necesita.

Sonríe con una expresión de dolor, primero a mí y luego a Remwha. Ha oído todo lo que él me ha dicho.

—Suficiente. Hoy tendrás que recordar esa palabra.

Luego se pone en pie. Los tres nos quedamos mirándola. No solo es más alta y de piel más oscura, sino que también se mueve más, respira más. Es más. Adoramos lo que es. Tememos en qué puede llegar a convertirnos.

—Venid —dice, y la seguimos al mundo exterior.

2613: Un volcán sumergido hizo erupción en el estrecho de Tasr que hay entre el Yermo Polar Antártico y la Quietud. Selis Líder Zenas, mujer de la que hasta el momento se desconocía que era orogén, al parecer sofocó el volcán, pero no fue capaz de escapar al tsunami que causó. Los cielos de las Antárticas se oscurecieron durante cinco meses, pero se despejaron justo antes de que se pudiese declarar oficialmente una Estación. Justo después de la llegada del tsunami, el marido de Selis Líder —jefe de la comu en el momento de la erupción y destituido en votación urgente— intentó defender a su hijo de un año de una turba de supervivientes, pero fue asesinado. Acusación: algunos testigos afirman que la multitud lo lapidó, otros que el antiguo jefe de la comu fue estrangulado por un Guardián. El Guardián llevó al pequeño huérfano a Warrant.

Notas del proyecto de Yaetr Innovador Dibars

5

Te recuerdan

El ataque llega, puntual como un reloj, poco antes del amanecer.

Todos están listos. Un tercio del campamento se encuentra en el interior del bosque de piedra, lo máximo que Castrima había podido internarse en él antes de que los avances se hicieran peligrosos debido a la oscuridad total. El grupo sería capaz de atravesar el bosque antes del anochecer del día siguiente; eso, si todo el mundo sobrevive esta noche.

Merodeas inquieta por el campamento. No eres la única que lo hace. Se supone que los Cazadores están durmiendo, ya que durante el día también hacen de exploradores y además deambulan por los alrededores en busca de presas y alimentos, pero también ves a algunos despiertos. Se supone que los Lomocurtidos duermen por turnos, pero los ves a todos en pie. También a nutridos grupos de otras castas. Divisas a Hjarka sentada sobre una pila de equipaje, con la cabeza gacha y los ojos cerrados, pero con las piernas preparadas para abalanzarse hacia delante con sendos cuchillos de cristal que empuña en cada mano. No los ha soltado al dormirse.

Es un momento absurdo para atacar, tal y como están las cosas. Pero tampoco hay otro mejor, así que al parecer tus agresores han decidido apañárselas como buenamente puedan. Eres la primera en sesapinarlo, y pivotas sobre los dedos de un pie para avisar entre gritos mientras centras tu percepción y caes en ese estado mental en el que eres capaz de dominar los volcanes. Un fulcro potente y profundo se ha enraizado en la tierra cercana. Lo sigues hasta el punto central de su supuesto toro, el centro del círculo, como un halcón que avista una presa. En el lado derecho de la carretera. A seis metros del bosque de piedra, ocultos entre los caminos sinuosos y la vegetación mustia.

—¡Ykka!

Aparece de pronto desde el lugar en el que se encontraba sentada entre las tiendas.

—Sí, lo he sentido.

—Todavía no está activo.

Te refieres a que el toro no ha empezado a atraer el calor ambiental. Pero es un fulcro profundo y primordial. En la región no hay mucho potencial sísmico acumulado y, de hecho, gran parte de la presión de los estratos que se encuentran a más profundidad ha quedado absorbida después de la creación del bosque de piedra. No obstante, siempre se puede encontrar calor a la profundidad adecuada. Y este es muy profundo. Sólido. Con una precisión digna del Fulcro.

—No tenemos por qué luchar —grita Ykka de repente dirigiéndose al bosque. Te sobresaltas, aunque no deberías. Te sorprendería que lo dijese en serio, pero a estas alturas ya deberías conocerla mejor. Camina con sigilo hacia delante, con el cuerpo tenso, las rodillas flexionadas como si estuviese a punto de salir corriendo hacia el bosque y las manos extendidas sin dejar de agitar las puntas de los dedos.

Ahora te resulta más sencillo usar la magia, aunque la costumbre hace que te sigas concentrando en el muñón del brazo para empezar a hacerlo. Nunca será tan natural como la orogenia, pero al menos así consigues que tu percepción cambie al instante. Ykka está muy adelantada. Notas ondas y arcos de plata que revolotean por el suelo a su alrededor, sobre todo por delante de ella, y se extienden y titilan al tiempo que las levanta del suelo y las atrae para sí. La poca vegetación que eres capaz de sesapinar en el bosque de piedra, los tallos jóvenes y el musgo privado de luz, actúan como cables, que sirven para canalizar y alinear la plata en patrones que cobran sentido. Que son predecibles. Que buscan... Vaya. Te pones tensa justo en el mismo momento que Ykka. Sí. Ahí.

Encima de ese fulcro enraizado, en el centro del toro que aún no ha empezado a rotar, hay un cuerpo acuclillado y lleno de marcas de plata. Por primera vez eres capaz de comparar y reparas en que la plata de los orogenes es más resplandeciente y menos compleja que la de las plantas y los insectos que lo rodean. Que tiene la misma... cantidad, si es que se puede definir así, o capacidad, o potencial, o viveza, pero no el mismo diseño. La plata de ese orogén se concentra en relativamente pocas líneas brillantes que están alineadas en direcciones similares. No parpadean, de igual manera que tampoco lo hace su toro. Él, das por hecho su género y crees que no te equivocas, está escuchando.

Ykka, otra figura de plata precisa y concentrada asiente, satisfecha. Sube en lo alto de una especie de carro para que su voz se transmita mejor.

—Soy Ykka Orograta Castrima —grita. Luego supones que te señala—. Ella también es orograta. Y él. —Temell—. También los niños que hay por allí. Aquí no matamos a los orogratas. —Hace una pausa—. ¿Tienes hambre? Podemos compartir algo. No tienes por qué arrebatárnoslo.

El fulcro no se mueve.

Pero sí que lo hace otra cosa. Al otro lado del bosque de piedra, las estrechas y atenuadas aglomeraciones de plata empiezan a agitarse con un movimiento caótico y cargan hacia ti. Son otros saqueadores. Aciaga Tierra, estabais tan concentradas en el orograta que no os habéis dado cuenta de los que teníais detrás. Pero ahora oyes cómo se elevan sus voces, sus insultos y sus pasos que resuenan por la ceniza. Los Lomocurtidos que se encuentran cerca de la barrera de estacas de esa parte empiezan a gritar para advertir a los demás.

—Nos atacan —dices en voz alta.

—¿En serio? —espeta Ykka al tiempo que desenvaina un cuchillo de cristal.

Te retiras hasta el círculo de tiendas. La manera en que adquieres consciencia de lo vulnerable que eres te resulta extraña y muy desagradable. Es aún peor, porque todavía eres capaz de sesapinar y porque tus instintos te incitan a responder cuando descubres de qué manera podrías ayudar. Un grupo de atacantes se acerca a una parte del perímetro que no tiene muchas estacas ni defensores, y abres los ojos para poder ver cómo intentan abrirse camino hacia el interior. Son los típicos saqueadores comubundos: sucios, demacrados, con una mezcla de harapos y ropa afanada y llenos de ceniza. Podrías acabar con seis de ellos en un suspiro, con un toro muy preciso.

Pero, al mismo tiempo también sientes lo... ¿cómo decirlo?... alineada que estás. La plata de Ykka está igual de concentrada que la de otros orogratas que has contemplado, pero la suya aún tiene capas, está aserrada y también se agita un poco. Fluye por todo su interior mientras salta del carro y grita a los demás que ayuden a los pocos Lomocurtidos que hay junto al grupo de saqueadores, al tiempo que corre hacia allí para hacerlo ella misma. Tu magia fluye con una suave claridad, y cada línea se desplaza a la perfección y se une con las demás. No saben cómo hacer que vuelva a ser como antes, si es que es posible hacerlo. Y el instinto te dice que usar la plata cuando estás así terminará por unir cada partícula de tu cuerpo con la habilidad con la que un albañil levanta un muro de ladrillos. Te convertirás en esa misma piedra.

Por eso luchas contra tus instintos y te escondes, por mucho que te irrite. Hay más personas, agachadas en el círculo central de tiendas: los niños más pequeños de la comu, los pocos ancianos, una mujer tan embarazada que casi ni es capaz de moverse aunque sostiene una ballesta cargada, dos Sementales que blanden cuchillos y que sin duda son los encargados de defenderla a ella y a los niños.

Cuando giras la cabeza para observar el combate, ves algo sorprendente. Danel se ha apropiado de una de las estacas de punta tallada que formaban la cerca y la usa para dejar un rastro de sangre entre los saqueadores. Es fenomenal, no deja de girarla, de apuñalar ni de bloquear para luego volver a apuñalar mientras gira la madera entre un ataque y otro como si hubiese peleado contra comubundos un millón de veces. No es solo una Lomocurtido con experiencia: tiene algo más. Es demasiado buena. Pero tiene sentido, ¿no? No crees que fuese la generala del ejército de Rennanis por su encanto.

Al final no es un combate muy equilibrado. Veinte o treinta comubundos escuálidos contra miembros de una comu que están entrenados, alimentados y bien preparados. Esto explica por qué las comus sobreviven a las Estaciones, y también por qué convertirse en comubundo es, en la práctica, una pena de muerte a largo plazo. Seguro que el grupo estaba desesperado, pues no crees que haya habido mucho tráfico por el camino durante los últimos meses. ¿En qué estarían pensando?

El orogén, piensas. Esperaban que fuese él quien ganase la batalla. Pero no se mueve, ni a nivel físico ni a nivel orogénico.

Te pones en pie y pasas junto a los que siguen luchando. Te ajustas la máscara a conciencia, sales de la carretera y atraviesas las estacas de la cerca para internarte en la profunda oscuridad del bosque de piedra. La hoguera del campamento te ha dejado encandilada, por lo que te detienes un instante a esperar a que se te ajuste la vista. No tienes ni idea de qué trampas pueden haber dejado por ahí los comubundos. Solo sabes que no deberías marcharte sola. Pero te vuelves a sorprender, ya que entre parpadeos empiezas de repente a verlo todo en plata. Los insectos, la hojarasca, una tela de araña, incluso las rocas... Todo titila en patrones venosos e incontrolables, y sus células y partículas quedan conformadas por el entramado que las conecta.

Y la gente. Te detienes cuando la ves, bien camuflada contra la vegetación plateada del bosque. El orograta aún no se ha movido y sigue siendo una figura más resplandeciente con unas líneas más sutiles. Pero también hay dos pequeñas figuras agachadas en una caverna que hay a unos seis metros en el interior del bosque. Ves otros dos cuerpos que, de alguna manera, han conseguido subirse en la cima de las rocas aserradas y curvadas. ¿Exploradores, quizá? Ninguno de ellos se mueve mucho. No eres capaz de discernir si te han visto o si se dedican a contemplar la batalla. Estás paralizada, conmocionada por ese cambio repentino en tu percepción. ¿Será una consecuencia de haber aprendido a ver la plata por tu cuenta y la de los obeliscos? Quizá veas la plata en todas partes, ahora que puedes hacerlo. O quizá lo estés alucinando todo, como si fuese una de esas imágenes que se quedan grabadas en los párpados al cerrar los ojos. Al fin y al cabo, Alabastro nunca mencionó que fuese capaz de percibir las cosas de esa manera. Aunque... ¿acaso se puede decir que Alabastro fuera buen profesor?

Avanzas un poco a tientas y extiendes la mano hacia delante por si aquello no fuese más que una especie de ilusión, aunque, de serlo, es una muy eficaz. Te resulta extraño pisar sobre un entramado de plata, pero terminas por acostumbrarte.

El distintivo entramado del orogén y el toro que aún está inerte no se encuentran muy lejos, pero él está en una elevación sobre el suelo. Quizás a unos tres metros por encima de ti. Tal vez eso explique por qué el suelo se eleva de pronto delante de ti y tocas piedra con la mano. Tu visión normal se ha adaptado lo suficiente como para que seas capaz de distinguir que delante de ti hay un pilar, retorcido y que seguro se puede escalar, al menos por alguien que tenga más de un brazo. Así que te detienes junto a la base y dices:

—Oye.

No hay respuesta. Te percatas de la respiración: agitada, superficial, contenida. Como si fuese alguien que intenta que no le oigan respirar.

—Oye.

Entrecierras los ojos en la oscuridad y al fin consigues discernir una especie de estructura de ramas amontonadas, tablones viejos y escombros. Una cobertura, quizá. Desde ahí arriba seguro que se puede ver la carretera. La vista no es un problema para un orogén promedio, pues quienes no han entrenado no pueden controlar la dirección de su energía. Pero un orogén entrenado en el Fulcro necesita línea de visión para evitar congelar suministros útiles y congelar solo a aquellos que los defienden.

Algo se agita en la cobertura que tienes encima. ¿Ha cambiado la respiración? Intentas pensar en algo que decir, pero lo único que se te ocurre es una pregunta: ¿qué hace un orogén entrenado en el Fulcro entre comubundos? Seguro que estaba de misión cuando tuvo lugar la Hendidura. No tiene Guardián, o está muerto, por lo que significa que es un pentanillado o superior, o quizás un trianillado o tetranillado que se ha separado de un compañero que lo superaba en rango. Te imaginas lo que habría ocurrido de haber tenido lugar la Hendidura mientras te encontrabas de camino a Allia. De haber sabido que tu Guardián podría haber ido a por ti, pero con la esperanza de que te hubiese dado por muerta... No. No, dejas de imaginarte cosas. Schaffa habría ido a por ti. Schaffa fue a por ti.

Pero aquello sucedió entre Estaciones. Se supone que los Guardianes no se unen a las comus cuando llegan las Estaciones, lo que es indicativo de que mueren y, de hecho, el único Guardián que has visto desde la Hendidura fue la que estaba con Danel y el ejército de Rennanis. Murió en aquella invasión de burbubajos que invocaste, y te alegras, ya que era una de esas asesinas de piel desnuda y esos son más problemáticos de lo habitual. Sea como fuere, estás junto a otro exropasbrunas, quien quizá tenga miedo o quizá no dude a la hora de asesinarte. Sabes lo que se siente, ¿no? Pero aún no ha atacado y tienes que encontrar la manera de conectar con él.

—Recuerdo —dices. En voz baja, murmullas. Como si ni siquiera quisieras oír tu voz—. Recuerdo los crisoles. Los instructores que nos mataban para salvarnos. ¿T-también te obligaron a tener hijos? —Corindón. Intentas sobreponer los pensamientos a los recuerdos—. ¿Te...? Joder. —La mano que Schaffa te rompió en el pasado, la derecha, está en lo que quiera que Hoa tenga por estómago. Pero aún la sientes. Un dolor fantasma que recorre unos huesos fantasma—. Sé que te rompen por dentro. Que te rompen las manos. A todos. No rompen para...

Oyes con mucha claridad una respiración ahogada y aterrorizada que viene desde el otro lado de la cobertura.

El toro se convierte en un borrón abrasador que empieza a

rotar y explota hacia fuera. Estás tan cerca que casi te pilla. Pero la respiración fue advertencia más que suficiente y te preparas a nivel orogénico aunque no eres capaz de hacerlo a nivel físico. A nivel físico te encoges de miedo y resulta demasiado para el equilibrio precario que tienes con un solo brazo. Caes de culo y con fuerza, pero desde pequeña estás acostumbrada a mantener el control con uno de los niveles aunque pierdas el del otro, por lo que en ese mismo instante activas tus glándulas sesapinales y sacas su fulcro de la tierra, lo inviertes. Eres mucho más fuerte; es sencillo. También reaccionas a nivel mágico y agarras uno de esos zarcillos fustigantes de plata que ha agitado el toro, hasta que reparas en que la orogenia afecta a la magia pero no es magia en sí misma, sino que de hecho la magia la evita. Por ese motivo no puedes realizar orogenia de alto nivel sin que esta tenga un impacto negativo en tu capacidad de usar la magia. ¡Qué alegría entenderlo al fin! A pesar de todo, apartas los indómitos zarcillos de magia, lo sofocas todo al instante y solo te alcanza un poco de escarcha. Está fría, pero solo cuando te toca en la piel. Vivirás.

Luego lo sueltas todo, y toda la orogenia y la magia se alejan de pronto de ti como si fuesen elásticos estirados. Todo parece tañer en respuesta, en resonancia y... Vaya. Oh, no. Sientes cómo la amplitud de esa resonancia aumenta a medida que tus células comienzan a alinearse y a comprimirse para formar piedra.

No puedes evitarlo. Eso sí, puedes dirigirlo. En ese instante en el que puedes hacerlo, decides qué parte de tu cuerpo te puedes permitir perder. ¡El pelo! No, tiene demasiados mechones y están demasiado alejados de los folículos de la vida. Puedes hacerlo, pero tardarías demasiado tiempo y la mitad de tu cuero cabelludo ya se habría convertido en piedra al terminar. ¿Los dedos de los pies? Los necesitas para caminar. ¿Los de las manos? Solo te queda una mano y la necesitas intacta todo el tiempo que puedas.

Los pechos. Bueno, tampoco es que estés pensando en tener más hijos.

Te basta con canalizar la resonancia, el empedrado, en uno de ellos. Debes llevarla por las glándulas que tienes debajo de la axila, pero consigues apartarla de los músculos para que así quepa la posibilidad de que no afecte al movimiento ni a la respiración. Eliges el pecho izquierdo, para compensar con tu brazo derecho. Lo cierto es que siempre te ha gustado más tu pecho derecho. Es más bonito. Y, al terminar, te quedas tumbada, viva, muy consciente del peso adicional que tienes en el tronco, demasiado estupefacta como para llorar la pérdida. Aún.

Luego te incorporas a duras penas y con un gesto de dolor en el rostro mientras la persona que se encuentra en la cobertura suelta una risilla nerviosa y dice:

—Por el óxido. Por el Padre Tierra. ¿Damaya? Eres tú de verdad. Lo siento por lo del toro, solo quería... No sabes lo que he tenido que aguantar. No me lo creo. ¿Sabes lo que le hicieron a Raja?

Arkete, te dicen tus recuerdos.

—Maxixe —articulan tus labios.

Es Maxixe.

Maxixe es la mitad del hombre que antaño fue. Al menos, desde el punto de vista físico.

No tiene piernas por debajo de los muslos. Solo le queda un ojo, o al menos solo uno le funciona. El izquierdo está dañado y no va muy en consonancia con el otro. La parte izquierda de su cabeza —ya no le queda casi nada de ese pelo platino soplocinéreo que recuerdas, solo un pelo tipo cepillo cortado con cuchillo— es un amasijo de cicatrices rosadas entre las que te parece ver que la oreja se le ha curado cerrada. Las cicatrices le han arrugado la frente y la mejilla y también tiran un poco de la boca, que parece algo más grande por esa parte.

Aun así, baja de la cobertura con agilidad, camina con las manos y levanta el torso y los muñones de las piernas con los músculos de los brazos. Se desenvuelve muy bien sin piernas. Seguro que lleva así un tiempo. Se pone a tu lado antes de que hayas sido capaz de ponerte en pie.

—Eres tú de verdad. Pensaba..., había oído que solo eras tetranillada. ¿De verdad has sido capaz de atravesar mi toro? Yo soy hexanillado. ¡Seis! Pero lo sabía; al sesapinarte eres igual: tranquila por fuera y con una furia oxidada en tu interior. Eres tú de verdad.

El resto de comubundos empiezan a salir de sus coberturas y de dondequiera que se encontrasen. Te envaras cuando aparecen, ya que tienen aspecto de espantapájaros, figuras delgadas, harapientas y apestosas que te miran desde detrás de gafas improvisadas o robadas y máscaras de telas entrecruzadas que sin duda fueron prendas de otras personas. A pesar de ello, no atacan. Se reúnen y os miran a Maxixe y a ti.

Contemplas cómo el hombre se desplaza en círculos a tu alrededor sin dificultad alguna. Lleva harapos de comubundo, de manga larga y con varias capas, pero ves lo grandes que tiene los hombros y los músculos de los brazos debajo de esas prendas harapientas. Evitas fijarte en lo demacrado que tiene el rostro, pero te queda claro cuáles son las partes que su cuerpo ha priorizado durante los largos meses de hambruna.

—Arkete —dices, porque recuerdas que siempre prefirió su nombre de nacimiento.

Deja de pasear en círculos y te mira de cerca por un instante con la cabeza ladeada. Quizá tenga que hacerlo para ver mejor con un solo ojo. Pero su expresión te hace cambiar de idea. Ya no es Arkete, de igual manera que tú ya no eres Damaya. Han cambiado muchas cosas. Que sea Maxixe, pues.

—Lo has recordado —dice no obstante. En ese momento de quietud, esa calma después de la tormenta de palabras que acababa de pronunciar, ves por un instante al chico meditabundo y encantador que recuerdas. Pero te cuesta asimilar ese parecido. Pocas cosas serían más raras que verlo a él; quizá, toparte con el hermano que te habías olvidado que tenías hasta aquel preciso momento. ¿Cómo se llamaba? Por los fuegos de la Tierra, también te has olvidado de eso. Pero tal vez no lo reconocieras si lo vieses. Los balastos del Fulcro se convirtieron en tu familia. No compartes su sangre, pero sí su dolor.

Agitas la cabeza para concentrarte y asientes. Te has puesto en pie y te limpias la hojarasca y la ceniza del trasero, y te resulta incómodo hacerlo alrededor del peso que te tira del pecho.

—A mí también me sorprende haberlo recordado. Al parecer, me marcaste.

Esboza una sonrisa. Es asimétrica. Solo la mitad de su cara se mueve con normalidad.

—Me había olvidado. O al menos traté de hacerlo por todos los medios posibles.

Aprietas la mandíbula.

—Lo... lo siento.

Es inútil. Seguro que ni siquiera recuerda por qué le pides perdón.

Se encoge de hombros.

—Da igual.

—No da igual.

—No. —Aparta la mirada por un instante—. Debería haber hablado contigo después. No debería haberte odiado así. No debería haberla dejado..., haberlos dejado que me cambiaran. Pero lo hice, y ahora... ahora ya no importa.

Sabes a la perfección a quién se refería con ese «haberla». Después del incidente con Raja, un acoso que dejó al descubierto toda una red de balastos que solo intentaban sobrevivir y una red aún más grande de adultos que se aprovechaban de la desesperación de los chicos... Recuerdas. Recuerdas cómo un día Maxixe volvió a los barracones de los balastos con ambas manos rotas.

—Es mejor que lo que le hicieron a Raja —murmuras antes de arrepentirte y guardar silencio.

Pero asiente sin parecer sorprendido.

—Una vez fui a una estación de nódulos. No era ella. Por el óxido, no sé en qué estaría pensando... Pero quería encontrarlos a todos. Antes de que llegase la Estación. —Ríe entre dientes, un sonido amargo y extenuado—. Ni siquiera me gustaba. Pero necesitaba saber qué le había pasado.

Niegas con la cabeza. En realidad entiendes ese impulso, mentirías si dijeras que no lo has llegado a pensar en los años transcurridos desde que descubriste la verdad. Ir a todas las estaciones. Encontrar la manera de restaurar sus glándulas sesapinales dañadas y liberarlos. O matarlos por clemencia. Qué buena instructora habrías sido si el Fulcro te hubiese dado la oportunidad. Pero, como era de esperar, no hiciste nada. Y, como era de esperar, Maxixe tampoco hizo nada para salvar a los responsables de los nódulos. Alabastro fue el único que lo hizo.

Respiras hondo.

—Estoy con ellos —dices mientras haces un gesto con la cabeza hacia la carretera—. Ya oíste lo que dijo la jefa. Los orogenes son bienvenidos.

Se balancea un poco sobre los muñones y con los brazos. Te cuesta verle la cara en la oscuridad.

—Sí, la sesapino. ¿Es la jefa?

—Sí. Y todos los de la comu lo saben. Son... La comu es... —Vuelves a respirar hondo—. Nosotros. Somos una comu que intenta hacer algo diferente. Orogenes y táticos. Sin matarse entre ellos.

El hombre ríe, lo que desencadena unos pocos segundos de tos. Las otras figuras se agitan, pero lo que más te preocupa es la tos de Maxixe. Es seca, áspera y abrupta. No suena bien. No lleva máscara y ha respirado demasiada ceniza. También es escandalosa. Te apostarías el portabastos a que los Cazadores están cerca y preparados para disparar a él y a los suyos.

Cuando termina el acceso de tos, vuelve a girar la cabeza hacia ti y te dedica una mirada cómplice.

—Yo estoy igual —consigue articular. Señala con la barbilla hacia los suyos—. Estos rumbrientos se han quedado conmigo porque no me los voy a comer y no me molestan porque saben que los mataría. ¿Ves? Una coexistencia pacífica.

Echas un vistazo alrededor y frunces el ceño. Te cuesta ver qué expresión han puesto.

—Pero no han atacado a los míos.

De lo contrario, estarían muertos.

—Qué va. Fue cosa de Olemshyn. —Maxixe se encoge de

hombros, lo que hace que se le mueva todo el cuerpo—. Un cabrón sanzedino mestizo. Dice que lo han echado de dos comus porque tenía «problemas para controlar la ira». Nos habría matado a todos con sus saqueos, por lo que les dije a aquellos que querían vivir y eran capaces de soportarme que me siguiesen para montar nuestro propio lugar. Esta parte del bosque es nuestra, y la otra, de ellos.

Así que no hay una tribu de comubundos, sino dos. Aunque tampoco se puede decir que la Maxixe sea una en toda regla, ya que solo tiene a un puñado de personas detrás de él. Pero hay que tener en cuenta lo que les dijo: que lo siguieran aquellos capaces de convivir con un orograta. No es de extrañar que no hayan sido muchos.

Maxixe se gira y escala la mitad del camino que llega hasta la cobertura, donde se sienta y puede mirarte cara a cara. Vuelve a toser con dificultad debido al esfuerzo.

—Supongo que esperaban que yo me encargase de ti —prosigue cuando ha terminado de toser—. Así es como solemos hacerlo: yo los congelo y su grupo roba todo lo que puede antes de que lleguemos el mío y yo. Así conseguimos sobrevivir un poco más. Pero no me sentó nada bien lo que dijo tu jefa. —Aparta la mirada y niega con la cabeza—. Olemshyn debería haberse quedado quieto al ver que no te iba a congelar, pero bueno. Ya le había advertido de que acabarían matándolo.

—Sí.

—Que les vaya bien. ¿Qué le ha pasado a tu brazo?

Ahora te mira. No ve tu pecho izquierdo, aunque estás un poco inclinada hacia ese lado. Duele sentir ese peso en tus carnes.

Contraatacas con otra pregunta:

—¿Qué les ha pasado a tus piernas?

Esboza una sonrisa asimétrica, pero no responde. Ninguno lo hacéis.

—Entonces no os matáis. —Maxixe agita la cabeza—. ¿Y ha funcionado?

—Por ahora sí. Es lo que intentamos, al menos.

—No funcionará. —Maxixe vuelve a moverse y te fulmina con la mirada—. ¿Cuánto te ha costado unirte a ellos?

No respondes, aunque tampoco es eso lo que ha preguntado exactamente. Ves el precio que ha tenido que pagar él para sobrevivir en estas condiciones: sus habilidades a cambio de la comida limitada de los saqueadores y de un refugio de dudosa seguridad. Ese bosque de piedra, esa trampa mortal, es obra de él. ¿Cuánta gente ha tenido que matar por los saqueadores?

¿A cuántos has tenido que matar tú por Castrima?

No es lo mismo.

¿Cuántas personas formaban parte del ejército de Rennanis? ¿A cuántos de ellos sentenciaste a que los insectos los hirvieran en vida? ¿Cuántos montículos de ceniza de los que sobresalen una mano o una bota cubren ahora Castrima?

Por el óxido, no es lo mismo. Tenías que elegir entre ellos o tú.

Igual que Maxixe, quien solo intentaba sobrevivir. Eran ellos o él.

Aprietas los dientes para silenciar esta lucha interna. No hay tiempo para algo así.

—No podemos... —dices, pero vuelves a empezar—. Hay formas de hacerlo sin matar. Formas que... No tenemos por qué ser... esto. —Las palabras hipócritas y embarazosas de Ykka se resbalan entre tus labios. ¿Acaso son ciertas a estas alturas? Castrima ya no tiene esa geoda que obligaba a colaborar a los táticos y los orogenes. Quizás al día siguiente todo se vaya al traste.

Quizá. Pero hasta entonces, te obligas a seguir adelante.

—No tenemos por qué ser eso en lo que nos convirtieron, Maxixe.

El hombre niega con la cabeza y mira la hojarasca.

—También recuerdas ese nombre.

Te humedeces los labios.

—Sí. Yo soy Essun.

Frunce el ceño al oírte, quizá porque no se trata de un nombre relacionado con la tierra. Por eso lo elegiste. Pero no lo cuestiona. Termina por suspirar.

—Por el óxido, mírame, Essun. Oye las rocas de mi pecho. Aunque tu jefa se apiade de medio orograta, no creo que dure mucho. Además...

Como está sentado, usa las manos para hacer un ademán con el que señala al resto de figuras andrajosas.

—Ninguna comu nos acogería —dice una de las más pequeñas. Te parece la voz de una mujer, pero es tan ronca y suena tan agotada que no eres capaz de distinguirlo—. Ni se lo plantearían.

Te agitas, incómoda. La mujer tiene razón: tal vez Ykka acepte acoger a un orograta comubundo, pero no al resto. Aunque debes reconocer que no sabes qué haría.

—Le puedo preguntar.

Ríen entre dientes, hastiados, cansados y demacrados. Se oyen algunas toses más que se unen a la de Maxixe. Están a punto de morir de hambre y la mitad ha enfermado. Es inútil. Aun así... Le dices a Maxixe:

—Si no venís con nosotros, moriréis aquí.

—Los de Olemshyn tienen la mayoría de los suministros. Iremos a quitárselos. —Hace una pausa al terminar la frase, como si fuese la primera oferta de una subasta—. Y que sepas que o vamos todos o no irá nadie.

—Hablaré con la jefa —dices, sin querer comprometerte. Pero sabes reconocer una oferta cuando la oyes. Su orogenia entrenada en el Fulcro a cambio de una membresía en la comu para él y los suyos, un acuerdo engalanado con los suministros de los saqueadores. Y acepta sin problema que Ykka no esté de acuerdo con esa primera oferta. Te incomoda—. También le hablaré bien de tu carácter, al menos del que tenías hace treinta años.

Sonríe un poco. Es difícil no reparar en que se trata de una sonrisa condescendiente. Te mira e intenta disimular. Al parecer, tu expresión te delata.

—También conozco un poco la región. Podría seros útil, ya que está claro que os dirigís a alguna parte. —Señala con la barbilla la luz de las hogueras que se reflejan en los peñascos junto a la carretera—. ¿Vais a alguna parte?

—A Rennanis.

—Imbéciles.

Lo que quiere decir que seguro que el ejército de Rennanis pasó por esta zona cuando se dirigía hacia el sur. Dejas que se escape una sonrisa.

—Imbéciles muertos.

—Vaya. —Entorna el ojo bueno—. Han destrozado todas las comus de la zona. Por eso lo estamos pasando tan mal: los renanienses no dejan caravanas a las que saquear. Aunque sesapiné algo extraño en la dirección a la que se dirigieron.

Se queda en silencio y te observa, ya que sin duda lo sabe. Cualquier orograta anillado habría sesapinado la actividad del Portal de los Obeliscos cuando sentenciaste con brusquedad la guerra entre Rennanis y Castrima. Tal vez no supiesen qué sesapinaban y, a menos que conocieran la magia, tampoco habrían percibido la totalidad del acontecimiento aunque lo reconociesen, aunque sí habrían notado la resaca de la ola de energía.

—Era... era yo —dices. Te sorprende por lo que te cuesta admitirlo.

—Por el óxido de la Tierra, Da... Essun. ¿Cómo lo hiciste?

Respiras hondo. Tiendes una mano hacia él. Son tantos los acontecimientos de tu pasado que no dejan de perseguirte... Nunca te olvidas de tus orígenes porque por el óxido que no puedes hacerlo. Pero quizás Ykka sepa aprovecharlo. Eres capaz de hacer caso omiso de los posos de tus vidas anteriores y hacer como si nada ni nadie te importase... o puedes aceptarlos. Sacar las cosas buenas y fortalecerte en general.

—Vamos a hablar con Ykka —propone—. Si te acoge, a ti y a los tuyos, ya lo sé; te lo contaré todo.

Y si no tiene cuidado, también terminarás por enseñarle cómo hacerlo. Al fin y al cabo, es un hexanillado. Si fracasas, alguien tendrá que relevarte.

Para tu sorpresa, mira tu mano con una expresión que parece de cautela.

—No estoy seguro de querer saberlo todo.

Sonríes al oírlo.

—Te aseguro que no quieres saberlo.

Te dedica una sonrisa asimétrica.

—Estoy seguro de que tú tampoco querrías saber todo lo que me ha pasado a mí.

Inclinas la cabeza.

—Pues trato hecho. Solo las partes agradables.

Sonríe. Le falta un diente.

—Sería tan corto que no le serviría ni como cuento popular a un acervista. Nadie querría oír una historia así.

Pero... Luego cambia el punto de apoyo de su cuerpo y levanta la mano derecha. Tiene la piel dura como una asta, muy endurecida y sucia. Te limpias las manos en los pantalones sin pensar después de estrechársela. Los que van con él se ríen al verlo.

Luego lo llevas a Castrima, hacia la luz.

2470: Antárticas. Empezó a abrirse un enorme socavón debajo de la ciudad de Bendine (la comu pereció poco después). Originó un relieve kárstico sin actividad sísmica, y el hundimiento de la ciudad dio lugar a oleadas que detectaron los orogenes del Fulcro de las Antárticas. De alguna manera, desde el Fulcro se desplazó toda la ciudad a una posición más estable y se salvó a la mayoría de la población. Los registros del Fulcro indican que al hacerlo murieron tres orogenes experimentados.

Notas del proyecto de Yaetr Innovador Dibars

6

Nassun labra su destino

El viaje de un mes a las ruinas de la civitusta que había dicho Acero transcurre sin incidentes para los estándares habituales en mitad de una Estación. Nassun y Schaffa tienen o cazan lo suficiente como para sobrevivir, aunque ambos empiezan a perder peso. El hombro de Nassun se cura sin problema, aunque está débil y febril durante unos días en los que a la chica le da la impresión de que Schaffa se detiene a descansar antes de lo habitual en él. Al tercer día, la fiebre ha desaparecido, la herida ha comenzado a cicatrizar y continúan el viaje.

No se encuentran a casi nadie en la carretera, aunque eso no es algo sorprendente dado que la Estación empezó hace año y medio. Llegados a ese punto, todos los comubundos se habrán unido a alguna banda de saqueadores, de las que tampoco quedarán muchas, tan solo las más despiadadas o las que posean algún tipo de ventaja que no sea salvajismo ni canibalismo. La mayor parte se habrá mudado hacia el norte, a las Surmelat, donde hay más comus de las que aprovecharse. Las Antárticas no les gustan ni a los saqueadores.

Esa soledad casi absoluta le sienta bien a Nassun de muchas maneras. No hay más Guardianes que deambulen ocultos a su alrededor. Tampoco hay habitantes de una comu cuyos miedos irracionales deba tener en mente. Ni siquiera niños orogenes. Nassun echa de menos a los demás, sus conversaciones y la camaradería de la que disfrutó durante tan poco tiempo, pero a pesar de todo le ofendía ver todo el tiempo que Schaffa les dedicaba. Tiene edad suficiente como para saber lo inmaduro que resulta ponerse celosa por algo así. (Sus padres también mimaban a Uche, pero tiene muy claro que en estas condiciones recibir más atención no tiene por qué ser sinónimo de favoritismo.) Eso no significa que la chica no esté contenta, ni ansiosa, por disponer de Schaffa para ella sola.

Pasan unos momentos muy agradables y silenciosos durante el día. Por la noche duermen, acurrucados juntos en el árido frío, seguros porque Nassun ha demostrado de manera fehaciente que el más mínimo cambio en el ambiente o un paso en el terreno cercano basta para despertarla. A veces, Schaffa no duerme. Lo intenta, pero se limita a quedarse echado mientras tiembla de manera casi imperceptible, jadea de vez en cuando entre espasmos musculares que no es capaz de controlar del todo e intenta no molestarla con su silenciosa agonía. Cuando duerme, el sueño es irregular y superficial. A veces, Nassun tampoco duerme y se compadece por él, dolorida y en silencio.

La chica decide hacer algo. Es lo que aprendió a hacer en Luna Hallada, aunque en menor medida: a veces deja que el pequeño litonúcleo que el Guardián tiene en sus glándulas sesapinales reciba algo de su plata. No sabe por qué funciona, pero recuerda haber visto a los Guardianes de Luna Hallada quitándoles algo de plata a sus protegidos para luego respirar aliviados, como si les calmara el hecho de darle al litonúcleo algo diferente de lo que alimentarse.

Pero Schaffa no ha cogido plata de ella ni de nadie más desde el día en el que la chica le ofreció toda la que tenía, el día en el que reparó en la verdadera naturaleza de esa esquirla de metal del cerebro del hombre. Cree entender por qué el Guardián dejó de hacerlo. Porque algo cambió entre ellos aquel día y ahora es incapaz de alimentarse de ella como si fuese un parásito. Y por eso Nassun le da ahora magia a hurtadillas. Porque algo ha cambiado entre ellos, y él no es un parásito, ya que ella lo necesita también y le da algo que él no cogerá por su cuenta.

(Un día cercano, la chica aprenderá la palabra «simbiosis» y asentirá, complacida por tener una manera de llamarlo al fin. Pero mucho antes de eso ya habrá decidido que la palabra «familia» le sirve igual de bien.)

Cuando Nassun le da su plata a Schaffa, aunque está dormido, el cuerpo del hombre se agita con tanta brusquedad que tiene que apartar la mano con vehemencia para no perder mucha. Solo puede darle unas gotas. De no ser así, se quedaría extenuada y sería ella quien no pudiese viajar al día siguiente. Hasta esa poca cantidad es suficiente para conseguir que el Guardián duerma. No obstante, a medida que pasan los días, Nassun repara en que, de alguna manera, es capaz de crear más plata. Es un cambio positivo, ya que ahora es capaz de calmar el dolor de Schaffa sin sentirse agotada. Cada vez que ve que el Guardián se sume en un sueño tranquilo y profundo, la chica se siente orgullosa y buena, aunque sabe que no lo es. No importa. Tiene claro que quiere ser mejor hija para Schaffa de lo que fue para Jija. Todo será mejor, hasta que se termine.

Algunas noches, Schaffa le cuenta historias mientras prepara la cena. En ellas, la Yumenes del pasado es un lugar maravilloso y extraño al mismo tiempo, tan ajeno como el fondo del mar. (Siempre habla de la Yumenes del pasado. Ha olvidado la Yumenes más actual, así como los recuerdos del Schaffa que fue.) La propia idea de Yumenes ya es complicada de digerir para Nassun: millones de personas que no son ni granjeros ni mineros ni nada a lo que ella está acostumbrada, todas obsesionadas con la moda, la política y posicionamientos mucho más complicados que la casta o la raza. Líderes, pero también aquellos que pertenecen al Liderazgo de Yumenes. Lomocurtidos que pertenecen a un sindicato y, los que no, que tienen otro tipo de contactos y colchones financieros. Innovadores de familias con generaciones de antigüedad que compiten por llegar a la Séptima Universidad e Innovadores que se limitan a construir y a reparar baratijas en los barrios de chabolas que hay en el extrarradio de la ciudad. Es extraño descubrir que gran parte de la rareza de Yumenes se debe tan solo a todo el tiempo que ha durado. Hay familias antiguas. Libros en sus bibliotecas que son más antiguos que Tirimo. Organizaciones que recuerdan y se han vengado por desaires que datan de hace tres o cuatro Estaciones.

Schaffa también le habla del Fulcro, aunque no mucho. Tiene otra laguna en sus recuerdos relacionados, recóndita e insondable como un obelisco, aunque Nassun no puede evitar sondear cuán profunda es. Al fin y al cabo, su madre vivió allí y, a pesar de lo ocurrido, es algo que le fascina. Pero Schaffa apenas recuerda a Essun, incluso cuando la chica se arma con el valor suficiente como para hacerle preguntas directas sobre el tema. Intenta responder a Nassun, pero lo hace a trompicones y con una mirada cargada de dolor, atribulada y más lívida de lo habitual. Por eso la chica lo hace de vez en cuando, con horas o días de diferencia, para darle al Guardián tiempo para recuperarse. Saca en claro poco más de lo que había conseguido suponer sobre su madre, el Fulcro y la vida antes de aquella Estación. Aun así, es agradable de oír.

Así pasan los kilómetros, entre recuerdos rodeados de dolor.

Las condiciones ambientales de las Antárticas empeoran a cada día que pasa. La lluvia de ceniza ya no es intermitente, y el paisaje ha empezado a convertirse en una naturaleza muerta de colinas, crestas y plantas moribundas esculpidas en piedra grisácea. Nassun empieza a echar de menos el sol. Una noche oyen el gruñido de lo que les parece una kirjusa enorme que ha salido a cazar, aunque por suerte suena lejos. Un día pasan junto a un estanque cuya superficie parece un espejo plomizo de ceniza en suspensión y cuya agua hace gala de una calma inquietante si se tiene en cuenta que un arroyo se vierte en él a mucha velocidad. Aunque no les queda mucha agua en las cantimploras, Nassun mira a Schaffa y el hombre asiente en silencio, con gesto de mutua desconfianza. No tiene nada demasiado extraño, pero... bueno. Para sobrevivir a una Estación es más importante tener el instinto adecuado que las herramientas adecuadas. Evitan el agua estancada, y viven.

La noche del vigésimo noveno día llegan a un lugar en el que la carretera imperial se allana de repente y gira hacia el sur. Nassun sesapina que el borde del camino recorre lo que parece ser el límite de un cráter. Han llegado al punto más alto que rodea esa región circular y atípicamente plana, y la carretera recorre la cresta formando un arco alrededor de aquel yermo para luego continuar hacia el oeste justo en el otro extremo. Pero en el medio, Nassun al fin contempla algo milagroso.

La Arruga del Anciano es un volcán somma, una caldera dentro de una caldera. Esta es inusual porque tiene una forma perfecta, ya que, según ha leído Nassun, la exterior y más antigua suele estar más deteriorada debido a la erupción con la que se origina la caldera interior y más reciente. En este caso, la exterior se encuentra intacta y forma un círculo casi perfecto, aunque muy erosionado por el tiempo y lleno de vegetación. Nassun no ve debajo de todo aquel follaje, aunque sí que lo sesapina sin problema. La erupción debe de haber tenido tanta actividad que la formación geológica estuvo a punto de quedar destruida por ella. Lo que queda se ha cristalizado y templado de tal manera que ni siglos de inclemencias climáticas han conseguido erosionarlo. El volcán creado por ese somma está inactivo, su antigua cámara magmática se encuentra vacía desde hace mucho tiempo y no queda en ella ni un atisbo de calor. Pero hace mucho tiempo, en la Arruga tuvo lugar una perforación impresionante, y también espantosa, de la corteza del mundo.

Acero les dice que acampen para pasar la noche a dos o tres kilómetros de la Arruga. Antes del amanecer, Nassun se despierta al oír un chillido a lo lejos, pero Schaffa la tranquiliza.

—Lo he oído varias veces —susurra entre los chasquidos de la hoguera. Ha insistido en hacer guardia en esta ocasión, y Nassun había hecho el primer turno—. Hay algo en el bosque de la Arruga. No parece que venga hacia nosotros.

La chica le cree, pero ninguno duerme bien esa noche.

Por la mañana, se levantan antes del alba y empiezan a recorrer la carretera. A la tenue luz matutina, Nassun observa el engañoso doble cráter que se extiende ante ellos. De cerca le resulta más sencillo ver las grietas de la caldera interior, que se extienden en intervalos regulares. Alguien quería que la gente pudiera entrar en ella. No obstante, la superficie de la caldera exterior está llena de vegetación, amarillenta, y se agita como si se tratara de un bosque de briznas de hierba que se ha superpuesto a cualquier otro tipo de vegetación de la zona. No se puede sesapinar el interior ni hay senderos formados por los animales.

Pero la verdadera sorpresa se encuentra debajo de la Arruga.

—Son las ruinas de la civitusta que decía Acero —dice la chica—. Están bajo tierra.

Schaffa la mira sorprendido, pero no se queja.

—¿En la cámara magmática?

—¿Quizá?

Al principio, Nassun tampoco se lo cree, pero la plata no miente. Repara en otra cosa extraña y amplía su conciencia sesapinal de la zona. La plata reproduce las perturbaciones de la topografía y del bosque, igual que en todas partes. Pero en este lugar es más brillante y, en cierto modo, parece fluir con más facilidad entre planta y planta o roca y roca. Se vuelve más intensa, corrientes cegadoras que se unen en arroyos hasta llegar a un estanque de luz agitada y resplandeciente. No es capaz de percibir los detalles porque hay mucha... Percibe tan solo un espacio vacío y lo que parecen ser edificios. Son unas ruinas enormes. Una ciudad, mayor que cualquiera que Nassun haya sesapinado jamás.

Pero no es la primera vez que sesapina ese batir de plata. No puede evitar girarse hacia detrás para contemplar el de zafiro, que columbra a lo lejos a pocos kilómetros. Lo han dejado atrás, pero aún les sigue.

—Sí —comenta Schaffa. La ha estado vigilando, muy pendiente mientras ella ataba cabos—. No recuerdo esta ciudad, pero sé que hay otras parecidas. Los obeliscos se fabricaron en estos lugares.

La chica agita la cabeza como si intentase comprender.

—¿Qué le ocurrió a esta ciudad? Debía de haber mucha gente.

—La del Desastre.

Nassun respira hondo. Ha oído hablar de ella, claro, y se la cree igual que los niños se creen la mayoría de los cuentos. Recuerda haber visto el dibujo de un artista que la representaba en uno de los libros de su creche: relámpagos y rocas que caían del cielo, fuego que surgía de los suelos, pequeñas figuras humanas que salían corriendo al verse condenadas.

—¿Y qué ocurrió? ¿Un volcán enorme?

—La del Desastre fue muy parecida a esto que ves ante ti. —Schaffa contempla cómo se mece el bosque—. Pero al mismo tiempo fue diferente. Nassun, fue como si hubiesen tenido lugar cientos de Estaciones diferentes por todo el mundo y al mismo tiempo. Es un milagro que la humanidad consiguiera sobrevivir.

Habla como si... Parece imposible, pero Nassun se muerde el labio.

—¿Estabas...? ¿Lo recuerdas?

Mira a Nassun, sorprendido, y le dedica una sonrisa que parece, al mismo tiempo, agotada e irónica.

—No. Creo que... supongo que nací después, pero tampoco tengo pruebas de ello. Aunque pudiese recordar la del Desastre, tengo muy claro que es algo que no querría rememorar. —Suspira y luego niega con la cabeza—. Ha salido el sol. Enfrentémonos al futuro y dejemos atrás el pasado.

Nassun asiente, y salen del camino para internarse entre los árboles.

Son extraños, con hojas largas y endebles que parecen briznas de hierba estiradas, con troncos estrechos pero flexibles que crecen separados por apenas unas decenas de centímetros. Schaffa tiene que detenerse de vez en cuando para apartar dos o tres troncos y que puedan abrirse paso entre ellos. Avanzan con dificultad, y Nassun no tarda en quedar extenuada. Se detiene, sudorosa, pero Schaffa sigue adelante.

—Schaffa —llama la chica con intención de pedirle que hagan un descanso.

—No —espeta el Guardián al tiempo que aparta otro árbol entre gruñidos—. Recuerda la advertencia del comepiedras, pequeña. Tenemos que llegar al centro del bosque antes del ocaso. Y está claro que necesitaremos todo el tiempo posible.

Tiene razón. Nassun traga saliva, empieza a respirar hondo para recuperarse un poco y luego sigue avanzando a través del bosque con él.

Se compenetran bien. A ella se le da bien encontrar los caminos más rápidos que no requieren apartar vegetación. Cuando lo hace, él la sigue. Pero cuando no hay manera de encontrar senderos así, el hombre rompe los árboles a empujones y patadas hasta que despeja el paso, y ella lo sigue. Nassun aprovecha esos momentos de calma para recuperar el aliento, pero nunca es suficiente. Empieza a sentir una punzada cada vez más fuerte en el costado. También a tener problemas para ver, porque las hojas de los árboles no han dejado de tirarle de los moños que tiene en el pelo y el sudor ha hecho que los rizos le pendan frente a los ojos. Está desesperada por descansar durante una hora o más. Beber un poco de agua. Comer algo. Pero las nubes sobre ellos se vuelven más plomizas a medida que pasan las horas, y cada vez le cuesta más discernir cuántas horas de día les quedan por delante.

—Podría... —empieza a decir Nassun en un momento dado al tiempo que intenta pensar en una manera de usar la orogenia, la plata o cualquier cosa para abrirse camino.

—No —espeta Schaffa, que de alguna manera intuye lo que la chica estaba a punto de decir.

Ha sacado de algún lado un puñal de cristal negro. No es un arma muy útil para la situación en la que se encuentran, pero ha conseguido usarla para debilitar los troncos de esos árboles con forma de brizna antes de tirarlos de una patada. Eso los ayuda a avanzar más rápido.

—Si congelaras estas plantas, solo conseguirías que fuese más complicado avanzar, y un terremoto podría hacer que se derrumbase la cámara magmática que tenemos debajo.

—Pues con la p-plata...

—No. —Se detiene tan solo un instante y se gira para fulminarla con la mirada. Nassun se inquieta al comprobar que el hombre no tiene la respiración agitada, aunque una ligera capa de sudor le reluce en la frente. Esa esquirla de metal le mortifica, pero no puede evitar hacerlo más resistente—. Puede que haya otros

Guardianes cerca, Nassun. Es poco probable, pero no deja de ser una posibilidad.

Nassun se devana los sesos para hacer otra pregunta, ya que esa pausa momentánea le da tiempo para recuperar el aliento.

—¿Otros Guardianes? —Claro, recuerda que el hombre había dicho que todos iban a algún lugar durante las Estaciones, y que esa estación que Acero les nombró esconde la manera en la que lo hacían—. ¿Has recordado algo?

—Nada más, por desgracia. —Sonríe un poco, a propósito, como si supiese por qué la chica le ha hecho esa pregunta—. Solo que así es como llegábamos a ese lugar.

—¿A qué lugar?

Se le borra la sonrisa y su expresión pasa a ser vacía y familiar por un brevísimo instante.

—Warrant.

Nassun recuerda al poco tiempo que su nombre completo es Schaffa Guardián Warrant. Nunca se le había ocurrido preguntarse dónde se encuentra la comu llamada Warrant. Pero ¿por qué se llega a ella a través de una ciudad ruinosa y enterrada?

—¿P-por qué...?

Schaffa niega con la cabeza y su expresión se vuelve más adusta.

—Sigamos. Con esta poca luz, puede que no todos los cazadores nocturnos esperen a que se haga de noche.

Levanta la vista al cielo con una mirada que solo denota una ligera preocupación, como si aquello no amenazara sus vidas.

Es inútil quejarse por tener que descansar. Están en una Estación. Si descansa, muere. Por eso se interna en el hueco que el Guardián acaba de hacer y empieza de nuevo a buscar la mejor ruta.

Al final lo consiguen. Eso es bueno, pues de lo contrario solo te estaría contando la historia de la muerte de tu hija, y dejaría que el mundo se marchitase con tu aflicción.

Pero no tiene nada que ver con eso. De pronto, el último grupo de árboles con forma de brizna empieza a ralear y deja a la vista un camino despejado que recorre el borde de la caldera interior. Los muros del camino se alzan a mucha altura, aunque desde lejos no parecen tan altos, y el propio sendero tiene la anchura suficiente como para que pasen dos carros tirados por caballos uno junto a otro sin problema. Las paredes de dicho camino están cubiertas de un moho firme y una especie de enredadera de tallos gruesos. Por suerte, esta última está marchita, pues de lo contrario habría estado más enmarañada y les habría hecho perder aún más tiempo. En lugar de ello, avanzan con facilidad al romper las ramas secas. De repente, Schaffa y Nassun salen del sendero y se encuentran en una losa amplia de un material del todo blanco que no es ni piedra ni metal. Se parece a algo que Nassun ha visto antes, cerca de las ruinas de otras civitustas. Es un material que a veces brilla tenue por la noche. Esta losa en particular cubre por completo el espacio de la caldera interior.

Acero les ha dicho que allí es donde se encuentran las ruinas de la civitusta, pero lo único que Nassun ve delante de ellos es un minúsculo rizo de metal que se enclava directamente en ese material blanco. Se pone tensa, como haría cualquier superviviente de una Estación al ver algo que desconoce. Pero Schaffa se adelanta hacia el metal sin titubear. Se detiene al lado y, por un instante, hace una mueca extraña que Nassun sospecha que está causada por el conflicto momentáneo entre lo que su cuerpo ha hecho por costumbre y lo que su mente no es capaz de recordar. Pero en ese instante alza una mano hacia la floritura que hay en la punta del metal.

Aparecen una líneas lisas e iluminadas de repente y sin previo aviso en la piedra que los rodea. Nassun resopla, pero lo único que hace ese fulgor es desplazarse e iluminar otros que siguen ampliando aquel brillo hasta formar algo rectangular que parece grabado en la piedra a los pies de Schaffa. Se empieza a oír un zumbido casi inaudible que hace que Nassun se estremezca y empiece a mirar alrededor, desesperada, pero un momento después el material blanco que hay delante de Schaffa se desvanece. No se desplaza a un lado ni se abre como si fuese una puerta. Desaparece sin más. Nassun se da cuenta de que se trata de una entrada.

—Hemos llegado —murmura Schaffa. También parece un poco sorprendido.

Al otro lado de la entrada hay un túnel que forma una ligera curva y se pierde en las profundidades. Unos paneles de luz estrechos y rectangulares iluminan el borde de los escalones por los lados y alumbran el camino. La chica se da cuenta de que esa punta de metal es una barandilla y, mientras se adelanta para colocarse junto a Schaffa, reorienta su percepción. Es algo a lo que sujetarse mientras uno desciende a las profundidades.

En el otro extremo del bosque de briznas que acaban de cruzar se oye un ruido muy agudo e insoportable que Nassun identifica de inmediato como procedente de un animal. Quitinoso, quizás. Una versión más cercana y estruendosa de los chillidos que habían oído la noche anterior. La chica se estremece y mira a Schaffa.

—Creo que es una especie de saltamontes —dice. Aprieta la mandíbula mientras mira hacia el sendero por el que acaban de llegar, aunque allí no hay nada que se mueva. Aún—. O puede que una cigarra. Entra ya. Había visto antes algo parecido a este mecanismo. Debería cerrarse cuando lo atravesemos.

Hace un gesto para que la chica pase primero y él pueda encargarse de la retaguardia. Nassun respira hondo y recuerda que todo esto es necesario para crear un mundo que no le haga daño a nadie más. Luego baja al trote por las escaleras.

Los paneles luminosos se encienden cinco o seis escalones por delante de ella a medida que avanza, y se apagan tres por detrás. Después de bajar unos metros, tal y como había predicho Schaffa, el material blanco que cubría la escalera reaparece, y cesan los ruidos del bosque.

Ahora solo quedan esa luz y las escaleras, y la ciudad largo tiempo olvidada que está en algún lugar de las profundidades.

2699: Llamaron a dos ropasbrunas del Fulcro para que acudiesen a la comu de Deejna (en el cuadrante de Uher de las Costeras occidentales, cerca de los picos de Kiash) al ver que el monte Imher había dado señales de entrar en erupción. Los ropasbrunas informaron a los oficiales de la comu de que la erupción era inminente y enterraría bajo la lava a toda la región de Kiash, y también a Locura (nombre local que se le daba al supervolcán que propició la Estación de la Locura, ya que Imher se encontraba en el mismo punto caliente). Después de determinar que sofocar la erupción estaba fuera de sus posibilidades, los ropasbrunas, un trianillado y otro que supuestamente era heptanillado aunque por alguna razón no llevaba anillos, lo intentaron de todas maneras, ya que no había tiempo para que se enviasen orogenes imperiales de más nivel. Consiguieron sofocar con éxito la erupción, el tiempo suficiente como para que llegase un nonanillado y lo dejara en estado latente. (Encontraron al trianillado y el heptanillado cogidos de la mano, congelados y convertidos en cenizas.)

Notas del proyecto de Yaetr Innovador Dibars

Syl Anagist:

Tres

Fascinante. Me resulta más sencillo recordarlo todo a medida que te lo cuento... o quizás es que aún soy humano, después de todo.

Nuestra primera excursión no consiste más que en caminar por la ciudad. Hemos pasado los escasos años transcurridos desde nuestra decantación inicial inmersos en la sesuna, en la percepción de la energía en todas sus formas. Caminar por el exterior nos obliga a prestar atención a otros sentidos más sencillos, lo que al principio nos resulta apabullante. Nos encogemos de miedo ante la elasticidad de las aceras de fibra comprimida que hay debajo de nuestros zapatos, tan diferentes de la madera barnizada de nuestras habitaciones. Estornudamos al intentar respirar ese aire tan pesado y lleno de aromas de vegetación maltratada, productos químicos y miles de exhalaciones. El primer estornudo hace que Dushwha llore del susto. Nos cubrimos las orejas con las manos, pero no conseguimos evitar el escándalo de tantas voces, los quejidos de los muros, el agitar de las hojas y los chirridos de la maquinaria a lo lejos. Bimniwha intenta gritar más alto, y Kelenli tiene que detenerse y tranquilizarla antes de que pueda volver a hablar con normalidad. Yo me agacho y grito de miedo al ver los pájaros que están posados en un arbusto cercano, y soy el que más calmado está.

Lo que nos tranquiliza es disponer de la posibilidad de contemplar al fin el fragmento plutónico de amatista en todo su esplendor. Es asombroso y late al ritmo lento del flujo de la magia mientras se erige sobre el núcleo del nódulo de la ciudad. Todos los nódulos de Syl Anagist se han adaptado de forma individual para casar con el clima local. Hemos oído que hay nódulos en el desierto donde los edificios crecen de plantas suculentas gigantes y endurecidas, y nódulos en el océano formados por organismos de coral diseñados para crecer y morir a voluntad. (La vida es sagrada en Syl Anagist, pero a veces la muerte es necesaria.) Nuestro nódulo, el nódulo del de amatista, en el pasado fue un bosque primario, por lo que no puedo evitar pensar que parte de la majestuosidad de esos árboles se encuentra en el interior de aquel gran cristal. ¡Sin duda hace que sea más sublime que el resto de fragmentos de la máquina! Es un sentimiento del todo irracional, pero cuando miro la expresión de mis compañeros afinadores al contemplar el fragmento de amatista, veo el mismo amor.

(Nos han contado historias de que el mundo era diferente hace mucho tiempo. En el pasado, las ciudades no solo estaban muertas al ser junglas de piedra y metal que no crecían ni cambiaban, sino que también eran mortíferas de verdad: envenenaban el suelo, hacían que el agua no fuese potable y hasta cambiaban el clima con su mera existencia. Syl Anagist es mejor, pero no sentimos nada parecido cuando pensamos en el nódulo de la ciudad. Para nosotros no es nada, solo edificios llenos de personas que no podemos llegar a comprender y que hacen negocios que deberían importarnos pero no lo hacen. Eso sí, ¿los fragmentos? Oímos sus voces. Cantamos su seductora canción. El de amatista es parte de nosotros, y nosotros de él.)

—Durante la excursión os voy a enseñar tres cosas —dice Kelenli cuando hemos contemplado al de amatista lo suficiente como para calmarnos—. Son cosas que cuentan con la aprobación de los directores, por si os interesa saberlo.

Mientras lo dice, le lanza a Remwha una mirada intensa, ya que había sido él quien más se había quejado por la excursión.

Remwha le corresponde con una mirada anodina. Ambos son excelentes actores frente a los guardias que nos vigilan.

Más tarde, Kelenli nos hace avanzar de nuevo. Su comportamiento contrasta mucho con el nuestro. Ella camina con gracilidad y la cabeza alta mientras hace caso omiso de todo lo que no sea importante e irradia calma y confianza. Detrás de ella, caminamos, nos detenemos y nos apresuramos para no perder el paso, con una torpeza asustadiza y distraídos por cualquier cosa. La gente nos mira, pero no creo que se extrañen ante el blanco de nuestros cuerpos. Creo que el problema es otro: parecemos estúpidos.

Siempre he sido orgulloso y la manera en la que nos miran me hiere en ese orgullo, por lo que me envaro e intento caminar de la misma manera que Kelenli, ajeno a las maravillas y las amenazas potenciales que me rodean. Gaewha también se da cuenta e intenta emularnos a ambos. Remwha parece molesto al ver lo que hacemos y envía una pequeña onda por el suelo: «Para ellos, siempre seremos extraños.»

Respondo con una perturbación sísmica breve y grave.

«Ahora ellos dan igual.»

Suspira, pero empieza a imitarme. Los otros no tardan en hacerlo también.

Hemos caminado hasta el cuadrante del nódulo de la ciudad que se encuentra más al sur, lugar en el que el aire tiene una ligera fragancia a azufre. Kelenli explica que dicho olor se debe a las plantas de reciclaje de desechos, que crecen más frondosas allí, donde las alcantarillas llevan las aguas negras de la ciudad hasta cerca de la superficie. Las plantas vuelven a limpiar el agua y de ellas brota un follaje frondoso y saludable que cubre y enfría las calles, que es para lo que se diseñaron. Pero ni siquiera los mejores genegenieros pueden evitar que las plantas que viven de los desechos huelan un poco a lo que las alimenta.

—¿Querías enseñarnos la infraestructura del reciclado de desperdicios? —le pregunta Remwha a Kelenli—. Eso sí que está más relacionado con nosotros.

Kelenli resopla.

—No exactamente.

Dobla una esquina y nos lleva ante un edificio marchito. Todos nos quedamos quietos y lo contemplamos. Una hiedra cubre la fachada de una de las paredes del edificio, que está hecho de algún tipo de arcilla comprimida para formar ladrillos, y también algunos de sus pilares, hechos de mármol. Pero la hiedra es lo único del edificio que está vivo. Es bajo y achaparrado, y tiene la forma de una caja rectangular. No podemos sesapinar presión hidrostática que soporte los muros, por lo que debe mantenerse gracias al peso y a fijaciones químicas. Las ventanas solo son de cristal y de metal, y no veo que crezcan nematoquistes en las superficies. ¿Cómo mantienen a salvo lo que hay en el interior? Las puertas son de madera muerta, pulida y de color rojo pardo oscuro con tallas con motivos de hiedras que, para mi sorpresa, son muy bonitas. Las escaleras son de un blanco oscuro arenoso. (Siglos antes, la gente lo llamaba hormigón.) El lugar está asombrosamente obsoleto, pero sigue intacto y funcional, lo que le da una singularidad fascinante.

—Es tan... simétrico —dice Bimniwha al tiempo que frunce un poco los labios.

—Sí —afirma Kelenli. Se ha detenido delante del edificio para que podamos contemplarlo—. Pero hubo un tiempo en el que la gente lo consideraba hermoso. Vamos.

Da un paso al frente.

Remwha se queda mirando.

—¿Cómo? ¿Adentro? ¿Es segura esa cosa a nivel estructural?

—Sí. Y sí, vamos dentro. —Kelenli hace una pausa para echar la vista atrás y mirarle, sorprendida quizás al darse cuenta de que parte de sus reticencias no eran fingidas. Siento cómo la mujer lo toca a través del ambiente para darle más seguridad. Remwha es un imbécil cuando tiene miedo o está enfadado, por lo que consolarlo ayuda y la agitación de su nerviosismo comienza a remitir. No obstante, Kelenli aún tiene que fingir, ya que hay mucha gente observándonos—. Aunque supongo que podrías quedarte fuera, si eso es lo que quieres.

La mujer mira fijo a los dos guardas, el hombre y la mujer de color que están junto a ella. No se han alejado de nuestro grupo, como sí han hecho otros que vemos de vez en cuando por los alrededores.

La guarda mira a Kelenli con el ceño fruncido.

—Tú verás.

—Solo era una sugerencia. —Kelenli se encoge de hombros y hace un gesto con la cabeza hacia el edificio para luego dirigirse a Remwha—: Pues parece que en realidad no tienes elección. Pero te prometo que el edificio no se derrumbará sobre ti.

La seguimos. Remwha va un poco más despacio, pero termina por unirse al resto.

Un holocartel aparece en el aire delante de nosotros cuando cruzamos el umbral. No nos han enseñado a leer, y encima las letras del cartel son extrañas, pero también se oye una voz atronadora por el sistema de altavoces del edificio:

—¡Bienvenidos a la historia de la enervación!

No tengo ni idea de a qué se refiere. En el interior, el edificio huele... raro. Está seco y polvoriento, y el aire, viciado como si nada se encargara de renovar el dióxido de carbono. Vemos que dentro hay más personas reunidas en el gran recibidor abierto del edificio o subiendo por unas escaleras gemelas y simétricas al tiempo que miran fascinados los paneles decorativos de madera tallada que bordean cada una de las escaleras. No nos miran, distraídos ante la rareza insólita de lo que nos rodea.

Y en ese momento, Remwha pregunta:

—¿Qué es eso?

Su inquietud hormiguea en nuestra red y hace que todos nos quedemos mirándolo. Está en pie, con el ceño fruncido mientras ladea la cabeza de un lado a otro.

—¿Qué es...? —empiezo a preguntar, pero luego también... ¿Lo oigo? ¿Lo sesapino?

—Os lo enseñaré —dice Kelenli.

Nos adentra en ese edificio con forma de caja. Pasamos junto a unos cristales de exhibición dentro de los que había preservada una pieza incomprensible, pero sin duda antigua, de equipamiento. Veo un libro, un rollo de cable y un busto que representa la cabeza de una persona. Unas placas al lado de cada objeto explican la importancia que tiene, creo, pero no soy capaz de comprender las explicaciones lo suficiente como para darle sentido a todo.

Luego, Kelenli nos guía a un balcón amplio con una barandilla antigua de madera ornamentada. (Es particularmente horrible. Tenemos que confiarle nuestra seguridad a una barandilla hecha de madera muerta y que no está conectada al sistema de alarma de la ciudad. ¿Por qué no dejar crecer una planta que nos coja en caso de caernos y ya está? La antigüedad era aterradora.) Y llegamos a la parte superior de una enorme cámara abierta, desde donde miramos hacia abajo y vemos algo que casa con aquel lugar moribundo tan poco como nosotros. O sea, nada de nada.

Lo primero que pienso es que se trata de otro motor plutónico, uno entero, no un fragmento de algo más grande. Sí, vemos el alto y grandioso cristal central y también que crece desde una hendidura. El motor incluso ha sido activado y su estructura flota unas decenas de centímetros sobre el suelo, además de zumbar un poco. Pero esa es la única parte del equipo a la que le encuentro sentido. Lo que flota alrededor del cristal central son unas estructuras más grandes y curvadas, cuyo diseño tiene algo de floral, como si fuese un crisantemo estilizado. El cristal del centro resplandece con un brillo dorado blancuzco y los cristales que lo rodean van desde las bases verdes hasta las puntas blancas. Es maravilloso a la par que extraño.

Pero cuando lo miro con algo más que mis ojos y lo toco con los nervios armonizados con las perturbaciones de la tierra, jadeo. Aciaga Muerte, ¡el entramado de magia que se crea en la estructura es magnífico! Docenas de hilos plateados, líneas filiformes que se sostienen entre ellas, energías que recorren el espectro, formas entrelazadas y en cambio constante en lo que parece ser un orden caótico pero, al mismo tiempo, controlado a la perfección. El cristal central titila de vez en cuando, se sincroniza con potencialidades mientras lo miro. ¡Y es tan pequeño! Nunca he visto un motor tan bien construido. Ni siquiera el Motor Plutónico tiene tanta potencia ni es tan preciso para su tamaño. De haberlo construido con la misma eficiencia que este pequeño motor, los directores nunca hubiesen necesitado crearnos.

Aun así, la estructura no tiene sentido. El minimotor no cuenta con tanta magia como para producir toda la energía que detecto en él. Niego con la cabeza, y ahora oigo lo que Remwha había oído antes: un ligero e insistente repiqueteo. De múltiples tonalidades que se entremezclan, se reiteran y hacen que se me ericen los pelillos de la nuca... Miro a Remwha, que asiente con expresión adusta.

La magia del motor no sirve para nada que pueda ver, tan solo para mirarla y oírla, y que sea algo bonito. Pero aun así... me estremezo al comprenderlo por instinto, aunque me resisto porque contradice todo lo que he aprendido tanto con las leyes de la física como con las de la arcanidad. De alguna manera, la estructura genera más energía de la que consume.

Frunzo el ceño y miro a Kelenli, que no ha dejado de mirarme.

—Esto no debería existir —afirmo, solo con palabras. No encuentro otra manera de articular lo que siento en esos momentos. Agitación. Incredulidad. Miedo, por alguna razón. El Motor Plutónico es el invento más avanzado que la geomagestría ha fabricado jamás. Es lo que los directores nos han dicho una y otra vez durante los años que han pasado desde que nos decantaron. Aun así... Este motor pequeño y extraño, medio olvidado en un museo polvoriento, es más avanzado. Y también parece haber sido construido con el único propósito de adornar.

¿Por qué me asusta descubrir algo así?

—Pero existe —afirma Kelenli. Apoya la espalda en la barandilla, como si aquello le divirtiera un poco. Pero además del armónico titilar del objeto de exposición, también sesapino cómo la mujer comprueba el ambiente.

«Piensa», dice sin palabras. Me mira a mí en particular. Su pensador.

Echo un vistazo a los demás. Al hacerlo, vuelvo a ver a los guardas de Kelenli. Se han apostado a ambos lados del balcón para vigilar el pasillo por el que vinimos además de la estancia en la que nos encontramos. Ambos parecen aburridos. Kelenli nos ha traído aquí. Hizo que los directores aceptaran que viniésemos aquí. Ver ese antiguo motor debe de tener algún significado para nosotros que no tiene para esos guardas. Pero ¿cuál?

Doy un paso al frente, me apoyo en la barandilla marchita y le echo un buen vistazo a esa cosa, como si fuese a servir para algo. ¿Qué puedo sacar en claro de ella? Tiene la misma estructura básica que otros motores plutónicos. Pero su propósito es diferente... No, no. Es una valoración demasiado simplista. La diferencia es... filosófica. De actitud. El Motor Plutónico es una herramienta. Pero ¿esto? Esto... es arte.

Es entonces cuando lo comprendo. No se ha fabricado en Syl Anagist.

Miro a Kelenli. Tengo que usar palabras, pero los directores que oigan el informe de los guardas no pueden sacar nada en claro.

—¿Quién?

Sonríe, y todo mi cuerpo vibra con la ráfaga de algo que no soy capaz de denominar. Soy su pensador, y está orgullosa de mí, y nunca he sido tan feliz.

—Vosotros —responde, para mi total confusión. Luego se aparta de la barandilla.

—Tengo algo más que enseñaros. Venid.

Todo cambia durante las Estaciones.

Tablilla primera, «De la supervivencia»,
versículo segundo

7

Te adelantas a los acontecimientos

Ykka está más dispuesta a acoger a Maxixe y a los suyos de lo que esperabas. No le gusta que tenga los pulmones tan deteriorados por la ceniza, tal y como confirma Lerna después de que todos hayan hecho la prueba de la esponja y les haya realizado un análisis preliminar. Tampoco le gusta que cuatro de los suyos tengan diferentes problemas médicos, que van desde fístulas a la completa falta de dentadura, ni que Lerna haya dicho que estarán mal pero que sobrevivirán con una buena alimentación. Pero tal y como os informa a los que estáis en la reunión espontánea que organiza, en voz bien alta para que lo oiga todo el que se encuentre cerca, se puede aprovechar mucho de la gente que aporta suministros adicionales, conocimiento de la región y una orogenia muy precisa que puede ayudar a proteger al grupo contra los ataques. Y, añade, Maxixe no tiene por qué vivir para siempre. Le basta con que lo haga lo suficiente para ayudar a la comu.

No añade: «al contrario que Alabastro», lo que es muy amable por su parte, o al menos no tan mordaz ni cruel. Te sorprende que respete tu dolor, y quizá también sea una señal de que ha empezado a perdonarte. Te gustaría volver a tener una amiga. Amigas. Otra vez.

Pero no es suficiente, claro. Nassun sigue viva, y más o menos te has recuperado del coma en el que caíste después del Portal, por lo que ahora es un fastidio recordar a diario las razones que te obligan a permanecer en Castrima. A veces te ayuda hacer un repaso de las cosas buenas. Por el futuro de Nassun, por ejemplo, para que tengáis algún lugar en el que refugiaros cuando la vuelvas a encontrar. Otra razón es que no puedes hacerlo sola, pero ahora tampoco puedes dejar que Tonkee te acompañe, por mucho que quiera. No, ahora que tu orogenia está comprometida: el largo viaje hacia el sur sería una sentencia de muerte para ambas. Hoa tampoco es capaz de ayudarte a vestir, a cocinar ni a hacer las demás tareas para las que necesitas dos manos. Y la tercera razón, la más importante, es que ya no sabes adónde ir. Hoa te ha confirmado que Nassun se ha movido y que se ha alejado del lugar en el que se encontraba el de zafiro cuando abriste el Portal de los Obeliscos. Ya era demasiado tarde para seguirle la pista incluso antes de que recuperases el sentido.

Pero aún tienes esperanza. Una mañana, antes del alba, después de que Hoa te haya librado del peso de la piedra de pecho izquierdo, el comepiedras comenta tranquilo:

—Creo que sé adónde se dirige. Si estoy en lo cierto, se detendrá pronto.

No parece muy seguro. No, no es eso. Parece preocupado.

Te sentaste en un afloramiento rocoso algo alejado del campamento para recuperarte de... la escisión. No ha sido tan incómodo como pensabas que iba a ser. Te quitaste las capas de ropa para dejar al descubierto el pecho de piedra. Él te puso la mano encima, y esa cosa se separó de tu cuerpo con un corte limpio y se quedó en su mano. Le preguntaste por qué no había hecho lo mismo con el brazo y te respondió: «Hago lo que es más cómodo para ti.» Luego se acercó el pecho a los labios y te quedaste fascinada por la cicatriz lisa y algo rugosa de piedra que te quedó en el lugar en el que se encontraba. Duele un poco, pero no tienes muy claro si es por la amputación en sí o por algo más existencial.

(En tres mordidas acaba con el pecho que más le gustaba a Nassun. Sientes un orgullo un tanto perverso por alimentar con él a otra persona.)

Te afanas por volver a ponerte la camiseta y la camisa solo con un brazo, y también metes otra de tus camisetas más ligeras en el hueco que queda en el sujetador para que no se te caiga.

Poco después, decides investigar ese matiz de preocupación que habías notado antes en la voz de Hoa.

—Sabes algo.

Al principio, Hoa no responde. Piensas que vas a tener que recordarle que tenéis que colaborar y que estás decidida a atrapar la Luna y acabar con esta interminable Estación, que te preocupas por él y que no puede seguir ocultándote cosas como esa. Pero en ese momento responde:

—Creo que Nassun pretende abrir el Portal.

Reaccionas de inmediato y de manera visceral. Es puro miedo, y probablemente no sea lo que deberías sentir. La lógica te debería asegurar que una niña de diez años tendría que ser incapaz de realizar algo que tú hiciste a duras penas. Pero, de alguna manera, quizá porque recuerdas la sensación de ver a tu pequeña latiendo con aquella energía iracunda y cerúlea, en ese momento reparas en que comprende los obeliscos mejor de lo que tú lo harás jamás. De que lo que ha dicho Hoa es del todo cierto y de que tu pequeña ha crecido más de lo que pensabas.

—Pues la mataré —espetas.

—Sería lo adecuado, sí.

Por la Tierra.

—Pero ¿podrías volver a saber dónde se encuentra? La perdiste después de lo de Castrima.

—Sí, ahora que está armonizada con un obelisco.

Vuelves a notar esa extraña preocupación en su voz. ¿Por qué? ¿Por qué le iba a molestar algo así? Vaya, oh... Por el óxido de la Tierra ardiente. Se te quiebra la voz en el momento en el que lo comprendes.

—Lo que significa que ahora cualquier comepiedras es capaz de «percibirla». ¿Te refieres a eso? —Castrima otra vez. Pelo de Rubí, Mantequilla Marmórea y Vestido Repugnante. Ojalá no vuelvas a ver nunca a esos parásitos. Por suerte, Hoa mató a la gran mayoría—. Los tuyos se empiezan a interesar por nosotros cuando ocurre algo así, ¿verdad? Cuando empezamos a usar los obeliscos o estamos muy cerca de conseguirlo.

—Sí.

Una sola palabra sin entonación alguna, pero a estas alturas ya lo conoces.

—Por los fuegos de la Tierra. Uno de los tuyos va tras ella.

No pensabas que los comepiedras fuesen capaces de suspirar, pero sin duda aquel sonido emerge del pecho de Hoa.

—El que llamas Hombre Gris.

Un frío te recorre el cuerpo. Pero sí. Es algo que ya habías supuesto. Ha habido... ¿cuántos? ¿Tres orogenes en todo el mundo capaces de dominar la conexión con los obeliscos en los últimos tiempos? Alabastro, tú y ahora Nassun. Uche, quizá, por poco tiempo... y a lo mejor hasta había un comepiedras acechando por Tirimo en aquella época. Ese maldito oxidado seguro que quedó muy decepcionado al descubrir que Uche murió a causa de un filicidio en lugar de convertirse en piedra.

Aprietas los dientes al notar el sabor a bilis en la boca.

—La está manipulando. —Para que active el Portal, se transforme en piedra y luego poder comérsela—. Es lo que intentaba hacer en Castrima, forzar a Alabastro, o a mí o... Por el óxido, incluso a Ykka, a cualquiera de nosotros, a hacer algo que no esté al alcance de nuestras capacidades para que nos convirtamos en... —Te llevas la mano a la piedra de tu pecho.

—Siempre han existido los que usan la desesperanza y la desesperación como armas.

Lo dice en voz baja, como si se arrepintiese de algo.

De pronto, te sientes molesta contigo misma y con tu impotencia. Saber que eres la razón de tu ira no evita que la dirijas contra él.

—¡Pues me parece que eso es lo que hacéis todos!

Hoa se ha colocado de cara al horizonte rojizo y mate, como una estatua que rinde homenaje a la nostalgia con una postura pensativa que ensombrece sus facciones. No se gira, pero oyes su voz dolida.

—No te he mentido.

—¡No, pero has evitado tanto decirme la verdad que lo mismo es, joder! —Te frotas los ojos. Has tenido que quitarte las gafas para ponerte la camisa de nuevo, por lo que se te han llenado de ceniza—. Mira, ¿sabes qué? Que no quiero saber nada más por ahora. Necesito descansar. —Te pones en pie—. Llévame.

Extiende la mano de pronto en tu dirección.

—Una cosa más, Essun.

—Te he dicho que...

—Por favor. Necesito que lo sepas. —Espera a que te sumas en un rabioso silencio y luego dice—: Jija está muerto.

Te quedas paralizada.

Es en momentos como este en los que me recuerdo por qué continúo contando la historia a través de tus ojos en lugar de los míos: y es porque, al parecer, ocultas muy bien tus sentimientos. Te quedas inexpresiva y entrecierras los ojos. Pero te conozco. Te conozco. Y esto es lo que sientes.

Te sorprende el mismo hecho de sorprenderte. Estás sorprendida, así es, no enfadada, frustrada o triste. Solo... sorprendida. Pero se debe a que tu primer pensamiento después de «ahora Nassun está a salvo» es...

«¿Lo está?»

Y en ese momento descubres sorprendida que tienes miedo. No estás segura de a qué, pero notas un amargor muy pronunciado en la boca.

—¿Cómo? —preguntas.

Y Hoa responde:

—Nassun.

El miedo se incrementa.

—No puede haber perdido el control de su orogenia. No le había pasado desde que tenía cinco...

—No fue con orogenia. Y fue intencionado.

Lo sientes en ese preciso momento, una premonición que te agita al nivel del terremoto de la Hendidura en tu interior. Te lleva un poco de tiempo pronunciar:

—¿Lo mató? ¿A posta?

—Sí.

Te quedas en silencio, confundida y atribulada. Hoa aún tiene la mano extendida en tu dirección. Ofrece respuestas. No estás segura de querer saberlas, pero... pero le coges de la mano a pesar de ello. Quizá sea por comodidad. No te imaginabas que su mano se iba a cerrar sobre la tuya e iba a apretarla, solo un poco, de una manera que te iba a hacer sentir mejor. Después sigue esperando. Te alegra muchísimo ver lo considerado que es.

—¿Está...? ¿Dónde...? —empiezas a preguntar cuando te sientes lista. No estás lista—. ¿Hay alguna manera de que pueda ir a ese lugar?

—¿Ese lugar?

Estás muy segura de que sabe adónde te refieres. Solo se asegura de lo que le pides.

Tragas saliva e intentas razonar.

—Estaban en las Antárticas. Jija no quería mantenerla en la carretera. Llegaron a un lugar seguro y tuvieron tiempo para que ella se volviese más fuerte. —Mucho más fuerte—. Puedo contener la respiración bajo tierra si tú... Llévame a donde... —Pero no. Ahí no es donde quieres ir. Déjate de rodeos—. Llévame hasta Jija. Al lugar... en el que murió.

Hoa se queda quieto quizá durante medio minuto. Es algo de lo que te has ido dando cuenta. Tarda distintas cantidades de tiempo en tomar decisiones conversacionales. A veces sus palabras se superponen a las tuyas cuando responde, y otras veces piensas que no te ha oído pero termina por responder. No crees que pase ese tiempo pensando, ni haciendo nada de nada. Sí crees que el tiempo no significa nada para él, un segundo o diez, ahora o después. Sabes que te ha oído. Terminará por responder.

Al fin, lo hace emborronándose un poco, aunque te das cuenta de la lentitud del gesto y de que extiende la otra mano hacia la tuya para aplastarla entre la dureza de las suyas. Incrementa la presión de ambas manos hasta que te sostiene con firmeza. No es incómodo, aun así...

—Cierra los ojos.

Nunca te lo había pedido antes.

—¿Por qué?

Te lleva hacia abajo. Más de lo que habías estado antes, y en esta ocasión es instantáneo. Jadeas sin querer, de alguna manera, y descubres que no necesitas contener la respiración después de todo. A medida que la oscuridad se vuelve más sombría, también resplandece con reflejos rojos y durante solo un instante te desdibujas a través de rojos y naranjas fundidos y columbras un espacio abierto y tembloroso en el que algo en la distancia se cae a pedazos en una llovizna de partes resplandecientes y semilíquidas. Todo vuelve a quedar sumido en la oscuridad, y luego estás en pie en el exterior debajo de un cielo plomizo.

—Por eso —responde Hoa.

—¡Por el óxido descascarillado, joder! —Intentas hacer que te suelte la mano, pero no lo consigues—. ¡Mierda, Hoa!

Las manos de Hoa dejan de sostener las tuyas con fuerza, y te sueltas. Te tambaleas unos metros y luego te palpas para comprobar que no estás herida. Te encuentras bien, no estás quemada ni aplastada por la presión como deberías estar. Tampoco asfixiada, ni siquiera agitada. No mucho, al menos.

Te envaras y te frotas la cara.

—Muy bien. Tendré muy presente que los comepiedras no dicen las cosas sin razón. La verdad es que no quería ver en persona los «fuegos de la Tierra».

Y ahora te encuentras en aquel lugar, sobre una colina que al mismo tiempo parece una altiplanicie. El cielo te ayuda a guiarte. Aún es por la mañana, pero más tarde de lo que era en el lugar en el que te encontrabas. Un poco después del alba en lugar de justo antes del amanecer. El sol es visible, aunque solo a través de la tenue capa de nubes de ceniza que cubre el cielo. (Te sorprende sentir nostalgia ante un paisaje así.) Pero el hecho de poder verlo significa que estás mucho más alejada de la Hendidura de lo que estabas hace unos momentos. Echas un vistazo hacia el oeste y el tenue centelleo del obelisco añil en la distancia confirma tus sospechas. Este es el lugar en el que sentiste a Nassun hace más o menos un mes, cuando abriste el Portal de los Obeliscos.

(Hacia allí. Se ha ido hacia allí. Pero ese lugar se encuentra a miles de kilómetros de la Quietud.)

Te giras y descubres que te encuentras en pie en medio de un pequeño grupo de edificios de madera que están en la cima de la colina, entre los que hay un almacén de suministros sobre pilotes, unos pocos cobertizos y lo que parecen ser edificios con dormitorios o aulas. No obstante, todo está rodeado por una empalizada alineada y construida a la perfección de columnas de basalto. Te queda tan claro como que hay un sol en el cielo que el que ha hecho algo así es un orogén, y que ha usado el dominio de las lentas explosiones del enorme volcán que tienes bajo tus pies. Pero es igual de obvio que aquel complejo está vacío. No hay nadie a la vista y las reverberaciones de las pisadas vienen de lejos, del otro lado de la empalizada.

Te acercas con curiosidad a una abertura en el basalto en la que hay un sendero de mitad tierra y mitad adoquines que serpentea hacia abajo. En la base de la colina hay una aldea que ocupa el resto de la llanura. Aquella aldea podría ser una comu de cualquier parte. Ves casas de formas diferentes en las que aún crecen herbajes, varios abastos, lo que parecen ser unos baños, un horno. Las personas que deambulan entre los edificios parecen no haberte visto, ¿por qué iban a hacerlo? Es un día maravilloso en aquel lugar en el que casi brilla el sol. Tienen tierras que cuidar y... ¿eso que hay al lado de una de las torres de vigilancia es un bote de remos? Y viajes al mar que organizar, ya que parece estar cerca. Aquel complejo, sea lo que sea, no parece importarles.

Le das la espalda a la aldea y ves el crisol.

Se encuentra en el límite del complejo, elevado un poco sobre el resto pero visible desde el lugar en el que te encuentras. Cuando subes el sendero para llegar hasta la cuenca central marcada con adoquines y ladrillos, por pura inercia vuelcas tus sentidos en la tierra para encontrar la piedra con grabados más cercana. No está muy lejos, solo a uno o dos metros de profundidad. Buscas sobre la superficie las ligeras muescas de un cincel o quizá de un martillo. CUATRO. Es demasiado fácil. En tu época las piedras tenían números grabados o estaban pintadas, lo que hacía que fuese más difícil distinguirlas. Aun así, la piedra es pequeña por lo que, sí, un orogén que no fuese tetranillado o superior tendría problemas para encontrarla e identificarla. No han entendido muy bien los detalles del entrenamiento, pero sí lo básico.

—No puede tratarse del Fulcro de las Antárticas —dices al tiempo que te agachas para tocar una de las piedras de la cuenca. No son más que guijarros, en lugar del bello mosaico que recuerdas, pero la idea básica es la misma.

Hoa sigue en pie en el mismo lugar por el que salisteis del suelo, con las manos en la misma posición para coger la tuya, quizá preparado para el viaje de regreso. No responde, pero se podría decir que estás hablando sola.

—Siempre he oído que el de las Antárticas era pequeño —continúas—, pero esto es insignificante. Parece un campamento. —No hay Jardín Anular. Ni Primordio. También habías oído que tanto el Fulcro de las Árticas como el de las Antárticas eran lugares encantadores a pesar de su tamaño y del lugar remoto en el que se encontraban. Eso sí tiene sentido, lo bonito del Fulcro eran los orogenes oficiales y aprobados por el Imperio en sí mismos. Esa triste colección de casuchas no casa con la ideología. Además... —Está sobre un volcán. Y demasiado cerca de esos táticos que hay al pie de la colina. —La aldea no es Yumenes, no está rodeada por todas partes de responsables de los nódulos ni cuenta con la protección añadida de los orogenes más poderosos. El berrinche exagerado de un balasto podría convertir toda la zona en un cráter.

—No es el Fulcro de las Antárticas —dice Hoa. Suele hablar en voz baja, pero ahora está de espaldas y la oyes más baja aún—. Ese se encuentra mucho más al oeste y ya está purgado. Ahí ya no viven orogenes.

Claro que lo han purgado. La tristeza te hace apretar la mandíbula.

—Entonces ¿esto no es más que un homenaje de alguien? ¿De un superviviente? Encuentras otra piedra enterrada sin querer, un guijarro pequeño y redondo, quizás a unos quince metros. Tiene escrita la palabra NUEVE, con tinta. No te cuesta leerla. Niegas con la cabeza y te das la vuelta para explorar el complejo en profundidad.

Luego te detienes, tensa, al ver que un hombre sale renqueando de uno de los edificios que parecen dormitorios. Él también se detiene y te mira, sorprendido.

—¿Quién eres, por el óxido? —pregunta con un acento inconfundible de las Antárticas.

Tu conciencia se abalanza sobre la tierra, pero consigues controlarla y sacarla de ahí. Es estúpido. ¿Acaso no recuerdas que la orogenia va a matarte? Además, ese hombre ni siquiera está armado. Es bastante joven. Unos veinte años aunque ya tenga unas entradas prominentes. Sabes a qué se debe la cojera, ya que uno de sus zapatos es más grande que el otro. Vaya. Es probable que se trate del manitas de la aldea, que ha venido a cuidar los edificios que puede que lleguen a necesitar algún día.

—H-hola —tartamudeas. Luego te quedas en silencio sin saber muy bien qué decir.

—Hola. —El hombre ve a Hoa y se estremece, luego le dedica la mirada de alguien que solo ha oído hablar de los comepiedras en los relatos de los acervistas y quizá ni creyera en ellos. Tarda, pero parece recordar que te conoce, frunce un poco el ceño al ver la ceniza que tienes en el pelo y en la ropa y deja claro que tu apariencia no es para nada impactante—. Dime que eso de ahí es una estatua —te dice. Luego suelta una risilla, nervioso—. Aunque no estaba por aquí la última vez que subí. Pues... hola, supongo.

Hoa ni se molesta en responder, aunque ves que ha movido los ojos para mirar al hombre en lugar de a ti. Te envaras y das un paso al frente.

—Siento haberte asustado —dices—. ¿Eres de esta comu?

El hombre se te queda mirando al fin.

—Pues sí. Y tú no. —En lugar de ponerse inquieto, parpadea.

—¿Eres otra Guardiana?

Se te pone la piel de gallina. Tu primera reacción es querer gritar que no, pero consigues controlarte. Sonríes. Ellos siempre sonríen.

—¿Otra?

El joven te mira de arriba abajo, quizá sospeche algo. No te importa mientras responda a tus preguntas y no te ataque.

—Sí —dice un momento después—. Encontramos a dos muertos después de que los niños se marchasen a ese viaje de entrenamiento. —Frunce los labios, un poco. No estás segura de si el hombre en realidad no cree que los niños se ha ido a entrenar, de si está molesto de verdad por esos «dos muertos» o de si tan solo se trata del fruncimiento de labios habitual que hace la gente cuando hablan de orogratas, ya que es obvio que esos niños lo eran si aquí había Guardianes—. La jefa dijo que podrían llegar otros Guardianes en algún momento. Los tres que había aquí aparecieron de la nada a lo largo de los años. Supongo que tú has llegado tarde.

—Ah. —Te sorprende la facilidad con la que se puede fingir ser un Guardián. Solo hay que limitarse a sonreír y no dar nada de información—. ¿Y cuándo se marchó el resto a ese... viaje de entrenamiento?

—Hace más o menos un mes. —El joven se mueve para ponerse más cómodo y se gira para contemplar el obelisco de zafiro que hay en la distancia—. Schaffa dijo que iban lejos para que aquí no se notaran las réplicas de lo que iban a hacer los niños. Supongo que sería muy lejos.

Schaffa. La sonrisa se te queda grabada en el rostro. No puedes evitar susurrarlo.

—Schaffa.

El joven frunce el ceño al oírte. Ahora sí que sospecha.

—Sí. Schaffa.

No puede ser. Está muerto.

—¿Alto, pelo negro, ojos geliris y con un acento raro?

El joven se relaja un poco.

—Vaya. Entonces, ¿le conoces?

—Sí, le conozco muy bien. —Sonreír es tan fácil... Es mucho más complicado sobreponerse a las ganas de gritar, de agarrar a Hoa y exigirle que os meta en la tierra ahora mismo, ahora, ahora, para que podáis ir a rescatar a tu hija. Pero lo más difícil de todo es evitar tirarte al suelo y hacerte un ovillo al tiempo que te intentas agarrar esa mano que ya no tienes pero que tanto te duele. Aciaga Tierra, te duele como si te la estuviesen rompiendo una y otra vez, un dolor fantasma tan real que los ojos se anegan en lágrimas de dolor.

Los orogenes imperiales no pierden el control. Tú has sido una ropasbrunas desde hace más de veinte años y siempre pierdes el control, por el óxido, aun así esa remota disciplina te ayuda a controlarte. Nassun, tu niña, está en manos de un monstruo. Tienes que comprender cómo ha llegado a ocurrir algo así.

—Muy bien —repites. Nadie va a pensar que repetir algo es extraño viniendo de un Guardián—. ¿Me podrías hablar de los que estaban a su cargo? Una niña medlatina, de color, esbelta, con el pelo rizado, ojos grises...

—Nassun, sí. La hija de Jija. —El joven se relaja por completo sin darse cuenta de que tú te has puesto mucho más tensa—. Aciaga Tierra, espero que Schaffa la mate en ese viaje.

No es una amenaza dirigida a ti, pero tu conciencia vuelve a abalanzarse hacia la tierra de igual manera, antes de que seas capaz de contenerla. Ykka tiene razón: tienes que aprender a no reaccionar queriendo matarlo todo. Al menos no has dejado de sonreír.

—¿Cómo?

—Sí. Creo que fue ella la que lo hizo. Aunque por el óxido que podría haber sido cualquiera de ellos. Pero esa chica era la que me daba más mala espina. —Aprieta los dientes cuando se da cuenta de lo mordaz de tu sonrisa, algo que no debería significar nada para cualquiera que esté familiarizado con la sonrisa de un Guardián. Se limita a apartar la mirada.

—¿Te la daba? —preguntas.

—Bueno, supongo que nunca se sabe. Ven, te lo enseñaré.

Se gira y renquea hacia la parte septentrional del complejo. Le sigues, un momento después de intercambiar miradas con Hoa. Hay otra pequeña elevación más, que culmina en una zona plana que sin duda se ha usado para mirar las estrellas o el horizonte. Ves gran parte de la región circundante, que aún conserva zonas verdes a pesar de la relativamente reciente capa de ceniza blanquecina y escasa.

Pero en aquel lugar hay algo extraño: una pila de escombros. Al principio crees que se trata de una pila de cristal para reciclar, una como la que Jija solía tener en casa en Tirimo, donde los vecinos tiraban los cristales rotos que él usaba para fabricar empuñaduras para los cuchillos de cristal. Pero algunas partes de la pila parecen tener una calidad superior al cristal, como si alguien hubiese tirado algunas piedras semipreciosas sin pulir. Es un revoltijo de colores: marrón, gris, un poco de azul, pero muchísimo rojo. También tiene un patrón, algo que hace que te detengas y ladees la cabeza para intentar comprender lo que ves. Cuando lo haces, te das cuenta de que los colores y el orden de las piedras que hay en la parte más cercana a ti de la pila tienen el aspecto de un mosaico. Botas, es como si alguien hubiese esculpido unas botas con esos guijarros para luego tirarlas abajo. Luego ves otras que parecen unos pantalones, rodeadas por algo del color blancuzco de los huesos y...

No.

Por. Los. Fuegos. De. La. Tierra.

No. Tu Nassun no ha podido ser capaz de algo así. No podría...

Lo hizo.

El joven suspira al ver tu expresión. Te has olvidado de sonreír, pero hasta un Guardián se hubiese puesto serio ante algo así.

—También nos costó darnos cuenta de lo que estábamos mirando —dice—. Quizá tú puedas entenderlo. —Te mira, esperanzado.

Te limitas a negar con la cabeza, y él vuelve a suspirar.

—Bueno, ocurrió justo antes de que todos se marcharan. Una mañana oímos algo parecido a un trueno. Salimos y el obelisco, ese grande y azul que lleva unas semanas acechando, ya sabes cómo son, ha desaparecido. Al cabo, ese mismo día, oímos el mismo bum atronador... —Palmotea con las manos para imitar el sonido. Consigues no sobresaltarte—. Y esa cosa vuelve a estar ahí. Y, de repente, Schaffa le dice a la jefa que tiene que llevarse a los niños. Sin explicar nada del obelisco. Sin mencionar que Nida y Umber, los otros dos Guardianes que se encargaban de este lugar junto a él, están muertos. La cabeza de Umber está desfondada. Nida... —Agita la cabeza. En su gesto hay una repugnancia extrema—. La parte de atrás de su cabeza está... Pero

Schaffa no nos dice nada. Solo se lleva a los niños. Muchos hemos empezado a creer que si hay suerte nunca los volverá a traer.

Schaffa. Eso es en lo que deberías centrarte. Es lo más importante, no lo que era, sino lo que es... Pero no puedes apartar los ojos de Jija.

«Por el óxido ardiente, Jija. Jija».

En ese momento, me gustaría ser de carne. Para ti. Me gustaría seguir siendo un afinador para poder hablar contigo con la temperatura, las presiones y las reverberaciones de la tierra. Las palabras son demasiado indiscretas para esta conversación. Después de todo, Jija te gustaba, al menos todo lo que te permitían tus secretos. También pensabas que te amaba, y lo hacía, todo lo que le permitían tus secretos. Lo que ocurre es que el amor y el odio no son excluyentes, como yo mismo aprendí hace mucho tiempo.

Lo siento.

Te obligas a decir:

—Schaffa no volverá.

Porque necesitas encontrarlo y matarlo, pero a pesar del miedo y del terror, consigues razonar. Esa extraña imitación del Fulcro, no es el verdadero Fulcro al que debería de haber llevado a Nassun. Esos niños estaban ahí reunidos, pero no habían muerto. Nassun había controlado un obelisco sin problema con la maestría suficiente para hacer algo así... pero Schaffa no la había matado. Aquí ocurre algo que no eres capaz de comprender.

—Cuéntame más sobre este hombre —dices al tiempo que levantas la barbilla hacia la pila de joyas amontonadas. Tu exmarido.

El joven se encoge de hombros, y oyes el frufrú de su vestimenta.

—Claro, sí, bueno. Pues se llamaba Jija Resistente Jekity.

—Como el hombre no ha dejado de mirar a esa pila de escombros, no crees que te haya visto agitarte al oír que se ha equivocado con el apellido de comu—. Acababa de llegar a la comu y era esmerador. Teníamos muchos hombres, pero necesitábamos con urgencia un esmerador, por lo que cuando apareciera uno lo íbamos a aceptar mientras no fuese demasiado viejo, estuviese enfermo o loco de una manera muy evidente, ¿sabes? —Se encoge de hombros—. La chica parecía estar bien cuando llegaron aquí. No hubiese dicho que era uno de ellos, era muy correcta y educada. Al parecer la criaron bien. —Vuelves a sonreír. La perfecta sonrisa forzada de un Guardián—. Supimos lo que era puesto que había venido aquí porque... había oído esos rumores de orogratas que dejan de ser orogratas, supongo. Tenemos muchos visitantes que preguntan al respecto.

Frunces el ceño y casi apartas la mirada de Jija. ¿Dejar de ser orogratas?

—En realidad no ha pasado nunca. —El joven suspira y apoya mejor el bastón para acomodarse—. Y tampoco es que hayamos acogido niños de su calaña. ¿Qué hubiésemos hecho cuando crecieran y tuviesen niños igual de peligrosos? Tenemos que librarnos de ese mal de alguna manera. Sea como fuere, la chica había conseguido llevarse bien con su padre hasta hace unas pocas semanas. Los vecinos dijeron que habían oído a Jija gritarle una noche, y que luego ella se había mudado aquí arriba, al complejo, con los demás. Percibimos cómo ese cambio hizo que Jija... perdiese el control. Empezó a hablar solo y a decir que esa ya no era su hija. A insultar en voz alta sin parar. A darles golpes a las cosas y a las paredes cuando pensaba que nadie lo estaba mirando.

»Y la chica se apartó de él. Y no la culpo, todo el mundo tenía que ir con pies de plomo con Jija en aquella época. Siempre les pasa a los más callados, ¿verdad? Cuando ocurrió, vi que la chica empezó a estar más tiempo con Schaffa. Como una lapa, siempre a su sombra. Cuando él se quedaba quieto, ella le cogía la mano. Y él...

—El joven te mira con cautela—. No solemos ver a los tuyos ser cariñosos. Él parecía tenerla en un pedestal. Me han dicho que estuvo a punto de matar a Jija cuando el hombre vino a verla.

Vuelves a sentir una punzada en la mano que no tienes, pero en esta ocasión es más leve y no el latido que sentiste antes. Porque... No crees que Schaffa haya tenido que romperle la mano a

Nassun, ¿no? No, no, no. Tú misma se lo hiciste a ella. Y Uche también lo sufrió, a manos de Jija. Schaffa protegió a la niña de Jija. Schaffa le cogió cariño y a ti te costó hacerlo. Y ahora te estremeces por dentro al pensar lo que vendrá después, y te cuesta no exteriorizar esa sacudida, te cuesta una fuerza de voluntad que ha destruido ciudades, pero...

Pero...

¿Cómo de bienvenido habrá sido por Nassun el amor condicional y predecible de un Guardián después del amor incondicional de sus padres que la traicionó una y otra vez?

Cierras los ojos un instante, porque no crees que los Guardianes lloren.

Te esfuerzas por decir:

—¿Qué es este lugar?

El joven te mira sorprendido, luego mira a Hoa detrás de ti.

—Estáis en la comu de Jekity, Guardiana. Aunque Schaffa y los demás... —Hace un ademán con el que señala los alrededores, el complejo—. Llamaban a esta parte de la comu «Luna Hallada».

Tiene sentido. Y también lo tiene que Schaffa ya conociese los secretos del mundo que a ti te ha costado sangre y lágrimas descubrir.

Al ver que te has quedado en silencio, el joven te mira pensativo.

—Puedo presentarte a la jefa. Sé que estará contenta de tener Guardianes de nuevo por aquí. Son de mucha ayuda contra los saqueadores.

Vuelves a mirar a Jija. Ves un pedazo de joya que se parece muchísimo a un dedo meñique. Conoces ese dedo meñique. Has besado ese dedo meñique.

Te cuesta demasiado, no puedes hacerlo, tienes que calmarte, salir de ese lugar antes de que pierdas aún más el control.

—N-necesito... —Respiras hondo para calmarte—. Necesito algo de tiempo para reflexionar sobre la situación. ¿Irías a decirle a tu jefa que iré pronto a presentarle mis respetos?

El joven te vuelve a mirar de reojo durante un instante, pero sabes que no es nada malo dar la impresión de estar un poco ausente. Tiene que estar acostumbrado a esa ausencia propia de los Guardianes. Quizás es por ello por lo que asiente y empieza a alejarse cojeando.

—¿Puedo hacerte una pregunta?

No.

—¿Sí?

Se muerde el labio.

—¿Qué está pasando? Es como si... Nada de lo que ha pasado últimamente es normal. O sea, sé que es una Estación, pero aun así es muy extraño. Los Guardianes no están llevando a los orogratas al Fulcro. Los orogratas están haciendo cosas que nadie ha oído jamás que eran capaces de hacer. —Señala con la barbilla la pila en la que se ha convertido Jija—. A saber qué está pasando hacia el norte, por el óxido. Y también están esas cosas del cielo, los obeliscos... Todo esto... La gente ha empezado a elucubrar. Dice que quizás el mundo no vuelva a ser como antes. Nunca.

Miras a Jija, pero piensas en Alabastro. No sabes la razón.

—Lo que para una persona puede ser normal, para otra puede ser la del Desastre. —Te duele la cara de sonreír. Sonreír y que los demás te crean es todo un arte, uno que se te da fatal—. Sería genial que todo acabase por ser normal para todos, pero había algunos a los que no les interesaba. Así que ahora vamos a arder.

Se te queda mirando durante un rato, algo horrorizado. Luego murmura y termina por marcharse rodeando a Hoa. Hasta nunca.

Te agachas junto a Jija. Es bonito de ver, lleno de joyas y colores. También es monstruoso. Además de los colores también percibes la atolondrada maraña de hilillos mágicos del interior. No se parece en nada a lo que le pasó a tu brazo y a tu pecho. Es como si lo hubiesen destrozado para luego recomponerlo de manera aleatoria a un nivel infinitesimal.

—¿Qué he hecho? —preguntas—. ¿En qué la he convertido?

Aparecen los pies de Hoa por el rabillo de tu ojo.

—En alguien fuerte —sugiere.

Niegas con la cabeza. Nassun ya era fuerte antes.

—En una superviviente.

Vuelves a cerrar los ojos. Es lo único que debería importarte, que has traído al mundo a tres bebés y este tesoro es el único que aún respira. Aun así.

La he convertido en mí. Que la Tierra se sacie con nosotras, la he convertido en mí.

Y quizá sea esa la razón por la que Nassun sigue viva. Y también te das cuenta mientras miras a lo que le ha hecho a Jija y descubres que ya no puedes ni vengarte de Uche porque ya lo ha hecho tu hija... te das cuenta de que también es la razón por la que le tienes un miedo atroz.

Y eso es justo a lo que no querías enfrentarte durante todo este tiempo, la kirjusa con sangre y ceniza en el hocico. Jija te debía mucho dolor por lo que hizo a tu hijo, pero tú también se lo debes a Nassun. No la salvaste de Jija. No estuviste ahí cuando te necesitaba, aquí en el mismísimo fin del mundo. ¿Cómo te atreves a presumir de que la has protegido? Tiene al Hombre Gris y a Schaffa, ha encontrado a sus protectores. Ha encontrado la fuerza para protegerse sin ayuda.

Estás muy orgullosa. Y no te atreverías a acercarte nuevamente a ella. Nunca.

La mano pesada y robusta de Hoa te presiona el hombro bueno.

—No deberíamos quedarnos por aquí.

Niegas con la cabeza. Que vengan los habitantes de esa comu. Que se den cuenta de que no eres una Guardiana. Que uno de ellos al fin descubra por qué te pareces tanto a Nassun. Que traigan sus ballestas y sus hondas y...

La mano de Hoa se curva para aferrarse a tu hombro con la fuerza de una herramienta. Sabes lo que va a ocurrir a continuación, aun así no te molestas en prepararte mientras te arrastra hacia la tierra para volver al norte. En esta ocasión mantienes los ojos abiertos a propósito y lo que ves no te perturba. Los fuegos de las profundidades no son nada en comparación con lo que sientes en aquel momento, con la madre fracasada que eres.

Los dos surgís del suelo en una parte tranquila del campamento, aunque por el olor se encuentra cerca de un grupo de árboles que al parecer la gente ha usado como meadero. Cuando Hoa te suelta empiezas a alejarte, pero te detienes. Te has quedado en blanco.

—No sé qué hacer.

Hoa se queda en silencio. Los comepiedras no se molestan en realizar movimientos innecesarios ni en articular palabras innecesarias, y ya te ha dejado claro cuáles son sus intenciones. Te imaginas a Nassun hablando con el Hombre Gris y ríes entre dientes, porque parece más animado y hablador que la mayoría de los suyos. Bien. Al menos es un buen comepiedras, para ella.

—No sé adónde ir —dices. Los últimos días has dormido en la tienda de Lerna, pero no te referías a eso. Sientes un vacío en tu interior. Un agujero en carne viva—. Me he quedado sin nada.

Hoa habla:

—Tienes una comu y a los tuyos. Tendrás un hogar cuando lleguéis a Rennanis. Tienes una vida.

¿Tienes todo eso, en realidad? «Los muertos no tienen anhelos», afirma el litoacervo. Piensas en Tirimo, donde no querías quedarte esperando a que la muerte viniese a por ti y por eso destruiste la comu. La muerte siempre marcha contigo. La muerte eres tú.

Hoa le dice a tu espalda encorvada:

—Yo no puedo morir.

Frunces el ceño ante aquel sinsentido que ha hecho que dejes de regodearte en tu melancolía. Luego lo entiendes: te ha dicho que a él no lo vas a perder. Que no se desmoronará como Alabastro. Que nunca tendrás que enfrentarte al dolor causado por la pérdida de Hoa, como sí tuviste que hacer con el de Corindón, Innon, Alabastro, Uche y ahora Jija. Que no puedes hacerle daño de ninguna manera que importe en realidad.

—Amarte es muy seguro —murmuras, sorprendida por el descubrimiento.

—Sí.

Para tu sorpresa, hace que el nudo de silencio que se te había formado en el pecho se afloje un poco. No mucho, pero... pero ayuda.

—¿Cómo lo haces? —preguntas. Es difícil de imaginar. No poder morir ni siquiera cuando quieras hacerlo, ni siquiera cuando todo lo que conoces y lo que te importa empieza a tambalearse y a desvanecerse. Tener que seguir adelante, sea como sea. Sin importar lo cansado que estés.

—Pues sigo adelante —responde Hoa.

—¿Qué?

—Sigo. Adelante.

Y luego desaparece en la tierra. Cerca, en algún lugar, por si le necesitas. Pero ahora mismo tiene razón: no le necesitas.

No puedes pensar. Tienes sed, hambre y encima estás cansada. En esa parte del campamento huele muy mal. Te duele el muñón del brazo. Te duele aún más el corazón.

Aun así, das un paso hacia el campamento. Luego otro. Y otro.

Adelante.

2490: Las Antárticas, cerca de la costa oriental. Una comu granjera sin nombre que se encuentra a unos treinta kilómetros de la ciudad de Jekity. Un acontecimiento desconocido causó que todos los habitantes de la comu se convirtiesen en cristal. (¿? ¿Seguro? ¿En cristal en vez de hielo? Encontrar otras fuentes.) Al cabo, el segundo marido de la jefa apareció vivo en la ciudad de Jekity y resultó ser un orograta. Después de ser interrogado con intensidad por la milicia de la comu, admitió que, de alguna manera, era el responsable. Afirmó que era la única manera de evitar la erupción del volcán de Jekity, aunque nadie había observado indicios de ninguna erupción. Los informes indican que las manos del hombre también eran de piedra. El interrogatorio fue interrumpido por un comepiedras que mató a diecisiete miembros de la milicia y se llevó al orograta al interior de la tierra. Ambos desaparecieron.

Notas del proyecto de Yaetr Innovador Dibars

8

Nassun bajo tierra

La escalera blanca serpentea hacia abajo durante un buen rato. Las paredes del túnel son estrechas y claustrofóbicas, pero por alguna razón el aire no está viciado. Librarse de la lluvia de ceniza ya es toda una novedad, pero Nassun se da cuenta de que tampoco hay mucho polvo. Qué raro, ¿no? Todo es raro en ese lugar.

—¿Por qué no hay polvo? —pregunta Nassun mientras caminan. Al principio lo dice en voz baja, pero termina por relajarse. Un poco. Al fin y al cabo, se encuentran en las ruinas abandonadas de una civitusta y ha oído muchos relatos de los acervistas que cuentan lo peligrosos que pueden ser esos lugares—. ¿Por qué las luces siguen funcionando? Y esa puerta por la que acabamos de pasar, ¿por qué funciona?

—No tengo ni idea, pequeña. —Schaffa es ahora quien va delante al bajar las escaleras, para que en caso de encontrarse con algo peligroso, sea él el que se tope con ello. Nassun no le ve la cara y tiene que valorar su estado de ánimo mirándole los anchos hombros. (Le molesta hacerlo, vigilar sin cesar los cambios de humor o la tensión de su cuerpo. Es otra de las cosas que aprendió con Jija. Al parecer, no puede evitar hacerlo con Schaffa, ni con los demás.) Intuye que está cansado, pero, por lo demás, bien. Satisfecho, quizás, ahora que han conseguido llegar a ese lugar. Precavido, por lo que puedan encontrar. Igual que ella—. En las ruinas de una civitusta, a veces la respuesta no es más que un «porque sí».

—¿Recuerdas... algo, Schaffa?

Se encoge de hombros, no con tanta indiferencia como debería.

—Algo. Destellos. El porqué en lugar del qué.

—Pues ¿por qué? ¿Por qué los Guardianes vienen aquí cuando tiene lugar una Estación? ¿Por qué no se quedan donde están y ayudan a las comus a las que se unen, igual que hiciste tú en Jekity?

Las escaleras son demasiado amplias para la zancada de Nassun incluso cuando las baja por la curva interior. De vez en cuando tiene que detenerse y poner ambos pies en un escalón para descansar, y luego acelera el paso para alcanzar a Schaffa. Él lleva ritmo de marcha y sigue adelante sin ella, pero cuando la chica empieza a hacer esas preguntas llegan hasta un rellano. Para el alivio de Nassun, Schaffa se detiene al fin y le hace señas para indicar que pueden sentarse y descansar. Ella sigue empapada de sudor debido al frenético revoloteo por el bosque de briznas, aunque ha empezado a secársele ahora que caminaba más despacio. El primer trago de agua que le da a la cantimplora le sabe dulce, y el suelo está fresco y cómodo a pesar de ser duro. De improviso le entra mucho sueño. Bueno, es de noche afuera, en esa superficie en la que ahora brincan saltamontes o cigarras.

Schaffa rebusca en su mochila y le pasa un pedazo de carne seca. La chica suspira y empieza el laborioso proceso de masticarla. Él sonríe al verla irritada y, quizá para tranquilizarla, termina por responder a su pregunta.

—Nos marchamos durante las Estaciones porque no tenemos nada que ofrecerle a una comu, pequeña. Para empezar, no puedo tener hijos, lo que me convierte en alguien poco ideal a quien acoger. Además, por mucho que pueda contribuir a la supervivencia de una comu, la inversión solo generaría beneficios a corto plazo. —Se encoge de hombros—. Y sin orogenes a los que atender, con el tiempo los Guardianes nos volvemos... difíciles en términos de convivencia.

Repara en que es porque esas cosas que tienen en la cabeza los hace estar siempre sedientos de magia. Y aunque los orogenes tienen magia para dar y regalar, no es el caso de los táticos. ¿Qué ocurre cuando un Guardián le quita la plata a un tático? Quizás eso explique por qué los Guardianes se marchan, para que nadie lo descubra.

—¿Cómo sabes que no podéis tener hijos? —insiste. Quizá se trate de una pregunta demasiado personal, pero a Schaffa nunca le ha importado que ella se las haga—. ¿Lo has intentado?

Está bebiendo agua de la cantimplora. Cuando la baja, parece desconcertado.

—Sería mejor decir que no debería tenerlos —comenta—. Los Guardianes somos portadores de la orogenia.

—Vaya. —¡Seguro que la madre o el padre de Schaffa eran orogenes! ¿O puede que sus abuelos? Sea como fuere, no significó para él lo mismo que para Nassun. La madre de Schaffa, y la chica decide arbitrariamente y sin razón alguna que fue la madre, no tuvo que entrenarlo, enseñarle a mentir o romperle la mano—. Qué suerte —murmura.

El hombre ha vuelto a levantar la cantimplora para beber, pero hace una pausa. Algo recorre su gesto. Nassun ha aprendido a reconocer esa expresión, aunque no suele verla. A veces el Guardián se olvida de cosas que desearía recordar, pero en ese momento ha recordado algo que desearía haber olvidado.

—Yo no diría suerte.

Se toca la nuca. La red de nervios refulgentes de su interior aún está activa, le hace daño, lo intenta controlar, dominarlo. En el centro de la red se encuentra la esquirla de litonúcleo que alguien le puso ahí. Por primera vez, Nassun se pregunta cómo se lo hicieron. Piensa en la cicatriz larga y horrible que le baja por el cuello y que seguramente sea la culpable de que se deje el pelo largo. Se estremece un poco ante lo que significa dicha cicatriz.

—No quería... —Nassun intenta no pensar en la imagen de Schaffa gritando mientras alguien le abre el cuello—. No entiendo a los Guardianes. Al otro tipo de Guardianes, quiero decir. No... son horribles.

Y ni siquiera es capaz de imaginarse a Schaffa siendo como ellos.

El hombre se queda un rato en silencio mientras comen. Luego, dice en voz baja:

—No recuerdo los detalles, ni los nombres, ni muchas de las caras. Pero sí los sentimientos, Nassun. Recuerdo que amé a los orogenes de los que era Guardián, o al menos que creía amarlos. Quería que fuesen libres, aunque eso significase tener que hacerles sufrir con pequeñas crueldades para mantener a raya las peores. Sentía que cualquier cosa era mejor que el genocidio.

Nassun frunce el ceño.

—¿Qué es genocidio?

Vuelve a sonreír, con tristeza en esta ocasión.

—Cuando todos los orogenes son perseguidos y asesinados, cuando se retuerce el cuello de todos los bebés que nacen a partir de entonces, cuando todos los que la llevan en la sangre son asesinados o esterilizados y cuando se niega la misma idea de que los orogenes son personas... Eso es un genocidio. Matar personas y hasta la noción de que son personas.

—Vaya. —Nassun vuelve a sentirse indispuesta, de una manera que no consigue explicarse—. Pero eso es...

Schaffa inclina la cabeza, como si hubiese oído el «pero eso es lo que ha estado pasando» que la chica no ha terminado de pronunciar.

—Ese es el objetivo de los Guardianes, pequeña. Evitar que la orogenia desaparezca, porque lo cierto es que los habitantes del mundo no podrían sobrevivir sin ella. Los orogenes son esenciales. Y, como eres esencial, no puedo permitir que tomes la decisión de serlo o no. Tenéis que ser herramientas, y las herramientas no son personas. Los Guardianes protegen las herramientas... y destruyen a la persona todo lo que es posible sin que dicha herramienta pierda su utilidad.

Nassun se lo queda mirando mientras llega hasta ella una compresión que la arrolla como si fuese un terremoto de nueve grados salido de la nada. El mundo es así, pero no. Lo que les ocurre a los orogenes no pasa porque sí. Ocurre porque los Guardianes han trabajado durante años y años para que así sea. Quizá susurrasen ideas al oído de todos los caudillos y Líderes, antes de la formación de Sanze. Quizás incluso estuviesen presentes durante la del Desastre y se dedicasen a engañar a los asustados supervivientes y a decirles quién tenía la culpa de toda aquella miseria, cómo encontrarlos y qué hacer con los culpables.

Todo el mundo cree que los orogenes son aterradores y poderosos, y lo son. A Nassun no le cabe la menor duda de que sería capaz de borrar del mapa las Antárticas si quisiese, aunque seguro que necesitaría el de zafiro para hacerlo sin morir. Pero, a pesar de todo su poder, no es más que una niñita. Tiene que comer y dormir como cualquier niñita, y estar rodeada de personas si quiere seguir comiendo y durmiendo. La gente necesita a otras personas para vivir. ¿Y qué puede hacer ella en caso de tener que luchar para vivir, de enfrentarse a todas las personas de todas las comus? ¿A todas las canciones y a todas las historias y a la propia historia y a los Guardianes y a la milicia y a las leyes imperiales y al propio litoacervo? ¿A un padre que no es capaz de conciliar «hija» con «orograta»? ¿A su propia desesperanza cuando descubre que el mero hecho de ser feliz es una hazaña monumental?

¿Qué puede hacer la orogenia contra algo así? Hacer que siga respirando, quizá. Pero respirar no tiene por qué ser lo mismo que vivir, y quizá..., quizá los genocidios no siempre dejen cadáveres.

Y ahora está mucho más segura que nunca de que Acero tenía razón.

Levanta la cabeza para mirar a Schaffa.

—Hasta que el mundo quede reducido a cenizas.

Es lo que él le había dicho cuando ella le contó lo que quería hacer con el Portal de los Obeliscos.

Schaffa parpadea y luego le dedica la tierna y horrible sonrisa de un hombre que siempre ha sabido que el amor y la crueldad son dos caras de la misma moneda. Se acerca y la besa en la frente, y la chica lo abraza con fuerza, contenta por tener al fin un padre, alguien que la quiere como debería.

—Hasta que el mundo quede reducido a cenizas, pequeña —murmura apoyado en el pelo de Nassun—. Claro.

Por la mañana, continúan descendiendo por la escalera serpenteante.

El primer indicio de cambio es la aparición de otra barandilla al otro lado de la escalera. Está fabricada con algo extraño, un metal brillante y resplandeciente que no está nada deslustrado ni deteriorado por el cardenillo. Ahora hay dos barandillas y la escalera se ensancha lo suficiente como para que dos personas puedan caminar una junto a la otra. Luego deja de serpentear, desciende con el mismo ángulo pero cada vez es menos curvada, hasta que termina por adentrarse recta en la oscuridad.

Después de más o menos una hora de camino, el túnel se abre de repente, y desaparecen las paredes y el techo. Ahora descienden por un camino de escalones iluminados y conectados que, de alguna manera, parecen flotar en el aire sin nada que los sostenga. Las escaleras parecen imposibles, ya que solo las sostienen las barandillas y al parecer estas se sostienen entre sí, pero ni se sacuden ni chirrían mientras Nassun y Schaffa bajan por ellas. Sea cual sea el material del que están hechas, es mucho más resistente que la piedra.

Y ahora penetran en una caverna enorme. Es imposible medir su tamaño debido a la oscuridad, aunque hay haces que se proyectan desde algún que otro círculo de luz blanca y fría que salpica el techo de la caverna en intervalos irregulares. La luz no ilumina... nada. El suelo de la caverna es una vasta extensión de espacio vacío lleno de montones desiguales y anodinos de tierra. Pero ahora que se encuentra en el interior de lo que Nassun pensaba que era una cámara magmática, la chica es capaz de sesapinarlo todo con más claridad y de pronto repara en lo equivocada que estaba.

—No es una cámara magmática —le comenta a Schaffa, sorprendida—. Esto no era una caverna cuando se construyó la ciudad.

—¿Qué?

Nassun agita la cabeza.

—No estaba cerrada. Puede que fuese... Bueno, no lo sé. Lo que queda cuando un volcán estalla por completo.

—¿Un cráter?

Asiente al instante, emocionada al descubrir la palabra.

—En aquella época estaba abierta y se veía el cielo. La gente construyó la ciudad en el cráter, pero hubo otra erupción justo en medio de la ciudad.

Señala hacia delante, hacia la oscuridad. La escalera desciende hacia lo que ha sesapinado como el epicentro de esa pasada destrucción.

No puede ser. Otra erupción, dependiendo del tipo de lava, habría destruido la ciudad y llenado el antiguo cráter. Pero en lugar de eso, de alguna manera, la lava ascendió, cubrió la ciudad, se extendió como un dosel y se solidificó sobre ella para formar la caverna, lo que dejó la ciudad del interior del cráter más o menos intacta.

—Imposible —comenta Schaffa al tiempo que frunce el ceño—. Ni siquiera la lava más espesa habría formado algo así. Pero... —Se le tuerce el gesto. Vuelve a recorrer recuerdos truncados e irregulares, o quizás olvidados debido al paso del tiempo. Nassun le sostiene la mano por impulso para darle ánimos. El hombre la mira, sonríe ausente y sigue frunciendo el ceño—. Pero puede que... un orogén fuese capaz de hacer algo así. No obstante, haría falta alguien con un poder insólito, y seguramente la ayuda de un obelisco. Un decanillado. Como mínimo.

Nassun frunce el ceño al oírlo, confundida. Pero tiene razón en lo principal: eso es obra de alguien. La chica mira hacia el techo de la caverna que tiene encima y al rato cae en la cuenta de que lo que consideraba unas estalactitas un tanto raras, en realidad, resopla, ¡son marcas dejadas por edificios que ya no están en pie! Sí, hay una zona muy estrecha que parece haberse formado por un capitel, un arco curvado, una rareza geométrica de radios y curvas que tiene una apariencia orgánica y extraña, como las laminillas de la parte inferior del sombrero de una seta. Esas marcas fosilizadas se encuentran a lo largo de todo el techo de la caverna, pero la lava solidificada se detiene a unas decenas de metros sobre el suelo. Al cabo, Nassun se da cuenta de que el «túnel» por el que han salido también forma parte de los restos de un edificio. Mira atrás y ve que la parte exterior de dicho túnel se parece a las jibias que su padre usó en una ocasión para un encargo muy minucioso, más sólida pero hecha del mismo material raro y blanco a medida que ese bloque se eleva sobre la superficie. Debe de ser la parte superior del edificio. Pero a unos metros debajo de donde termina el dosel de lava, el edificio también acaba y lo sustituye esa extraña escalera blanca. Debe de haberse construido un tiempo después del desastre. Pero ¿cómo? ¿Por quién? ¿Por qué?

Mientras intenta comprender lo que ve, Nassun se centra en el suelo de la caverna. La tierra es blanquecina en su mayor parte, aunque hay algunas marcas de un gris oscuro y de marrón repartidas por el lugar. En algunas zonas, unos cabos de metal o pedazos rotos e inmensos de algo más grande, que bien pueden ser otros edificios, sobresalen de la tierra como los huesos de una tumba a medio profanar.

Pero Nassun se da cuenta de que tampoco puede ser. Allí no hay elementos suficientes como para que se trate de los restos de una ciudad. No ha visto las suficientes ruinas de civitustas, ni de ciudades en realidad, pero sí que ha leído y oído historias sobre ellas. Está muy segura de que en teoría las ciudades estaban llenas de edificios de piedra, abastos de madera y puede que hasta puertas de metal y calles adoquinadas. Ese lugar no es nada en comparación. Solo metal y tierra.

Nassun baja las manos, que ha levantado sin pensar mientras sus sentidos etéreos no dejaban de latir y rebuscar. Baja la vista sin querer, lo que hace que la distancia entre la escalera sobre la que se encuentra y la caverna de tierra se amplíe y se extienda. Eso la hace acercarse más a Schaffa, quien le pasa un brazo sobre los hombros para tranquilizarla.

—Esta ciudad —dice el Guardián. La chica le mira, sorprendida. Tiene gesto pensativo—. Me ha venido una palabra a la cabeza, pero no sé qué es. ¿Un nombre? ¿Algo que tiene significado en otro idioma? —Niega con la cabeza—. He oído relatos de la grandeza de esta ciudad, si es la que creo que es. Se dice que hubo una época en la que acogió a miles de millones de personas.

Parece imposible.

—¿En una ciudad? ¿Cómo de grande era Yumenes?

—Unos pocos millones. —Sonríe al ver que a la chica casi se le desencaja la mandíbula, y luego se tranquiliza un poco—. Y ahora no hay ni siquiera esa cantidad de personas en toda la Quietud. Cuando perdimos las Ecuatoriales, también perdimos a gran parte de la humanidad. Hubo un tiempo en el que el mundo era aún más grande.

Imposible. El cráter volcánico es gigantesco. Y aun así... Con cuidado, Nassun sesapina debajo de la tierra y de los escombros en busca de pruebas de esa imposibilidad. La tierra es mucho más profunda de lo que pensaba. Pero muy por debajo de la superficie encuentra caminos prensados, largos y rectos. ¿Carreteras? También cimientos, aunque esos tienen formas oblongas, redondas u otras más extrañas, como de reloj de arena, grandes curvas serpenteantes o bajadas en forma de cuenca. No hay ni un solo cuadrado. La forma de los cimientos le resulta extraña, y de pronto se da cuenta de que todo lo que ha sesapinado parece estar mineralizado, ser alcalino. ¡Se está petrificando! Lo que significa que antes era... Nassun resopla.

—Es madera —espeta en voz alta. ¿Cimientos de un edificio hechos de madera? No, es algo parecido a la madera, así como al polímero que solía fabricar su padre, y también se parece un poco a la especie de piedra de la escalera en la que se encuentran. Todas las carreteras que es capaz de sesapinar son parecidas—. Polvo. Schaffa, todo eso que hay ahí debajo. ¡No es tierra, es polvo! Son plantas, muchísimas, marchitas desde hace tanto tiempo que se han desecado y descompuesto. Y...

Vuelve a elevar la vista hacia el dosel de lava que les cubre. ¿Cómo habría sido antes? La caverna iluminada de rojo. El aire tan caliente que sería imposible respirar. Los edificios habrán durado más, lo suficiente para que la lava empezase a enfriarse a su alrededor, pero sin duda todos los habitantes de la ciudad se habrían abrasado durante las primeras horas, enterrados bajo una burbuja de fuego.

Pues eso es lo que se encuentra también en la tierra: una cantidad incontable de personas, carbonizadas y convertidas en polvo.

—Fascinante —dice Schaffa. Se inclina sobre la barandilla, ajeno a la distancia a la que queda el suelo mientras contempla la caverna desde arriba. El Guardián asusta a Nassun y la chica siente cómo el estómago le da un vuelco—. Una ciudad hecha de plantas. —Luego entrecierra los ojos—. Pero en este lugar ya no crece nada.

Sí, esa es otra de las cosas de las que Nassun se ha dado cuenta. A estas alturas, ha viajado lo suficiente y visto sobradas cavernas para saber que ese lugar debería estar rebosante de vida, como liquen, murciélagos o insectos ciegos y blancos. Vuelca su percepción hacia el reino argénteo en busca de las delicadas líneas que debería haber por todas partes entre todos aquellos residuos de vida. Y las encuentra, muchas, pero... Tienen algo raro. Las líneas fluyen y se entrelazan como hilillos que se convierten en cauces, similar a la manera en la que la magia fluye en el interior de un orogén. Nunca ha visto algo así en plantas, animales o tierra. Esos cauces más concentrados se unen y siguen adelante, en la dirección hacia la que se dirige la escalera. Nassun los sigue pasadas las escaleras, siente cómo se aglutinan y resplandecen... y más adelante, en un lugar determinado, se detienen de pronto.

—Ahí hay algo malo —dice la chica al tiempo que se le pone la piel de gallina. Al momento deja de sesapinar. Por algún motivo no quiere sesapinar lo que hay ahí delante.

—¿Nassun?

—Hay algo que se está comiendo este lugar —espeta, y luego se pregunta por qué ha dicho algo semejante. Pero ahora que lo ha hecho, siente que era lo adecuado—. Por eso no crece nada. Hay algo que absorbe toda la magia del lugar. Y sin eso, todo muere.

Schaffa la contempla durante un rato. Nassun ve que en una mano porta la empuñadura de su puñal negro, que sigue atado en el muslo del Guardián. Le dan ganas de reír al verlo. Lo que hay ahí delante no es algo a lo que se le pueda apuñalar. No se ríe porque es cruel, y porque de repente tiene tanto miedo que si empieza a reír seguro que no para.

—No tenemos por qué avanzar —sugiere Schaffa. Lo hace con un tono amable que deja claro que no le perderá el respeto si abandona la misión a causa del miedo.

Pero incomoda a Nassun. Tiene su orgullo.

—N-no. Sigamos. —Traga saliva—. Por favor.

—Pues muy bien.

Continúan. Alguien o algo ha excavado un camino a través de la tierra, por debajo y alrededor de la escalera imposible. Mientras descienden, atraviesan montañas de esa cosa. Pero Nassun no tarda en ver otro túnel que se les acerca. El suelo de este coincide con el de la caverna, al final, y tiene una entrada inmensa. Unos arcos concéntricos de un mármol de diferentes matices se erigen sobre ellos a medida que la escalera llega al suelo para luego confundirse con las piedras que los rodean. El túnel se estrecha en el interior y al otro lado solo se percibe oscuridad. El suelo de la entrada parece barnizado, con baldosas de diferentes tonalidades de azul, negro y rojo oscuro. Son colores vívidos y agradables, un regalo para la vista después de tanto blanco y gris, pero aún portan una extrañeza insólita. De alguna manera, el polvo de la ciudad no se ha desperdigado ni atravesado la entrada.

Por ese arco podrían pasar docenas de personas. Centenares en apenas un minuto. Pero ahora, no obstante, solo hay una, y los contempla desde debajo de una franja de mármol rosado, un color que contrasta muchísimo contra su figura pálida e incolora. Acero.

No se mueve mientras Nassun camina hacia él. (Schaffa también se acerca, pero va más despacio: está tenso.) La mirada de Acero está fija en un objeto que tiene junto a él y que a Nassun no le resulta familiar pero sí se lo resultaría a su madre: es un pedestal hexagonal que sobresale del suelo, como una asta de cuarzo ahumado que se ha cortado por la mitad. La superficie está un poco inclinada. Acero tiene la mano extendida hacia el pedestal, como si se los presentase. «Para vosotros.»

Por ese motivo la chica se concentra en él. Se acerca, pero no tarda en alejarse de pronto al ver que algo se ilumina por el borde antes de que sus dedos puedan llegar a tocar la superficie inclinada. Unas marcas rojas y brillantes flotan en el aire sobre el cristal y forman símbolos en el espacio vacío que hay encima. Es incapaz de desentrañar su significado, pero el color la incomoda. Levanta la vista hacia Acero, que no se ha movido y parece que lleva así desde que se construyó aquel lugar.

—¿Qué dice?

—Que el vehículo de transporte que os mencioné no está funcional en estos momentos —resuena una voz en el pecho de Acero—. Tendréis que encender y hacer un volcado de memoria del sistema antes de poder usar la estación.

—¿Vol... volcado? —Trata de elucubrar qué tendrá que ver volcar nada con esas ruinas antiguas, pero después decide preguntar sobre la parte que ha comprendido—. ¿Cómo hago para que vuelva a tener energía?

De repente, Acero se encuentra en una posición diferente, de cara al arco que lleva hacia las profundidades de la estación.

—Entra ahí y dale energía a la raíz. Yo me quedaré aquí para teclear la secuencia de inicio cuando haya energía suficiente.

—¿Qué? Yo no...

Sus ojos, que son de un gris sobre gris, se mueven hacia ella.

—Una vez dentro sabrás qué hacer.

Nassun se muerde un carrillo al tiempo que mira el arco. Está muy oscuro.

Schaffa le toca el hombro.

—Iré contigo. No te preocupes.

No te preocupes. Nassun traga y asiente, agradecida. Luego, Schaffa y ella se adentran en la oscuridad.

No se queda oscuro por mucho tiempo. Al igual que en la escalera blanca, unos pequeños paneles de luz empiezan a refulgir a ambos lados del túnel a medida que avanzan. Son luces tenues, amarillentas de una manera que sugiere antigüedad, desgaste o... algo como «agotamiento». Es la palabra que le viene a la mente a Nassun por alguna razón. La luz es suficiente para iluminar los bordes de las baldosas que tienen a sus pies. Por el túnel ven puertas y huecos, y en cierto momento Nassun vislumbra un extraño aparato que sobresale a unos tres metros de altura. Se asemeja a... ¿un vagón? No tiene ruedas ni abrazaderas, aparenta estar fabricado del mismo material liso de las escaleras y recorrer alguna especie de vías que están enclavadas en la pared. Parece obvio que es para transportar personas. ¿Quizá servía para que se desplazaran aquellos que no querían o no podían ir a pie? Ahora está inerte y apagado, enclavado para siempre en la pared en la que lo dejó el último en usarla.

Reparan en la iluminación azul y peculiar que se ve más adelante en el túnel, pero esa no es advertencia suficiente para cuando, al cabo, el camino se tuerce de manera inesperada hacia la izquierda y llegan a una nueva caverna. Es mucho más pequeña y no está cubierta de polvo, o, al menos, no tanto. En lugar de eso, en el interior hay una columna descomunal de obsidiana añil y maciza.

La columna es enorme, irregular e imposible. Nassun se queda mirando boquiabierta esa cosa que ocupa casi toda la caverna desde el suelo hasta el techo y más allá. Le queda claro en el acto que se trata del producto solidificado al instante de lo que debe de haber sido una inmensa explosión. Es igual de incontestable que, de alguna manera, es lo que creó el dosel de lava que fluye hacia la caverna contigua.

—Ya veo —comenta Schaffa. Hasta él parece sobrecogido y lo dice con un tono ahogado por la sorpresa—. Mira.

Señala hacia abajo. Eso es lo que le da a Nassun el punto focal que le permite establecer una perspectiva, y también medir el tamaño y la distancia. Esa cosa es enorme, y lo sabe porque ahora ve unas plataformas dispuestas hasta su base y que la rodean formando octógonos concéntricos. Hay tres de esos octógonos. En el que está más alejado hay edificios, o eso cree. Están muy deteriorados, medio derruidos, y no son más que estructuras destrozadas, pero sesapina al instante la razón por la que siguen ahí mientras que los de la otra caverna se habían desmoronado. El calor reinante en esta debe de haber metamorfoseado en algún grado la composición de los edificios, lo que ha hecho que se endurezcan y los ha preservado. También ha tenido lugar una sacudida que los ha deteriorado: todos los edificios están destrozados por el mismo lado, el que da hacia la gran columna de obsidiana. Calcula la distancia aproximada que hay entre lo que parece un edificio de tres pisos y la columna y descubre que no está tan lejos como parece, sino que es mucho más grande de lo que había supuesto en un principio. Del tamaño de un... Vaya.

—Un obelisco —susurra. Y luego es capaz de sesapinar y adivinar lo que ocurrió en aquel lugar, con tanta claridad como si hubiese estado allí.

Hace mucho tiempo, había un obelisco en ese lugar, en el fondo de la caverna, y una de sus puntas se enclavaba en el suelo como si fuese algún tipo de extraña planta. En un momento dado, el obelisco se elevó sobre la hendidura y empezó a flotar y a resplandecer como el resto sobre la insólita inmensidad de aquella ciudad. Y luego algo se torció muchísimo. El obelisco... cayó. Nassun es capaz de imaginar el eco de aquel estruendo cuando se fija en el lugar donde ocurrió: no se limitó a caer, sino que se abrió paso a través de la tierra y empezó a descender y a descender, impulsado por toda la energía de la plata concentrada en su núcleo. Nassun solo es capaz de seguirle la pista por las profundidades durante algo menos de dos kilómetros, pero no hay razón para pensar que no siguió descendiendo. No es capaz de adivinar hasta dónde.

Y aquel hueco que llegaba hasta la zona más líquida de las profundidades se convirtió en la fuente, surgida de los fuegos de la Tierra, que enterró la ciudad.

Aun así, por la zona no hay nada que parezca capaz de dar energía a la estación, pero Nassun se da cuenta de que la iluminación de la caverna proviene de unos enormes pilones de luz azulada que se encuentran cerca de la base de la columna de obsidiana, pilones que conforman el nivel más bajo y más cercano a la columna que hay en la estancia. Hay algo que da energía a esa luz.

Schaffa ha llegado a la misma conclusión.

—El túnel termina aquí —dice al tiempo que hace un gesto hacia los pilones azules que hay junto a la base de la columna—. El único lugar al que podemos ir es la base de esa monstruosidad. Pero ¿estás segura de querer seguir el camino marcado por quienquiera que haya creado esto?

Nassun se muerde el labio inferior. No lo está. En ese lugar se encuentra la incoherencia que sesapinó desde la escalera, aunque aún es incapaz de discernir de dónde viene. Pero...

—Acero quiere que descubra lo que hay ahí abajo.

—¿Estás segura de que quieres hacer lo que él quiere, Nassun?

No lo está. No se puede confiar en Acero, pero ya se ha comprometido a seguir la senda de la destrucción del mundo. Sea lo que sea lo que quiere el comepiedras, no puede ser peor que eso. Y debido a ello, cuando Nassun asiente, Schaffa se limita a inclinar la cabeza para expresar su conformidad y le ofrece la mano para descender juntos por el camino hacia los pilones.

Pasar junto a las plataformas es como atravesar un cementerio, y Nassun se ve obligada a guardar silencio. Entre los edificios distingue senderos carbonizados, macetas de vidrio en las que seguro que antes había estructuras, plantas y postes extraños cuyo propósito no estaría segura de averiguar ni aunque no estuviesen medio fundidos. Se inclina a pensar que uno de los postes es para amarrar los caballos, y que uno de los marcos que ve es el lugar en el que los curtidores colgaban las pieles para secarlas. Darle un aspecto familiar a aquella extrañeza no le funciona muy bien, claro, ya que en esa ciudad no hay nada normal. Si la gente que vivía en aquel lugar usaba monturas, seguro que no eran caballos. Si practicaban la alfarería o fabricaban herramientas, no las hacían ni con arcilla ni con obsidiana, y los artesanos que lo hacían seguro que no eran meros esmeradores. Ese pueblo fabricó (y luego perdió el control de él) un obelisco. Es imposible saber qué maravillas y atrocidades inundaban sus calles.

A pesar de la ansiedad, Nassun se abalanza hacia las alturas para tocar el de zafiro, más bien para asegurarse de que puede hacerlo a pesar de encontrarse debajo de toneladas de lava solidificada y una ciudad deteriorada y petrificada. Le resulta sencillo conectarse a él, ya que se encuentra sobre ellos, lo que es un alivio. Tira de ella con suavidad, o con toda la suavidad de la que es capaz un obelisco, y por un momento la chica se deja mecer por su luz trémula y fluctuante. No se asusta al verse tan atraída, Nassun confía en el obelisco de zafiro, al menos todo lo que podría confiar en un objeto inanimado. Al fin y al cabo, gracias a él conoce Nucleobase, y ahora siente otro mensaje entre los intersticios refulgentes de sus líneas comprimidas...

—Arriba —espeta, y se asusta a sí misma.

Schaffa se detiene y la mira.

—¿Qué?

Nassun tiene que agitar la cabeza para ser otra vez consciente de sí misma después de hallarse rodeada por todo ese azul.

—El... el lugar para restaurar la energía. Está arriba como ha dicho Acero. Pasadas las vías.

—¿Vías? —Schaffa se gira para mirar el sendero inclinado. Se encuentran cerca de la segunda plataforma, un plano liso y uniforme de ese material blanco que no es piedra. Un material que las personas que fabricaron los obeliscos parecen haber usado en las ruinas más antiguas y duraderas.

—El de zafiro... conoce este lugar —intenta explicar la chica. Es una explicación un tanto escueta, como si intentase describirle la orogenia a un tático—. No este lugar en concreto, sino algún lugar parecido... —Vuelve a proyectarse al obelisco para hacerle más preguntas sin palabras y queda sobrecogida por el titileo azul de imágenes, sensaciones y «creencias». Cambia de perspectiva. De pronto se encuentra en el centro de tres plataformas, ya no está en la caverna, sino de cara a un horizonte azul en el que se agitan unas plácidas nubes que se desplazan y se desvanecen antes de reaparecer. Las plataformas que la rodean bullen de actividad, aunque la escena está emborronada y lo único que puede distinguir son algunas imágenes estáticas que no tienen sentido. Unos vehículos extraños como el coche que vio en el túnel y que recorren los laterales de los edificios por unas vías iluminadas por luces de diferentes colores. Los edificios están «cubiertos» de verde: enredaderas y azoteas rodeadas de hierba y flores que se enroscan alrededor de los dinteles y las paredes. Hay cientos de personas que entran y salen de ellos para luego recorrer los caminos de un lado a otro en borrones de movimiento ininterrumpido. No les ve las caras, pero sí que vislumbra sus melenas negras como la de Schaffa, unos pendientes con un diseño vegetal enrevesado y magistral, vestidos que se arremolinan por los tobillos, dedos que se agitan y adornados con fundas de colores esmaltados.

Y por todas partes, pero por todas partes, la plata que subyace detrás de todo ese calor y movimiento, el material del que están hechos los obeliscos. Se enmaraña y fluye para conformar no solo chorros, sino ríos. Y cuando Nassun mira hacia abajo ve que se encuentra sobre un estanque de plata líquida, uno que le cubre los pies...

Al regresar, esta vez la chica se tambalea un poco, y Schaffa la sujeta con firmeza por los hombros.

—Nassun.

—Estoy bien —dice. No está segura, pero lo hace porque no quiere que se preocupe. Y porque es más fácil decir eso que «creo que durante un minuto he sido un obelisco».

Schaffa la rodea para agacharse delante de ella y se aferra a sus hombros. Lo preocupado de su expresión casi casi eclipsa las arrugas de cansancio, las marcas de desconcierto y otras señales de la guerra que libra en su interior. Allí dentro, le duele más. No ha dicho qué le pasa, y Nassun no sabe por qué empeora. Pero es capaz de adivinarlo.

Pero...

—No confíes en los obeliscos, pequeña —dice el Guardián. La afirmación no le resulta tan extraña o equivocada como debería, viniendo de Schaffa. Nassun lo abraza por impulso. Él la aprieta con fuerza y le frota la espalda para consolarla—. A algunos les permitimos realizar progresos —le murmura en la oreja. Nassun parpadea y recuerda a la pobre, demente y homicida Nida, que llegó a decir lo mismo en una ocasión—. En el Fulcro.

Se me permitía recordar tanto porque es importante. Los pocos que llegaban a ser nona o decanillados... siempre eran capaces de percibir los obeliscos, y al mismo tiempo los obeliscos también los percibían a ellos. Hubiesen conseguido atraerte hacia ellos fuera como fuese. Les falta algo, están incompletos de alguna manera, y eso es lo que necesitan de los orogenes.

»Pero los obeliscos acabaron con ellos, mi Nassun. —Aprieta el rostro contra el pelo de la chica. Está sucia y no se ha lavado bien desde que estaban en Jekity, pero las palabras del Guardián trascienden aquellas sensaciones tan mundanas—. Recuerdo que... los obeliscos. Te cambiarán. Te reharán si pueden. Eso es lo que quiere ese comepiedras, por el óxido.

Aprieta los brazos un instante, con una pizca de su antigua fuerza, y se convierte en la mejor sensación del mundo. La chica descubre en ese momento que el Guardián nunca le fallará, que siempre estará ahí cuando le necesite, que nunca se convertirá en un mero e inseguro ser humano. Y le quiere con locura debido a su fuerza.

—Sí, Schaffa —promete Nassun—. Tendré cuidado. No dejaré que ganen.

«No le dejaré», piensa. Y sabe que ambos piensan lo mismo. No dejará que Acero gane. Al menos no sin conseguir antes lo que ella quiere.

Está decidido pues. Cuando Nassun se aparta, Schaffa asiente antes de ponerse en pie. Continúan avanzando.

La plataforma que se encuentra más hacia el interior está a la sombra azul y plomiza de la columna de cristal. Los pilones son mayores de lo que parece de lejos, quizás el doble de altos que Schaffa, y tres o cuatro veces más anchos, y ahora que Nassun y el Guardián están más cerca descubren que también zumban un poco. Están dispuestos formando un anillo alrededor de lo que en otros tiempos debe de haber sido el lugar en el que descansaba un obelisco, como una barrera que protege las dos plataformas exteriores. Como una cerca que separa la vida ajetreada de la ciudad de... aquello.

Aquello: al principio, Nassun cree que es un zarzal. Las zarzas se enroscan y enmarañan por el suelo y se elevan por la cara interna de los pilones para cubrir el espacio que hay entre ellos y la columna de cristal. Luego la chica que ve en realidad no es un zarzal. No hay hojas, ni zarzas. Solo esos nudos rizados y enredados gruesos como cuerdas que parecen plantas pero que huelen un poco a hongos.

—Qué raro —comenta Schaffa—. ¿Hemos encontrado algo vivo al fin?

—P-puede que no estén vivas. —Parecen marchitas, aunque llama la atención que aún sean plantas reconocibles y no desechos descompuestos en el suelo. A Nassun no le gusta estar en aquel lugar, entre esas plantas repugnantes y a la sombra de la columna de cristal. ¿Son para eso los pilones? ¿Para evitar que el resto de la ciudad contemple lo grotesco de aquellas zarzas?—. Quizás hayan crecido aquí después de... lo demás.

Luego Nassun parpadea al ver algo diferente en una de las plantas que tiene al lado. Es diferente de las que la rodean. Sin duda el resto está marchito, mustio, ennegrecido y deshecho en algunos lugares. Pero aquella da la impresión de estar viva. Es nudosa y fibrosa en algunas partes, con una superficie similar a madera vieja y rugosa, pero intacta. Hay desechos en el suelo bajo ella, bultos grisáceos y polvo, pedazos resecos y podridos de tela, y hasta un cabo descompuesto de cuerda deshilachada.

Hay algo que Nassun se ha resistido a hacer desde que entró en la caverna de la columna de cristal, ya que hay cosas que preferiría no saber. Pero ahora cierra los ojos y se abalanza al interior de la planta con la percepción de la plata.

Al principio le cuesta. Las células de esa cosa —ya que está viva, de una manera más parecida a un hongo que a una planta, pero que también tiene algo de artificial y mecánico en la manera en la que la han hecho funcionar— se compactan tanto que no espera encontrar plata entre ellas. Son más densas que el interior del cuerpo de las personas. De hecho, la sustancia tiene una apariencia casi cristalina, células que se alinean en pequeñas matrices ordenadas que no ha visto nunca antes en un organismo vivo.

Y Nassun ve que la planta no contiene plata alguna ahora que ha contemplado los intersticios de la sustancia que la conforma. En lugar de ello tiene... No está segura de cómo describirlo. ¿Espacios negativos? Lugares en los que debería estar la plata pero no está. Espacios que «podrían llenarse» con plata. Y a medida que los explora con cautela y fascinada, empieza a reparar en la manera en la que tiran de su percepción, cada vez más, hasta que, entre jadeos, consigue liberarse.

«Dentro sabrás qué hacer», había dicho Acero. «Debería ser obvio.»

Schaffa, quien se ha agachado para examinar el cabo de cuerda, hace una pausa y la mira con el ceño fruncido.

—¿Qué pasa?

Nassun le devuelve la mirada, pero no encuentra las palabras adecuadas para decir lo que se necesita hacer. Dichas palabras no existen. Pero sí que sabe cuál es su cometido. Nassun da un paso hacia la planta.

—Nassun —dice Schaffa, con voz tensa y dotada de una repentina inquietud.

—Tengo que hacerlo, Schaffa —dice la chica. Ha empezado a levantar las manos. En ese momento se da cuenta de que toda la plata de la caverna exterior se dirige hacia este lugar, hacia esas plantas que la consumen. ¿Por qué? Sabe la razón, en lo más profundo y más antiguo de su cuerpo—. Tengo que... esto... darle energía al sistema.

Luego, antes de que Schaffa pueda detenerla, Nassun coge la planta con ambas manos.

No le duele. Esa es la trampa. De hecho, la sensación que se extiende por su cuerpo es placentera. Relajante. Si no pudiese percibir la plata o la manera en la que la planta empieza a absorber cada pizca de ella que hay entre sus células, Nassun pensaría que le está haciendo algo bueno. Pero lo cierto es que eso la matará en unos instantes.

Y también le da acceso a más plata. Con pereza y a pesar de la languidez, Nassun contacta con el de zafiro, y el de zafiro le responde al instante, con facilidad.

«Amplificadores», los había llamado Alabastro mucho antes de que Nassun naciese. Tú los consideras «baterías», tal y como le explicaste una vez a Ykka.

Pero Nassun da por hecho que los obeliscos no son más que «motores». No ve más que motores, como las bombas y turbinas que regulaban la energía hidráulica y geotérmica en Tirimo, y a veces cosas más complejas como ascensores de grano. La chica no sabe casi nada sobre ellos, pero a sus diez años sí que tiene algo claro: los motores necesitan combustible para funcionar.

Fluye dentro del azul, y la energía del de zafiro recorre el interior de Nassun. La planta de sus manos empieza a atragantarse con la repentina afluencia de energía, aunque está segura de que es una imagen que se acaba de imaginar. Luego empieza a zumbar en sus manos, y la chica ve cómo los espacios amplios y vacíos de sus matrices se llenan y fluye en ellos una luz argéntea y resplandeciente, y de improviso algo desvía esa luz hacia algún lugar...

Se oye un chasquido atronador en la caverna, seguido de otros más tenues que empiezan a conformar un ritmo antes de unirse en un zumbido quedo y creciente. La caverna se ilumina de repente cuando los pilones azules se vuelven blancos y empiezan a resplandecer, al igual que las luces amarillas y tenues que habían seguido por el túnel. Nassun se estremece a pesar de encontrarse en las profundidades del de zafiro, y en un instante Schaffa la agarra y la separa de la planta. Las manos del Guardián tiemblan al acercarla a él, pero no dice nada y un alivio manifiesto se refleja en su rostro cuando deja que Nassun se abalance sobre él. De repente, la chica está tan agotada que solo se mantiene gracias a Schaffa.

Y mientras, algo se acerca a ellos por las vías.

Es espectral, de un verde escarabajo iridiscente. Surge de algún lugar detrás de la columna de cristal, grácil, elegante y silenciosa. Nada de eso tiene sentido para Nassun. La parte central de esa cosa tiene forma de gota, aunque la parte puntiaguda es asimétrica y la punta se curva y se erige a mucha altura del suelo, como si fuese el pico de un cuervo. Es enorme, podría tener el tamaño de una casa, pero aun así flota a unos pocos centímetros del suelo sin nada que la sostenga. Es imposible adivinar de qué está hecha, aunque parece tener... ¿piel? Sí. De cerca Nassun ve que la superficie tiene la textura rugosa de la piel gruesa y bien curtida. Está moteada por unos bultos que quizá sean del tamaño de un puño y que a simple vista no parecen servir para nada.

Pero se emborrona y parpadea. Pasa de estado sólido a translúcido constantemente, como si fuese un obelisco.

—Muy bien —dice Acero, quien de repente se encuentra delante de ellos a un lado de la cosa.

Nassun está demasiado cansada para sentir miedo, aunque ha empezado a recuperarse. Las manos de Schaffa se aferran con más fuerza a sus hombros por la impresión, pero luego se relajan. Acero no le hace caso a ninguno de los dos. Una de las manos del comepiedras está levantada hacia esa cosa extraña que flota, como si se tratase de un artista orgulloso que muestra su última creación. Dice:

—Le habéis dado al sistema más energía de la necesaria. Como habréis observado, la sobrecarga ha afectado a la iluminación y a otros sistemas como los controles medioambientales. No sirve de nada, pero supongo que tampoco hay problema. Volverán a apagarse en unos pocos meses, ya que no tienen ninguna fuente que les proporcione energía.

Schaffa responde en voz baja y calculadora:

—La chica podría haber muerto.

Acero no ha dejado de sonreír. Al fin Nassun empieza a sospechar que se trata de una burla del comepiedras a las constantes sonrisas de los Guardianes.

—Sí, habría muerto de no haber usado el obelisco. —No hay ni una pizca de disculpa en su tono de voz—. La muerte es lo que suele ocurrir cuando alguien carga el sistema. Pero los orogenes capaces de canalizar la magia pueden sobrevivir a ello, igual que los Guardianes, quienes suelen tomarla de una fuente externa.

«¿Magia?», piensa Nassun confundida por un instante.

Pero Schaffa se envara. La rabia del Guardián confunde a Nassun al principio, pero luego descubre la razón: los Guardianes normales, los que no están contaminados, sacan la plata de la tierra y la vierten en las plantas. Los Guardianes como Umber y Nida tal vez podrían hacer lo mismo, aunque ellos solo lo harían en caso de que sirviese a los intereses del Padre Tierra. Pero Schaffa, a pesar del litonúcleo, no puede confiar en la plata de la Tierra, ni tampoco sacarla de ella a voluntad. Nassun se ha puesto en peligro debido a su incompetencia.

Eso parece sugerir Acero. Nassun clava la mirada en el comepiedras con incredulidad y luego se gira hacia Schaffa. Ya ha empezado a recuperar las fuerzas.

—Sabía que sería capaz de hacerlo —dice. Schaffa no ha dejado de mirar con fijeza a Acero. Nassun se aferra con los puños a la camisa del Guardián y tira de él para que la mire. El hombre parpadea y se gira hacia ella, sorprendido—. ¡Lo sabía! Y no habría dejado que tocaras las plantas, Schaffa. Es gracias a mí que...

Se le quiebra la voz y se le cierra la garganta debido a las lágrimas, en parte debido a los nervios y al cansancio, pero principalmente por el sentimiento de culpa que lleva latente y creciendo en su interior desde hace meses y que ha empezado a sacar al exterior porque ya está cansada de ocultarlo. Es culpable de que Schaffa lo haya perdido todo: Luna Hallada, los niños que cuidaba allí, la compañía de sus colegas Guardianes, el poder fiable que debería haberle aportado el litonúcleo e incluso la posibilidad de dormir tranquilo por las noches. Ella es la razón por la que el hombre se encuentra ahí entre los restos de una ciudad abandonada y también la razón por la que están a punto de entregarse a una maquinaria más antigua aún que Sanze y quizá que la propia Quietud, de marchar hacia un lugar imposible para llevar a cabo algo también imposible.

Todo aquello le pasa a Schaffa por la cabeza un instante debido a su dilatada experiencia como cuidador de niños. Deja de fruncir el ceño y niega con la cabeza al tiempo que se agacha para ponerse a la altura de la chica.

—No —dice—. No tienes la culpa de nada, Nassun. Da igual lo que me haya costado y también lo que pueda llegar a costarme, recuerda siempre que... que yo...

Titubea. Por un momento, esa confusión horrible y turbia aparece y amenaza con borrar de un plumazo hasta aquel momento en el que el hombre estaba a punto de dejarle claro a la chica que es una persona fuerte. Nassun respira hondo, se centra en la plata del Guardián y aprieta los dientes cuando ve que el litonúcleo de Schaffa vuelve a estar activo y ha empezado a desplazarse inclemente por sus nervios y a enmarañar su cerebro, hasta conseguir hacerlo flaquear.

«No», piensa Nassun con furia repentina. Agarra al hombre por los hombros y lo zarandea. Tiene que hacerlo con mucha fuerza, ya que es muy grande, pero consigue hacerle parpadear y que se centre a pesar de la confusión.

—Eres Schaffa —dice Nassun—. ¡Eres quien eres! Y... y tú decides. —Eso es importante. Es lo que el mundo no quiere que haga la gente como él—. Ya no eres un Guardián, eres... —Al fin se atreve a decirlo en voz alta—. Eres mi nuevo padre, ¿vale? Y e-eso significa que somos familia y... y que tenemos que apoyarnos. Es lo que hace la familia, ¿no? Deja que alguna vez sea yo quien te proteja.

Schaffa la mira, luego suspira y se inclina hacia delante para besarla en la frente. Se queda en el sitio después del beso, con la nariz en el pelo de Nassun, quien hace un esfuerzo titánico por no romper a llorar. Cuando termina por hablar, esa horrible confusión ha desaparecido, y también parte de las arrugas que el dolor había formado alrededor de sus ojos.

—De acuerdo, Nassun. Dejaré que me protejas, pero solo a veces.

Después de esa afirmación, sorbe por la nariz y se la limpia con la manga. Luego se gira hacia Acero. No ha cambiado de posición, y Nassun se aparta de Schaffa, se acerca al comepiedras y se detiene delante de él. Mueve los ojos para mirarla, con una lentitud indolente.

—No vuelvas a hacer eso.

Esperaba que, con aquella voz de sabelotodo, el comepiedras dijese «¿Hacer qué?», pero, en lugar de eso, dice:

—Llevarlo con nosotros es un error.

Nassun siente cómo la recorre una corriente fría que se calienta. ¿Es una amenaza o una advertencia? Aprieta tanto los dientes que, cuando habla, está a punto de morderse la lengua.

—Me da igual.

Se hace el silencio. ¿Se ha rendido? ¿Está de acuerdo? ¿No quiere discutir? Nassun no lo sabe, pero sí que quiere gritarle: «¡Promete que no volverás a hacer daño a Schaffa!» Le parece feo gritarle a un adulto, pero se ha pasado un año y medio aprendiendo que los adultos también son personas, que a veces se equivocan y que a veces alguien debería gritarles.

Pero Nassun está cansada, por lo que decide volver junto a Schaffa, cogerlo de la mano con fuerza y fulminar con la mirada a Acero, como si lo desafiara a decir algo más al respecto. No lo hace. Bien.

En ese momento, la cosa verde y enorme se agita, o algo parecido, y todos se giran hacia ella. Hay algo que... Nassun se estremece, asqueada y fascinada al mismo tiempo. Hay algo que crece en los extraños nódulos que cubren toda la superficie de esa cosa. Cada uno mide varios centímetros de largo, y son angostos y parecidos a plumas que se estrechan aún más en la punta. Enseguida hay docenas de ellos que se retuercen y agitan con suavidad en una brisa irreal. «Cilios», piensa al momento Nassun al recordar la imagen de un viejo libro de biomestría del creche. Claro. ¿Por qué quienes hacen edificios con plantas no iban también a hacer carruajes que pareciesen brotes?

Algunas de las plumas se agitan más rápido que otras, y en un momento dado se agrupan en un punto concreto de uno de los laterales de esa cosa. Luego todas se alisan contra la superficie de madreperla y dejan al descubierto un rectángulo que sirve de puerta. Dentro, Nassun ve una luz tenue y unas sillas que, para su sorpresa, parecen muy cómodas y están dispuestas en filas. Llegarán por todo lo alto al otro lado del mundo.

Nassun levanta la cabeza para mirar a Schaffa. El hombre

asiente al tiempo que aprieta los dientes. La chica no mira a Acero, quien no se ha movido ni hecho amago alguno de unirse a ellos.

Suben a bordo, y las plumas cubren la puerta y se cierran detrás de ellos. Cuando se sientan, el enorme vehículo emite un tono grave y reverberante y, acto seguido, empieza a moverse.

Las riquezas no tienen valor alguno cuando empieza a caer la ceniza.

Tablilla tercera, «Estructuras»,
versículo décimo

Syl Anagist:

Dos

Es una casa magnífica, compacta pero con un diseño elegante y llena de muebles bonitos. Nos quedamos mirando las bóvedas, las estanterías y las barandillas de madera. Solo tiene unas pocas plantas que crecen de las paredes de celulosa, por lo que el aire está seco y un poco viciado. Se parece al museo. Nos agrupamos en la gran estancia que hay en la parte delantera de la casa, con miedo a movernos y a tocar cualquier cosa.

—¿Vives aquí? —le pregunta uno de los otros a Kelenli.

—A veces —responde ella. Su rostro no muestra gesto alguno, pero hay algo en su voz que me preocupa—. Seguidme.

Nos hace recorrer la casa, un cubil de una comodidad impresionante: todas las superficies son lisas y sirven para sentarse, incluso el suelo. Lo que más me sorprende es que no hay nada blanco. Las paredes son verdes y, en algunos lugares, pintadas de un bermellón oscuro e intenso. En la siguiente habitación, las camas están cubiertas de una tela azul y dorada cuya textura contrasta con el resto. No hay nada austero ni nada vacío. Es la primera vez que me da por pensar que el lugar en el que vivo es una celda.

Ese día me he dado cuenta de muchas cosas nuevas, sobre todo durante el camino que nos ha llevado a esa casa. Lo hemos hecho caminando. Nos duelen los pies debido a la falta de costumbre, y durante todo el camino la gente se nos ha quedado mirando. Algunos han susurrado. Una persona llegó a extender la mano para tocarme el pelo al pasar y soltó una risilla cuando me estremecí y me aparté al darme cuenta. Un hombre llegó a seguirnos en un momento dado. Era anciano y tenía el pelo gris y corto, casi de la misma textura que el nuestro, y luego empezó a gritar enfadado. No conocía alguna de las palabras (como «nieso» y «lengua escindida», por ejemplo). Algunas las conocía, pero no las entendía (como «errores» o «deberíamos haberos elimina-do», lo que no tiene sentido porque nos crearon con mucho cui-dado y de manera intencionada). Nos acusó de mentir, aunque ninguno de nosotros habló con él, y también de haber fingido que nos habíamos marchado (a alguna parte). Dijo que sus pa-dres y los padres de sus padres le enseñaron quiénes eran el ver-dadero horror, el auténtico enemigo, y que monstruos como nosotros éramos el enemigo de toda la buena gente, y que iba a asegurarse de no le hiciésemos daño a nadie más.

Luego se acercó, con los puños apretados. Nos apartamos boquiabiertos, tan confusos que ni siquiera sabíamos si estába-mos en peligro, y en ese momento uno de los guardas salió de la nada y se llevó al hombre a un edificio, donde lo agarró mien-tras gritaba e intentaba zafarse para ir a por nosotros. Kelenli no dejó de caminar en ningún momento, con la cabeza alta y sin mi-rar a aquel hombre. Nosotros la seguimos sin saber qué hacer y, un rato después, sus palabras se perdieron entre el resto de soni-dos de la ciudad.

Al cabo, Gaewha, temblando un poco, le preguntó a Kelenli a qué había venido el enfado. Kelenli rio entre dientes y dijo:

—Es sylanagistino.

Gaewha se quedó confundida. Todos le enviamos unas im-pulsivas palpitaciones de consuelo para que supiese que estába-mos igual de desconcertados, que no era problema de ella.

Damos por hecho que eso forma parte del día a día en Syl Anagist, que no es más que lo que hace la gente normal en aque-llas calles normales. Que es normal que nos toquen y nos estre-mezcamos o nos envaremos o nos apartemos al momento. Que esas son casas normales con mobiliario normal. Que es normal que eviten mirarnos o que frunzan el ceño al vernos o que nos miren lujuriosos. Cada una de esas normalidades nos demuestra lo anormales que somos nosotros. Nunca antes me había importado que no fuésemos más que creaciones, diseñados con genegeniería por avezados biomagestros, desarrollados en cápsides llenas de nutrientes y decantados una vez crecidos, para que no sea necesario criarnos. Siempre había estado orgulloso de lo que era... hasta ese momento. Había estado satisfecho. Pero ahora he visto la manera en la que nos mira la gente normal y me duele el pecho. No entiendo la razón.

Quizás esa caminata me haya hecho mucho daño.

Kelenli nos hace recorrer esa casa sofisticada. Atravesamos un umbral y llegamos a un jardín amplio y enorme que hay en la parte trasera. Bajamos los escalones y atravesamos un camino de tierra. Hay parterres por todas partes y su fragancia nos invita a acercarnos. No tienen plantas cultivadas con minuciosidad con genegeniería como en el complejo, esas con flores titilantes de colores coordinados a la perfección. Lo que crece en aquel lugar es silvestre y quizás algo inferior, los tallos son caprichosamente cortos o largos y tienen unos pétalos que están muy lejos de ser perfectos. Aun así..., me gustan. La moqueta de líquenes que cubre el camino invita a acercarse para analizarla, por lo que deliberamos con una descarga de palpitaciones impulsivas mientras nos agachamos e intentamos comprender por qué el suelo que pisamos es tan mullido y agradable. Un par de tijeras que cuelgan de un poste nos llaman la atención. Resisto la tentación de quedarme algunas de esas bonitas flores púrpura, aunque Gaewha usa las tijeras y luego sostiene algunas de ellas entre sus manos con fuerza y firmeza. Nunca se nos ha permitido tener posesiones.

Miro a Kelenli a escondidas y sin quitarle ojo de encima mientras ella nos ve jugar. El apremio de mi interés me confunde y me asusta un poco, aunque no puedo resistirme a él. Siempre hemos sabido que los directores no consiguieron privarnos de emociones, pero... bueno. Pensé que estábamos por encima de unos sentimientos así de intensos. Eso me pasa por ser tan arrogante. Y míranos ahora, perdidos entre sensaciones y reacciones. Gaewha se acerca a una esquina con las tijeras, lista para defender sus flores hasta la muerte. Dushwha gira en círculos y ríe entre desvaríos, no estoy seguro de qué. Bimniwha ha arrinconado a uno de los guardas y lo asalta a preguntas sobre lo que hemos visto de camino a aquel lugar. El guarda tiene un gesto atormentado y parece estar esperando a que alguien lo rescate. Salewha y Remwha discuten airados, agachados junto a una pequeña charca, para intentar descubrir si las criaturas que se mueven en el agua son peces o ranas. La conversación es a viva voz, sin terrargot.

Y yo, como estúpido que soy, observo a Kelenli. Quiero llegar a comprender lo que quiere que aprendamos, ya fuese con aquella cosa del museo o al pasar la tarde en aquel idílico jardín. Su rostro y sus glándulas sesapinales no revelan nada, pero es lo normal. También quiero limitarme a mirarla a la cara y disfrutar de su profunda y poderosa presencia orogénica. No tiene sentido y es probable que a ella le resulte molesto, aunque en ese caso no me presta la menor atención. Quiero que me mire. Quiero hablar con ella. Quiero ser ella.

Doy por hecho que lo que siento es amor. Y, aunque no lo sea, es una idea tan novedosa que me fascina, por lo que decido abandonarme a sus impulsos.

Al cabo, Kelenli se levanta y se aparta del lugar del jardín en el que nos encontramos. En el centro hay una pequeña estructura, parecida a una pequeña casa pero hecha de ladrillos de piedra en lugar de esas capas verdes de celulosa de la mayoría de los edificios. Hay una hiedra empecinada en crecer por la pared más cercana. Soy el único que se da cuenta de lo que está haciendo cuando abre la puerta de la casa. Cuando entra, el resto ha dejado de hacer lo que fuese que hacían para quedarse mirándola igual que yo. Se queda quieta, entretenida, o eso creo, al notar nuestro repentino silencio y preocupación. Luego suspira y hace un gesto con la cabeza como si dijera: «Seguidme.» Todos nos apresuramos para hacerle caso.

En el interior, nos apiñamos con cuidado detrás de ella, ya que no hay mucho sitio; la casa tiene suelo de madera y algunos muebles. Está casi tan vacía como nuestras celdas del complejo, pero cuenta con algunas diferencias importantes. Kelenli se sienta en una de las sillas y es entonces cuando nos damos cuenta: es suya. Le pertenece. Es... ¿su celda? No. Ese espacio tiene algunas particularidades, elementos que denotan indicios fascinantes del pasado y la personalidad de la mujer. Hay libros en una estantería de la esquina que indican que alguien le ha enseñado a leer. Un cepillo en el borde del lavabo que sugiere que se cepilla el pelo ella misma, con impaciencia, a juzgar por la cantidad de pelos que hay entre sus púas. Quizá la casa grande es el lugar donde tiene que estar y duerme allí alguna que otra vez. Pero esta pequeña casa de jardín es... su hogar.

—Crecí con el director Gallat —dice Kelenli en voz baja. (Nos sentamos en el suelo, las sillas y la cama que hay a su alrededor, cautivados por su sabiduría.)—. Me crie con él a modo de experimento bajo su control, de igual manera que ahora vosotros estáis bajo mi control. Es una persona normal, aunque a veces hace gala de un conservadurismo despreciable.

Parpadeo con mis ojos geliris mientras pienso en Gallat y, de pronto, me doy cuenta de muchas cosas. Ella sonríe al ver cómo me quedo boquiabierto. Pero la sonrisa no dura mucho.

—Ellos... los padres de Gallat, quienes pensé que también eran mis padres, al principio no me dijeron lo que era. Iba a la escuela, jugaba y hacía la vida normal de una sylanagistina, pero no me trataban igual. Durante mucho tiempo pensé que era por algo que había hecho. —Aparta la mirada, seria a causa de aquellas viejas rencillas—. Me preguntaba por qué era tan horrible que ni siquiera mis padres se dignaban a quererme.

Remwha se agacha para frotar uno de los listones de madera del suelo. No sé por qué lo hace. Salewha sigue fuera, ya que la pequeña casa de Kelenli está demasiado abarrotada para su gusto. Ha ido a mirar un pajarito que se mueve muy rápido y que revolotea entre las flores. A pesar de todo, escucha a través de nosotros y también de la puerta abierta de la casa. Todos tenemos que oír lo que nos está contando Kelenli, con su voz, con las vibraciones y con su mirada firme y severa.

—¿Por qué te engañaron? —pregunta Gaewha.

—El experimento se realizó para comprobar si podía ser humana. —Kelenli sonríe para sí. Se encuentra inclinada hacia delante en la silla, con los codos apoyados en las rodillas mientras se mira las manos—. Para descubrir si al criarme entre personas decentes y naturales yo podía llegar al menos a convertirme también en alguien decente, ya que lo natural era imposible. Y por ello todos mis logros se convertían en éxitos sylanagistinos y mis fracasos o malos comportamientos no eran más que pruebas de mis deficiencias genéticas.

Gaewha y yo nos miramos.

—¿Por qué ibas a ser indecente? —pregunta, muy desconcertada.

Kelenli parpadea al salir de su duermevela y se nos queda mirando un instante, uno que nos sirve para evaluar el abismo que nos diferencia. Ella cree que es una de los nuestros, y lo es. Pero también cree que es una persona. Dos conceptos que son incompatibles.

—Aciaga Muerte —dice en voz baja, perpleja, como si hubiese oído nuestros pensamientos—. No sabéis nada de nada, ¿verdad?

Nuestros guardas se han situado en la parte superior de las escaleras que llevan hasta el jardín. No pueden oírnos allí, en el lugar con más privacidad en el que hemos estado ese día. Sin duda, tendrán alguna manera de oír lo que decimos, pero a Kelenli parece no importarle, por lo que a nosotros tampoco. La mujer levanta los pies y se abraza las rodillas, haciendo gala de una extraña vulnerabilidad para alguien que en los estratos tiene una presencia tan densa y profunda como la de una montaña. Extiendo una mano con mucho miedo para tocarle el tobillo, y ella parpadea, me sonríe y extiende la suya hacia abajo para cubrir mis dedos. No entenderé lo que sentí en ese momento hasta siglos después.

Ese contacto parece fortalecer a Kelenli. Se le borra la sonrisa y dice:

—Pues os lo contaré.

Remwha no ha dejado de analizar el suelo de madera. Recorre las vetas y consigue enviar un mensaje entre las partículas de polvo:

«¿Seguro que puedes hacerlo?»

Me entristece que no se me haya ocurrido algo así.

Ella niega con la cabeza y sonríe. No, no debería.

Pero lo hace de igual manera, a través de la tierra para demostrarnos la veracidad de lo que dice.

Recuerda lo que te he dicho. En esa época, la Quietud no estaba formada por una masa de tierra, sino por tres. Sus nombres, por si quieres saberlos, eran Maecar, Kajiarar y Cilir. Al principio, Syl Anagist formaba parte de Kajiarar, y luego la cubrió por completo. Después ocupó todo Maecar también. Todo terminó por convertirse en Syl Anagist.

Cilir, que se encontraba al sur, fue en tiempos una tierra pequeña e insignificante ocupada por muchas personas pequeñas e insignificantes. Uno de esos grupos eran los zniesos. Les costaba pronunciar el nombre de manera correcta, por lo que los sylanagistinos los llamaban los niesos. Las dos palabras no tenían el mismo significado, pero la que cuajó fue esta última.

Los sylanagistinos ocuparon sus tierras. Los niesos lucharon, pero luego hicieron lo mismo que hace cualquier ser vivo que se siente amenazado: marcharse y enviar lo poco que quedaba de ellos a cualquier lugar en el que pudiesen asentarse de nuevo y, quizá, sobrevivir. Los descendientes de esos niesos acabaron formando parte de todos los lugares, de todos los pueblos, se mezclaron con el resto y se adaptaron a sus costumbres. Pero consiguieron mantener su identidad gracias a que no dejaron de hablar su idioma a pesar de aprender otras lenguas. También consiguieron mantener algunas de sus costumbres, como dividirse la lengua con ácido de sal, por razones que solo ellos conocían. Y aunque perdieron muchas de las características físicas propias de haber vivido en un lugar tan pequeño hasta ese momento, la mayoría conserva algunas de ellas, como los ojos geliris y el pelo soplocinéreo, que aún están estigmatizados.

Sí, ya lo vas entendiendo.

Pero lo que de verdad diferenciaba a los niesos era su magia.

La magia está en todo el mundo. Todos la ven, la sienten y fluyen con ella. En Syl Anagist, la magia se cultiva en cada parterre, hilera de árboles o pared cubierta de enredaderas. Cada casa y cada negocio debe producir su parte, que luego se canaliza a través de plantas modificadas con genegeniería y más tarde se distribuye como la fuente de energía de toda la civilización. Matar es ilegal en Syl Anagist porque la vida es un recurso muy valioso.

Pero los niesos no lo creen así. Insisten en que la magia no puede tener dueño, de igual manera que tampoco debería tenerlo la vida, y por ese motivo despilfarraron ambas para construir (entre otras muchas cosas) unos motores plutónicos que no servían para nada. Que eran bonitos... y nada más. O que daban que pensar, o que se fabricaban por puro amor al arte. Pero ese «arte» era más eficiente y tenía más potencia que ninguna cosa que hubiesen creado hasta el momento los sylanagistinos.

¿Que cómo empezó? Deberías saber que el miedo es lo que mueve ese tipo de cosas. Los niesos tenían un aspecto diferente, costumbres diferentes, eran diferentes..., pero bien es cierto que todos los grupos son diferentes entre sí. Las diferencias no son suficientes para causar problemas. Syl Anagist llevaba más de un siglo apropiándose del mundo antes de que me crearan. Todas las ciudades eran Syl Anagist. Todos los idiomas habían pasado a ser sylanagistino. Pero los conquistadores son precisamente los que más se asustan o los que hacen gala de un miedo más característico. Son personas que no dejan de ver cosas donde no las hay por miedo a que sus víctimas algún día les hagan lo mismo a ellos, aunque lo cierto suele ser que dichas víctimas prefieren obviar esas mezquindades y lo tienen todo superado. Los conquistadores viven asustados por el día en el que se descubra que no son superiores, sino que tan solo han tenido suerte.

Por ese motivo, cuando la magia de los niesos resultó ser más eficiente que la sylanagistina, y aunque ni siquiera la usaron como arma...

Eso fue lo que nos contó Kelenli. Quizá la gente empezara a

contar entre susurros que los iris blancos de los niesos les afectaban a la vista y les hacían tener tendencias depravadas, y que con esas lenguas escindidas no eran capaces de decir la verdad. Es un desdén muy común, acoso cultural, pero después fue a peor. A los académicos les empezó a resultar sencillo hacerse con una reputación y una carrera argumentando que las glándulas sesapinales de los niesos eran del todo diferentes, que de alguna manera eran más sensibles, más activas, menos controlables y menos civilizadas, y que ese era el origen de sus particularidades mágicas. Eso era lo que los convertía en unos seres humanos diferentes al resto. Y lo que luego los llevó a ser menos humanos que el resto. Para terminar no siendo humanos.

Cuando consiguieron librarse de los niesos, quedó claro que, en realidad, esas glándulas sesapinales inventadas no existían. Los académicos sylanagistinos y los biomagestros consiguieron gran cantidad de prisioneros con los que experimentar, pero no encontraron ninguna diferencia con la gente normal. Era intolerable. Peor que intolerable. A fin de cuentas, si los niesos no eran más que seres humanos normales, ¿bajo qué pretexto se habían realizado todas esas apropiaciones militares, reinterpretaciones pedagógicas y disciplinas de estudio? Hasta el gran sueño que era la Geoarcanidad había surgido de la noción de que la teoría magéstrica sylanagistina, y su rechazo desdeñoso por la eficiencia de los niesos, que según ellos se debía a una casualidad fisiológica, era superior e infalible.

Si los niesos casi no eran humanos, el mundo que construyesen gracias a su inhumanidad se desmoronaría.

Y por eso... nos crearon.

Somos los restos desnaturalizados y diseñados con mucho cuidado de los niesos, los que tienen unas glándulas sesapinales mucho más complejas que la gente normal. Kelenli fue la primera que crearon, pero ella no tenía suficientes diferencias. Recuerda, no solo debemos ser herramientas, sino también mitos. Por eso, nosotros, las creaciones posteriores, tenemos rasgos de los niesos exagerados: caras anchas, bocas pequeñas, una piel casi desprovista de color, un pelo capaz de burlarse de los mejores peines, y también somos muy bajos. Han privado a nuestro sistema límbico de los neuroquímicos, y a nuestras vidas de la experiencia, del idioma y del conocimiento. Y solo ahora que nos han creado a imagen y semejanza de sus miedos es cuando están satisfechos. Se dicen a sí mismos que al crearnos han conseguido capturar la quintaesencia y el verdadero poder de lo que eran en realidad los niesos, y se felicitan entre ellos por haber conseguido al fin darles alguna utilidad a sus viejos enemigos.

Pero no somos niesos. Ni siquiera somos los símbolos gloriosos de logros intelectuales que pensaba que éramos. Syl Anagist está construida sobre engaños, y nosotros somos el producto de esas mentiras. «No tienen ni idea de quiénes somos en realidad.»

Por eso nos corresponde a nosotros determinar nuestro destino y nuestro futuro.

Cuando Kelenli termina la lección, han pasado unas pocas horas. Estamos sentados a sus pies, desconcertados, cambiados y cambiando gracias a sus palabras.

Se ha hecho tarde. La mujer se levanta.

—Iré a por comida y mantas —dice—. Esta noche os quedaréis aquí. Mañana iremos a visitar el tercer y último componente de vuestra misión de afinación.

Nunca hemos dormido en un lugar que no sean nuestras celdas. Es emocionante. Gaewha emite unas ligeras palpitaciones de placer por el aire y Remwha un zumbido constante de satisfacción. Dushwha y Bimniwha, un agudo retumbar lleno de ansiedad de vez en cuando. No sabemos si estaremos bien haciendo eso que la humanidad ha hecho durante toda la historia: dormir en sitios diferentes. Se hacen un ovillo por si acaso, aunque lo único que consiguen es sentir más inquietud durante un tiempo. No suelen permitir que nos toquemos. Pero se acarician y, poco a poco, se van tranquilizando.

A Kelenli le divierte el miedo que pasan.

—Estaréis bien, aunque supongo que ya lo comprobaréis por vosotros mismos por la mañana —dice. Luego se dirige a la salida para marcharse. Yo estoy en pie junto a la puerta, y por la ventanilla que tiene miro la Luna que acaba de salir. La mujer me toca porque me he cruzado en su camino, pero al principio no me muevo. Mi celda no da hacia una dirección en la que pueda verla a menudo. Quiero disfrutar de su belleza mientras pueda.

—¿Por qué nos has traído aquí? —le pregunto a Kelenli sin dejar de mirar el cielo—. ¿Por qué nos has contado esas cosas?

Tarda en responder. Me da la impresión de que también mira la Luna. Luego, con una reflexiva reverberación de la tierra, dice:

«He estudiado a los niesos y su cultura todo lo que he podido. No queda mucho de ellos, y he tenido que tamizar la verdad entre todas las mentiras. Pero tenían... tenían una costumbre. Una vocación. Había entre ellos quienes se encargaban de que se contara la verdad.»

Frunzo el ceño, confundido.

—¿Y...? ¿Has decidido recuperar la tradición de un pueblo desaparecido?

Uso palabras. Soy un cabezota.

Se encoge de hombros.

—¿Por qué no?

Niego con la cabeza. Estoy cansado, agobiado y quizás un poco enfadado. Lo ocurrido ese día le ha dado un vuelco a mi percepción sobre mí mismo. Durante toda la vida he sabido que era una herramienta y no una persona, sí, pero al menos también pensaba que era un símbolo de poder, de genialidad y de orgullo. Ahora sé que no soy más que uno de paranoia, avaricia y odio. Es demasiado.

—Olvídate de los niesos —espeto—. Están muertos. No tiene sentido que intentemos recordarlos.

Quiero que se enfade, pero se limita a encogerse de hombros.

—Esa es una decisión que tendrás que tomar tú... cuando sepas lo suficiente como para hacerlo con conocimiento de causa.

—A lo mejor no quiero tener esa información.

Me apoyo en el cristal de la puerta, que está frío y no se me clava en los dedos.

—Querías tener la fuerza suficiente para soportar el de ónice.

Suelto una risilla, demasiado cansado como para recordar que debería fingir que no siento nada. Con suerte, los que nos vigilan no se darán cuenta. Paso a comunicarme en terrargot, y uso una agitación ácida y presurizada de amargura, desprecio, humillación y angustia.

«¿Qué más da? —expreso con ella—. La Geoarcanidad es mentira.»

La mujer desdeña mi autocompasión con una risa inexorable que expresa con un deslizamiento.

—Vaya, mi pensador. No esperaba de ti un melodrama así.

—¿Qué es un melo...? —Agito la cabeza y me quedo en silencio, cansado de no saber cosas. Sí, estoy enfadado.

Kelenli suspira y me toca el hombro. Me estremezco, ya que no estoy acostumbrado al calor que emite la mano de otra persona, pero ella no la levanta y consigue tranquilizarme.

—Piensa —repite—. ¿Funciona el Motor Plutónico? ¿Funcionan tus glándulas sesapinales? No eres lo que ellos esperaban crear, pero ¿eso niega lo que eres en realidad?

—Yo... Esa pregunta no tiene sentido.

Pero está claro que respondo así por cabezonería. Entiendo a qué se refiere. No soy lo que esperaban crear, soy diferente. Tengo un poder que no esperaban. Me crearon, pero no me pueden controlar, no del todo. Por eso tengo emociones a pesar de que intentaron arrebatármelas. Por eso tenemos el terrargot... y quizás otros dones que nuestros directores desconocen.

Me da una palmada en el hombro, satisfecha al ver que reflexiono sobre lo que me ha contado. Hay un lugar en el suelo de aquella casa que me está llamando. Dormiré bien. Pero en ese momento me enfrento a mi cansancio e intento seguir concentrado en ella, porque por ahora la necesito más a ella que dormir.

—¿Te consideras uno de esos narradores de la verdad? —pregunto.

—Acervista. Me considero la última acervista de los niesos.

—La sonrisa se le borra de improviso de la cara y, por primera vez, me doy cuenta de todo el cansancio, las arrugas y la tristeza que esconde aquel gesto—. Los acervistas eran guerreros, narradores, aristócratas. Cuentan la verdad en libros, en canciones y en motores artísticos. Yo solo... hablo. Pero siento que me he ganado el derecho de asumir parte de su responsabilidad. —«Después de todo, no todos los guerreros usan cuchillos.»

En terrargot solo se puede decir la verdad, y a veces más verdad de la que uno está dispuesto a expresar. Siento... algo en su aflicción. Una resiliencia desalentadora. Un pálpito de terror similar a un lametón de ácido de sal. Una determinación por proteger... algo. Es breve, una vibración que se desvanece antes de que pueda llegar a identificarla mejor.

Respira hondo y vuelve a sonreír. Sus sonrisas, pocas son reales.

—Para dominar el de ónice —continúa—, tienes que comprender a los niesos. Los directores no saben que responde mejor a ciertas resonancias emocionales. Todo lo que te estoy diciendo servirá para ayudarte.

Al fin me aparta a un lado con suavidad para poder salir. Es el momento de hacerle la pregunta.

—¿Y qué les pasó? —articulo despacio—. ¿Qué les pasó a los niesos?

Se detiene y ríe entre dientes, una risa sincera por primera vez.

—Mañana lo sabrás —dice—. Iremos a verlos.

Me quedo desconcertado.

—¿Iremos a ver sus tumbas?

—La vida es sagrada en Syl Anagist —responde, mirando de reojo. Atraviesa la puerta y avanza sin detenerse ni mirar atrás—. ¿No lo sabías? —pregunta antes de desaparecer.

Siento que debería entender la respuesta que me ha dado, pero en cierta manera aún soy demasiado inocente. Kelenli es amable. Me deja conservar esa inocencia durante el resto de la noche.

Para: Alma Innovador Dibars
De: Yaetr Innovador Dibars

Alma, el comité no me puede retirar la financiación. Mira, estas son las fechas de los incidentes que he conseguido recopilar. ¡Mira las diez últimas!

2729
2714-2719: La de la Asfixia
2699
2613
2583
2562
2530
2501
2490
2470
2400
2322-2329: La del Ácido

¿Se ha preocupado la Séptima por estudiar la posibilidad de que nuestra idea general de la frecuencia de los sucesos clasificables como Estación esté del todo equivocada? No ocurren cada doscientos o trescientos años. ¡Tienen lugar cada treinta o cuarenta! Si no fuese por los orogratas, habríamos muerto miles de veces. Con estas fechas y otras que he recopilado estoy intentando crear un modelo predictivo para las Estaciones más intensas. Es un ciclo, tienen una cadencia. ¿No vendría bien saber de antemano si la siguiente Estación va a ser más larga o peor? ¿Cómo podemos prepararnos para el futuro si no somos capaces de aceptar el pasado?

9

Un poco de desierto, y tú

Durante las Estaciones, los desiertos son peores que la mayoría de lugares. Tonkee informa a Ykka de que el agua no será problema: los Innovadores de Castrima ya han montado una serie de artilugios que han llamado recolectores de rocío. El sol tampoco será problema gracias a las nubes de ceniza, a las que nunca llegaste a pensar que podrías agradecerles algo. De hecho, hará frío, más cada día. Puede que incluso llegues a ver un poco de nieve.

Pero el peligro de los desiertos durante las Estaciones es que casi todos los animales y los insectos hibernan en las profundidades de la arena, donde todavía pueden estar calientes. Hay quienes afirman que han descubierto un método infalible para encontrar a lagartos que hibernan y otras criaturas, pero suele ser mentira. Las pocas comus que se encuentran en la linde del desierto guardan esos secretos con mucho recelo. Las plantas de la superficie ya empiezan a escasear o han sido consumidas por las criaturas que se preparan para hibernar, por lo que la mayor parte de la superficie es arena y ceniza. La advertencia del litoacervo sobre entrar en un desierto durante una Estación es muy sencilla: no hacerlo. A menos que quieras morirte de hambre.

La comu pasa dos días acampada en la linde del Merz preparándose, aunque lo cierto, tal y como te ha confesado Ykka mientras compartíais la última mela que os quedaba, es que por mucho que os preparéis el viaje no será más sencillo. La gente va a morir, pero tú no. Te sientes un poco rara al saber que en cualquier momento Hoa te puede llevar a Nucleobase si surge algún peligro. Quizá sea trampa. No, no lo es. Vas a ayudar en todo lo que puedas, y como no puedes morir tendrás que contemplar el sufrimiento de muchas personas. Es lo menos que puedes hacer ahora que te has entregado a la causa de Castrima. Ser testigo y luchar como el fuego de la Tierra por que la muerte se lleve a los menos posibles.

Mientras, los que tienen el turno de cocina se encargan de doblar el trabajo para asar insectos, deshidratar tubérculos, hacer pasteles con los últimos cereales que os quedan y salar la carne. Después de que se alimentaran lo suficiente como para recuperar parte de su fuerza, los compañeros supervivientes de Maxixe resultaron ser muy útiles para conseguir provisiones, ya que muchos son oriundos de la zona y recuerdan los lugares en los que había granjas abandonadas o restos del terremoto resultante de la Hendidura que aún no han sido saqueados del todo. La velocidad será la clave: la supervivencia dependerá de ganar la carrera entre la extensión del desierto y los suministros de los que dispone Castrima. Por este motivo, Tonkee, quien se ha ido convirtiendo en portavoz de los Innovadores a pesar de que le desagrada, se encarga de supervisar una torpe y apresurada reconstrucción de los carros de suministros para hacer otros con un diseño más ligero y resistente a los golpes que sean más fáciles de arrastrar por la arena del desierto. Los Resistentes y los Sementales han distribuido los suministros restantes para asegurarse de que la pérdida de uno de los carros en caso de que haya que abandonarlo no creará ninguna escasez importante.

La noche antes de entrar en el desierto, te encuentras acuclillada junto a una de las fogatas mientras sigues aprendiendo a ingeniártelas para comer con solo un brazo. En ese momento, alguien se sienta junto a ti. Te sobresaltas un poco y te agitas lo suficiente como para tirar del plato una rebanada de pan de maíz. La mano que se extiende para cogerla es ancha, bronceada y está llena de cicatrices de combate. También tiene jirones de seda amarilla gastada, sucia y ajada, pero aun así reconocible, enrollados alrededor de las muñecas. Es Danel.

—Gracias —dices con la esperanza de que no aproveche la oportunidad para darte conversación.

—Me han dicho que estuviste en el Fulcro —dice la mujer al tiempo que te ofrece el pan de maíz. Parece que no has tenido suerte.

En realidad no debería sorprenderte que la gente de Castrima haya empezado a cuchichear. No le prestas importancia y vuelve a empapar el pan en el estofado. Hoy está muy bueno, espesado con harina de maíz y sabroso gracias a la carne tierna y salada que abunda desde que estuvisteis en el bosque de piedra. Todos necesitan tanta grasa como sea posible para prepararse para el desierto. Y no piensas en la carne, precisamente.

—Estuve —respondes, con la intención de que suene como un tono de advertencia.

—¿Cuántos anillos?

Pones una mueca de desagrado y te planteas explicarle lo de los anillos «no oficiales» que te dio Alabastro. Te planteas lo superior que eres incluso teniendo esos en cuenta. Te planteas ser humilde. Pero terminas por ser precisa.

—Diez.

Essun Decanillada, te llamarían ahora en el Fulcro si los instructores se molestaran en querer usar tu nombre actual y el Fulcro aún existiese. Pero ¿de qué serviría?

Danel silba con admiración. Es tan raro encontrar a alguien que sepa lo que son y aún le importen ese tipo de cosas...

—Me han dicho —continúa— que puedes hacer cosas con los obeliscos. Que así es como nos derrotasteis en Castrima. No tenía ni idea de que seríais capaces de irritar a los bichos de esa manera. Ni de atrapar a tantos comepiedras.

Haces como si te diese igual y te concentras en el pan. Está más dulce de lo habitual, el grupo de cocina intenta gastar el azúcar para dejar espacio a alimentos con más valor nutricional. Te encanta el sabor.

—Me han dicho —prosigue Danel mientras te mira de soslayo— que un orograta decanillado es el responsable de haber destruido el mundo, en las Ecuatoriales.

Vale, hasta aquí hemos llegado.

—Orogén.

—¿Qué?

—Orogén. —Puede que parezca insignificante, sobre todo después de la insistencia de Ykka en convertir «orograta» en un apellido al uso y de que los táticos usen la palabra como si no tuviese significado. Pero no es insignificante. Significa algo—. «Orograta» no. No digas «orograta». No te lo has ganado.

Se hace el silencio durante unos instantes.

—De acuerdo —comenta Danel sin el menor atisbo de disculpa ni de humor. Se limita a aceptar la nueva regla. Tampoco vuelve a insinuar que fuiste la persona que causó la Hendidura—. Pero como iba diciendo, eres capaz de hacer cosas que la mayoría de orogenes no pueden hacer, ¿verdad?

—Verdad. —Soplas un copo de ceniza de una patata hervida.

—Me han dicho —continúa Danel al tiempo que apoya las manos en las rodillas y se inclina hacia delante— que sabes cómo hacer que se termine la Estación. Que nos dejarás pronto para ir a algún lugar e intentarlo. Y que necesitas a gente que vaya contigo cuando llegue el momento.

¿Qué? Frunces el ceño sin dejar de mirar la patata.

—¿Te presentas voluntaria?

—Quizá.

La miras.

—Te acaban de aceptar entre los Lomocurtidos.

Danel se te queda mirando un momento, en silencio y con un gesto ilegible en el rostro. No te das cuenta de que titubea ni de que intenta decidir si revelarte algo sobre sí misma, pero termina por suspirar y hacerlo.

—En realidad, soy de los acervistas. Era Danel Acervista Rennanis. Danel Lomocurtido Castrima nunca me sonará bien.

Intentas imaginártela con los labios negros y seguro que se te queda un gesto escéptico. La mujer pone los ojos en blanco y aparta la mirada.

—El jefe dijo que Rennanis no necesitaba acervistas. Necesitaba soldados. Y todo el mundo sabe que los acervistas son buenos combatientes, por lo que...

—¿Cómo?

Suspira.

—Los acervistas de las Ecuatoriales, quiero decir. Los que pertenecemos a las antiguas familias de acervistas entrenamos mano a mano, aprendemos las artes de la guerra y demás. Nos hace más útiles durante las Estaciones y también sirve para defender esos conocimientos.

No tenías ni idea, pero...

—¿Defender el conocimiento?

Danel aprieta un poco la mandíbula.

—Puede que los soldados sean los que capturan una comu durante las Estaciones, pero los narradores son los que mantienen viva a Sanze durante siete de ellas.

—Vaya. Claro.

Hace un esfuerzo palpable para no negar con la cabeza ante esa estrechez de miras tan propia de los pueblos medlatinos.

—Sea como fuere, es mejor ser general que carne de cañón, y esa es la única opción que se me dio. Pero he intentado no olvidar quién soy en realidad. —Se le tuerce el gesto de pronto—. ¿Sabes? Ya no soy capaz de recordar las palabras exactas de la tablilla tercera. Ni tampoco las del relato de la emperadora Mutshatee. Dos años sin historias y ya he empezado a olvidarlas. Nunca pensé que ocurriría en tan poco tiempo.

No estás segura de qué decir. Se ha puesto tan seria que hasta te dan ganas de tranquilizarla. De decirle algo como «Vaya, puedes volver a hacerlo ahora que ya no tienes la mente ocupada con la matanza de las Surmelat», o algo así. Pero no crees que seas capaz de decirlo sin sonar un tanto sarcástica.

Danel aprieta los dientes con determinación y se gira con brusquedad para mirarte.

—Pero sí que soy capaz de distinguir las nuevas historias cuando las veo.

—No... no sé de qué hablas.

Se encoge de hombros.

—La heroína de las historias nunca lo sabe.

¿Heroína? Ríes un poco; una risa incisiva. No puedes evitar pensar en Allia, en Tirimo, en Meov, en Rennanis y en Castrima. Las heroínas no invocan enjambres de insectos de pesadilla para comerse a sus enemigos. Las heroínas no son monstruos para sus hijas.

—No voy a olvidar lo que soy —continúa Danel. Se ha rodeado una rodilla con la mano y está inclinada hacia delante, insistente. Durante los últimos días ha conseguido hacerse con un cuchillo de alguna manera y lo ha usado para afeitarse los laterales de la cabeza. Le da un aspecto esbelto y demacrado—. Tal vez sea la última de las acervistas de las Ecuatoriales y es mi deber marchar contigo. Escribir la historia de lo que ocurre y, si sobrevivo, asegurarme de que el mundo la oiga.

Es absurdo. Te quedas mirándola.

—Ni siquiera sabes adónde vamos.

—Daba por hecho que primero íbamos a decidir si iba o no, pero si quieres podemos saltarnos esa parte.

—No confío en ti —espetas, casi por desesperación.

—Yo tampoco confío en ti. Pero no tenemos que gustarnos para trabajar juntas. —Tiene el plato vacío, lo levanta y avisa a uno de los niños de limpieza para que acuda a recogerlo—. Tampoco es que tenga una razón para matarte. Por ahora.

Y resulta peor que lo haya dicho, que recuerde lanzar sobre ti a un Guardián descamisado y no se disculpe por ello. Sí, era la guerra, y sí, es cierto que después masacraste a su ejército, pero...

—¡La gente como tú no necesita una razón!

—No creo que tengas ni idea de cómo es «la gente como yo». —No está enfadada. Era una afirmación objetiva—. Pero, si necesitas más razones, aquí tienes otra: Rennanis es una mierda. Sin duda hay comida, agua y cobijo, y tu jefa hace bien en llevaros allí si es cierto que ahora la ciudad está vacía. Es mejor que ser un comubundo o que reconstruir en cualquier parte en la que no haya abastos. Pero no deja de ser una mierda. Prefiero no dejar de moverme.

—Estupideces —dices al tiempo que frunces el ceño—. Ninguna comu puede ser tan horrible.

Danel se limita a soltar un breve resoplido de resentimiento. Te molesta.

—Piensa en ello —termina por decir antes de levantarse y marcharse.

—Estoy de acuerdo con que Danel venga con nosotros —afirma Lerna esa misma noche, más tarde, cuando le cuentas tu conversación con ella—. Es una buena luchadora. Conoce la carretera. Y lo que dice es verdad: no tiene razón alguna para traicionarnos.

Estás medio dormida por el sexo. En cierto sentido, es anticlimático que haya ocurrido a estas alturas. Lo que sientes por Lerna nunca será tan intenso ni estará privado de sentimientos de culpa. Siempre te sentirás demasiado vieja para él. Pero bueno, te pidió que le enseñaras el pecho cercenado y lo hiciste con la esperanza de que con ello perdiese su interés por ti. Es una parte arcillosa, áspera y rugosa entre la piel marrón y suave de tu torso, una costra de un color y una textura diferentes. Pasó las manos con suavidad mientras la examinaba y te dejó bien claro que no necesitabas vendarla más. Le dijiste que no te dolía. No le dijiste que tenías miedo de no volver a sentir nada. Que estabas cambiando, que te estabas endureciendo no solo por fuera, que te estabas convirtiendo en el arma en la que los demás querían convertirte. Tampoco le dijiste: «Estarás mejor sin un amor no correspondido.»

Pero a pesar de que no dijiste nada de aquello, después del reconocimiento te miró y dijo:

—Aún eres bonita.

Al parecer, necesitabas oír eso más de lo que te pensabas. Y así habéis acabado.

Procesas sus palabras con cuidado porque ha conseguido que te sientas de nuevo tranquila, dócil y humana. Y pasan por lo menos diez segundos antes de que espetes:

—¿Traicionarnos?

Se limita a mirarte.

—Joder —dices, y te cubres los ojos con las manos.

Al día siguiente, Castrima entra en el desierto.

Y comienza para ti una época de adversidades.

Todas las Estaciones tienen sus adversidades: «La muerte es la quinta, y la que las controla a todas», pero en esta ocasión es diferente. Esto es algo personal. Son miles de personas que intentan cruzar un desierto mortífero de por sí cuando no cae lluvia ácida del cielo. Es un grupo de personas que avanza a marchas forzadas por una vía rápida llena de baches y agujeros tan grandes que cabría una casa en ellos. Las vías rápidas se construyeron para soportar los terremotos, pero todo tiene un límite, y la Hendidura sin duda lo ha sobrepasado. Ykka decide arriesgarse porque es mejor viajar por una vía rápida destrozada que a través de la arena del desierto, pero todo tiene un precio. Todos los orógenes de la comu tienen que permanecer alerta, porque mientras estéis sobre ella cualquier movimiento más intenso que un microtemblor podría causar un desastre. Un día, Penty estaba demasiado cansada como para prestar atención a sus instintos y pisó una zona de asfalto inestable. Tuvo la suerte de que uno de los otros niños orogratas la agarró antes de caer a través de la estructura de la carretera. Pero otros fueron menos cuidadosos y también corrieron peor suerte.

La lluvia ácida sí que es inesperada. El litoacervo no avisa del impacto que tienen las estaciones en el clima, ya que la mayoría de las veces es impredecible. Pero lo que ocurre no es del todo sorprendente. Al norte, en el ecuador, la Hendidura no ha dejado de bombear calor y partículas. Vientos tropicales cargados de humedad soplan desde el mar, siembran las nubes y las llenan de una energía que las transforma en tormentas. Recuerdas que te preocupaba la nieve. No, ha terminado por ser una lluvia miserable que parece no tener fin.

(La lluvia no es tan ácida, no tanto como suele. En la Estación de la Tierra Removida, mucho antes de Sanze, razón por la que no te suena, cayó una lluvia que arrancaba el pelo de los animales y pelaba la piel de las naranjas. La que cae ahora no es nada en comparación y está muy diluida. Parece vinagre. Sobrevivirás.)

Ykka mantiene un ritmo inhumano mientras os encontráis sobre la vía rápida. El primer día, acampáis bien entrada la noche y Lerna no va a tu tienda después de que consigas montarla con mucho esfuerzo. Está ocupado atendiendo a media docena de personas que han empezado a cojear debido a resbalones o a que se han torcido los tobillos, dos ancianos con problemas de respiración y la mujer embarazada. Los tres últimos no tendrán problema, te dice cuando se mete al fin en tu saco de dormir poco antes del alba. Ontrag, la alfarera, sobrevivirá, y la embarazada está protegida por su familia y la mitad de los Sementales. Lo preocupante son las heridas.

—Tengo que decírselo a Ykka —comenta mientras le metes en la boca una rebanada de pan del camino empapada por la lluvia y una salchicha. Luego lo tapas y consigues tranquilizarlo. El hombre mastica y traga casi sin darse cuenta—. No podemos seguir a este ritmo. Si lo hacemos, empezaremos a perder gente.

—Ykka lo sabe —afirmas. Lo dices con toda la amabilidad de la que eres capaz. Aun así, guarda silencio. Te fulmina con la mirada mientras consigues tumbarte, con torpeza y solo un brazo, a su lado. El cansancio termina por superar la angustia, y se queda dormido.

Un día, caminas junto a Ykka. Es ella la que se encarga de marcar el ritmo, tal y como tiene que hacer una buena jefa de comu, la que se esfuerza por dar ejemplo. Durante el solitario descanso de mediodía, la mujer se quita una bota y ves que tiene los pies llenos de sangre a causa de las ampollas. La miras y frunces el ceño, con tanta elocuencia que consigues hacerla suspirar.

—Nunca me dio por conseguir unas botas mejores —dice—. Estas me quedan grandes. Pensaba que íbamos a disponer de más tiempo.

—Como te hagas mucho daño en los pies... —empiezas a decir, pero ella pone los ojos en blanco y señala hacia la pila de suministros que hay en mitad del campamento.

Miras hacia el lugar, desconcertada, y estás a punto de continuar con el sermón, pero te detienes. Piensas. Vuelves a mirar la pila de suministros. Si cada uno de los carros lleva una caja de pan del camino salado y otra de salchichas, y los barriles están llenos de verduras encurtidas, y eso de ahí son cereales y legumbres...

Es una pila muy pequeña. Demasiado pequeña para miles de personas a las que les quedan por delante semanas de camino por el Merz.

Decides no hablar más de las botas, pero Ykka consigue que alguien le dé unos calcetines más. Eso servirá.

Te sorprende lo bien que lo estás llevando. No se puede decir que estés saludable. Tu ciclo menstrual se ha interrumpido y estás segura de que aún no es la menopausia. Cuando te desvistes para lavarte en la palangana, algo inútil a causa de la lluvia ácida aunque tus costumbres son las que son, reparas en que se te han empezado a marcar las costillas. En parte es por la caminata, pero también se debe a que a veces te olvidas de comer. Al final del día te sientes cansada, pero lo percibes como algo lejano que no tiene mucho que ver contigo. Cuando tocas a Lerna —no para tener relaciones, ya que no dispones de energía suficiente, sino para acurrucarte junto a él para entrar en calor, ahorrar calorías y que él se sienta más a gusto—, es agradable, pero también lo percibes como algo distante. Sientes como si flotases sobre tu cuerpo, como si lo vieses suspirar u oyeses bostezar a otra persona. Como si nada de eso te estuviese pasando a ti.

Recuerdas que es lo mismo que le ocurrió a Alabastro. Ese desapego por la carne a medida que dejaba de ser carne. Llegas a la conclusión de que tienes que esforzarte por comer siempre que puedas.

Cuando lleváis tres semanas por el desierto, la vía rápida se desvía hacia el oeste, tal y como esperabais. De ahora en adelante, Castrima se ve obligada a descender al suelo y enfrentarse directamente y cara a cara con la arena del desierto. En cierta manera es más sencillo, ya que al menos el suelo no puede derrumbarse bajo vuestros pies. Por otra parte, también es más complicado caminar por la arena que por el asfalto. Todo el mundo baja el ritmo. Maxixe se gana el pan dedicándose a extraer toda la humedad posible de la capa superior de arena y ceniza para congelar unos centímetros y que sea más firme y fácil de recorrer. Le agota hacerlo durante todo el camino, por lo que solo lo hace en las zonas más complicadas. Intenta enseñar a Temell a hacerlo, pero él no es más que un feral y no tiene la precisión necesaria. (Antes podrías haberlo hecho tú. Pero evitas pensar en ello.)

Enviáis exploradores en busca del mejor camino, pero todos regresan con las mismas noticias: que solo hay arena, ceniza y barro por todas partes, por el óxido. No hay un camino mejor.

Tres personas se quedan atrás en la vía rápida, incapaces de seguir caminando debido a fracturas o torceduras. No las conoces. En teoría, os alcanzarán cuando se hayan recuperado, aunque no sabes cómo lo harán sin comida ni refugio. Ahora que estáis en el suelo, el recorrido es aún peor: se rompen media docena de tobillos y una pierna, y una espalda queda muy malherida entre los Lomocurtidos debido a que hay que tirar más de los carros, todo ello durante el primer día. Al cabo, Lerna deja de ir a visitar gente a no ser que le pidan ayuda expresamente. La mayoría no lo hace. No puede hacer nada, y todos lo saben.

Un día frío, Ontrag la alfarera se sienta y decide no seguir avanzando. Ykka discute con ella, algo que no esperabas. Ontrag ha enseñado sus habilidades a dos miembros más jóvenes de la comu. No sirve para nada y está muy mayor para tener hijos, por lo que debería ser una decisión muy fácil para la jefa de la comu, si se guiase por las normas de la Antigua Sanze y por el dogma del litoacervo. Pero Ontrag acaba por decirle a Ykka que se calle y que marche.

Es una advertencia.

—No puedo seguir así —le oyes decir a Ykka más tarde, cuando habéis perdido de vista a Ontrag. Avanza a rastras, a ritmo constante y encorvada, como es habitual, pero ahora tiene la cabeza gacha y unos mechones de pelo soplocinéreo le cubren la cara—. No puedo. No es justo. No debería ser así. No debería...

En Castrima no todo puede depender de ser útil o no, por los fuegos de la Tierra. Fue profesora mía en el creche, sabe historias. No puedo, por el óxido.

Hjarka Líder Castrima, a quien enseñaron desde muy pequeña a eliminar a pocos para que puedan sobrevivir muchos, se limita a tocarle el hombro y dice:

—Harás lo que tengas que hacer.

Ykka no dice nada durante los kilómetros siguientes, pero quizá sea porque tampoco hay nada que decir.

Las verduras son lo primero en acabarse. Luego, la carne. Ykka intenta racionar el pan del camino tanto tiempo como es posible, pero lo cierto es que la comu no puede viajar a ese ritmo sin sustento alguno. Tiene que darle al menos una oblea al día a todo el mundo. Y no es suficiente, pero es mejor que nada. Hasta que lo que queda es eso: nada. Y seguís caminando de igual manera.

En ausencia de todo lo demás, la gente se sustenta de la esperanza. Danel les dice a todos una noche mientras se encuentran alrededor de una fogata que, al otro lado del desierto, hay otra carretera imperial que podríais tomar. Es sencillo usarla para llegar hasta Rennanis. También se encuentra en una región cercana al delta de un río, con suelo fértil, ya que en el pasado fue el campo de labranza de las Ecuatoriales. Hay muchas granjas abandonadas por fuera de todas las comus de la zona. El ejército de Danel se avitualló allí de camino hacia el sur. Si sois capaces de atravesar el desierto, encontraréis comida.

Si sois capaces de atravesar el desierto.

Sabes cómo acaba esto, ¿verdad? ¿Cómo ibas a estar oyendo mi relato si no? Pero hay ocasiones en las que lo más importante es el cómo, no solo el resultado final.

Y este es el resultado final: de las casi mil cien almas que entraron en el desierto, solo llegan a esa carretera imperial poco más de ochocientas cincuenta.

Unos días después de hacerlo, la comu se disuelve a efectos prácticos. Hay personas desesperadas que no quieren seguir esperando a que los Cazadores empiecen a buscar alimentos de forma ordenada, que se quedan atrás para cavar en busca de tubérculos semienterrados, larvas amargas y raíces nudosas y difíciles de masticar en el suelo poco fértil. La tierra en la que se encuentran ahora apenas cuenta con vegetación, no tiene árboles y es mitad desierto y mitad tierra fértil, yerma a causa de los renanienses. Antes de perder a muchas más personas, Ykka ordena montar un campamento en una vieja granja que cuenta con varios graneros y que, de alguna manera, ha conseguido sobrevivir a la Estación hasta el momento. Los muros son poco más que una estructura básica, pero tampoco se han derrumbado. Lo que más le interesa es tener un techo, ya que la lluvia no ha dejado de caer en la linde del desierto, que es donde aún se encuentran, aunque ahora es más escasa e intermitente. Al fin pueden dormir secos.

Ykka decide esperar tres días. Durante ese tiempo, la gente empieza a regresar en grupos de una o dos personas, y algunos traen comida para compartir con los que están demasiado débiles como para ir a buscarla. Los Cazadores que se molestan en regresar traen pescados de una de las confluencias de los ríos que están relativamente cerca. Uno de ellos encuentra algo que te salva, algo que te hace volver a estar viva después de toda la muerte de la que acabas de ser testigo: el abasto privado de un granjero, lleno de harina de maíz y cerrado en urnas de arcilla, oculto debajo de los listones del suelo de una casa en ruinas. No tienes nada con lo que mezclarla, ni leche ni huevos ni carne seca, solo el agua ácida, pero como dice el litoacervo: «Comida es todo lo que alimenta.» Esa noche, la comu lo celebra con papilla de maíz frito. Una de las urnas estaba rota y se había llenado de cochinillas de la harina, pero a nadie le importa. Más proteínas.

Hay muchos que no vuelven. Es una Estación. Las cosas cambian.

Cuando pasan los tres días, Ykka anuncia que todos los que siguen en el campamento siguen siendo de Castrima. Los que no hayan regresado quedan abandonados a la ceniza y son comubundos. Se vuelve más sencillo especular acerca de cómo habrán muerto o quién los habrá asesinado. Lo que queda del grupo levanta el campamento y os dirigís hacia el norte.

¿Ha sido demasiado rápido? Quizá las tragedias no deban resumirse tan a la ligera. Me habría gustado ser compasivo, no cruel. Eso que viviste fue cruel..., pero la distancia y el desapego curan. A veces.

Podría haberte sacado del desierto. No habrías tenido que sufrir como lo hicieron ellos. Pero... los habitantes de esa comu se han convertido en parte de ti. Son tus amigos. Tus compañeros. Necesitabas recorrer el camino con ellos. Sufriste para curarte; al menos, por ahora.

Hice lo que pude para ayudar, para que no me considerases inhumano, una piedra.

Algunas de las criaturas que hibernaban debajo de las arenas del desierto eran capaces de cazar humanos, ¿lo sabías? Unas pocas se despertaron a vuestro paso, pero las alejé de vosotros.

Uno de los ejes de madera de los carros se disolvió un poco debido a la lluvia y empezó a combarse, aunque ninguno de vosotros se dio cuenta. Transmuté la madera, la petrifiqué si prefieres llamarlo así, para que durase más.

Yo soy quien movió esa alfombra carcomida por las polillas en la granja abandonada para que tu Cazador encontrara la harina de maíz.

Ontrag, quien no le había dicho a Ykka las punzadas de dolor cada vez mayores que sentía en el costado y en el pecho ni lo mucho que se asfixiaba, no vivió mucho más después de que la comu la dejara atrás. Volví hasta ella la noche en que murió y le alivié el poco dolor que sintió. (Has oído esa canción. Antimonio la cantó en una ocasión para Alabastro. La cantaré para ti cuando...) No murió sola.

¿Te alivia oír algo de esto? Eso espero. Te he dicho que aún soy humano. Tu opinión es importante para mí.

Castrima ha sobrevivido, eso también es importante. Tú has sobrevivido. Por ahora, al menos.

Y al fin, un tiempo después, llegáis a la linde meridional del territorio de Rennanis.

Honor cuando estéis a salvo, supervivencia cuando os veáis amenazados. La necesidad es la única ley.

Tablilla tercera, «Estructuras»,
versículo cuarto

10

Nassun, a través del fuego

Todo lo que voy a contar sucede en el interior de la tierra. Es mi obligación saberlo y compartirlo contigo. Pero es ella la que lo sufre. Lo siento.

Dentro de ese vehículo perlado, las paredes están incrustadas con elegantes diseños de plantas de un material que parece oro. Nassun no está segura de si el metal solo es decorativo o tiene algún propósito. Los asientos firmes y lisos, que son de colores pastel y tienen la forma de algo parecido a las conchas de los mejillones que comía a veces en Luna Hallada, cuentan con unos cojines sorprendentemente cómodos. La chica se da cuenta de que están clavados al suelo, pero aun así se pueden mover de un lado a otro o reclinar. No alcanza a comprender con qué están fabricados.

Para acrecentar su sorpresa, se oye una voz momentos después de que se hayan sentado. Es una voz femenina, educada, distante y en cierto modo tranquilizadora. El idioma es... incomprensible, y para nada familiar. No obstante, la pronunciación de las sílabas es similar a la del sanzedinés, y algo en la cadencia y el orden de las frases cumple con las expectativas de Nassun. Sospecha que parte de la primera oración ha sido un saludo. Piensa en una palabra que no deja de repetirse, se encuentra en una sección que tiene cierto tono de orden y puede servir para suavizar el mensaje, como «por favor». No obstante, no entiende nada del resto.

La voz habla por poco tiempo y luego se queda en silencio. Nassun contempla a Schaffa y se sorprende al ver cómo el Guardián frunce el ceño y entrecierra los ojos para concentrarse, aunque es algo que también se le nota en los dientes apretados y en la palidez adicional de la que hace gala la zona que rodea sus labios. La plata le está haciendo más daño, y en esa ocasión parece ser demasiado. Aun así, la mira con algo parecido a la sorpresa.

—Recuerdo el idioma —dice.

—¿Conoces esas palabras extrañas? ¿Qué ha dicho?

—Que esta... —Hace una mueca de dolor—. Cosa. Se llama vehímo. El anuncio ha dicho que saldremos de esta ciudad y partiremos hacia Nucleobase en dos minutos, y que llegaremos en seis horas. También comentó algo sobre otros vehículos, otras rutas y viajes de vuelta a otros... ¿nódulos? No recuerdo qué significa. Y también espera que disfrutemos del viaje.

Esboza una ligera sonrisa.

—Vaya.

Agradecida, Nassun agita un poco las piernas en el asiento. ¿Seis horas de viaje para llegar al otro lado del planeta? En realidad no debería sorprenderse tanto, ya que también es obra de los que construyeron los obeliscos.

Parece que lo único que pueden hacer es ponerse cómodos. Nassun se quita con cuidado el portabastos y lo cuelga del respaldar de la silla. Al hacerlo, se da cuenta de que algo parecido al liquen crece por todo el suelo, aunque no puede ser natural ni accidental, ya que crece formando unos patrones bonitos y regulares. Apoya el pie y descubre que es suave, como una moqueta.

Schaffa está mucho más inquieto y deambula por los cómodos confines de ese... vehímo, sin dejar de tocar una y otra vez las vetas doradas. Camina despacio de un lado a otro, pero no es algo habitual en él a pesar de todo, por lo que Nassun también se inquieta.

—He estado aquí antes —murmura.

—¿Qué? —La chica lo ha oído. Está muy confundida.

—En este vehímo. Quizás en ese mismo asiento. Ya he estado aquí, lo noto. Y ese idioma... No recuerdo haberlo oído, pero aun así... —Enseña los dientes de pronto y hace un ademán con los dedos delante de él—. Me es familiar, pero no. No... ¡No tengo contexto! ¡No significa nada! Hay algo en este viaje que está mal. Hay algo mal y no recuerdo el qué.

Schaffa lleva mal desde que Nassun lo conoce, pero esa es la primera vez que le parece de verdad que está mal. Habla más rápido y se le traba la lengua. Lanza extrañas miradas al interior del vehímo, y Nassun sospecha que ve cosas que en realidad no están ahí.

La chica intenta ocultar su ansiedad, extiende la mano y da unas palmadas a la silla que tiene al lado.

—Son tan confortables que hasta se puede dormir en ellas, Schaffa.

Es una sugerencia demasiado evidente, pero el hombre se gira hacia ella y, por un momento, se le relaja el gesto atribulado de su expresión.

—Siempre te preocupas por mí, pequeña.

El Guardián deja de estar inquieto, tal y como ella esperaba, y se acerca para sentarse.

Cuando lo hace, Nassun se sobresalta al oír de nuevo la voz de la mujer. Es una pregunta. Schaffa frunce el ceño y luego lo traduce, despacio.

—Ella... Creo que es la voz del vehímo. Nos habla a nosotros en concreto. No es un anuncio.

Nassun se agita y, de improviso, le resulta incómodo estar dentro de aquella cosa.

—Habla. ¿Está viva?

—No tengo del todo claro que la distinción entre ser vivo y objeto inanimado les importase a los que construyeron este lugar. Pero... —El Guardián duda, luego alza la voz para pronunciar entre titubeos unas palabras incomprensibles. La otra voz le responde y repite algo que Nassun ha oído antes. No está segura de en qué momento terminan o empiezan las palabras, pero sí de que las sílabas son las mismas—. Dice que nos acercamos al... punto de transición. Y pregunta si nos gustaría... ¿experimentarlo? —Niega con la cabeza, irritado—. Ver algo. Encontrar las palabras adecuadas en nuestro idioma es más complicado que entender lo que ha dicho.

Nassun se pone nerviosa. Levanta los pies hasta el asiento, con un miedo irracional a hacer daño a las entrañas de esa criatura o cosa. No está segura de la razón por la que pregunta:

—¿Dolerá verlo?

Lo que quiere decir en realidad es si le «dolerá al vehímo», pero no puede evitar pensar también en si les «dolerá a ellos».

La voz vuelve a hablar antes de que Schaffa tenga tiempo de traducir la pregunta de Nassun.

—No —responde el vehímo.

Nassun se sobresalta, muy desconcertada, y su orogenia se agita de una manera que habría hecho gritar a Essun.

—¿Has dicho que no? —espeta mientras mira las paredes del vehímo que tiene alrededor. Quizás haya sido una casualidad.

—El almacenamiento biomagéstrico sobrepasa la cantidad permitida... —Después, la voz cambia al idioma anterior, pero Nassun está segura de que no se ha imaginado esas palabras pronunciadas en un sanzedinés con acento extraño—. Procesando... —concluye. Es una voz relajante, aunque parece salir de las mismas paredes y eso altera a Nassun, ya que no tiene nada que mirar ni cara alguna con la que orientarse para oír. ¿Cómo es posible hablar sin boca ni garganta? Se imagina los cilios de la parte exterior del vehículo frotándose entre ellos como patas de insectos y se le eriza la piel.

Luego sigue hablando:

—Traducción... —Luego algo más—. Cambio lingüístico.

Eso ha sonado a sanzedinés, pero no sabe bien qué significa. Sigue así algunas palabras más, que vuelven a resultarle incomprensibles.

Nassun mira a Schaffa, quien también frunce el ceño y parece desconcertado.

—¿Cómo le respondo a lo que preguntaba antes? —susurra

la chica—. ¿Cómo le digo que quiero ver eso de lo que hablaba?

Aunque Nassun no pretendía hacerle esas preguntas concretas al vehímo, la pared uniforme que está delante de ambos se oscurece de repente y surgen en ella unas manchas negras y redondas, como si la superficie se hubiese llenado de un moho desagradable. Las manchas se extienden y se unen con rapidez, hasta que la mitad de la pared se vuelve oscura. Es como si mirasen a través de una ventana las entrañas de la ciudad, pero fuera del vehímo lo único que hay es oscuridad.

Luego aparece una luz en la parte baja de la ventana, y Nassun se da cuenta de que es una ventana de verdad. De alguna manera, toda la parte delantera del vehímo se ha vuelto transparente. La luz, dispuesta en unos paneles rectangulares como los que estaban alineados en la escalera de la superficie, resplandece y avanza hacia la oscuridad que tienen delante, y gracias a ella Nassun es capaz de ver las paredes que se curvan alrededor. El vehímo avanza sin interrupción alguna a través del túnel, aunque no va rápido. ¿Lo impulsarán los cilios? De qué otra manera iba a ser si no, piensa Nassun. De pronto repara en que está fascinada y aburrida al mismo tiempo, si es que es posible. Le parece inverosímil que algo que avanza tan despacio los vaya a llevar a la otra cara del mundo en seis horas. Si todas esas horas van a ser iguales y las va a pasar en el interior de ese vagón blanco y apacible que recorre un túnel negro y rocoso y en el que tiene que aguantar la inquietud de Schaffa, el viaje se le va a hacer muy largo.

Al cabo, la curva del túnel se endereza, y la chica ve por primera vez el agujero que tienen delante.

No es grande, pero tiene algo que le resulta impresionante de manera instintiva e inmediata. Se encuentra en el centro de una caverna abovedada, rodeado por más paneles de luces que están enclavadas en el suelo. A medida que el vehímo se acerca, las luces pasan de blanco a un rojo resplandeciente de tal forma que Nassun cree que es otra señal de advertencia. En el agujero solo hay una profunda oscuridad. Por instinto, lo sesapina e intenta averiguar sus dimensiones, pero es incapaz. Sí descubre que la circunferencia del agujero tiene unos seis metros de diámetro. Pero la profundidad... Frunce el ceño y se estira en la silla para concentrarse. El de zafiro titila en su mente y la invita a usar su poder, pero Nassun se resiste: en ese lugar hay demasiadas cosas que responden a la plata, a la magia, de maneras que no alcanza a comprender. Además, es una orogén. Sesapinar la profundidad de ese agujero debería ser fácil, pero se extiende muchísimo más allá de sus capacidades.

Y las vías del vehímo cruzan el borde del agujero y se internan en él.

Que es como debería ser, ¿no? El objetivo es llegar a Nucleobase. Aun así, a Nassun le resulta inevitable sentir una punzada de miedo tan potente que está a punto de sucumbir a un ataque de pánico.

—¡Schaffa!

El hombre extiende la mano de inmediato para coger la de la chica. Ella la sujeta con fuerza, sin miedo de hacerle daño. El Guardián, que siempre ha usado la fuerza para protegerla y nunca ha sido una amenaza, necesita ahora del consuelo de Nassun.

—Lo he hecho antes —dice, aunque no suena seguro del todo—. He sobrevivido a ello.

«Pero no recuerdas cómo», piensa la chica, que siente un miedo para el que no conoce palabras.

(Palabras que son una premonición.)

Luego llegan al borde, y el vehímo se abalanza al interior. Nassun coge aire y se sujeta con fuerza a los reposabrazos de la silla, pero se sorprende al no sentir vértigo. El vehímo no aumenta la velocidad y deja de moverse por un instante, de hecho; Nassun ve en los extremos de su campo de visión que los cilios de esa cosa se emborronan para que el vehímo cambie de trayectoria y pase de ir hacia delante a ir hacia abajo. Hay algo más que también se ha ajustado con el cambio, y es la razón por la que Nassun y Schaffa no se caen hacia delante en sus asientos. La chica descubre que su trasero y espalda están igual de afianzados en el asiento que antes, aunque debería ser imposible.

Mientras, un tenue zumbido en el interior del vehímo que hasta aquel momento había sido tan bajo que parecía subliminal empieza a subir de volumen de repente. Unos mecanismos invisibles reverberan más rápido y crean un patrón cíclico e inconfundible cuyo ritmo va en aumento. Cuando el vehímo termina de virar, la oscuridad vuelve a llenar el campo de visión, pero en aquella ocasión Nassun sabe que lo que ve es la profunda oscuridad de aquel pozo. Ya no siguen avanzando, ahora se dirigirán hacia abajo.

—Lanzamiento —dice la voz en el interior del vehímo.

Nassun coge aire y se aferra a la mano de Schaffa con más y más fuerza a medida que el movimiento la presiona contra el asiento. Pero solo siente parte del impulso que debería, ya que sus sentidos le aseguran que acaban de salir disparados hacia aquel fondo a una velocidad tremenda, mucho más rápido incluso que un caballo a la carrera.

Hacia la oscuridad.

Al principio, la oscuridad es absoluta, aunque de vez en cuando queda interrumpida por un anillo de luz que pasa como un borrón mientras avanzan por el túnel. La velocidad sigue aumentando. Tanto, que los anillos acaban por parecer tan solo un resplandor. Pasan tres más antes de que Nassun sea capaz de discernir lo que está viendo y sesapinando, y en una de esas ocasiones consigue ver bien uno de esos anillos al pasar: son ventanas. Hay ventanas en las paredes del túnel y sale luz de ellas. Hay un lugar habitable ahí debajo, al menos durante los primeros kilómetros. Luego dejan de pasar anillos y el túnel queda sumido en una oscuridad total durante un rato.

Nassun sesapina un cambio inminente justo antes de que el túnel se ilumine de pronto. Ven una luz rojiza intercalada en las paredes de roca del túnel. Sí, han descendido lo suficiente para que parte de esa roca se haya fundido y refulja de un color rojo. La nueva luz ilumina el interior del vehímo de un color sanguinolento y hace que las filigranas de oro que tiene por las paredes parezcan estar en llamas. La vista frontal no cambia en un principio, no es más que resplandores rojos entre grises, marrones y negros, pero el instinto de Nassun le hace comprender lo que ve. Han llegado hasta el manto, y su miedo empieza a convertirse en fascinación.

—La astenosfera —murmura. Schaffa la mira y frunce el ceño, pero ahora que le ha dado nombre a lo que ve siente menos miedo. Los nombres tienen poder. La chica se muerde el labio y termina por soltarse de la mano de Schaffa, levantarse y acercarse a la parte delantera. De cerca es más fácil darse cuenta de que en realidad está viendo una especie de ilusión: unos pequeños diamantes de colores que surgen de la parte interior del vehímo para formar un mosaico de imágenes en movimiento. ¿Cómo funciona? No es capaz ni de empezar a hacerse una idea.

Fascinada, levanta una mano. La parte interior del vehímo no está caliente, aunque sabe que a esas alturas ya deberían encontrarse a una profundidad en la que la carne humana ardería al instante. Cuando la toca, se crean unas pequeñas ondas alrededor de su dedo en la imagen de la parte delantera. Al poner toda la mano, surge un borrón castaño rojizo y le resulta inevitable sonreír. Lo que se encuentra a unos centímetros de distancia, al otro lado del vehímo, son los fuegos de la Tierra. Lo que toca es la Tierra ardiente, que está justo al lado de ella. Levanta la otra mano y pega la mejilla contra esas placas suaves. Allí, en el interior de ese artilugio de una civitusta, Nassun entra en comunión con la tierra de una manera que quizá ningún orogén antes que ella haya sido capaz. La tierra es ella, está en ella, y ella está en la tierra.

Cuando Nassun mira de reojo a Schaffa, el Guardián sonríe a pesar de las arrugas de dolor que le recorren los ojos. Es una sonrisa diferente de aquella a la que está acostumbrada.

—¿Qué? —pregunta.

—Las familias de Líderes de Yumenes creían que los orogenes reinaban en el mundo —comienza—. Que su tarea era evitar que los tuyos recuperarais el poder de antaño. Que seríais unos regentes monstruosos para el mundo y os vengaríais de las personas normales en cuanto se os presentase la oportunidad. Creo que se equivocaban en todas esas afirmaciones, pero... —Hace un gesto mientras la chica se encuentra en pie, iluminada por los fuegos de la Tierra—. Mírate, pequeña. Si eres el monstruo que se imaginaban que eras..., también eres magnífica.

Nassun lo quiere muchísimo.

Es la razón por la que deja atrás esa quimera de poder y vuelve a sentarse junto a él. Pero cuando se acerca, ve el enorme dolor que le aqueja.

—Te duele mucho la cabeza.

Se le borra la sonrisa del gesto.

—Es soportable.

Afligida, la chica le pone las manos en los hombros. Se ha acostumbrado después de pasar docenas de noches calmando su dolor, pero cuando envía la plata hacia el interior del Guardián en esa ocasión, las líneas de blanco refulgente que hay entre sus células no se disipan. De hecho, resplandecen aún más, con tanta fuerza que Schaffa se pone tenso, se aparta de ella y empieza a deambular por allí de nuevo. Aparece una sonrisa en su cara, un rictus que le cruza el rostro mientras no deja de merodear sin descanso de un lado a otro, pero Nassun está segura de que las endorfinas de la sonrisa no han servido para nada.

¿Por qué las líneas han brillado más? Nassun intenta descubrir la causa analizándose a sí misma. Su plata es justo igual, fluye de manera normal y forma unas líneas bien delineadas. Sin dejar de observar la plata, se gira hacia Schaffa y, en ese momento, al fin repara en algo sorprendente.

El vehímo está hecho de plata, y no está formado solo por esas delgadas líneas. Está rodeado de plata, permeado de ella. Nassun percibe una oleada de ese material que se agita y forma galones alrededor de Schaffa y de ella, que empieza en la parte delantera del vehículo y lo cubre hasta atrás. De repente se da cuenta de que esa funda de magia es lo que repele el calor y la presión, y también lo que mantiene las líneas de energía en el interior del vehímo para que la gravedad los atraiga hacia el suelo en lugar de hacerlo hacia el centro de la tierra. Las paredes no son más que un armazón cuya estructura hace que la plata fluya, se conecte y forme esa celosía con más soltura. Las filigranas de oro ayudan a estabilizar el cúmulo de energía de la parte frontal del vehículo, o eso supone Nassun, ya que no es capaz de comprender del todo la manera en la que se complementan esos mecanismos mágicos. Es demasiado complejo. Es como viajar en el interior de un obelisco. Como ser arrastrados por el viento. No tenía ni idea de que la plata fuese tan impresionante.

Pero hay algo al otro lado de las paredes milagrosas del vehímo. Algo en el exterior del vehículo.

Al principio, Nassun no está segura de lo que percibe. ¿Más luces? No. Lo ha entendido todo mal.

Es plata, la misma que fluye entre sus células. Un único hilo de plata, titánico, que se enrosca entre una espiral de roca suave y caliente y una burbuja de agua abrasadora que tiene mucha presión. Un único hilo de plata..., más largo que el túnel que han recorrido hasta el momento. No es capaz de ver dónde empieza ni dónde acaba. Es más ancho que la circunferencia del vehímo, mucho más. Pero a pesar de todo, lo ve con la misma claridad y precisión con la que ve cualquiera de las líneas de su interior. Es lo mismo, pero... inmenso.

Y es en ese momento cuando Nassun lo comprende. Es una sensación tan repentina y devastadora que abre los ojos de pronto y se tambalea hacia atrás, por lo que choca contra otra silla y está a punto de caerse, hasta que consigue un punto de apoyo para enderezarse. Schaffa emite un sonido grave y miserable e intenta responder a la sorpresa de Nassun, pero la plata del interior de su cuerpo es tan resplandeciente que, cuando lo hace, se ve obligado a doblarse sobre sí mismo, agarrarse la cabeza y gruñir. Siente demasiado dolor como para llevar a cabo su tarea de Guardián o preocuparse por ella, y la plata de su interior ha adquirido un brillo tan intenso como el del hilo inabarcable que se encuentra en el magma del interior.

Acero había llamado «magia» a la plata. Lo que hay debajo de la orogenia, formada por cosas vivas o que vivieron en algún momento. Esa plata que hay en las profundidades del Padre Tierra serpentea entre los fragmentos rocosos de su sustancia justo de la misma manera en la que se entrelaza con las células de una criatura viva que respira. Lo hace porque el planeta es una criatura viva que respira. Es algo que ahora le revela la certeza de sus instintos. Todas las historias que afirman que el Padre Tierra está vivo son reales.

Pero si el manto es el cuerpo del Padre Tierra, ¿por qué su plata ha empezado a resplandecer?

No. Oh, no.

—Schaffa —susurra Nassun. Él gruñe. Está apoyado en una rodilla y jadea un poco sin dejar de agarrarse la cabeza. La chica quiere acercarse a él, reconfortarlo y ayudarlo, pero no se mueve y empieza a respirar muy rápido a causa del pánico ante la certeza repentina de lo que está por venir. Aun así, le gustaría negarlo—. Schaffa, p-por favor, eso de tu cabeza, esa pieza de metal, la que llamaste litonúcleo, Schaffa... —Le titubea la voz. No puede respirar bien. El miedo le atenaza la garganta. No. No. No lo entendía, pero ahora sí, y no tiene ni idea de cómo detenerlo—. Schaffa, ¿de dónde viene ese litonúcleo que tienes en la cabeza?

La voz del vehímo vuelve a sonar en ese idioma amable, y luego continúa, ofensivo con esa indiferente amabilidad.

—... un portento, que solo está disponible... —Algo ininteligible—. Ruta. Este vehímo... —Algo más—. Corazón, iluminado. —Luego algo más . Para vuestro regocijo.

Schaffa no responde. Pero ahora Nassun es capaz de sesapinar la respuesta a su pregunta. La siente cuando resuena la magia exánime e insignificante que recorre su cuerpo, pero es una resonancia tenue que viene de su plata y que genera su propio cuerpo. La plata de Schaffa, la de todos los Guardianes, la genera el litonúcleo que se encuentra en sus glándulas sesapinales. Lo ha estudiado de vez en cuando, tanto que ahora es capaz de hacerlo cuando Schaffa duerme, y también cuando ella lo alimenta con su magia. Es de metal, pero no se parece a ninguno que haya sesapinado antes. Tiene una densidad extraña. Una energía extraña, parte de la cual es esa magia que se canaliza hacia él desde... desde alguna parte. Está extrañamente viva.

Y cuando todo el lateral derecho del vehímo se disuelve para dejar que los pasajeros contemplen el maravilloso y pocas veces visto corazón libre del mundo, este ya ha empezado a resplandecer ante ella: es un sol plateado y subterráneo, tan brillante que Nassun tiene que entrecerrar los ojos, tan pesado que le duelen las glándulas sesapinales al percibirlo, con una magia tan potente que consigue que la persistente conexión con el de zafiro parezca frágil y endeble. La fuente de energía de los litonúcleos es el propio núcleo de la Tierra; y Nassun ve ante ella un mundo en sí mismo, que cubre la ventana por completo y se hace más grande a medida que se acercan.

No parece roca, piensa la chica a pesar de todo el pánico que experimenta. Quizá no sea más que la agitación del metal fundido y de la magia alrededor del vehímo. Aun así, la inmensidad que tiene ante sí parece centellear cuando intenta centrarse en ella. Tiene cierta solidez. A medida que se acercan, Nassun detecta varias anomalías que salpican la superficie de aquella esfera brillante. Son pequeñas en comparación, incluso cuando se da cuenta de que son obeliscos. Hay varias docenas de ellos clavados en el corazón del mundo como si fuesen agujas en un alfiletero. Pero no son nada. Nada.

Y Nassun tampoco es nada. No son nada en comparación.

«Llevarlo con nosotros es un error», había dicho Acero sobre Schaffa.

La atenaza el pánico y corre hacia Schaffa cuando el Guardián cae al suelo y empieza a agitarse. No grita, aunque tiene la boca abierta y los ojos como platos, además de todos los miembros agarrotados, nota a Nassun cuando lo agarra por la espalda. Un brazo le golpea en la clavícula y tiene una punzada de terrible dolor, pero la chica ni se lo piensa y se vuelve a abalanzar sobre él. Lo agarra del brazo con ambas manos e intenta detenerlo, ya que el hombre se los había llevado a la cabeza con las manos abiertas como garras y había empezado a arañarse el cuero cabelludo y la cara con las uñas...

—¡Schaffa, no! —grita Nassun. Pero el hombre no es capaz de oírla.

Y en ese momento el interior del vehímo se queda a oscuras

No deja de moverse, aunque lo hace más despacio. Se han

internado en la sustancia semisólida del núcleo y la ruta del vehímo roza la parte exterior de la superficie de esa cosa, porque sin duda los constructores de los obeliscos no iban a perder la oportunidad de deleitarse y entretenerse con su capacidad para perforar el planeta. Nassun siente el resplandor de la plata, cómo ese sol se agita a su alrededor. No obstante, detrás de ella la ventana se vuelve opaca de repente. Hay algo justo en la parte exterior del vehímo, algo que presiona contra su funda de magia.

Despacio y mientras Schaffa se retuerce en su regazo, Nassun se gira hacia el núcleo de la Tierra.

Y allí, dentro de ese santuario de su centro, la Aciaga Tierra también se gira hacia ella.

La Tierra no habla con palabras, para ser exactos. Es algo que tú ya sabes, pero que Nassun descubre en ese momento. Sesapina su significado, siente las vibraciones con los cartílagos de sus orejas, percibe cómo se estremecen por su piel y nota cómo le arrancan lágrimas de los ojos. Es como ahogarse en energía, sensaciones y emociones. Duele. Recuerda: la Tierra quiere matarla.

Pero tampoco olvides que: Nassun también quiere acabar con ella.

Y con microtemblores que terminarán por crear un tsunami en algún lugar del hemisferio sur le dice:

«Hola, pequeña enemiga.»

(Como te darás cuenta, no es más que una aproximación, todo lo que su joven mente es capaz de dilucidar.)

Y mientras Schaffa se ahoga y empieza a tener convulsiones, Nassun se aferra a su figura doliente y mira hacia la pared de oxidada oscuridad. Ya no tiene miedo, la rabia la protege. Es una dignísima hija de su madre.

—Déjalo en paz —espeta—. Déjalo en paz ahora mismo.

El núcleo del mundo es de metal, fundido y compacto hasta volver a ser sólido. Es un tanto maleable. La superficie de esa roja oscuridad empieza a agitarse y a cambiar mientras Nassun la mira. Al instante aparece algo que no es capaz de distinguir. Un patrón, familiar. Una especie de cara. No es más que el indicio de una persona, unos ojos y una boca, la sombra de una nariz... pero en un instante, los ojos adquieren una forma característica, los labios se perfilan y se detallan y aparece un lunar debajo de los ojos, que están abiertos.

No se parece a nadie a quien ella conozca. Es solo una cara... en un lugar en el que no debería haber ninguna. Y, mientras Nassun la mira, poco a poco el pánico empieza a hacer que se olvide de la rabia. Luego ve otra cara, y otra, y más que aparecen para cubrirlo todo. Cada una de ellas se aparta a medida que las demás surgen de debajo. Docenas. Cientos. Hay una con la mandíbula prominente y gesto cansado, otra hinchada como si hubiese estado llorando, una con la boca abierta que grita en silencio, como Schaffa. Algunas de las caras miran a Nassun con rostro suplicante, con bocas abiertas que no sería capaz de comprender ni aunque pudiese oír lo que dicen.

Pero todas emiten unas ondas, complacidas por una presencia superior.

«Es mío.»

No es una voz. La Tierra no usa las palabras para hablar. Aun así...

Nassun aprieta los labios, se abalanza sobre la plata de Schaffa y corta sin compasión tantos zarcillos de los que se le clavan en el cuerpo como puede, justo alrededor del litonúcleo. Hacerlo no tiene las mismas consecuencias que suele tener cuando lo hace en otras circunstancias. En esta ocasión, los hilos de plata de Schaffa vuelven a surgir casi de inmediato y palpitan con mucha más fiereza al hacerlo. El hombre se estremece cada una de las veces. Le está haciendo daño. Va a peor.

No hay elección. Nassun cubre el litonúcleo con su plata para realizarle la operación que Schaffa no le permitió hacer unos pocos meses antes. Si va a vivir menos, al menos que no sufra durante el tiempo que le queda.

Pero otra de esas agitaciones complacidas hace que el vehímo tiemble, y un resplandor argénteo cruza a través del Guardián, quien se estremece y se libra de la plata irrisoria de Nassun. El litonúcleo está enclavado con firmeza en medio de los lóbulos de sus glándulas sesapinales, como el buen parásito que es.

Nassun agita la cabeza y mira a su alrededor en busca de algo, cualquier cosa, que pueda llegar a ayudarla. Se distrae por un instante por el bullir de caras de aquella superficie oscura y oxidada. ¿Quiénes son aquellas personas? ¿Por qué se revuelven en medio del núcleo de la Tierra?

«Compromiso —responde la Tierra con unas ondículas de calor y una presión aplastante. Nassun enseña los dientes y se enfrenta al desprecio que emana de ellas—. Lo que ha sido robado o prestado debe compensarse.»

Y Nassun no puede evitar comprenderlo también, allí entre los brazos de la Tierra, mientras el significado del mensaje late a través de sus huesos. La magia, la plata, surge de la vida. Los que construyeron los obeliscos pretendían controlarla, y lo consiguieron. Vaya si lo consiguieron. La usaron para crear maravillas que escapaban a la imaginación. Pero entonces quisieron más magia de la que podían conseguir con sus vidas o con los eones acumulados de vida y muerte en la superficie de la Tierra. Y cuando descubrieron la cantidad de magia que emanaba de debajo de dicha superficie y que estaba lista para que la usaran...

Puede que nunca se les llegase a ocurrir que tanta magia, tanta vida, fuese un elemento con el que tener... cuidado. Después de todo, la Tierra no se comunica con palabras, y quizá, piensa Nassun, quien ahora ha visto suficiente del mundo como para librarse de su inocencia infantil, quizás esos constructores de la grandiosa red de obeliscos no estaban acostumbrados a respetar otras vidas que no fuesen las suyas. En realidad no parecen muy diferentes de los encargados de los Fulcros, de los saqueadores o de su padre. Por lo que, allá donde ellos deberían haber visto un ser vivo, quizá lo único que vieran fuese algo de lo que aprovecharse. Y en lugar de preguntar o de dejarlos en paz, lo expoliaron.

No hay justicia alguna para ese tipo de crímenes, solo se puede llegar a compensar más adelante. Por lo que cada ápice de vida que le arrebataron a la Tierra de debajo de la superficie equivale a un millón de restos humanos que han acabado en su núcleo. Al fin y al cabo, los cuerpos se pudren en la tierra, y la tierra se encuentra sobre las placas tectónicas, placas que terminarán por fundirse con los fuegos del manto de la tierra, que conveccionarán sin fin a través de ese manto... donde terminará por alimentarse de toda su esencia. La Tierra da por hecho que es lo justo, con una frialdad y una rabia que hacen estremecer las profundidades, fragmentan la superficie del mundo y se desatan Estación tras Estación. Es lo justo. No fue la Tierra la que dio comienzo a aquel ciclo de hostilidades, no fue la que robó la Luna ni excavó por la piel de otra criatura viva ni le robó pedazos de su cuerpo para conservarlos como trofeos o como herramientas; no fue la Tierra la que planeó esclavizar a los humanos para alumbrar una pesadilla sin fin. La Tierra no empezó la guerra, pero por el óxido que está dispuesta a que le devuelvan. Lo. Que. Le. Pertenece.

¿Acaso Nassun no lo entiende? Las manos de la chica se aferran a la camisa de Schaffa, temblorosas a medida que su odio comienza a titubear. ¿Acaso no es capaz de sentir empatía?

El mundo le ha quitado muchas cosas. Tenía un hermano. Y un padre, y una madre a la que también entendía pero le hubiese gustado no hacerlo. Y un hogar. Y sueños. Desde ese momento, los habitantes de la Quietud le han arrebatado su infancia y toda su esperanza por tener un futuro de verdad. Y eso es algo que la enfada tanto que no puede seguir pensando en ello, TIENE QUE PARAR. LO PARARÉ...

... ¿Y no es capaz de comprender la rabia de la Aciaga Tierra entonces?

Sí que lo es.

Claro que la entiende, Tierra insaciable.

Schaffa se ha quedado inmóvil en su regazo. Nota cierta humedad en una de las piernas: el hombre se ha orinado encima. Aún tiene los ojos abiertos y la respiración entrecortada. Sus músculos tensos se estremecen de vez en cuando. Nadie es capaz de soportar una tortura que se alarga durante el tiempo necesario. La mente termina por evadirse para soportar lo insoportable. Nassun tiene diez años y podría aguantar otros cien, pero ya ha visto maldad suficiente en el mundo como para darse cuenta. Su Schaffa. Se ha marchado. Y quizá no vuelva junto a ella nunca jamás.

El vehímo acelera.

El paisaje empieza a iluminarse otra vez a medida que el vehículo sale del núcleo. Las luces del interior vuelven a emitir aquel brillo agradable. Nassun ha relajado un poco la fuerza con la que se aferra a las ropas de Schaffa. Mira atrás, hacia la masa agitada del núcleo, hasta que ese material de una de las paredes laterales se vuelve opaco de nuevo. La ventana delantera no cambia, pero sí que empieza a oscurecerse. Han entrado en otro túnel, más amplio que el anterior y que tiene unos muros negros y lisos que, de alguna manera, consiguen mantener a raya el calor del núcleo y del manto. Nassun nota en ese momento que el vehímo se gira hacia arriba en dirección contraria al núcleo. Que vuelve a dirigirse hacia la superficie, pero en esa ocasión hacia la otra cara del planeta.

Nassun susurra, para sí misma, puesto que Schaffa ya no está allí con ella.

—Esto tiene que acabar. Y seré yo quien lo acabe. —Cierra los ojos y se le pegan las pestañas debido a la humedad—. Lo prometo.

No sabe a quién dirige dicha promesa. Pero lo cierto es que no importa.

Poco después, el vehímo llega a Nucleobase.

Syl Anagist:

Uno

Por la mañana, se llevan a Kelenli.

Es inesperado, al menos para nosotros. También nos damos cuenta muy pronto de que no está relacionado con nosotros. El primero en llegar es el director Gallat, aunque veo a otros muchos directores de alto rango hablando en la casa que hay encima del jardín. Gallat no parece descontento cuando llama a Kelenli para que salga y habla con ella con voz tranquila pero intensa. Todos nos levantamos y vibramos a causa de la culpa, aunque no hemos hecho nada malo, tan solo pasar una noche tumbados en el duro suelo mientras oíamos el extraño sonido de las respiraciones de los demás y los movimientos ocasionales. Miro a Kelenli, temo por ella y ansío protegerla, aunque es una sensación incompleta, ya que no sé cuál es el peligro. Mientras habla con Gallat, se envara. Mide tanto como ellos. Sesapino su tensión, como una falla que está a punto de desplazarse.

Están fuera de la pequeña casa del jardín, a unos cinco metros, pero oigo cómo Gallat eleva la voz por un instante.

—¿Cuánto tiempo piensas seguir con esta estupidez? ¿A qué viene esto de dormir en un cobertizo?

—¿Hay algún problema? —responde Kelenli, con calma.

Gallat es el director de mayor rango. También es el más implacable, aunque no creamos que lo sea en realidad. Es tan solo que no parece comprender que se puede ser cruel con criaturas como nosotros. Somos los afinadores de la máquina y tenemos que estar afinados por el bien del proyecto. Si durante dicho procedimiento hay algo que nos causa dolor, miedo o se nos retira al zarzal…, no es más que una contingencia.

Nos hemos llegado a preguntar si Gallat tiene sentimientos. Siento que los tiene ahora que lo veo retroceder, con un gesto retorcido por el dolor, como si las palabras de Kelenli le hubiesen propinado un golpe.

—He sido bueno con vosotros —dice. Se le quiebra la voz.

—Y te estoy agradecida.

La inflexión de la voz de Kelenli no ha cambiado ni un ápice, ni tampoco se le ha movido ni un músculo de la cara. Lo mira y, por primera vez, suena como uno de los nuestros. Y, al igual que solemos hacer nosotros, ellos también sostienen otra conversación que no guarda relación alguna con las palabras que salen de sus bocas. Lo compruebo, pero no siento nada en el ambiente, solo las débiles vibraciones de sus voces. Pero sé que hay algo más.

Gallat la mira con fijeza. Luego, el dolor y la rabia desaparecen de la expresión del hombre y dan paso al agotamiento. Se gira y espeta:

—Necesito que regreséis al laboratorio hoy mismo. Vuelve a haber fluctuaciones en la subred.

La cara de Kelenli se mueve al fin cuando baja las cejas.

—Me dijisteis que tenía tres días.

—La Geoarcanidad es más prioritaria que tus planes de ocio, Kelenli. —Echa un vistazo a la pequeña casa donde nos encontramos los demás y me pilla mirándolo. No aparto la mirada, en gran medida porque estoy tan fascinado por su angustia que ni se me ocurre hacerlo. Él gira la cabeza al momento, avergonzado y luego molesto. Después le dice a Kelenli, con la impaciencia característica de su voz—: Con la biomagestría solo se pueden realizar análisis a distancia fuera del complejo, pero dicen que se ha detectado información interesante en el flujo de la red de afinadores. Sea lo que sea lo que estabas haciendo aquí, sin duda no ha sido una pérdida absoluta de tiempo. Los llevaré yo mismo adondequiera que pensases llevarlos hoy, así podrás regresar al complejo.

Kelenli echa un vistazo alrededor para mirarnos. Para mirarme. «Mi pensador.»

—Debería de ser un viaje sencillo —le dice al director sin dejar de mirarme—. Iba a llevarlos a ver el fragmento local del motor.

—¿El de amatista? —Gallat se lo queda mirando—. Viven a su sombra. Lo ven constantemente. ¿De qué puede servir algo así?

—No han visto la hendidura. Necesitan comprender con todas sus implicaciones su proceso de crecimiento, no solo a nivel teórico. —De pronto, deja de mirarnos a ambos y empieza a caminar hacia la casa grande—. Solo tienes que enseñárselo. Luego devuélvelos al complejo y olvídate de ellos.

Entiendo muy bien la razón por la que Kelenli lo dice con ese tono tan despectivo, y también por qué no se ha molestado en despedirse antes de marcharse. Es lo mismo que haría cualquiera de nosotros al ver o sesapinar cómo se castiga a algún integrante de la red. Fingimos que no nos importa. («Tetlewha. Tu canción es atonal, pero no estás en silencio. ¿Desde dónde cantas?») De esa manera, el castigo es más breve para los demás y se evita que la rabia de los directores se centre en otro de los nuestros. Pero llegar a esa conclusión y no sentir nada al marcharse son dos cosas muy diferentes.

El director Gallat se pone de un humor terrible. Nos ordena coger nuestras cosas para marcharnos. No tenemos nada, aunque algunos tienen que evacuar desperdicios antes de partir, y todos necesitamos comida y agua. Deja que quienes lo necesiten usen el pequeño excusado de Kelenli o una pila de hojas que hay en la parte trasera (yo soy uno de esos, me resulta extraño acuclillarme, pero también es una experiencia profundamente enriquecedora) y luego nos dice que no hagamos caso ni del hambre ni de la sed y que continuemos, así que eso es lo que hacemos. Nos hace caminar muy rápido, pese a que tenemos las piernas más cortas que él y que aún nos duelen del día anterior. Nos alivia ver acercarse al vehím que ha llamado, y luego nos sentamos y nos lleva al centro de la ciudad.

Los demás directores vienen con nosotros. No dejan de hablar con Gallat y no nos hacen caso. Él da respuestas lacónicas con tranquilidad. Le preguntan en mayor medida sobre Kelenli, que si siempre ha sido así de intransigente, que si cree que se debe a una falla imprevista de la genegeniería, que por qué razón se molesta en permitirle participar en el proyecto si, a todas luces, no es más que un prototipo obsoleto.

—Porque ha estado muy acertada con todas las sugerencias que ha hecho hasta el momento —espeta Gallat al oír la tercera pregunta—. Lo que no deja de ser la verdadera razón por la que desarrollamos a los afinadores. Sin ellos, el Motor Plutónico habría necesitado setenta años más de preparación antes de realizar un lanzamiento de prueba. Es estúpido no aprovechar que los sensores de una máquina sean capaces de decirnos sin margen de error lo que está mal y la manera exacta de hacer que todo funcione con más eficiencia.

La respuesta parece tranquilizarlos, por lo que lo dejan en paz y siguen hablando entre ellos, no con él. Yo estoy sentado junto al director Gallat. Noto cómo el desdén de los demás directores lo pone más tenso y hace que la rabia irradie de su piel como lo haría el calor residual de la luz del sol en una roca mucho después de que haya caído la noche. La dinámica de las relaciones entre los directores siempre ha sido un tanto extraña. Hemos intentado comprenderlos lo mejor que hemos podido, pero siempre se nos escapa algo. No obstante, gracias a la explicación de Kelenli, ahora sé que Gallat tiene unos «ancestros despreciables». A nosotros nos hicieron así, pero él nació con la piel pálida y los ojos geliris, características propias de los niesos. No es nieso, pues ya no queda ningún nieso. Hay otras razas: razas sylanagistinas con la piel pálida. Por otra parte, los ojos indican que, en algún lugar de su árbol genealógico, uno distante pues de lo contrario no se le habría permitido estudiar ni tendría atención médica ni el puesto de prestigio que ostenta ahora, alguien tuvo descendencia con un nieso. O no, dicho atributo podría no ser más que una mutación fortuita o una casualidad que ha afectado a su pigmentación. Pero al parecer, nadie cree que sea esto último.

Esto explica por qué, aunque Gallat trabaja más duro y pasa

más horas en el complejo que ninguno de los que están al cargo, los demás directores lo tratan como si fuese menos de lo que es en realidad. Sentiría lástima por él si no nos tratase de la misma forma en que lo tratan a él. Pero como lo hace, le tengo miedo. Siempre le he tenido miedo. Aunque en esta ocasión decido ser valiente, por Kelenli.

—¿Por qué estás enfadado con ella? —pregunto. Lo hago con tranquilidad, pero con la firmeza suficiente como para que mi voz se oiga por encima del zumbido del ciclo metabólico del vehímo. Solo unos pocos directores oyen la pregunta. A ninguno le importa. He calculado bien el momento.

Gallat se estremece y luego se me queda mirando como si fuese la primera vez que me ve.

—¿Cómo?

—Kelenli.

Muevo los ojos para mirar fijamente los suyos, aunque con el tiempo hemos aprendido que es el tipo de cosas que no les gustan a los directores. Creen que el contacto visual es algo desafiante. Y también les resulta más fácil hacernos el vacío cuando no los miramos, y ahora mismo no quiero que me hagan el vacío. Quiero que sienta esta conversación, aunque sus débiles y primitivas glándulas sesapinales no sean capaces de indicarle que mi envidia y mi resentimiento han hecho que la temperatura de la capa freática de la ciudad aumente en un grado.

Me mira con fijeza. Le devuelvo la mirada, impasible. Siento la tensión en la red. El resto, que por supuesto se ha dado cuenta de lo que los directores ignoran, de repente me tiene miedo..., pero no le hago caso a su preocupación por la diferencia que percibo en nosotros en ese mismo momento. Gallat tiene razón: estamos cambiando, somos más complejos y nuestra influencia ambiental se ha reforzado, y todo es resultado de las cosas que Kelenli nos ha enseñado. ¿Hemos mejorado? Todavía no estoy seguro. Por el momento estamos confusos, mientras que antes estábamos muy unidos. Remwha y Gaewha están enfadados conmigo por arriesgarme sin buscar antes el consenso, y esa temeridad supongo que es síntoma del cambio. Bimniwha y Salewha tienen un enfado irracional con Kelenli por la manera tan extraña en la que me ha afectado. Dushwha se ha hartado de nosotros y solo quiere volver a casa. A pesar de su rabia, Gaewha está asustada por lo que pueda ocurrirme, pero también se compadece de mí, porque creo que comprende que mi temeridad también es un síntoma de otra cosa. He llegado a la conclusión de que estoy enamorado, pero el amor es un punto caliente de dolor y agitación debajo de la superficie de mi cuerpo, en un lugar en el que antes solo había estabilidad. Y no me gusta. A fin de cuentas, había llegado a creer que era la mejor herramienta creada por una gran civilización. Ahora he descubierto que soy un error ensamblado por unos ladrones paranoicos a quienes aterroriza su mediocridad. Esa temeridad es lo único que soy capaz de sentir.

Aun así, ninguno está enfadado con Gallat por ser demasiado peligroso como para tener una conversación con él. Eso está muy mal.

El director termina por decir:

—¿Qué te hace pensar que estoy enfadado con Kelenli? —Abro la boca para percibir la tensión de su cuerpo, la presión de su voz, su mirada, y él emite un sonido de irritación—. Da igual. Sé cómo procesáis la información. —Suspira—. Y supongo que tienes razón.

Claro que tengo razón, pero he aprendido a no recordarle las cosas que no quiere saber.

—Querías que viviera en tu casa.

No estaba seguro de que fuese la casa de Gallat hasta la conversación de esa mañana. Debería haberlo supuesto: olía a él. La sesuna es el único de los sentidos que se nos da bien usar.

—Es la casa de Kelenli —espeta—. Creció allí, igual que yo.

Es lo que me ha contado ella. Que la criaron junto a Gallat pensando que era normal, hasta que alguien terminó por decirle que sus padres no la querían.

—Era parte del proyecto.

Gallat asiente con firmeza y la boca torcida en un gesto de amargura.

—Igual que yo. Hacía falta un niño humano para controlarla, y yo tenía... unas características útiles para establecer comparaciones. Creía que era mi hermana hasta que tuvimos quince años. Fue cuando nos lo contaron.

Era mucho tiempo. Y, aun así, Kelenli debía de sospechar que era diferente. El resplandor argénteo de magia fluye a nuestro alrededor, por nuestro interior, como si fuese agua. Todos pueden sesapinarlo, pero los afinadores somos capaces de vivir en él. Vive en nosotros. Es imposible que Kelenli se haya considerado normal.

No obstante, Gallat se habría quedado muy sorprendido. Quizá su manera de ver el mundo había cambiado del todo en ese momento, tal y como lo había hecho entonces la mía. Quizás había luchado, siguiese luchando, para decidir qué sentía en realidad. Siento una repentina punzada de compasión por él.

—Nunca la traté mal. —Gallat ha bajado la voz, y no estoy seguro de que siga hablando conmigo. Ha cruzado los brazos y las piernas, se ha encerrado en sí mismo y mira fijo a través de una de las ventanas del vehímo, con la mirada perdida—. Nunca la traté como... —De repente, parpadea y se gira para mirarme apenado. Empiezo a asentir para dejarle claro que lo entiendo, pero mi instinto me dice que no lo haga. Me limito a devolverle la mirada. Se relaja. No sé por qué.

«No quiere que le oigas decir "como a uno de vosotros" —envía Remwha con un zumbido irritado ante mi cabezonería—. Y tampoco quiere que sepas el verdadero significado de esas palabras. Está convencido de que no es como aquellos que han hecho que su vida sea más complicada. Es mentira, pero la necesita, y también necesita que nosotros mantengamos viva esa mentira. Kelenli no debería habernos dicho que éramos niesos.»

«No somos niesos», respondo con una palpitación gravitacional. Me molesta que haya afirmado algo así. La conducta de Gallat se vuelve muy obvia ahora que Remwha me la ha explicado.

«Para ellos sí que lo somos», envía Gaewha con un único microtemblor cuyas reverberaciones sofoca para que no sintamos más que un agudo silencio después de notarlas. Dejamos de discutir porque tiene razón.

Gallat continúa, ajeno a nuestra crisis de identidad.

—Le he dado tanta libertad como he podido. Todo el mundo sabe lo que es, pero yo le he permitido tener los mismos privilegios que tendría una mujer normal. Es cierto que hay restricciones y limitaciones, pero son razonables. No me puedo permitir cometer una negligencia porque... —Se queda en silencio, dándole vueltas a sus pensamientos. Los músculos de su mandíbula se flexionan debido a la frustración—. Kelenli actúa como si no lo entendiese. Como si el problema fuese yo, y no el mundo en el que vivimos. ¡Intento ayudarla!

Y entonces resopla con frustración.

Hemos oído suficiente. Más tarde, después de procesar la conversación, les diré a los demás:

«Kelenli quiere ser una persona.»

«Lo que quiere es imposible —responderá Dushwha—. Gallat cree que es mejor que él sea dueño de Kelenli en lugar de que lo sea Syl Anagist. Pero para convertirse en una persona, tiene que dejar de ser... una propiedad. No ser de nadie.»

«Para eso, Syl Anagist tendría que dejar de ser Syl Anagist», añadirá Gaewha con tristeza.

Así es. Todos tendrán razón, todos mis compañeros afinadores..., pero eso no significa que el deseo de Kelenli sea una equivocación. Ni que algo sea imposible porque es muy complicado.

El vehímo se detiene en una parte de la ciudad que me resulta muy familiar. Solo he visto esa zona una vez. Aun así, reconozco el patrón de las calles y las plantas de las capas de celulosa verde de las paredes. La naturaleza de la luz del sol cuando se proyecta a través del de amatista me llena de una añoranza y un alivio que algún día descubriré que es nostalgia.

Los demás directores se marchan y se dirigen al complejo. Gallat nos indica que lo acompañemos. Aún está enfadado y quiere terminar pronto con todo eso. Lo seguimos despacio porque tenemos las piernas más cortas y nos duelen los músculos, hasta que termina por darse cuenta de que tanto nosotros como los guardas estamos a más de tres metros de él. Se detiene y espera a que lo alcancemos, pero tiene los dientes apretados y tamborilea los dedos con desesperación en los brazos cruzados.

—Rápido —dice—. Me gustaría empezar esta noche con las pruebas.

Sabemos que no tenemos que quejarnos. Pero las distracciones suelen ser útiles. Gaewha dice:

—¿Qué quieres que veamos con tanta prisa?

Gallat agita la cabeza con impaciencia, pero responde. Tal y como Gaewha tenía en mente, Gallat empieza a caminar más despacio para hablarnos, lo que también nos permite ir más lento. Recuperamos el aliento, desesperados.

—La hendidura en la que creció este fragmento. Os han dado las lecciones básicas. Por el momento, cada fragmento se usa como una central de energía para cada uno de los nódulos de Syl Anagist. Acumula la magia, la cataliza, devuelve parte a la ciudad y almacena la sobrante. Todo hasta que se active el Motor, claro.

De pronto se queda en silencio, distraído por el lugar en el que nos encontramos. Hemos llegado a la zona restringida que rodea la base del fragmento, un parque de tres niveles con algunos edificios administrativos que tiene una parada del recorrido del vehímo que (según nos han contado) va una vez a la semana hasta Nucleobase. Todo es muy utilitario, aburrido.

Aun así, encima de nosotros se encuentra el fragmento de amatista, que cubre gran parte del cielo desde esa posición. A pesar de la impaciencia de Gallat, todos nos detenemos para levantar la cabeza, sorprendidos. Vivimos bajo su sombra coloreada y nos han fabricado para responder a sus necesidades y controlar su potencia. Formamos parte del fragmento, y el fragmento forma parte de nosotros. Pero no solemos verlo desde esa posición, de manera tan directa. Todas las ventanas de nuestras celdas miran hacia otro lado. (Conectividad, armonía, línea de visión y eficiencia de las ondas. Los directores no quieren arriesgarse a que se produzca una activación accidental.) Me resulta magnífico, tanto a nivel físico como su superposición mágica, donde brilla cristalino, cargado casi por completo de energía mágica almacenada que pronto usaremos para activar la Geoarcanidad. Cuando pasemos de usar como sistemas energéticos el almacenamiento y la generación limitada de los obeliscos a los torrentes ilimitados del interior de la tierra, cuando Nucleobase se haya activado del todo para regularlo, cuando el mundo consiga al fin cumplir el sueño de los grandes líderes y pensadores de Syl Anagist...

... Bueno. En ese momento, tanto yo como el resto seremos inservibles. Hemos oído muchas cosas sobre lo que ocurrirá cuando el mundo se haya librado al fin de la escasez y los deseos. La gente vivirá para siempre. Viajará a otros mundos mucho más alejados que nuestra estrella. Los directores nos han asegurado que no nos matarán. Que nos vanagloriarán, de hecho, como si fuésemos el pilar de la magestría y pruebas vivientes de lo que la humanidad es capaz de conseguir. ¿Dicha veneración no es acaso un objetivo por el que luchar? ¿No deberíamos estar orgullosos?

Por primera vez, pienso en la vida que me gustaría vivir en caso de tener elección. Pienso en la casa en la que vive Gallat: enorme, bonita y fría. En la de Kelenli en el jardín, pequeña y rodeada de minúsculas maravillas que crecen. Pienso en cómo sería vivir con Kelenli. Sentado a sus pies todas las noches y hablando con ella todo lo que quisiera, en todos los idiomas que conozco, sin miedo. Pienso en su sonrisa sin ningún tipo de aflicción, y dicho pensamiento que aporta un consuelo indescriptible. Luego siento vergüenza, ya que no tengo derecho a imaginarme esas cosas.

—Es una pérdida de tiempo —murmura Gallat sin dejar de mirar el obelisco. Me estremezco, pero no se da cuenta—. Bueno. Pues esto es. No tengo ni idea de por qué quería Kelenli que lo vierais, pero ahí tenéis.

Lo admiramos como si fuese una orden.

—¿Podemos... acercarnos? —pregunta Gaewha. Somos varios los que gruñimos a través de la tierra. Nos duelen las piernas y tenemos hambre. Pero ella comenta, frustrada: «Ya que estamos aquí, al menos vamos a intentar sacarle el máximo partido».

En respuesta, Gallat suspira y empieza a descender por la carretera inclinada que lleva hasta la base del de amatista, lugar donde está encajado con firmeza en la hendidura desde la primera infusión de crecimiento. He visto la parte superior del fragmento de amatista, perdida entre nubes que se desplazan a toda velocidad y, en ocasiones, alumbrada por la luz blanquecina de la Luna, pero es la primera vez que veo la base. Gracias a lo que me han enseñado, sé que alrededor se encuentran los pilones transformadores que desvían parte de la magia de la caldera generativa al núcleo del de amatista. Dicha magia, una pequeña fracción de la increíble cantidad que es capaz de producir el Motor Plutónico, se redistribuye gracias a una infinidad de conductos a las casas, los edificios, la maquinaria y las estaciones de combustible de vehímos que hay por toda la ciudad-nódulo. Se hace igual en todas las ciudades-nódulo de Syl Anagist que se encuentran por todo el mundo: doscientos cincuenta y seis fragmentos en total.

De pronto me sorprende una extraña sensación, lo más raro que he sesapinado jamás. Algo difuso..., algo cercano que genera una fuerza que... Agito la cabeza y me quedo quieto.

—¿Qué es eso? —pregunto antes siquiera de plantearme si debería volver a hablar, ahora que Gallat está de peor humor.

El director se detiene, me fulmina con la mirada y luego parece comprender el motivo de la confusión que recorre mi rostro.

—Vaya, supongo que ya estamos lo bastante cerca como para detectarlo. Solo es el acople de las dolíneas.

—¿Y qué es una dolínea? —pregunta Remwha ahora que ya he roto el hielo. La pregunta hace que Gallat lo mire con fijeza y más irritación durante un instante. Todos nos ponemos tensos.

—Aciaga Muerte —suspira al fin Gallat—. Vale. Será más sencillo que lo veáis que explicároslo. Venid.

Vuelve a apretar el paso, pero esa vez no nos atrevemos a quejarnos a pesar de que empezamos a arrastrar las piernas debido a la falta de azúcar en sangre y también a la deshidratación. Seguimos a Gallat hasta el nivel inferior, cruzamos las vías del vehímo y pasamos entre dos pilones enormes que no dejan de zumbar.

Y es allí donde quedamos... desolados.

Al otro lado de los pilones, el director Gallat nos explica con un tono de voz que denota una impaciencia manifiesta que aquel lugar es el sistema de encendido y de traslación del fragmento. Empieza a realizar una explicación técnica y detallada que oímos pero no llegamos a comprender. Nuestra red, ese sistema casi constante de conexiones a través del que los seis nos comunicamos, comprobamos que estamos bien, nos enviamos advertencias o nos cantamos canciones para relajarnos, se ha quedado en absoluto silencio. Estamos conmocionados. Horrorizados.

La explicación de Gallat se podría resumir de la siguiente manera: hace décadas, cuando se cultivaron por primera vez, los fragmentos no podían empezar a generar magia por sí solos. Los cristales son objetos inanimados, inorgánicos e inertes a la magia. Por lo tanto, para ayudar a los fragmentos a iniciar el ciclo generativo, había que usar magia en estado puro como catalizador. Todos los motores necesitan un arranque. Y es ahí donde entran en juego las dolíneas: parecen plantas, gruesas, rizadas, retorcidas y enroscadas para formar un vívido matorral que rodea la base del fragmento. Y atrapados entre las plantas...

«Iremos a verlos», me había dicho Kelenli cuando le pregunté dónde estaban los niesos.

En ese momento supe que seguían vivos. Aunque yacían inmóviles en el matorral (encima de las plantas, retorcidos entre ellas, envueltos con ellas, atravesados por ellas en los lugares en los que la vegetación crecía a través de la carne) era imposible no sesapinar los delicados hilos de plata que se extendían por las células de la mano de uno de ellos o revoloteaban entre los pelos de la espalda de otro. Vemos que algunos aún respiran, aunque el movimiento es muy lento. Muchos llevan harapos, podridos y resecos por el paso de los años. Otros están desnudos. El pelo y las uñas no les han crecido, y tampoco vemos que sus cuerpos hayan producido excremento alguno. El instinto me dice que tampoco sienten dolor. Un gesto de generosidad, al menos. Se debe a que las dolíneas absorben toda la magia de sus vidas menos la pizca que necesitan para seguir vivos. Al mantenerlos vivos, siguen generando más.

Es el zarzal. Cuando nos acababan de decantar y aún aprendíamos a usar el idioma que se nos había insertado en el cerebro durante la fase de crecimiento, una de las directoras nos contó adónde se nos enviaría en caso de que nos volviéramos inservibles por cualquier razón. Eso ocurrió cuando éramos catorce. Nos dijo que, llegado el caso, se nos retiraría a un lugar en el que pudiésemos seguir siendo útiles para el proyecto, pero de una manera indirecta. «Es un lugar tranquilo —había dicho la directora. Lo recuerdo como si fuese ayer. Sonrió mientras lo decía—. Ya veréis.»

Las víctimas del zarzal llevan allí años. Décadas. Vemos cientos de ellas, y hay miles más, ocultas entre los matorrales de las dolíneas que se extienden por toda la base del de amatista. Millones si se multiplica por doscientos cincuenta y seis. No vemos a Tetlewha ni a los otros, pero sabemos que también están por allí, en alguna parte. Siguen vivos, aunque en realidad no lo estén.

Gallat termina de hablar mientras observamos en silencio.

—Después de preparar el sistema y de que se haya establecido el ciclo generativo, solo se requieren ciertos retoques ocasionales. —Suspira, aburrido de su voz. Lo miramos en silencio—. Las dolíneas almacenan magia para todo tipo de necesidades. El Día del Lanzamiento, cada una de las reservas tendrá almacenados unos treinta y siete lamotirios, lo que corresponde a tres veces...

Se queda en silencio. Suspira. Se pellizca el tabique nasal.

—Esto no va a servir de nada. Kelenli se está burlando de vosotros, imbéciles. —Es como si no viera lo que estamos viendo nosotros. Como si esas vidas almacenadas e instrumentalizadas no significasen nada para él—. Se acabó. Hora de que volváis todos al complejo.

Y volvemos a casa.
Y, al fin, empezamos a urdir un plan.

Bien trillados,
bien atados.
¡Que en invierno nos alimenten como grano!
Bien prensados,
bien callados.
¡Que boten, que salten y brinquen un poco!
Esa lengua bien unida,
esos ojos bien cerrados.
¡No paréis hasta que no rompan en llanto!
Que no se les vea,
que no se les oiga.
¡Así es como conseguiremos la victoria!

Rima popular infantil presanzedina de Yumenes
y los cuadrantes de Haltolee, Nianon y Ewech.
Origen desconocido. Existen muchas variantes,
pero este parece ser el texto base

11

Estás a punto de llegar a casa

Los guardas de la estación de nódulo parecen pensar que pueden enfrentarse a vosotros cuando llegas con el resto de castrimenses caminando entre la ceniza. Supones que el grupo parece una banda de saqueadores mayor de lo habitual, debido a vuestra apariencia esquelética y la ropa cenicienta y ajada por la lluvia ácida. A Ykka ni siquiera le da tiempo de enviar a Danel a hablar con ellos antes de que empiecen a disparar las ballestas. Por suerte, no se les da nada bien hacerlo, pero por desgracia la estadística está de su parte. Tres castrimenses caen por culpa de los virotes antes de que te des cuenta de que Ykka no tiene ni idea de cómo usar un toro para protegerse, pero después recuerdas que tú tampoco puedes hacerlo sin que haya «consecuencias». Por eso le gritas a Maxixe y él lo hace con una precisión perfecta: convierte en hielo los siguientes virotes de una manera muy parecida a la que lo hiciste tú en Tirimo aquel último día.

El hombre no es tan habilidoso como lo eras tú en aquel entonces. Parte de su toro se queda a su alrededor, y él se limita a extenderlo y remodelar la parte exterior para formar una barrera entre Castrima y las grandes puertas de escoria volcánica de la estación de nódulo. Por suerte, no hay nadie delante de él: le has gritado a todo el mundo que se aparte. Al cabo, con una sacudida final de cinética redirigida, consigue destrozar las puertas y congelar a los ballesteros antes de que desaparezca el toro.

Los Lomocurtidos de Castrima cargan hacia el lugar y se ocupan de todo, y tú te acercas al carro de descanso y encuentras a Maxixe jadeando.

—Una chapuza —dices al tiempo que le coges una de las manos y la acercas a ti, ya que no puedes ponerla entre las tuyas. Sientes la piel fría a través de cuatro capas de ropa—. Deberías de haber anclado ese toro a tres metros de distancia, al menos.

Gruñe y cierra los ojos. Tiene la resistencia del todo oxidada, pero es probable que en realidad se deba a que el hambre y la orogenia no son una buena combinación.

—Desde hace años, lo más complicado que he tenido que hacer es solo congelar a un par de personas. —Luego te fulmina con la mirada—. Veo que ni te has molestado en hacer nada.

Sonríes, cansada.

—Sabía que lo tenías todo bajo control.

Luego arrancas un pedazo de hielo del carro para tener un lugar en el que sentarte hasta que termine la batalla.

Cuando acaba, le das unas palmadas a Maxixe, que se ha quedado dormido, y luego te levantas para ir a buscar a Ykka. Está en el interior de las puertas con Esni y un par de Lomocurtidos, y todos miran un pequeño corral, sorprendidos. En el interior hay una cabra, que os mira a todos con indiferencia mientras mastica un poco de heno. Es la primera que ves desde que estuviste en Tirimo.

Pero lo primero es lo primero.

—Aseguraos de que no maten al doctor. O doctores —dices a Ykka y a Esni—. Seguro que se ha encerrado con el encargado del nódulo. Lerna no podrá encargarse de él, ya que requieren cuidados especiales. —Haces una pausa—. Si es que no habéis cambiado de plan.

Ykka asiente y mira a Esni, quien sonríe y mira a otra mujer, que gira la cabeza a un joven quien, en ese momento, sale disparado hacia la estación de nódulo.

—¿Qué posibilidades hay de que el doctor mate al encargado? —pregunta Esni—. Por piedad.

Resistes las ganas de responder: «La piedad está reservada a las personas.» Tienes que dejar de pensar así, aunque lo hagas por el rencor.

—Muy pocas. Antes de abrir la puerta, decid que no vais a matar a nadie que se rinda. Puede que funcione.

Esni envía corriendo a otra persona para intentarlo.

—Y claro que no hemos cambiado de plan —asegura Ykka. Se frota la cara y deja marcas en la ceniza. Debajo de esa ceniza no hay más que ceniza, más pegada aún a su piel. Te has olvidado de cuál es su color natural y ya no sabes distinguir si lleva sombra de ojos—. La mayoría podemos controlar los terremotos, incluso los niños a estas alturas, pero... —Mira hacia el cielo—. Bueno. Hay que tener eso en cuenta.

Sigues la mirada, pero ya sabes con qué te vas a encontrar. Has intentado no mirarlo. Todos lo han intentado.

La Hendidura.

En esta parte del Merz no hay cielo. Más hacia el sur, la ceniza que bombea la Hendidura ha tenido tiempo para llegar a la atmósfera, dispersarse de alguna manera y formar las nubes ondulantes que han cubierto el cielo durante los últimos dos años. Pero aquí... Aquí intentas levantar la vista y, antes incluso de llegar al cielo, lo que te llama la atención es una especie de muro burbujeante de color negro y rojo que cubre casi por completo el horizonte septentrional. Si fuese un volcán, el fenómeno se llamaría columna eruptiva, pero la Hendidura no tiene una única chimenea. Está formada por cientos de volcanes uno junto al otro que forman una hilera ininterrumpida de fuego de la tierra y caos de costa a costa por toda la Quietud. Tonkee ha intentado que todos lo llamen por su verdadero nombre: pyrocumulonimbus, una pared de nubes, ceniza, fuego y relámpagos. No obstante, has oído que la gente ha empezado a llamarla el «Muro» a secas. Crees que es un nombre que terminará por establecerse. De hecho, sospechas que si dentro de una o dos generaciones queda alguien vivo para ponerle nombre a esta Estación, la llamarán algo parecido a la Estación del Muro.

Puedes oírla, tenue pero omnipresente. Un murmullo en la tierra. Un rugido grave e incesante en tu oído medio. La Hendidura no es solo un temblor, es la divergencia dinámica de dos placas tectónicas a lo largo de una falla recién creada y que aún sigue en desarrollo. Las réplicas de la Hendidura inicial se sucederán durante años. Tus glándulas sesapinales llevan días sin dejar de resonar, y te advierten de que tienes que prepararte o seguir corriendo, crispadas por la necesidad de hacer algo ante dicha amenaza sísmica. Eres muy consciente, pero hay un problema: todos los orogenes de Castrima sesapinan lo mismo que tú. Sienten ese mismo deseo de reaccionar. Y a menos que cuenten con una precisión propia de los que tienen más anillos, entrenada en el Fulcro y capaz de sofocar a otros orogenes que serían capaces de activar una antigua red de artefactos de las civitustas, cualquier cosa que hagan los matará.

Es la razón por la que Ykka empieza a aceptar una verdad que tú has comprendido desde que te levantaste con un brazo de piedra: para sobrevivir en Rennanis, Castrima necesitará a los encargados de los nódulos. Tendrá que hacerse cargo de ellos. Y cuando mueran, Castrima tendrá que encontrar la manera de reemplazarlos. Nadie ha empezado a hablar de eso aún. Lo primero es lo primero.

Al cabo, Ykka suspira y mira hacia la puerta abierta del edificio.

—Parece que ha terminado el enfrentamiento.

—Eso parece —comentas. Se hace el silencio. Aprietas un poco los dientes. Añades—: Iré contigo.

Se te queda mirando.

—No tienes por qué.

Le has contado cómo fue la primera vez que viste a un responsable de los nódulos. Sintió el miedo que aún se destilaba de tus palabras.

Pero no. Alabastro te enseñó cómo hacerlo, y has decidido no eludir la tarea que te encomendó. Le darás la vuelta a la cabeza del responsable, dejarás que Ykka vea la cicatriz de la nuca y le explicarás el proceso. También tendrás que demostrarle que la malla sirve para evitar las escaras. Porque si está decidida a hacer algo así, tendrá que saber a ciencia cierta el precio que tanto ella como Castrima tendrán que pagar.

Lo harás: le contarás todo lo que tiene que saber y te volverás a enfrentar a ello porque es lo que los orogenes son en realidad.

La Quietud os teme por una buena razón, es cierto. Pero también debería veneraros por una buena razón, aunque no sea eso lo que haya decidido hacer. Ykka es, precisamente, una de las que tienen que saberlo todo.

Aprieta los dientes, pero asiente. Esni os mira con curiosidad, pero luego se encoge de hombros y se gira mientras Ykka y tú entráis en la estación de nódulo, juntas.

El nódulo tiene un abasto bien surtido, que supones que servirá también de reserva adicional para la propia comu. Es mucho más de lo que los hambrientos y comubundos habitantes de Castrima pueden comer, y cuenta con cosas por las que están cada vez más desesperados, como fruta roja y amarilla deshidratada y verduras enlatadas. Ykka evita que aquello se convierta en un festín improvisado, ya que los suministros aún os tienen que durar la Tierra sabe cuánto, pero eso no evita que gran parte de la comu se anime, pues podrán pasar la noche con el estómago lleno por primera vez en meses.

Ykka deja unos guardas en la entrada de la sala del responsable del nódulo.

—Somos las únicas que vamos a ver esta mierda —afirma, lo que te hace sospechar que no quiere que los táticos de la comu se formen ideas raras.

Y también pone guardas en el abasto. Envía a tres de ellos con la cabra. También a una Innovador de una comu de granjeros a la que se le encomienda la tarea de descubrir cómo se ordeña a la criatura. Lo consigue. La embarazada, que ha perdido a uno de sus familiares en el desierto, es la primera en probar la leche. Puede que ya dé igual: la hambruna y los embarazos no casan para nada, y afirma que el bebé no se ha movido en días. Es probable que lo mejor sea que lo pierda ahora, si es que va a hacerlo, ya que en ese lugar Lerna cuenta con antibióticos e instrumentos esterilizados, y al menos podría salvar la vida de la madre. No obstante, ves que coge el pequeño vaso de leche cuando se lo ofrecen y se lo bebe pese a que el sabor le hace torcer el gesto. Aprieta los dientes con fuerza. Aún hay esperanza. Eso es lo que importa.

Ykka también deja algunos supervisores en la ducha de la estación de nódulo. No son guardas en realidad, pero sí que son necesarios, ya que mucha gente de Castrima procede de pequeñas y humildes comus medlatinas que no saben cómo funciona la fontanería. También hay algunos que se quedaban debajo de aquel chorro caliente más de una hora, llorando mientras la ceniza y los restos del desierto se desprendían de sus pieles resecas por el ácido. Ahora que hay supervisores, solo permiten estar diez minutos, al cabo de los cuales los guían a unos bancos que hay en los laterales de la estancia y donde pueden seguir llorando mientras el resto se ducha.

Te das una ducha y no sientes nada, pero estás limpia. Reclamas una esquina del comedor de la estación, que se ha vaciado de muebles para que varios cientos de personas puedan dormir sin que la ceniza les caiga encima, te sientas sobre el saco de dormir apoyada contra la pared de escoria volcánica y empiezas a divagar. Es imposible no sentir la montaña que acecha en la piedra que tienes detrás. No lo llamas porque el resto de personas de Castrima desconfían de Hoa. Es el único comepiedras que queda por la zona, y recuerdan que la de los comepiedras no es una facción neutral e indefensa. A pesar de ello, extiendes la mano que te queda y tocas la pared. La montaña se agita un poco, y tú sientes algo, un empellón brusco, contra tu pequeña espalda. Mensaje recibido y devuelto. Te sorprende lo bien que te hace sentir aquel contacto breve e íntimo.

Una docena de pequeñas imágenes se despliegan ante ti y piensas que necesitas volver a sentir algo. Dos mujeres discuten para decidir cuál de ellas se comerá la última pieza de fruta deshidratada de los suministros de la comu. Dos hombres, detrás de ellas, intercambian susurros furtivos mientras uno de ellos se pasa una esponja pequeña y suave, de esas que se usan en las Ecuatoriales después de defecar. A todos les gustan esos pequeños lujos que les ha deparado el destino. Temell, el hombre que ahora enseña a los niños orogenes de la comu, está rodeado por ellos mientras ronca en el saco de dormir. Uno de los niños está acurrucado contra la barriga del hombre, quien también tiene apoyado en la nuca el pie ataviado con un calcetín de Penty. Al otro lado de la estancia, Tonkee está de pie junto a Hjarka, o más bien Hjarka le sostiene las manos e intenta convencerla de que practique con ella una especie de baile lento mientras Tonkee está quieta y se limita a poner los ojos en blanco sin sonreír.

No sabrías decir dónde está Ykka. Conociéndola, es probable que vaya a pasar la noche en uno de los cobertizos o de las tiendas de fuera, pero esperas que deje a uno de sus amantes quedarse con ella esta vez. Cuenta con una rotación estable de hombres y mujeres jóvenes, algunos de los cuales tienen otras parejas y otros son solteros a quienes no les importa que Ykka los use de vez en cuando para liberar tensiones. Es lo que necesita en esos momentos. Castrima necesita cuidar de su jefa.

Castrima tiene necesidades, al igual que tú; y mientras piensas en ello, Lerna sale de la nada y se coloca a tu lado.

—He tenido que matar a Chetha —susurra. Sabes que Chetha es una de los tres Lomocurtidos a los que dispararon los renanienses, que irónicamente era renaniense y había sido reclutada a la fuerza junto con Danel—. Lo más seguro es que los otros dos sobrevivan, pero un virote le había perforado el intestino a Chetha. Habría sido una muerte lenta y dolorosa. Menos mal que aquí hay muchos analgésicos. —Suspira y se frota los ojos—. ¿Has visto esa... cosa... que hay en la silla de malla?

Asientes, titubeas y extiendes la mano para coger la suya. Te alivia haber descubierto que aunque tal vez no sea una persona muy cariñosa, a veces necesita algún que otro gesto. Un recordatorio de que no está solo y de que no todo es desesperanza. Y por eso dices:

—Si consigo detener la Hendidura, puede que no necesitéis a los responsables de los nódulos.

No estás segura de que sea verdad, pero esperas que sí.

Te aprieta un poco la mano. Te fascina haber descubierto que nunca es él quien inicia el contacto entre ambos. Siempre espera a que tú se lo ofrezcas, y solo entonces responde a tus gestos con la misma intensidad que dedicas tú. Respeta tus límites, que son difusos e impredecibles. A lo largo de todos estos años, no habías reparado en que fuese tan observador, pero deberías de haberlo supuesto. Hace años, le bastó mirarte para darse cuenta de que eras orogén. Sabes que le habría gustado a Innon.

Lerna se gira para mirarte como si hubiese oído tus pensamientos y te dedica una mirada de preocupación.

—He estado pensando en si contarte algo o no —dice—. O mejor, en no señalarte algo que seguro que has decidido obviar.

—Menuda manera de empezar.

Sonríe un poco, luego suspira, baja la mirada a las manos que tenéis entrelazadas y empieza a borrársele la sonrisa. El ambiente está cada vez más enrarecido y empiezas a ponerte tensa, ya que lo encuentras muy extraño. Al fin, suspira.

—¿Cuánto hace que tuviste la última menstruación?

—¿A qué...?

Te quedas en silencio.

Joder.

Joder.

Al ver que no dices nada, Lerna suspira y apoya la cabeza contra la pared.

Intentas buscar excusas. El hambre. El esfuerzo físico extraordinario. Pero luego piensas en que tienes cuarenta y cuatro años. No recuerdas en qué mes estás. Las posibilidades son menores que las que tenía Castrima de sobrevivir al desierto. Pero... tus menstruaciones han sido fuertes y regulares durante toda tu vida, y solo se han detenido en tres ocasiones. Tres ocasiones muy significativas. Por ese motivo el Fulcro decidió usarte para la crianza. Una orogenia medio decente y unas buenas caderas medlatinas.

Lo sabías. Lerna tiene razón. En cierta manera, te habías dado cuenta. Y habías decidido mirar hacia otro lado porque...

Lerna lleva un rato en silencio a tu lado sin dejar de mirar cómo la comu se asienta y con la mano flácida sobre la tuya. Luego dice en voz muy baja:

—¿Me equivoco si afirmo que tienes un tiempo determinado para terminar lo que sea que tengas que hacer en Nucleobase?

Usa un tono demasiado formal. Suspiras y cierras los ojos.

—Sí.

—¿Y dispones de poco tiempo?

Hoa te ha hablado de ese «perigeo», el momento en el que la Luna se encuentra más cerca. Apenas faltan unos pocos días. Después de eso, pasará junto a la Tierra, cogerá velocidad y volverá a salir disparada hacia las estrellas distantes o hacia dondequiera que haya estado durante todo este tiempo. Si no la coges ahora, no podrás hacerlo.

—Sí —respondes. Estás cansada. Te... duele—. Muy poco tiempo.

Es algo que no habéis hablado, y que seguro que deberíais haber hecho por el bien de vuestra relación. Algo de lo que nunca habías tenido que hablar, porque no había nada que decir al respecto. Lerna dice:

—Lo del brazo te ocurrió por usar todos los obeliscos.

Miras el muñón, aunque no sirva de nada.

—Sí. —Sabes adónde pretende ir a parar con la conversación, por lo que decides ir al grano—. Tú eres quien me preguntó qué pretendía hacer para detener la Estación.

Suspira.

—Estaba enfadado.

—Pero no te equivocabas.

Te estrecha un poco la mano.

—¿Y si te hubiese pedido que no lo hicieras?

No te ríes. Hacerlo sería cruel, y no se lo merece. En lugar de ello, suspiras y te cambias de posición para echarte, al tiempo que lo empujas un poco para que él haga lo propio. Es un poco más bajo que tú, por lo que te toca ser el cucharón. La cabeza te queda a la altura de su pelo gris, pero él también ha usado la ducha, así que no te importa. Huele bien. Saludable.

—No me lo pedirías —respondes pegada a su cuero cabelludo.

—Pero ¿y si lo hiciera?

Suena agotado y relajado. No lo dice en serio.

Le besas la nuca.

—Pues respondería: «Como quieras» y luego seríamos tres en la familia y permaneceríamos juntos hasta morir a causa de la ceniza.

Te vuelve a coger la mano. Esta vez no has sido tú quien ha empezado, pero no te molesta.

—Prométemelo.

No espera a que respondas y se queda dormido.

Cuatro días después, llegáis a Rennanis.

Lo bueno es que ya no estáis cubiertos de ceniza. La Hendidura está muy cerca y el Muro se ocupa de hacer que las partículas más ligeras asciendan hasta los cielos. Ya no tendréis que volver a preocuparos por ellas. De lo que sí tendréis que preocuparos es de las ráfagas incendiarias: del lapilli, pequeños pedazos de material volcánico que son demasiado grandes para inhalar pero que caen ardiendo. Danel dice que los renanienses lo llamaban lluvia de chispas y que es casi inofensiva, aunque deberíais colocar cantimploras de agua en lugares estratégicos de la caravana en caso de que alguna de las chispas se avive y arda.

Pero la manera en la que los rayos revolotean por el horizonte de la ciudad a esta distancia del Muro es peor que la lluvia de ceniza. Los Innovadores se emocionan al verlos. Tonkee dice que se les pueden dar muchos usos a los rayos si se controlan. (De no haber sido Tonkee quien lo ha dicho, habrías mirado muy fijamente a esa persona.) Ninguno cae en el suelo, solo en los edificios más altos, donde los antiguos habitantes de la ciudad habían colocado pararrayos. Son inofensivos. Tendréis que acostumbraros a ellos.

Rennanis no se parece mucho a lo que esperabas. Es una

ciudad enorme de estilo ecuatorial, con sistemas de energía hidroeléctrica que aún funcionan, agua de pozo filtrada que fluye apacible y paredes de obsidiana adornadas con motivos que representan lo que les ocurre a los enemigos de la ciudad. Los edificios no son ni de lejos tan bonitos ni impresionantes como los de Yumenes, pero Yumenes era la ciudad más grandiosa de las Ecuatoriales, algo a lo que Rennanis no le podía plantar cara. «Solo medio millón de personas», recuerdas que te comentó alguien hace lo que ahora te parece una vida. Pero hace dos vidas, naciste en un humilde pueblo de las Normelat y, para lo que queda de Damaya, Rennanis aún es un paisaje impresionante.

Sois menos de mil y tenéis a vuestra disposición una ciudad que llegó a albergar cientos de miles. Ykka ordena a todo el mundo que se asiente en un pequeño complejo de edificios que hay cerca de uno de los herbajes de la ciudad. (Tiene dieciséis.) Los antiguos habitantes del lugar usaron un código de colores basado en la solidez de sus estructuras, ya que la ciudad había resultado dañada durante la Hendidura. Los edificios marcados con una cruz verde son seguros. Una amarilla indica que hay peligro de derrumbamiento, sobre todo si se produce otro gran terremoto. Los edificios marcados con una roja son peligrosos y el daño es evidente, aunque ves indicios de que también estaban habitados, quizá por aquellos que preferían tener un lugar para refugiarse a quedar cubiertos de ceniza. Hay edificios con cruz verde suficientes para Castrima, por lo que todas las familias eligen apartamentos amueblados, resistentes y en los que aún funcionan la energía hidroeléctrica y la geotérmica.

Veis varios averíos salvajes de pollos que revolotean por la zona, y también más cabras, que se han estado reproduciendo. Pero las plantas de los herbajes están marchitas, ya que entre que matasteis a los renanienses y habéis llegado a la ciudad han pasado meses desatendidas y sin ser regadas. A pesar de todo, entre las existencias de semillas sobran muchas de dientes de león y de otras plantas comestibles, resistentes y que no necesitan mucha luz, entre ellas algunas propias de las Ecuatoriales, como el taro. Así mismo, los abastos de la ciudad están a rebosar de pan del camino, queso, salchichas picantes y grasientas, cereales y fruta, verduras y hojas conservadas en aceite, por ejemplo. Algunos de estos alimentos están más frescos que otros, como si el ejército se hubiese dedicado a saquearlos. En total, hay mucha más comida de la que se podrían acabar los habitantes de Castrima aunque se dieran un festín todas las noches durante los próximos diez años.

Es maravilloso, pero algunas cosas te llaman la atención.

Lo primero es que controlar las instalaciones de la depuradora de aguas de Rennanis es más complicado de lo que cabría esperar. Por ahora funcionan de manera automática y no se han roto, pero nadie sabe qué hacer en caso de que la maquinaria deje de funcionar. Ykka encarga a los Innovadores la tarea de descubrirlo o de preparar una alternativa en caso de que falle el equipo. A Tonkee le molesta mucho.

—¿Tengo seis años de experiencia en la Séptima y me pones a investigar cómo limpiar la mierda de las aguas negras?

A pesar de las quejas, se pone a ello.

Lo segundo que te llama la atención es la imposibilidad manifiesta de que Castrima proteja los muros de la ciudad. Es demasiado grande y sois muy pocos. Por ahora estaréis protegidos, ya que es poco probable que alguien se dirija hacia el norte si puede evitarlo. No obstante, si alguien llega con intenciones de conquistar el lugar, ese muro será lo único que le impida hacerse con el control de la ciudad.

Es un problema sin solución. Ni siquiera los orogenes pueden hacer demasiado en un lugar así, justo a la sombra de la Hendidura, donde la orogenia es muy peligrosa. El ejército de Danel estaba formado por la población sobrante de Rennanis y ahora se encuentra alimentando un nido de burbubajos en la zona sudeste de las medlat, aunque tampoco es que te apetezca tenerlos por ahí y que os traten como los intrusos que sois. Ykka ordena a los Sementales que se pongan manos a la obra para aumentar la población, pero aunque consigan la ayuda de todas las personas sanas de la comu, Castrima tardará generaciones en contar con la población necesaria para proteger los muros. Lo único que está en vuestra mano es proteger lo mejor que podáis la zona de la ciudad que está ocupada por la comu en esos momentos.

—Y si viene otro ejército —murmura Ykka—, tendremos que invitarlos y darles un lugar en el que vivir. Debería bastar para que nos dejen en paz.

La tercera cosa que te llama la atención, y que también es la más importante en el plano existencial aunque no sea el mayor problema logístico, es que Castrima tiene que vivir entre los cadáveres del pueblo al que ha conquistado.

Hay estatuas por todas partes. De pie lavando los platos en las cocinas de los apartamentos. Tumbadas en camas rotas y destrozadas debido al peso de la piedra. De camino por las escaleras de los muros para reemplazar a otras estatuas que hacían guardia. Sentadas en las cocinas comunales tomando un té que ya se ha secado y que ahora no son más que posos. Son bonitas a su manera, con sus melenas de cuarzo ahumado, su piel pulida y jaspeada y sus prendas de turmalina, turquesa, cuarzo o granate. En sus gestos hay sonrisas, incredulidad, bostezos o aburrimiento, ya que la onda expansiva de la energía del Portal de los Obeliscos que los transformó fue repentina e implacable. No tuvieron tiempo siquiera de sentir miedo.

El primer día, todo el mundo evita las estatuas. Intentan no sentarse en su línea de visión: hacerlo sería... irrespetuoso. Aun así, Castrima ha sobrevivido tanto a una guerra iniciada por esas personas como a una vida en la carretera como consecuencia de dicha guerra. Sería igual de irrespetuoso dejar que la culpa empañase una verdad así. Por ese motivo, al cabo de uno o dos días, la gente se limita a... aceptar las estatuas. No pueden hacer otra cosa.

Pero hay algo que te perturba.

Una noche, decides deambular por la zona. Hay un edificio marcado con una cruz amarilla que no está muy lejos del complejo, y es bonito: tiene una fachada cubierta de plantas y motivos florales, algunos de los cuales resplandecen porque están bañados de un oro descascarillado. Ese baño dorado refleja la luz, titila un poco mientras te mueves y crea reflejos que conforman la impresión general de que el edificio está cubierto por un follaje que se mueve y está vivo. Es antiguo, más que el resto de los de Rennanis. Te gusta, aunque no sabes muy bien por qué. Subes a la azotea y por el camino encuentras los típicos apartamentos habitados por estatuas. La puerta está abierta, quizás había alguien allí cuando tuvo lugar la Hendidura. Antes de salir, compruebas que haya un pararrayos en la zona, ya que se trata de uno de los edificios más altos de la ciudad, aunque solo tiene seis o siete pisos. («Solo», se burla Sienita. «¿Solo?», piensa Damaya, maravillada. Sí, «solo», les espetas a ambas para que cierren el pico.) Además del pararrayos, también hay una torre de agua vacía. Mientras no te inclines sobre ninguna superficie de metal ni te acerques al pararrayos, es posible que sobrevivas. Quizá.

En ese lugar, listo para enfrentarse a la pared de nubes de la Hendidura como si le hubiesen esculpido allí mismo y contemplando el norte como si llevase ahí desde que los motivos florales del edificio eran nuevos, ves que Hoa te está esperando.

—No hay tantas estatuas como debería —dice al tiempo que te detienes a su lado.

No puedes evitar mirar hacia el mismo lugar que Hoa. Desde donde os encontráis, aún no se ve la Hendidura en sí. Al parecer, entre ese monstruo y la ciudad hay algunos bosques pluviales marchitos y algunas crestas montañosas. No obstante, el Muro ya es un paisaje lo suficientemente desolador.

Y quizá también sea más sencillo de afrontar. Aunque recuerdas que usaste el Portal de los Obeliscos con esas gentes, retorciste la magia que tenían entre sus células y transmutaste las partes infinitesimales de su carbono para convertirlas en silicato. Danel te ha contado lo abarrotada que estaba la ciudad, tanto que se vio obligada a enviar un ejército para conquistar y sobrevivir. Pero no está tan abarrotada de estatuas. Hay ciertos retazos de lo que fue en otro tiempo: estatuas que entablan profundas conversaciones con compañeros que han desaparecido, dos personas sentadas en una mesa de seis. En uno de los edificios más grandes que tiene una cruz verde hay una estatua que yace desnuda en una cama con la boca abierta, el pene erecto para siempre, las caderas elevadas y las manos en la posición adecuada para agarrar unas piernas. Pero está solo. Una broma horrible y morbosa.

—Los de mi especie son unos oportunistas cuando se trata de alimentarse —comenta Hoa.

Sí, es justo lo que temías que iba a decir.

—Y al parecer tenían mucha hambre, ¿no? Por aquí había mucha gente y ya no quedan tantos.

—Nosotros también guardamos las sobras para mejor ocasión, Essun.

Te frotas la cara con la mano que te queda e intentas sin éxito visualizar una enorme despensa de comepiedras oculta en algún lugar y llena de estatuas de colores resplandecientes.

—Aciaga Tierra. ¿Por qué te preocupas tanto por mí? Yo no... soy una presa tan fácil como esas estatuas.

—Los miembros más débiles de mi especie necesitan recuperar fuerzas. Yo no. —Hay un ligero cambio en la inflexión de la voz de Hoa. Ya lo conoces, y sabes que es desprecio. Es una criatura orgullosa (él mismo lo admitiría)—. Los crearon mal, débiles, son poco más que bestias. Esos primeros años estábamos muy solos y, al principio, no sabíamos muy bien lo que hacíamos. Los hambrientos son el resultado de nuestra torpeza.

Titubeas, porque en realidad no quieres saber nada del asunto..., pero a estas alturas llevas unos años siendo cobarde. Por eso te giras hacia él y dices:

—Estás creando otro, ¿verdad? Con... con mi cuerpo. Tú no te estás alimentando: estás... procreando.

Una procreación terrible para la que necesitas la muerte por petrificación de un ser humano. Y para la que tiene que hacer falta algo más que convertir a la gente en piedra. Piensas en la kirjusa de la estación de carretera, en Jija y en la mujer de Castrima a la que mataste. Piensas en cómo la golpeaste, cómo la destrozaste con magia por el crimen que no había cometido y que te hizo recordar el asesinato de Uche. Pero lo que le pasó a Alabastro no es lo mismo que lo que le hiciste a esa mujer. Ella brillaba y se convirtió en una colección de piedras preciosas resplandeciente. El decanillado se convirtió en una masa de roca parduzca, que aun así parecía hecha con elegancia y trabajada con precisión y cuidado; mientras que la mujer se convirtió en poco más que un revoltijo desordenado a pesar de la belleza de sus partes.

Hoa se queda en silencio después de tu pregunta, lo que en realidad ya es una respuesta de por sí. Y entonces lo recuerdas. Antimonio, en los instantes después de que cerraras el Portal de los Obeliscos pero antes de que cayeras en ese letargo inducido por la magia. Había otro comepiedras junto a ella, de una blancura extraña y de una familiaridad inquietante. Aciaga Tierra, en realidad no quieres saberlo, pero...

—Antimonio usó... —Una masa muy pequeña de roca parduzca—. Usó a Alabastro. Lo usó como material para... por el óxido, para crear a otro comepiedras. Y lo hizo a su imagen y semejanza.

Vuelves a odiar a Antimonio, como siempre.

—Fue él quien decidió su forma. Igual que todos.

La afirmación hace que la rabia pierda su significado. El estómago te da un vuelco, pero no es por el asco.

—Pues... entonces... —Respiras hondo—. Entonces, ¿es él? Alabastro. Está... está...

No consigues pronunciar la palabra.

Hay un parpadeo y de repente Hoa te mira con gesto compasivo, no sin cierto grado de advertencia.

—El entramado no siempre se forma a la perfección, Essun —dice con voz amable—. E incluso cuando lo hace, siempre hay... pérdida de datos.

No tienes ni idea de a qué se refiere, pero empiezas a temblar. ¿Por qué? Sabes la razón. Elevas el tono de voz.

—Hoa, si es Alabastro, si puedo hablar con él...

—No.

—¿Por qué no, por el óxido?

—Porque es él quien tiene que tomar antes esa decisión. —Ahora habla con tono más serio. Una reprimenda. Te estremeces—. Y, más importante aún, porque al principio somos frágiles, como todas las criaturas recién nacidas. Tardamos siglos, nuestra conciencia tarda siglos en... enfriarse. La más mínima presión, como la que harías ordenándole que se amoldase a tus exigencias en vez de dejarlo a su aire, podría dañar la estructura definitiva de su personalidad.

Das un paso atrás, lo que te sorprende, ya que no te habías dado cuenta de que cada vez estabas más cerca de su cara. Luego te derrumbas. Alabastro está vivo, pero en realidad no lo está. ¿Será ese Alabastro comepiedras la misma persona de carne y hueso que conocías? ¿Importa acaso ahora que ha cambiado tanto?

—Pues lo he vuelto a perder —murmuras.

Al principio, Hoa no parece moverse, pero notas una ligera brisa a tu lado y de repente una mano recia toca el dorso de la tuya.

—Vivirá eternamente —dice Hoa con tanto cuidado como puede articular con esa voz vacía suya—. Mientras la Tierra exista, también lo hará parte de lo que él era. Tú eres la que aún está en peligro de desaparecer. —Hace una pausa—. Pero si decides no llegar hasta el final de lo que hemos empezado a hacer, lo entenderé.

Levantas la vista y, quizá solo por segunda o tercera vez, crees que lo comprendes. Sabe que estás embarazada. Quizá lo sabía antes que tú, aunque no eres capaz de saber qué significa algo así para él. También sabe lo que subyace tras tus pensamientos sobre Alabastro y dice... que no estás sola. Que no es cierto que no tengas nada. Tienes a Hoa, a Ykka, a Tonkee y quizás a Hjarka, «amigos», que te conocen a ti y tus monstruosidades de orograta, y que te aceptan a pesar de todo. Y también tienes a Lerna, incansable y exigente aunque no te lo diga, que no abandona pero tampoco tolera tus excusas, y tampoco finge que no hay dolor en el amor. Es el padre de otro hijo que seguro que será bonito. Todos los hijos que has tenido hasta ahora lo han sido. Bonitos y poderosos. El arrepentimiento hace que vuelvas a cerrar los ojos.

Pero al hacerlo oyes los ruidos de la ciudad y te estremeces al sentir una risa en el ambiente, tan escandalosa que se oye pese a provenir del nivel del suelo, seguro que de una de las hogueras comunitarias. Lo que te recuerda que también tienes a Castrima, si quisieras tenerla. Esa comu ridícula de personas desagradables que siguen juntas a pesar de todo, por las que has luchado y cuyos miembros, de mejor o peor grado, también han luchado por ti. Te arranca una sonrisa.

—No —dices—. Haré lo que sea necesario.

Hoa lo sopesa.

—Haces bien.

Claro que sí. Nada ha cambiado. El mundo sigue roto y tú puedes arreglarlo, es lo que te han encargado hacer tanto Lerna como Alabastro. Castrima es una razón más para hacerlo. Y también es hora de que dejes de ser una cobarde y vayas a buscar a Nassun. Aunque te odie. Aunque hayas dejado que se enfrente sola al mundo. Aunque seas la peor madre que existe..., lo hiciste lo mejor que sabías.

Y quizá sí que estés eligiendo a uno de tus hijos, a aquella que tiene más posibilidades de sobrevivir. Pero es lo que las madres siempre han tenido que hacer desde el principio de los tiempos: sacrificar el presente con la esperanza de conseguir un futuro mejor. Si en esta ocasión el sacrificio es más exigente que el resto..., pues bien. Que así sea. Después de todo, es la obligación de una madre. Y además, eres una decanillada, por el óxido. Lo conseguirás.

—¿Y a qué estamos esperando? —preguntas.

—A ti —responde Hoa.

—Bien. ¿Cuánto tiempo nos queda?

—El perigeo tendrá lugar dentro de dos días. Puedo llevarte a Nucleobase en uno.

—Muy bien. —Respiras hondo—. Tengo algunas despedidas pendientes.

Con una naturalidad anodina y precisa, Hoa espeta:

—Puedo llevar a más personas.

Vaya.

Es lo que querías, ¿no? No estar sola al final. Tener la presencia tranquila e implacable de Lerna junto a ti. Tonkee se enfadaría mucho si la dejases atrás y no llegara a ver Nucleobase. Hjarka se enfadaría contigo por llevarte a Tonkee. Las extrañas razones acervistas de Danel la obligan a hacer una crónica de la transformación del mundo.

Pero Ykka...

—No. —Te tranquilizas y suspiras—. Volveré a ser egoísta. Castrima necesita a Ykka. Y los demás ya han sufrido lo suficiente.

Hoa se limita a mirarte. Por el óxido, ¿cómo es capaz de expresar emociones con esa cara pétrea? Aunque dicha emoción no sea más que un escueto escepticismo por lo poco creíble que ha sido tu mentira. Ríes, una vez. No estás acostumbrada. Ha pasado mucho tiempo.

—Creo —dice Hoa despacio— que si quieres a alguien no deberías poder decidir la manera en la que esa persona te corresponde con su amor.

Hay muchas capas en los estratos de esa afirmación.

Pues bien. De acuerdo. No depende de ti, y nunca ha dependido de ti. Todo cambia durante las Estaciones, y una parte de ti ya se ha cansado al fin de ese papel de mujer solitaria y vengativa. Quizá Nassun no fuese la única que necesitaba un hogar. Y quizá ni siquiera tú deberías intentar cambiar el mundo sola.

—Pues vamos a preguntarles —dices—. Y luego vayamos en busca de mi pequeña.

Para: Yaetr Innovador Dibars
De: Alma Innovador Dibars

Me han pedido que te comunique que te has quedado sin financiación. Tienes que volver a la Universidad y usar el medio de transporte más barato que te sea posible.

Y como te conozco, viejo amigo, déjame añadir algo más. Crees en la lógica. Incluso crees que nuestros estimados colegas no sucumben a los prejuicios o la política cuando tienen que enfrentarse a la realidad. Por eso nunca podrás formar parte de la Fundación ni del comité de Asignación, con independencia de los másteres que te saques.

Nuestra financiación proviene de la Antigua Sanze. De familias tan antiguas que en sus bibliotecas tienen libros anteriores a todas las Universidades, libros que no nos dejarían tocar. ¿Cómo crees que dichas familias han durado tanto, Yaetr? ¿Por qué Sanze ha durado tanto? No es gracias al litoacervo.

¡No puedes acercarte a unas personas como esas y pedirles financiación para investigar un proyecto que convierta en héroes a los orogratas! No puedes. Se desmayarán y, cuando despierten, harán lo que sea para matarte. Te destruirán de igual manera que lo harían con cualquier cosa que amenazara su sustento y su legado. Sí, sé que crees que no es eso lo que estás haciendo, pero te equivocas.

Y si no es suficiente para convencerte, tengo algo con la lógica suficiente para hacerlo: los Guardianes están empezando a hacer preguntas. No sé la razón. Nadie sabe lo que impulsa a esos monstruos. Pero es la razón por la que he votado lo mismo que la mayoría del comité, aunque de ahora en adelante me odies por ello. Quiero que vivas, viejo amigo, no que mueras en un callejón con un puñal de cristal clavado en el corazón. Lo siento.

Regresa a casa sano y salvo.

12

Nassun, acompañada

Nucleobase está en silencio.

Nassun se da cuenta cuando el vehímo en el que ha recorrido el planeta sale de la correspondiente estación por la otra cara del mundo.

Se encuentra en uno de esos edificios extraños e inclinados que rodean el enorme agujero que se encuentra en el centro de Nucleobase. Grita para pedir ayuda, grita por comprobar si alguien puede oírla; grita mientras la puerta del vehímo se abre y mientras arrastra fuera el cuerpo inerte y flácido de Schaffa a través de los pasillos silenciosos primero y luego por las calles también silenciosas. Es grande y pesado, por lo que aunque intenta usar la magia de varias formas para ayudarse a cargar con el peso —en vano, ya que la magia no sirve para algo tan vulgar y localizado, y tampoco es que pueda concentrarse muy bien en esos momentos—, solo consigue arrastrarlo a unas manzanas del complejo antes de caer rendida al suelo.

Por el óxido, un día de estos. Un año de estos, por el óxido.

He encontrado estos libros, vacíos. No están hechos de papel. Son más gruesos y no se doblan con facilidad. Por suerte, pues de lo contrario a estas alturas no serían más que polvo. ¡Conservad mis palabras por toda la eternidad! ¡Ja!

Seguro que más que mi cordura sí, por el óxido.

No sé qué escribir. Innon se reiría y me diría que escribiese algo sexual. Vale, venga: hoy me he masturbado por primera vez desde que A me trajo a este lugar. He pensado en él mientras lo hacía y no he llegado a correrme. ¿Me estaré haciendo viejo? Es lo que diría Siena. Sé que le molesta que sea más fuerte que ella.

Ya he olvidado cómo olía Innon. Aquí todo huele a mar, pero no igual que el mar que estaba cerca de Meov. ¿Será porque el agua es diferente? Innon olía como el agua de allí. Cada vez que sopla el viento, me olvido un poco más de él.

Nucleobase. Cómo odio este sitio.

Nucleobase no es una ruina absoluta. O sea, que no está del todo en ruinas ni tampoco deshabitado.

En la superficie del océano abierto e infinito, la ciudad se erige como una anomalía llena de edificios, que no son muy altos en comparación con la recién perdida Yumenes o la largo tiempo perdida Syl Anagist. No obstante, Nucleobase es única, tanto para la cultura del pasado como para la del presente. Las estructuras del lugar son firmes, de metal que no está oxidado, de extraños polímeros y de otros materiales que podrían soportar los vientos huracanados y salados que dominan esta parte del mundo. Las pocas plantas que crecen allí, en los parques que se construyeron hace mucho tiempo, ya no tienen esas formas encantadoras criadas en invernaderos que usaban los constructores de Nucleobase. Los árboles del lugar, silvestres e híbridos de los que había originalmente en el territorio, son cosas enormes y de madera que han quedado retorcidas en formas pintorescas por la acción del viento. Hace mucho tiempo que destrozaron los parterres y los maceteros, y ahora se extienden por las aceras de fibra compacta. Al contrario que en Syl Anagist, en Nucleobase hay muchos más ángulos rectos, que se usaban para aumentar la resistencia de los edificios contra el viento.

Pero en la ciudad hay muchas más cosas que las que saltan a la vista.

Nucleobase se encuentra en la cima de un enorme volcán en escudo, y los primeros kilómetros del agujero excavado en el centro tienen en su interior un complejo de residencias, laboratorios y fábricas. Dichas instalaciones subterráneas servían en un principio para albergar a los geomagestros y los genegenieros, pero han terminado por usarse para un propósito muy diferente, ya que esa cara interna de Nucleobase ahora es Warrant, el lugar en el que se crean los Guardianes y donde se resguardan entre Estaciones.

Hablaremos de ese lugar más adelante.

Sobre la superficie de Nucleobase empieza a anochecer debajo de un impresionante cielo azul cubierto por unas pocas nubes. (Las Estaciones que tienen lugar en la Quietud no suelen afectar mucho al clima de este hemisferio, o al menos tardan meses o años en hacerlo.) Como es de esperar en un día así, hay gente por las calles alrededor de Nassun mientras ella se afana por arrastrar el cuerpo y llora, pero no se mueven para ayudarla. Se podría decir que no se mueven ni un ápice, ya que son comepiedras, con labios de mármol rosado, ojos de mica brillante y adornos hechos de pirita dorada y cuarzo transparente. Los hay en los escalones de los edificios que llevan decenas de miles de años sin ser pisados por humanos. Sentados en los alféizares de piedra o metal de las ventanas, que han empezado a deformarse debido al peso que llevan ejerciendo allí desde hace décadas. Hay una sentada con las rodillas levantadas y los brazos rodeándolas, apoyada en un árbol cuyas raíces han crecido a su alrededor; el moho le cubre la parte superior de los brazos y el pelo. Le dedica a Nassun una mirada que denota cierto interés. Solo se le mueven los ojos.

Todos contemplan impasibles a esa rápida y escandalosa niña humana que llora mientras le da la brisa salada hasta que se queda agotada.

Luego se sienta y se hace un ovillo, sin dejar de aferrarse a la tela de la camisa de Schaffa.

Otro día del mismo (¿?) año.

Voy a dejar de escribir sobre Innon y Corin. Prohibido a partir de ahora.

Siena. Aún puedo sentirla... Sesapinarla no, pero sí sentirla. Aquí hay un obelisco, creo que es una espinela. Cuando me ~~canekto~~ conecto con él, soy capaz de sentir todo aquello a lo que él está conectado. El de amatista sigue a Siena. Me pregunto si lo sabrá.

Antimonio dice que Siena consiguió llegar al continente y que se ha puesto a ~~dembu~~ deambular. ¿Será por eso que yo también siento como si deambulara? Es la única que queda, pero pode... joder.

Este lugar es una locura. ¿Tendría razón Anmimonio al afirmar que hay una manera de abrir el Portal de los Obeliscos sin el kabugón de control? (El de ónice. Es demasiado poderoso, no puedo arriesgarme, ya que activaría el alineamiento muy pronto y, entonces ¿quién realizaría el segundo cambio de trayec?) Pero los rumbrientos que lo cnstruyeron metieron todo en se estúpido agujero. A me ha contado cosas. Gran proyecto, por mis cojones. Verlo es aún peor. Toda la ciudad se ha convertido en una escena del crimen. He dembulado por aquí y he visto unas grandes y enormes tuberías que recorren el fondo del océano. ~~Enor~~ ENORMES y listas para bombear algo desde ese agujero hasta el continente. Animonio dice que es magia. ¿¿¿En serio necesitaban tanta??? ¡Más que el Portal!

Hoy le he pedido a Timomonio que me lleve al agujero y me ha respondido que no. ¿Qué hay ahí dentro, eh? Qué hay en el agujero.

Cerca del anochecer, aparece otro comepiedras. Allí, entre las ropas elegantes y la variedad de colores de la que hace gala su pueblo, él destaca aún más debido a su color gris y su pecho desnudo. Vigila a Nassun durante varios minutos, quizá con la esperanza de que levante la vista para verle, pero la chica no lo hace. Poco después dice:

—La brisa del océano puede llegar a ser muy fría de noche.

Silencio.

Las manos de Nassun se abren y se cierran de manera controlada sobre la ropa de Schaffa. Está cansada. Lleva arrastrándolo desde el centro de la Tierra.

Un rato después, a medida que el sol se hunde en el horizonte, Acero dice:

—Hay un apartamento habitable a dos manzanas de donde estamos. Los alimentos almacenados allí aún deberían ser comestibles.

Nassun dice:

—¿Dónde?

Tiene la voz ronca. Necesita agua. Le queda algo en su cantimplora, y también en la de Schaffa, pero no las ha abierto.

Acero cambia de postura para señalar. Nassun levanta la cabeza para seguir la mano y ve una calle, recta de una manera poco natural y que parece perderse en el horizonte. Se levanta a duras penas, agarra mejor la ropa de Schaffa y empieza a arrastrarlo.

Quién está en el hueco, qué hay en el hueco, adónde lleva el hueco, ¡yo sí que estoy hueco!

Hoy los CP me han traído comida mejor porque no como suficiente. Un pedido especial y fressssco desde la otra cara del mundo. Voy a poner a secar las semillas para plantarlas. Tengo que acordarme de rrrrrecoger el tomate que le tiré a A.

El idioma del libro es muy parecido al sanzedinés. ¿Los caracteres son similares? ¿Es el precursor? Casi reconozco algunas palabras. Algo de etúrpico antiguo, algo de hladdaciano, un tanto de regwo de las primeras dinastías. Ojalá Shinash estuviese aquí. Gritaría al verme poner los pies sobre libros más viejos que la misma historia. Siempre fue fácil hacerlo rabiar. Lo echo de menos.

Echo de menos a todos, incluso a los del Fulcro (¡!), por el óxido. Echo de menos las voces que salen de esas bocas oxidadas.

SIENITA podría hacerme comer, roca parlante. A SIENITA le importaba y le daba igual que fuese capaz de arreglar este mundo que a mí sí que me importa una mierda. SIENITA debería estar aquí conmigo. ~~*Daría lo que fuese para que estuviera aquí conmigo.*~~

No. Tiene que olvidarme a mí y a ~~In~~ *Meov. Tiene que encontrar algún pardillo aburrido con el que quiera acostarse de verdad. Llevar una vida aburrida. Se lo merece.*

Anochece mientras Nassun llega al edificio. Acero cambia de posición y aparece delante de un extraño edificio asimétrico con forma de cuña y cuyas altas fachadas encaran el viento. La azotea inclinada del edificio, que se encuentra a sotavento, está descuidada y llena de vegetación retorcida. En el suelo hay mucha tierra, más de la que el viento debería haber acumulado con el paso de los siglos. Parece algo calculado..., aunque descuidado. Y entre esa maraña, Nassun descubre que alguien se había encargado de atender ese jardín. Las plantas están descuidadas y hay nuevos tallos que salen de los lugares donde había caído la fruta madura de las plantas desatendidas, pero la escasez de la maleza y la manera en la que todo sigue dispuesto más o menos en hileras le hacen pensar que ese jardín no puede llevar abandonado más que uno o dos años. La Estación empezó hace casi dos años.

Pasa el tiempo. La puerta del edificio se mueve sola y se desliza a un lado cuando Nassun se acerca. También se cierra sola cuando ha conseguido entrar lo suficiente a Schaffa. Acero aparece dentro y señala escaleras arriba. Arrastra a Schaffa al pie de las escaleras y luego se tira al suelo junto a él, temblando, demasiado cansada como para pensar o seguir avanzando.

El corazón de Schaffa aún late con fuerza, piensa la chica cuando usa el pecho del Guardián como almohada. Cierra los ojos y se engaña pensando que es él quien la sostiene, y no al revés. Es un consuelo insignificante, pero le basta para dormirse sin pesadillas.

La otra cara del mundo
está al otro lado del agujero,
¿
v
e
r
d
a
d
?

Por la mañana, Nassun sube a Schaffa por las escaleras. Por suerte, el apartamento solo está en el segundo piso, frente a la puerta de las escaleras. En el interior todo tiene una apariencia extraña, pero sirve para propósitos que sí le resultan familiares. Hay un sofá, aunque el respaldar está a un lado del largo asiento, y no en la parte de atrás. Hay sillas, una de ellas unida a una especie de mesa grande e inclinada. Para dibujar, quizá. La cama en la habitación contigua es lo más raro de todo: es un hemisferio grande y amplio acolchado y de colores, pero sin sábanas ni almohadas. Aun así, Nassun se tumba con cuidado y descubre que el material se adapta a su cuerpo de una manera asombrosamente cómoda. También es cálido, se calienta de verdad debajo de ella hasta que desaparece el dolor de dormir en una fría escalera. Fascinada a pesar de todo, Nassun examina la cama y se sorprende al darse cuenta de que está llena de magia, que también la ha cubierto a ella. Unos hilillos de plata rodean su cuerpo y alivian su malestar tocándole los nervios para luego curarle las heridas y los arañazos. Otros de esos hilos agitan las partículas de la cama hasta que la fricción las calienta, y más hilos siguen revoloteando por su piel en busca de capas y láminas de polvo reseco para limpiarlo. Se parece a lo que hace ella cuando usa la plata para curar o cortar cosas, pero en cierto modo es automático. No se puede ni imaginar quién construiría una cama capaz de hacer magia. Ni tampoco la razón. Tampoco es capaz de dilucidar cómo alguien ha podido convencer a toda esta plata para hacer cosas tan agradables, pero lo está viendo con sus propios ojos. Es normal que los que construyeron los obeliscos necesitasen tanta plata si la usaban para sustituir las mantas, los baños o para curarse de manera gradual.

Nassun repara en que Schaffa está sucio. Le avergüenza tener que quitarle la ropa y limpiarlo con unas telas elásticas que encuentra en el baño, pero sería peor dejarlo todo mugriento. Vuelve a tener los ojos abiertos, aunque no se mueve mientras ella se pone a ello. Los ha tenido abiertos durante el día y se cierran por la noche, pero aunque Nassun le habla al Guardián (le suplica que despierte, le pide que la ayude y le dice que lo necesita), él no responde.

Nassun lo mete en la cama y deja unas almohadillas de tela debajo de su trasero desnudo. Le da el agua de la cantimplora y, cuando se acaba, se esmera por sacar más de la extraña bomba de agua que hay en la cocina. No tiene palancas ni manivelas, pero sale agua cuando coloca la cantimplora debajo del grifo. Es una chica aplicada. Primero usa el polvo que lleva en el portabastos para preparar una copa de salvaguardia con el agua y ver si está contaminada. La salvaguardia se disuelve, pero se mantiene turbia y blanca, por lo que se la bebe y luego le lleva más agua a Schaffa. Bebe con ansias, lo que indica que estaba sediento. Le da unas pasas previamente humedecidas con el agua, y el hombre las mastica y traga, aunque sin muchas ganas. No lo ha cuidado bien.

Decide hacerlo mejor, y sale al jardín para coger comida para ambos.

Sienita me dijo la fecha. Seis años. ¿Han pasado seis años? No me extraña que esté tan enfadada. Ha pasado tanto tiempo que seguro que me diría que fuera a tirarme por un agujero. No querrá volver a verme. No tiene sentimientos. Le dije que lo sentía. Que era mi culpa. Todo.

Mi culpa. Mi Luna. Hoy comprobé la llave de repuesto. (Líneas de visión, líneas de energía, ¿tres por tres por tres? Disposición cúbica, como una pequeña y bonita cuadrícula de cristal.) La llave es la que abre el Portal. Pero es peligroso atraer tantos obeliscos a Yumenes: hay Guardianes por todas partes. No me daría tiempo a hacer nada antes de que me capturen. Es mejor usar la llave de repuesto hecha de orogenes. ¿A quién podría usar? ¿Quién tiene la fuerza suficiente? Siena, no; casi, pero no. Innon tampoco. Corin sí, pero no consigo encontrarlo. Además, es tan solo un bebé; no estaría bien. Bebés. Muchos bebés. ¿Responsables de los nódulos? ¡Responsables de los nódulos!

No. Ya han sufrido lo suficiente. Usaré a los instructores del Fulcro.

O a los responsables de los nódulos.

¿Por qué tengo que hacerlo aquí? Aquí cabe en el agujero. Pero si lo hago allí... acabaría con Yumenes. Con el Fulcro. Con muchos Guardianes.

Deja de agobiarme, mujer. Vete a decirle a Innon que te folle o algo así. Te pones muy cascarrabias cuando no follas. Mañana saltaré en el agujero.

Se vuelve una rutina.

Cuida de Schaffa por las mañanas y luego sale por la tarde a explorar la ciudad y a encontrar cosas que necesiten. No tiene que volver a bañar a Schaffa ni a limpiarle los excrementos: es sorprendente, pero la cama también se encarga de esas cosas. Gracias a ello, Nassun puede pasar tiempo con él para hablarle y pedirle que despierte, y también para decirle que no sabe qué hacer.

Acero vuelve a desaparecer. A Nassun le da igual.

De vez en cuando aparecen otros comepiedras, o al menos Nassun siente el impacto de su presencia. Duerme en el sofá, y una mañana al despertar se da cuenta de que la han tapado con una manta. No es más que un objeto gris, pero le da calor y lo agradece. Cuando se dispone a picar una de las salchichas para separar el sebo y hacer velas, ya que las del portabastos se le empiezan a acabar, encuentra en la escalera a un comepiedras que tiene la mano doblada en un gesto para que se acerque. Al seguirlo, la criatura se detiene junto a un panel cubierto con unos símbolos extraños. El comepiedras señala uno en particular. Nassun lo toca, y la plata lo hace resplandecer, se pone a brillar de un color dorado y le cubre el brazo a la chica con unos zarcillos. Antes de desaparecer, el comepiedras dice algo en un idioma que Nassun no entiende, y cuando Nassun vuelve al apartamento descubre que hace más calor y hay unas luces blancas y tenues que salen del techo. Al tocar unos cuadrados que hay en la pared, las luces se apagan.

Una tarde, entra en el apartamento y ve que hay un comepiedras agachado junto a una pila de cosas que parecen sacadas del abasto de una comu: sacos de arpillera llenos de raíces, setas y fruta deshidratada, una gran rueda blanca de queso curado, bolsas de cuero con paquetes de pemmican, bolsos con arroz, judías y una valiosa y pequeña cubeta con sal. Los comepiedras desaparecen cuando Nassun se acerca a la pila y no le da tiempo de agradecerlo. Tiene que quitarle la ceniza a todo antes de guardarlo.

Nassun ha descubierto que tanto el apartamento como el jardín deben de haberse usado hace poco tiempo. Hay restos de las vidas de otra persona por todas partes: pantalones demasiado grandes para ella en los cajones y ropa interior de hombre junto a ellos. (Un día, alguien cambia las prendas por ropa que le sirve a Nassun. ¿Otro comepiedras? O quizá la magia del apartamento es más sofisticada de lo que pensaba.) Hay libros apilados en una de las habitaciones, y muchos de ellos son propios de Nucleobase: ya ha empezado a reconocer el aspecto limpio, peculiar y no tan natural de las cosas que se fabrican allí. Pero unos pocos tienen el aspecto habitual, con cubiertas de cuero agrietado y páginas que aún huelen a productos químicos y tinta. Algunos de los libros están en idiomas que no sabe leer. Otros, en el de las costeras.

Pero hay uno en concreto que está fabricado con material de

Nucleobase y sus páginas blancas están manuscritas en sanzedinés. Nassun lo abre, se sienta y empieza a leer.

HE BAJADO
POR EL AGUJERO
NO
no me enterréis
por favor, Siena, te quiero, lo siento, mantenme a salvo, protégeme y yo te protegeré a ti, no hay nadie más fuerte que tú, me gustaría tanto que estuvieses aquí, por favor NO

Nucleobase es una ciudad viva, pero inerte.

Nassun empieza a perder la noción del tiempo. Los comepiedras hablan con ella de vez en cuando, pero la mayoría no conoce su idioma, y ella no ha oído el de ellos lo suficiente. A veces los mira, y le fascina descubrir que algunos se dedican a realizar tareas. Ve a una mujer de malaquita verde que se coloca de pie entre unos árboles mecidos por el viento, y al cabo repara en que la mujer sostiene una rama en diagonal hacia arriba para que crezca en esa dirección. Por mucho que el viento mueva esos árboles, las ramas se abren y se retuercen en formas demasiado exageradas e incluso un tanto artísticas, por lo que debe de haberlo hecho con todos. Y seguro que ha tardado años.

Y cerca del final de la ciudad, junto a una de esas extrañas cosas con forma radial que se internan un poco en el agua, y que no son muelles, sino extrañas piezas de metal que no tienen sentido alguno, todos los días encuentra otro comepiedras con una mano levantada. En una ocasión, Nassun está cerca cuando el comepiedras se emborrona, algo salpica y de repente aparece agarrando en la mano levantada un pez que no deja de agitarse y es tan grande como él. Su piel marmórea reluce por la humedad. Nassun no tiene ninguna tarea apremiante, por lo que se sienta a mirar. Al cabo de un tiempo, un mamífero del océano, una criatura similar a un pez pero que respira, se acerca despacio a los confines de la ciudad. Tiene la piel gris y forma de tubo, y también dientes afilados a lo largo de sus mandíbulas, pero son pequeños. Cuando se impulsa fuera del agua, Nassun ve que es muy viejo, y algo en la manera inquisitiva en la que mueve la cabeza hace que la chica repare en que está ciego. También tiene una antigua cicatriz en la frente, algo lo ha herido de gravedad en la cabeza. El mamífero empuja al comepiedras, quien, como es de esperar, no se mueve, y luego muerde el pez que tiene en la mano, se lo arranca a pedazos que traga hasta que el comepiedras deja caer la cola. Al terminar, la criatura emite un sonido agudo y complejo parecido a un... ¿canto? O una risa. Luego vuelve al agua y se aleja por donde ha venido.

El comepiedras se emborrona y aparece mirando a Nassun. La curiosidad hace que la chica se empiece a poner en pie y se acerque para hablar con él. Pero cuando se pone a caminar, ya ha desaparecido.

Lo que Nassun saca en claro es lo siguiente: hay vida en ese lugar y en esas personas. No es una vida tal y como ella la conoce ni tampoco la que ella elegiría, pero no por ello deja de ser vida. Pensarlo la reconforta, ahora que Schaffa ya no puede decirle que todo va bien y que está segura. Eso y el silencio le permiten sentirse apenada. Antes no sabía cuánto necesitaba algo así.

Lo he decidido.

No es justo. No hay justicia alguna. Algunas cosas están tan mal que no se pueden arreglar. Hay que eliminarlas, limpiar los restos y volver a empezar. Antimonio está de acuerdo. Algunos de los otros CP, también. Otros, no.

Que se oxiden los que no. Me arrebataron la vida para convertirla en su arma, así que eso es en lo que me voy a convertir. Es mi elección. Mi mandamiento. Lo haremos en Yumenes. Un mandamiento escrito en piedra.

Hoy he preguntado por Siena. No sé por qué me sigo preocu-

pando. Antimonio la ha estado siguiendo. (¿Por mí?) Sienita está viviendo en una comu de mala muerte de las Surmelat, he olvidado el nombre, y finge que es profesora de creche. Se las da de tática feliz e inocente. Está casada y tiene otros dos hijos. Ya ves. De la hija no lo tengo claro, pero estoy seguro de que el niño está atrayendo al de aguamarina.

Fascinante. No me extraña que el Fulcro quisiera que procreáramos. Y tuvimos un niño precioso a pesar de todo, ¿verdad? Mi niño.

No dejaré que encuentren a tu hijo, Siena. No dejaré que se lo lleven, que le abrasen el cerebro y lo pongan en una silla de mallas. Tampoco dejaré que encuentren a tu hija, tanto si es una de los nuestros como si tiene potencial para ser Guardiana. Cuando acabe con esto, no habrá Fulcro. Lo que vendrá a continuación no será bueno, pero será igual de malo para todos: para ricos y pobres, para habitantes de las Ecuatoriales y comubundos, para sanzedinos y los de las Árticas. Todos lo sufrirán. Verán que para nosotros hay diferencia entre estaciones y Estaciones. Un apocalipsis que nunca termina. Podrían haber elegido una igualdad diferente. Podríamos haber estado a salvo y cómodos, haber sobrevivido juntos, pero no es lo que querían. Ahora nadie estará a salvo. Quizá sea lo que hace falta para que al fin se den cuenta de que las cosas tienen que cambiar.

Luego lo apagaré y devolveré la Luna a su lugar. (El primer cambio de trayectoria no debería convertirme en piedra. ~~A menos que haya subestimado~~ No debería.) Por el óxido, qué más da si no sirvo para nada.

Después de eso..., tendrás que encargarte tú, Siena. Hacer que todo mejore. Sé que te dije que no era posible, que no había manera de mejorar el mundo, pero me equivocaba. Voy a fragmentarlo porque estaba equivocado. Empezar de cero, tenías razón, cambiarlo. Mejorarlo para los niños que dejas en él. Crear un mundo en el que Corindón habría sido feliz. Un mundo en el que las personas como nosotros, como Innon, tú, yo y nuestro niño bonito, nuestro pequeñín, no acaben destrozadas.

Antimonio dice que es posible que llegue a ver un mundo así.

Veremos, supongo. Por el óxido. Me estoy entreteniendo dema-
siado. Me está esperando. Hoy volvemos a Yumenes.
   Va por ti, Innon. Va por ti, Corin. Va por ti, Siena.

Por la noche, Nassun puede ver la Luna.

Le resultó aterrador la primera vez que miró fuera y vio aquella palidez blanquecina que iluminaba las calles y los edificios de la ciudad para luego mirar hacia arriba y ver la gran esfera blanca que colgaba en el cielo. Le resulta enorme, más que el sol y mucho más que las estrellas, seguida por un tenue borrón luminiscente que no sabe que son los gases que expulsa el hielo adherido a la superficie lunar a lo largo de su periplo. Lo que más le sorprende es su blancura. Sabe muy poco de la Luna, solo lo que le ha contado Schaffa. Le contó que era un satélite, la hija perdida del Padre Tierra, algo cuya luz es reflejo de la del sol. Por eso esperaba que fuese amarilla. Le molesta haberse equivocado.

Le molesta aún más el agujero que ve en esa cosa, casi en el mismísimo centro: una abertura enorme de insondable oscuridad, como una pequeña pupila en un ojo. Es demasiado pequeño para asegurarlo, pero Nassun cree que si la mira durante el tiempo suficiente será capaz de ver las estrellas del otro lado a través del agujero.

Por alguna razón, no le resulta extraño. Fuera lo que fuese lo que ocurrió hace eones y que causó la pérdida de la Luna, seguro que se trató de un cataclismo a muchos niveles. Si la Tierra sufrió la del Desastre, el que la Luna también tenga cicatrices le parece algo natural y apropiado. Nassun se frota con el pulgar el lugar de la palma en el que su madre le rompió la mano; de eso hace ya toda una vida, o así lo parece.

A pesar de todo, se queda de pie en el jardín de la azotea y la mira durante un rato; tanto, que empieza a resultarle bonita. Es como un ojo de color geliris y no hay razón alguna para sospechar de unos ojos de ese color. Se parece a la plata cuando se arremolina y revolotea en el interior de algo parecido a la concha de un caracol. Le recuerda a Schaffa, a cómo la cuidaba, y hace que se sienta un poco menos sola.

Con el tiempo, Nassun descubre que puede usar los obeliscos para tener una primera impresión de la Luna. El de zafiro está al otro lado del mundo, pero por la zona hay otros que flotan sobre el océano, guiados por la llamada de Nassun, que los ha estado impulsando y controlando uno a uno. Los obeliscos la ayudan a sentir (no a sesapinar) que la Luna no tardará en encontrarse en el punto más cercano. Si la deja ir, pasará y empezará a menguar hasta desaparecer de los cielos. La otra opción es abrir el Portal, tirar de ella y cambiarlo todo. La crueldad del *statu quo* o el consuelo del olvido. Sabe muy bien qué elegir..., pero algo la aflige.

Una noche en la que Nassun se encuentra sentada y contempla la gran esfera blanca de las alturas, dice en voz alta:

—Fue a propósito, ¿verdad? No me dijiste qué le ocurriría a Schaffa porque albergabas la esperanza de librarte de él.

La montaña que la acechaba casi al lado se mueve un poco a una posición cercana a su espalda.

—Intenté avisarte.

Nassun se gira para mirarlo. Al ver el rostro de la chica, Acero suelta una risilla que tiene cierto aire de autocrítica. Pero se queda en silencio cuando ella dice:

—Si muere, te odiaré a ti más que al mundo.

Nassun se empieza a dar cuenta que es una guerra de desgaste, y que va a perder. En las semanas (¿?) o meses (¿?) que lleva en Nucleobase, Schaffa ha empeorado de manera ostensible: su piel se ha vuelto de un pálido muy feo, y su pelo, quebradizo y apagado. Las personas no están hechas para yacer inmóviles, parpadeando sin pensar, durante varias semanas seguidas. Ese día le había tenido que cortar el pelo. La cama se lo limpia, pero de un tiempo a esta parte se le había puesto grasiento y no dejaba de enredársele, e incluso el día antes se le había enrollado en el brazo cuando Nassun le había dado la vuelta al Guardián y le había cortado la circulación sin que ella se diese cuenta. (No ha dejado de cubrirlo con una sábana a pesar de que la cama es cálida y no lo necesita. Le molesta que esté desnudo y haya perdido su dignidad.) La mañana en la que al fin comprendió cuál era el problema, el hombre tenía el brazo pálido y un poco gris. Se lo liberó y lo acarició con la esperanza de devolverle el color, pero no tenía buen aspecto. No sabe qué hará en caso de que el brazo vaya a peor. Puede incluso que acabe perdiéndolo a él, de manera lenta pero inexorable, parte a parte, porque tenía nueve años cuando empezó la Estación y ahora tiene casi once y en el creche no se enseñaba a cuidar de los discapacitados.

—Si vive —responde Acero con voz atonal—, nunca volverá a experimentar un instante sin agonía.

Hace una pausa sin apartar los ojos grises de la cara de Nassun mientras ella reverbera con sus palabras, con el rechazo que siente por ellas, con el miedo atroz y cada vez mayor a que Acero tenga razón.

Nassun se pone en pie.

—N-necesito saber cómo curarlo.

—No puedes.

La chica aprieta los puños. Por primera vez en lo que le parecen siglos, parte de ella se extiende por los estratos que la rodean. O sea, por el volcán en escudo que hay debajo de Nucleobase..., pero cuando se «aferra» a él con la orogenia se sorprende al descubrir que, de alguna manera, está anclado allí. La revelación la sorprende durante el instante en el que se ve obligada a cambiar a su percepción para ver la plata. Solo entonces se topa con unos firmes y centelleantes pilares de magia que se internan en las profundidades del volcán y lo fijan en el sitio. Aún está activo, pero nunca volverá a entrar en erupción gracias a esos pilares. Es igual de estable que un lecho de roca, a pesar del agujero que tiene en el centro y que llega hasta el núcleo de la Tierra.

Obvia esa información por irrelevante y al fin exterioriza la idea que fraguaba en su mente desde que llegó a esa ciudad de habitantes de piedra.

—Si... si lo convierto en comepiedras, vivirá y no sentirá dolor, ¿verdad? —Acero no responde. El silencio se alarga y Nassun se muerde el labio—. Tienes que decirme cómo convertirlo en uno de los tuyos. Estoy segura de que podría hacerlo si uso el Portal. Con él puedo hacer cualquier cosa, excepto...

Excepto que el Portal de los Obeliscos no sirve para tareas pequeñas. De igual manera que Nassun sabe, siente y sesapina que el Portal la convertirá por unos instantes en un ser omnipotente, también sabe que no puede usarlo para transformar a un solo hombre. Si convierte a Schaffa en comepiedras, el resto de humanos del planeta también se transformarán. Todas las comus, todas las bandas de comubundos y todos los nómadas. Diez mil ciudades vivas pero inertes como esa, en lugar de una. Todo el mundo se convertirá en lo mismo que Nucleobase.

Pero ¿tan terrible es en realidad? Si todos se convierten en comepiedras, no habrá diferencia entre orogenes y táticos. No morirán más niños ni habrá más padres que los asesinen. Las Estaciones pasarán, pero darán igual. Nadie volverá a morirse de hambre. El mundo sería igual de pacífico que Nucleobase. ¿Acaso no podría llamarse bondad a algo así?

La cara de Acero, que se ha girado hacia la Luna aunque sin dejar de mirarla, se vuelve a girar despacio para encararla. Siempre es incómodo ver la lentitud con que se mueve.

—¿Sabes lo que se siente al no poder morir?

Nassun parpadea, desconcertada. Esperaba que el comepiedras se enfrentase a ella.

—¿Qué?

La luz de la Luna ha transformado a Acero en una criatura surgida de las sombras, un carboncillo que se recorta contra la penumbra del jardín.

—He preguntado —dice, con un tono de voz que suena hasta agradable— que si sabes lo que se siente al no poder morir. Como yo. Como tu Schaffa. ¿Tienes la más mínima idea de la edad que tiene? ¿Te importa acaso?

—Yo... —Está a punto de decir que sí, pero se le quiebra la voz. No. No había pensado en eso—. Yo no...

—Diría —continúa Acero— que la media de vida de un Guardián es de tres o cuatro mil años. ¿Eres capaz de hacerte una idea de cuánto tiempo es eso? Piensa en los últimos dos años. En tu vida desde el comienzo de la Estación. Imagina otro año. Puedes hacerlo, ¿verdad? Cada día que pasas aquí en Nucleobase te parece un año más, o eso me has dicho. Ahora une esos tres años e imagínatelos mil veces.

Pone mucho énfasis en aquellas últimas palabras. Tanto, que Nassun no puede evitar sobresaltarse.

Pero a pesar de todo..., cavila. Nassun se siente vieja a la agotadora edad de casi once años. Ha pasado por demasiadas cosas desde el día en que llegó a casa y se encontró con su hermano pequeño muerto en el suelo. Ahora es una persona diferente, se podría decir que casi no es Nassun. De hecho, a veces se sorprende de seguir llamándose Nassun. ¿Cómo de diferente será en tres años? ¿Y en diez? ¿Y en veinte?

Acero hace una pausa hasta que ve que algo cambia en la expresión de la niña, un indicio, quizá, de que atiende a lo que le ha dicho. Luego continúa:

—No obstante, tengo razones para creer que tu Schaffa es muchísimo más viejo que la mayoría de los Guardianes. No es de la primera generación, esos murieron todos hace mucho. No pudieron soportarlo. Aun así, seguro que es uno de los primeros. Los idiomas: esa es la mejor manera que hay para darse cuenta. Nunca los olvidan, ni siquiera cuando ya han olvidado el nombre que les pusieron al nacer.

Nassun recuerda que Schaffa conocía el idioma del vehículo que viajó a través de la tierra. Le resulta extraño pensar que Schaffa ya estaba vivo cuando aún se hablaba ese idioma. Eso indicaría que tiene... No se lo puede ni imaginar. Se supone que la Antigua Sanze se fundó hace siete Estaciones; ocho, si se cuenta la actual. Casi tres mil años. El ciclo de ida y vuelta de la Luna también es muy anterior y Schaffa lo recuerda, por lo que... Sí. Es muy viejo. Nassun frunce el ceño.

—Es poco común encontrar uno de ellos que sea capaz de aguantar tanto —prosigue Acero. El tono de su voz suena relajado y campechano, como si hablase de los antiguos vecinos de Nassun en Jekity—. El litonúcleo les hace mucho daño, como habrás visto. Se cansan y se vuelven torpes, por lo que la Tierra empieza a contaminarlos y termina por desgastar su voluntad. Cuando eso empieza a ocurrir, no suelen durar mucho. La Tierra o sus colegas Guardianes los usan hasta que dejan de ser útiles y uno de los dos bandos acaba con ellos. Tu Schaffa debe de tener una fuerza increíble para haber durado tanto. Fuerza... u otra cosa. En realidad, lo que mata a los demás es perder las cosas que la gente normal necesita para ser feliz. Nassun, imagina cómo debe de ser. Ver morir a todos los que conoces y te importan. Ver cómo tu hogar queda destruido y tener que encontrar otro... una y otra, y otra vez. Imagina no atreverte a encariñarte con una persona. No tener amigos porque morirán antes que tú. ¿Te sientes sola, pequeña Nassun?

Nassun se ha olvidado de su rabia.

—Sí —admite antes de pensar en una réplica.

—Pues imagina que estás sola toda la eternidad. —La chica ve cómo los labios del comepiedras se tuercen en una ligera sonrisa. Luego se da cuenta de que siempre ha estado ahí—. Imagina que vives aquí en Nucleobase para siempre, sin nadie con quien hablar excepto yo..., cuando me digno a responder. ¿Cómo crees que te sentirías, Nassun?

—Muy mal —responde. Ahora más tranquila.

—Sí. Esta es mi teoría: creo que tu Schaffa sobrevivió tanto tiempo debido al amor que sentía por sus protegidos. Gracias a ti y a otros como tú fue capaz de aliviar su soledad. Te quiere de verdad, no lo dudes. —Nassun traga un nudo que se le había formado en la garganta—. Pero también te necesita. Gracias a ti se mantiene feliz. Haces que siga siendo humano, ya que de no ser por ti, hace tiempo que se habría transformado en algo muy diferente.

Al cabo, Acero se vuelve a mover. Nassun repara por fin en qué le parece inhumano de él: la estabilidad. La gente hace movimientos bruscos y aspavientos, y también otros más suaves y menos violentos. Acero lo hace todo al mismo ritmo. Verlo moverse es como ver fundirse una estatua. Pero luego aparece en pie y con los brazos extendidos, como si dijese: «Mírame bien.»

—Tengo cuarenta mil años —afirma—. Milenios más, milenios menos.

Nassun se lo queda mirando. Las palabras le suenan al batiburrillo que pronunció el vehímo, casi comprensibles, pero sin llegar a serlo. Como si no fuesen reales.

¿Cómo tiene que sentirse con esa edad?

—Vas a morir cuando abras el Portal —prosigue Acero después de concederle a Nassun un instante para sopesar lo que le acaba de decir—. Y si no mueres en ese momento, lo harás tiempo después. En décadas..., en minutos..., qué más da. Y hagas lo que hagas, Schaffa te perderá. Perderá lo único que lo hace ser humano pese a los esfuerzos de la Tierra por devorar su voluntad. Tampoco encontrará a nadie más a quien querer. Aquí no. Ni tampoco será capaz de volver a la Quietud a menos que esté dispuesto a tomar de nuevo la ruta de las Profundidades de la Tierra. Por eso, se cure o no, lo conviertas en uno de los míos o no, no le quedará más elección que seguir adelante, solo, anhelando sin remedio lo que ya no volverá a tener. —Despacio, Acero baja los brazos por los costados—. No tienes ni idea de qué se siente.

De repente, y para sorpresa de la chica, Acero aparece delante de ella. Sin emborronarse, sin previo aviso, aparece nada más parpadear, inclinado hacia delante para acercar la cara a la de Nassun, tan cerca que siente el aire que ha desplazado, huele el tufo a marga e incluso llega a ver que los iris de sus ojos tienen marcas de varios tonos de gris.

—PERO YO SÍ —grita.

Nassun se aparta y chilla. No obstante, entre parpadeos, Acero retoma su antigua posición, de pie, con los brazos en los costados y una sonrisa en los labios.

—Piénsalo bien —dice Acero con un tono de voz que vuelve a ser campechano, como si no hubiese ocurrido nada—. Piensa e intenta dejar de lado el egoísmo infantil, pequeña Nassun. Pregúntate una cosa: aunque pueda ayudarte a salvar a ese saco de mierda sádico y controlador que se hace pasar por tu padre adoptivo, ¿por qué iba a hacerlo? Ni siquiera mis enemigos merecen un destino así. Nadie lo merece.

Nassun no ha dejado de temblar, pero consigue armarse de valor y espeta:

—P-puede que Schaffa quiera vivir.

—Puede. Pero ¿debería? ¿Debería cualquier persona vivir por toda una eternidad? Esa es la pregunta.

Nassun siente el pesar ausente de esa infinidad de años y, al mismo tiempo, se siente culpable por ser una niña. Pero, en el fondo, es una niña amable y no puede evitar sentir la misma rabia que siempre le hace sentir el comepiedras al oír las palabras que acaba de pronunciar. Aparta la mirada, rabiosa.

—Lo... siento.

—Yo también lo siento.

Se hace el silencio durante un instante. Mientras, Nassun empieza a recuperar la compostura. Cuando consigue volver a mirar al comepiedras, la sonrisa ha desaparecido de su rostro.

—No puedo detenerte una vez hayas abierto el Portal —dice—. Te he manipulado, sí, pero la decisión final sigue estando en tus manos. Y ten clara una cosa, Nassun: viviré hasta que la Tierra muera. Ese fue el castigo que nos impuso. Nos convertimos en parte de ella y nos vinculó a su destino. La Tierra no olvida a aquellos que la apuñalaron por la espalda... ni tampoco a los que pusieron el cuchillo en nuestras manos.

Nassun parpadea al oír el «nuestras», pero lo obvia ante la aflicción por darse cuenta de que no hay manera de curar a Schaffa. Hasta ese momento, una parte de ella había albergado la esperanza irracional de que Acero, como adulto, tenía todas las respuestas, así como alguna cura.

Ahora sabe que esa esperanza ha sido en vano. Infantil. Es una niña. Y el único adulto en el que ha llegado a confiar va a morir desnudo, herido y desamparado, sin ni siquiera tener la posibilidad de despedirse.

Es demasiado. Se agacha y coloca un brazo alrededor de las rodillas y otro sobre la cabeza para hacerse un ovillo y que Acero no la vea llorar aunque sepa muy bien lo que ocurre.

El comepiedras suelta una ligera risilla al verla. Sorprende que no suene cruel.

—No sacarás nada de mantenernos vivos —dice—, solo crueldad. Libra a los monstruos rotos que somos de esta vida llena de
miseria, Nassun. A la Tierra, a Schaffa, a mí, a ti..., a todos.

Luego desaparece y deja a Nassun sola debajo de la Luna
blanca y resplandeciente.

Syl Anagist:

Cero

Un momento en el presente antes de volver a hablar sobre el pasado.

Entre sombras calientes y humeantes y la presión insoportable de un lugar que no tiene nombre, abro los ojos. Ya no estoy solo.

Otro de mi especie surge de la piedra. Tiene un rostro anguloso e impasible, aristocrático y elegante como el que debería tener una estatua. El resto de su cuerpo ha cambiado, pero aún mantiene el color original. Al fin me doy cuenta, después de decenas de miles de años. Recordar tantas cosas me ha puesto nostálgico.

Y por eso digo en voz alta:

—Gaewha.

La estatua se mueve un poco y, con la misma dificultad con la que lo haría cualquiera de nosotros, cambia su expresión a una de... ¿comprensión? ¿Sorpresa? Fuimos hermanos hace tiempo. Amigos. Pero luego, rivales, enemigos extraños, leyendas. Desde hace poco, nos hemos convertido en aliados, pero con todas las precauciones imaginables. Lo que contemplo es parte de lo que fuimos, pero no su totalidad. La he olvidado, igual que ella a mí.

La mujer pregunta:

—¿Ese era mi nombre?

—Casi.

—Ajá. ¿Y tú cómo te llamas?

—Houwha.

—Vaya. Claro.

—¿Prefieres Antimonio?

Se vuelve a mover un poco, como si se encogiese de hombros.

—No tengo preferencia.

«Yo tampoco», pienso, pero es mentira. Nunca habría usado el nombre nuevo que te dije, Hoa, de no tener algo de lo que enorgullecerme con el antiguo. Pero me estoy yendo por las ramas.

—Está preparada para el cambio —digo.

Gaewha, Antimonio, sea quien sea ahora, afirma:

—Me he dado cuenta. —Hace una pausa—. ¿Te arrepientes de lo que hiciste?

Es una pregunta estúpida. Todos nos arrepentimos de lo que ocurrió, de maneras y por motivos diferentes. Pero respondo:

—No.

Espero a que me diga algo, pero supongo que no hay nada más que decir. Hace unos sonidos minúsculos para instalarse en la roca. Para ponerse cómoda. Tiene la intención de quedarse esperando conmigo. Me alegro. Hay cosas que resultan más fáciles cuando se está acompañado.

Hay cosas que Alabastro no te llegó a contar nunca, cosas sobre él.

Las conozco porque lo he estudiado. Después de todo, es parte de ti. Pero hay profesores que no necesitan que sus pupilos conozcan todos los tumbos que han dado en su camino hacia la maestría. ¿De qué serviría? Ninguno de nosotros lo ha conseguido de un día para otro. El proceso de ser traicionado por la sociedad va por fases. Uno se sobresalta y sale de ese estado de autocomplacencia cuando descubre las diferencias, cuando se enfrenta a la hipocresía, cuando tiene que hacer frente a un trato inexplicable e incongruente. Después viene un periodo de confusión, en el que hay que olvidar lo que te habían enseñado que era la verdad. En el que hay que meterse de lleno en una nueva verdad. Y luego hay que tomar una decisión.

Algunos aceptan su destino. Se tragan el orgullo, olvidan la auténtica verdad y se dejan llevar por la falsedad, porque dan por hecho que no deben de tener mucho valor. A fin de cuentas, si una sociedad al completo se ha dedicado a subyugarlos, está claro que es porque lo merecen, ¿no? E incluso si no es así, es demasiado doloroso, demasiado imposible. Al menos, así encuentran la paz, más o menos. Y esta no dura mucho.

La alternativa es exigir lo imposible. Es injusto, susurran, lloran, gritan. Lo que les han hecho es injusto. No son inferiores. No se lo merecen. Y por eso la sociedad debe cambiar. La paz también es posible de esa manera, pero antes siempre tiene que producirse un conflicto.

Nadie lo consigue sin uno o dos intentos fallidos.

Cuando Alabastro era joven, le costaba poco querer a los demás. Sí, también estaba enfadado en aquella época, claro que lo estaba. Los niños también se dan cuenta de cuando alguien no los quiere. Pero él había elegido cooperar; al menos, por el momento.

Conoció a un hombre, un académico, durante una misión que le asignó el Fulcro. A Alabastro solo le interesaba la lujuria, ya que el académico era muy guapo y respondía con una timidez encantadora a sus coqueteos. Si el académico no hubiese estado ocupado excavando lo que resultó ser un antiguo escondite de acervo, la historia se habría terminado ahí. Alabastro habría pasado un tiempo con él antes de dejarlo, quizás arrepentido pero seguro que sin rencores.

Pero en lugar de eso, el académico le enseñó a Alabastro lo que había descubierto.

Como te llegó a contar, al principio había más de tres tablillas de litoacervo. Además, la tablilla tercera fue reescrita por Sanze. Aunque quizá fuese más acertado decir que Sanze volvió a reescribirla, ya que había sido reescrita varias veces más. La tablilla tercera original hablaba de Syl Anagist y de cómo se perdió la

Luna, que lo sepas. Por varias razones, aquel era un conocimiento que se consideró inaceptable una y otra vez a lo largo de los milenios. Nadie quiere enfrentarse al hecho de que el mundo es como es porque un pueblo arrogante y egocéntrico había intentado controlar el oxidado planeta. Y nadie estaba preparado para aceptar que la solución para todos los problemas era dejar que los orogenes camparan a sus anchas e hicieran aquello para lo que habían nacido.

Para Alabastro, la información de aquel escondite de acervo resultó ser apabullante. Huyó. El hecho de saber que todo aquello había ocurrido antes le superó. Saber que era el vástago de unos maltratados, que los antepasados de esa gente también lo eran, que el mundo tal y como lo conocía no podía funcionar sin obligar a alguien a ser un esclavo. En aquel momento no vio salida alguna del ciclo, pensó que no había manera de exigirle lo imposible a la sociedad. Se quebró, y huyó.

Su Guardiana lo encontró, como era de esperar, a tres cuadrantes de distancia de donde se suponía que debía estar, y descubrió que no tenía ni idea de hacia dónde se dirigía. En lugar de romperle la mano, ya que para los anillados de alto rango como Alabastro se usaban técnicas diferentes, la Guardiana Leshet se lo llevó a una taberna y le pidió una copa. Lloró entre los efluvios del alcohol y le confesó que no podía soportar que el mundo fuese como era. Había intentado rendirse, sucumbir a las mentiras, pero «no era justo».

Leshet tranquilizó a Alabastro y se lo llevó de vuelta al Fulcro, donde durante más de un año le permitieron recuperarse. Todo para que volviese a aceptar las reglas y el papel que le habían reservado. Pasó el año tranquilo, creo. Al menos, eso es lo que cree Antimonio, que es quien lo conocía mejor durante aquella época. Se tranquilizó e hizo lo que se esperaba de él, tuvo tres hijos e incluso se ofreció a ser instructor de los jóvenes anillados de alto rango. Pero nunca llegó a hacerlo, porque los Guardianes ya habían decidido que Alabastro no podía quedar impune por haber escapado. Fue entonces cuando se enamoró de un decanillado mayor que él, un hombre llamado Hessonita.

Como te he dicho, con los anillados de alto rango usaban técnicas diferentes.

Yo también hui, antaño. Más o menos.

Ocurre el día después de que regresáramos de la misión de afinación de Kelenli. Soy diferente. Miro el jardín de luz púrpura a través de la ventana de nematoquistes, y ya no me parece bonito. El titilar de las flores blancas y centelleantes me hace pensar que las ha creado algún genegeniero, quien las habrá vinculado a la red de energía de la ciudad para que reciban un poco de magia. ¿De qué otro modo podrían brillar como lo hacen? Veo las plantas elegantes de los edificios de los alrededores y sé que, en algún lugar, un biomagestro ha calculado la cantidad exacta de lamotirios que se puede cosechar de una belleza así. La vida es sagrada en Syl Anagist... Sagrada y lucrativa. Y útil.

Mientras pienso en ello, de mal humor, una de las nuevas directoras entra en la estancia. Es la directora Stahnyn y, por lo general, me cae bien. Es tan joven como para no haber adquirido los peores hábitos de los directores más experimentados. Pero ahora que la miro desde la perspectiva que Kelenli me ha ayudado a adquirir, descubro en ella algo nuevo. Una brusquedad en sus facciones, lo pequeño de su boca. Es algo mucho más sutil que los ojos geliris del director Gallat. Aun así es otra sylanagistina cuyos ancestros no llegaron a comprender del todo el verdadero significado de un genocidio.

—¿Cómo te sientes hoy, Houwha? —pregunta al entrar, con una sonrisa en la cara y sin dejar de mirar su pizarra—. ¿Preparado para el chequeo médico?

—Preferiría ir a dar un paseo —respondo—. Salgamos al jardín.

Stahnyn se sobresalta y se me queda mirando.

—Houwha, sabes que es imposible.

Me he dado cuenta de que no nos vigilan mucho. Usan sensores para controlar nuestras constantes vitales, cámaras para vigilar nuestros movimientos y micrófonos para grabar nuestras conversaciones. Algunos de los sensores controlan nuestro uso de la magia, pero ninguno de ellos, ni uno, es capaz de medir ni una décima parte de lo que soy capaz de hacer. Me sentiría insultado si no supiese lo importante que es para ellos que seamos inferiores. Las criaturas inferiores no necesitan vigilancia, ¿verdad? Es imposible que las creaciones de la magestría sylanagistina superen las capacidades de sus creadores. ¡Inconcebible! ¡Ridículo! Una estupidez.

Bien, pues yo me siento insultado. Y ya no aguanto la educada condescendencia de Stahnyn.

Encuentro las líneas de magia que llegan hasta las cámaras y las enredo con las líneas de magia que llegan hasta sus cristales de almacenamiento para crear un bucle. Ahora las cámaras solo mostrarán la grabación que llevan registrando las últimas horas, en la que aparezco mirando por la ventana, taciturno. Hago lo mismo con el equipo de audio y me aseguro de borrar la conversación que acabo de tener con Stahnyn. Me cuesta muy poco hacerlo, ya que me diseñaron para controlar máquinas del tamaño de rascacielos. Las cámaras no son nada en comparación. Uso más magia en el día a día para conectar con los demás y contarles un chiste.

El resto ha sesapinado lo que he hecho. Bimniwha se percata de mi humor y avisa a los demás de inmediato, porque suelo ser el más amable de todos. Soy el que, hasta hace poco, creía en la Geoarcanidad. Remwha suele ser el resentido. Pero en esos momentos hace gala de un silencio indiferente debido a lo que acabamos de descubrir. Gaewha también guarda silencio, desesperada mientras trata de dilucidar cómo exigir lo imposible. Dushwha intenta tranquilizarlos a todos, y Salewha ha empezado a dormir demasiado. El aviso de Bimniwha pasa desapercibido debido a esos interlocutores cansados, frustrados o egocéntricos. Y no le prestan la menor atención.

Mientras, la sonrisa de Stahnyn ha empezado a flaquear, y la mujer empieza a darse cuenta de que lo he dicho en serio. Cambia de postura y pone los brazos en jarras.

—Houwha, no tiene gracia. Sé que el otro día pudisteis salir...

Le he dado muchas vueltas a la manera más eficiente de hacerla callar.

—¿Sabe el director Gallat que lo encuentras atractivo?

Stahnyn se queda paralizada y lo mira con los ojos abiertos como platos. En su caso son marrones, pero le gustan los geliris. He visto cómo mira a Gallat, aunque no le había prestado mucha importancia. Ahora tampoco me importa. Pero doy por hecho que encontrar atractivos los ojos de los niesos es tabú en Syl Anagist, y ni Gallat ni Stahnyn pueden permitirse que los acusen de una perversión así. Gallat despediría a Stahnyn nada más saberlo, aunque fuera yo quien lo afirmara.

Me acerco a ella, que se aparta un poco. Me sorprende mi atrevimiento. Como creaciones que somos, no nos mantenemos firmes ante ese tipo de cosas. Somos herramientas. Mi comportamiento es anómalo y ella debería informar a sus superiores, pero no es eso lo que le preocupa.

—No se lo he dicho a nadie —comento en voz baja—. Ahora mismo, nadie puede ver lo que está ocurriendo en esta habitación. Relájate.

Le tiembla un poco el labio inferior antes de hablar. Me siento mal, solo un poco, por molestarla. Dice:

—No podrás llegar muy lejos. Tenéis deficiencia de vitaminas... Os crearon así tanto a ti como a los demás. Sin la comida especial, la que os servimos, moriréis en unos pocos días.

No se me había pasado por la cabeza que Stahnyn pensara que mi intención era escapar.

No se me había pasado por la cabeza escapar.

Lo que acaba de comentar la directora no es un obstáculo insalvable. Sería sencillo robar comida con la que escapar, aunque moriría cuando se me acabase. Mi vida sería corta de todos modos. No obstante, lo que me preocupa es que no tengo ningún lugar adonde ir. El mundo entero es Syl Anagist.

—El jardín —repito al fin. Esa será mi gran aventura, mi escape. Me dan ganas de reír, pero la costumbre de fingir que no tengo sentimientos prevalece al final. Lo cierto es que no me apetece ir a ninguna parte. Solo quiero saber qué se siente al ejercer el control sobre tu vida, aunque sea solo por unos instantes—. Me gustaría salir al jardín cinco minutos. Nada más.

Stahnyn cambia el pie de apoyo, abatida a simple vista.

—Podría perder mi puesto si lo hago, sobre todo si nos ve uno de los directores de más antigüedad. Me podrían encerrar.

—A lo mejor consigues que te den un lugar con una ventana bonita que dé a un jardín —sugiero. Ella tuerce el gesto.

Y como no le he dejado alternativa, me saca de la celda, bajamos las escaleras y salimos al exterior.

Descubro que el jardín de flores púrpura tiene un aspecto extraño desde ese ángulo y que la sensación que causa oler las flores a esa distancia es muy diferente. Huelen raras. Es un dulzor extraño, casi empalagoso y con cierto toque a fermentación en los lugares en los que las más antiguas se han marchitado o en el que las han aplastado. Stahnyn está nerviosa y no deja de mirar alrededor, mientras yo paseo despacio deseando que ojalá no hiciera falta que estuviese al lado mío. Pero es un hecho: no puedo deambular solo por el complejo. Si cualquier guarda, asistente o director nos ve, pensará que Stahnyn cumple órdenes y no me preguntará nada. Ojalá se estuviese quieta.

Pero me detengo de pronto, detrás de un arbusto aracnoide zumbante. Stahnyn también se detiene y frunce el ceño sin dejar de preguntarse qué sucede. Entonces ella ve también lo que acabo de ver y se queda paralizada.

Delante de nosotros vemos que Kelenli ha salido del complejo y se encuentra entre dos arbustos retorcidos, debajo de un arco de color rosa blanquecino. El director Gallat la ha seguido fuera. Ella está de pie y con los brazos cruzados. Él, detrás, y le grita por la espalda. No estamos a la distancia suficiente para oír lo que le dice, aunque sin duda suena cabreado. De todos modos, sus posturas aportan tanta información como los estratos.

—Oh, no —murmura Stahnyn—. No, no, no. Deberíamos...

—Para —murmuro. En realidad quería decirle «Para de hablar», pero parece entenderme y se queda quieta y en silencio.

Y nos quedamos allí contemplando cómo Gallat y Kelenli se pelean. No puedo oír la voz de ella, y también me doy cuenta de que no tiene permitido gritarle. No es seguro. Pero cuando él la agarra por el brazo y tira de ella para que se dé la vuelta, ella se lleva una mano al vientre de inmediato. La deja allí durante muy poco tiempo. Gallat la suelta al momento, sorprendido por la manera en la que ha reaccionado Kelenli y por su propia violencia; y la mujer vuelve a colocar la mano en el costado con naturalidad. No creo que él se haya dado cuenta. Siguen discutiendo y, en esa ocasión, Gallat abre las manos como si ofreciera algo. Hay algo de súplica en esa pose, pero noto que el hombre tiene la espalda muy rígida. Suplica, pero en realidad piensa que no tendría que hacerlo. Estoy seguro de que cuando vea que las súplicas no sirven de nada, cambiará de táctica.

Cierro los ojos, con mucho pesar, ya que lo entiendo de una vez por todas. Kelenli es una de nosotros para lo que importa de verdad, y siempre lo ha sido.

Empieza a enderezarse. Agacha la cabeza y finge que se rinde a regañadientes; luego responde algo. La tierra reverbera con su ira, su miedo y su poca predisposición. No obstante, la espalda de Gallat se relaja un poco. El hombre sonríe y empieza a hacer gestos más amplios. Vuelve a acercarse a ella, la agarra por los brazos y le habla con suavidad. Me maravillo al ver la manera tan eficiente en la que ha conseguido deshacerse de la rabia del hombre. Es como si él no se percatara de la forma en la que ella aparta la mirada cuando le habla, ni tampoco de cómo no le devuelve los gestos cuando tira de ella para acercarla. Kelenli sonríe cuando Gallat dice algo, pero incluso a quince metros de distancia soy capaz de distinguir que está fingiendo. Seguro que él también es capaz de verlo, ¿verdad? Pero también empiezo a comprender que todo el mundo cree lo que quiere creer, no lo que sucede en realidad y se puede ver, tocar o sesapinar.

Más tranquilo, Gallat empieza a dar media vuelta para marcharse. Por suerte se gira hacia uno de los caminos de salida en los que Stahnyn y yo no estamos al acecho. Su postura ha cambiado por completo y está de mucho mejor humor. Debería alegrarme por ello, ¿no? Gallat es el líder del proyecto. Cuando él está contento, todos estamos más seguros.

Kelenli, ya en pie, lo mira hasta que se marcha. Luego gira la cabeza y mira directo hacia mí. Stahnyn se sobresalta detrás de mí, pero porque es imbécil. Está claro que Kelenli no nos delatará. ¿Por qué lo haría? No había montado ese numerito para Gallat.

Luego ella también se marcha del jardín detrás de Gallat.

Esa es la última de las lecciones, y creo que la que más necesitaba. Le digo a Stahnyn que me lleve de vuelta a la celda y le falta poco para suspirar aliviada. Una vez allí y después de desenredar la magia del sistema de vigilancia, me despido de Stahnyn no sin antes rogarle que no sea estúpida y me tumbo en el sofá para reflexionar sobre lo que acabo de ver. En mi interior surgen unas ascuas que empiezan a quemar y convertir en cenizas todo lo que encuentran a su paso.

Al cabo, varias noches después de que volviésemos de la misión de afinación de Kelenli, esas ascuas se convierten en llamas en los interiores de todos nosotros.

Ocurre la primera vez que nos juntamos después del viaje. Entrelazamos nuestra presencia con una capa de carbón frío, que no viene nada mal, ya que Remwha nos envía a todos un siseo similar a la arena que chirría entre grietas. Es el sonido, la sensación y la sesuna de las dolíneas, del zarzal. También es un eco del vacío de estática que dejaron en nuestra red Tetlewha, Entiwha, Arwha y todos los demás.

«Esto es lo que nos espera cuando les hayamos dado la Geoarcanidad», dice.

«Sí», responde Gaewha.

Vuelve a sisear. Nunca la había sesapinado tan enfadada. Han pasado los días desde que llegamos del viaje, y está cada vez más irascible. Como todos los demás, por otra parte. Y ha llegado la hora de que exijamos lo imposible.

«No deberíamos darles nada —sentencia. Y luego, se vuelve más despiadada y se aviva su determinación—. No. Deberíamos pagarles con la misma moneda.»

Unas inquietantes palpitaciones musicales de modo menor de impacto y movimiento ondean a través de nuestra red: al fin tenemos un plan. Una manera de crear lo imposible en caso de no poder exigirlo. La cantidad justa de sobrecarga de energía en el momento adecuado, después de lanzar los fragmentos pero antes de que el Motor se apague. Toda la magia almacenada en el interior de los fragmentos, magia almacenada durante décadas, a lo largo de toda una civilización y recogida de millones de vidas, fluirá de nuevo por los sistemas de Syl Anagist. Primero quemará los zarzales y sus despreciables frutos, y al fin los muertos podrán descansar. Luego, la magia estallará en nuestro interior, ya que somos los componentes más frágiles de la gran maquinaria. Moriremos cuando ocurra, pero la muerte es mejor que el destino que nos habían deparado, así que no nos preocupa.

Cuando estemos muertos, la magia del Motor Plutónico se liberará sin restricciones por todos los conductos de la ciudad y los dejará fritos. Todos los nódulos de Syl Anagist se apagarán, los vehímos se detendrán a menos que cuenten con generadores de reserva, las luces se apagarán, las máquinas dejarán de funcionar, todas las comodidades de la magestría moderna se volverán inoperantes en los muebles y los electrodomésticos, y también en cualquier elemento decorativo. Se perderá el esfuerzo realizado durante generaciones para lograr la Geoarcanidad. Los fragmentos cristalinos del Motor se convertirán en rocas enormes, resquebrajadas, quemadas y carentes de energía.

No tenemos por qué ser tan crueles como ellos. Podemos hacer que los fragmentos caigan en las zonas más deshabitadas. Somos los monstruos que han creado y mucho más, pero seremos los monstruos que queremos ser, incluso en la muerte.

¿Estamos de acuerdo, pues?

«Sí.» Remwha, con rabia.

«Sí.» Gaewha, con pena.

«Sí.» Bimniwha, con resignación.

«Sí.» Salewha, con imparcialidad.

«Sí.» Dushwha, con hastío.

Y yo, como un líder impasible: «Sí.»

Estamos de acuerdo.

Solo para mis adentros pienso: «No.» Sin dejar de pensar en la cara de Kelenli.

Pero a veces, cuando el mundo es inclemente, el amor debe serlo aún más.

Día del Lanzamiento.

Nos dan nutrientes, proteínas con un ligero sabor a fruta fresca y dulce, y una bebida que nos dicen que es una exquisitez popular: salva, que se torna en bonitos colores cuando se le añaden varios suplementos de vitaminas. Una bebida especial para un día especial. Es terrosa. No me gusta. Luego llega el momento de viajar a Punto Cero.

Así es como funciona el Motor Plutónico, explicado de manera breve y sencilla.

Primero, despertaremos los fragmentos, que llevan encajados en sus hendiduras desde hace décadas y han canalizado la energía vital hacia ellos a través de todos los nódulos de Syl Anagist, y también almacenado parte de esa energía para usarla más adelante. Entre ella se incluye la que se introdujo a la fuerza a través de los zarzales. Los fragmentos han alcanzado la cantidad óptima de almacenamiento y generación de energía, y cada uno de ellos es en sí mismo un motor arcano. Cuando los invoquemos, saldrán de las hendiduras. Enlazaremos su energía, formaremos una red estable y, después de hacerla rebotar en un reflector que amplificará y concentrará la magia aún más, la introduciremos en el de ónice. El de ónice dirigirá la energía directa hacia el núcleo de la Tierra y causará una sobrecarga, que luego dirigirá hacia los conductos resecos de Syl Anagist. De hecho, la Tierra en sí misma también se convertirá en un gigantesco motor plutónico, y la dinamo que es su núcleo expulsará muchísima más energía de la que se ha dirigido hacia él. Entonces, el sistema pasará a ser independiente. Syl Anagist se alimentará de la vida del propio planeta, para siempre.

(Llamarlo ignorancia sería una imprecisión. La verdad era que en esa época nadie pensaba que la Tierra estuviese viva, aunque deberíamos haberlo supuesto. La magia deriva de la vida. Que en la propia Tierra hubiese magia de la que apropiarse... Deberíamos haberlo supuesto.)

Todo lo que hemos hecho hasta ahora ha sido para practicar. Nunca podríamos haber activado el Motor Plutónico aquí en la Tierra, ya que hay demasiadas complicaciones derivadas de la oblicuidad de los ángulos, la velocidad y la resistencia de la señal y la curvatura del hemisferio. Los planetas son de una redondez incómoda. Al fin y al cabo, nuestro objetivo es la Tierra: las líneas de visión, las líneas de energía y la atracción. Si nos quedamos en el planeta, a lo único que conseguiríamos apuntar sería a la Luna.

Y, por este motivo, la Zona Cero nunca ha estado en la Tierra.

De este modo, a primera hora de la mañana nos llevan a una especie de vehímo muy particular, que sin duda se ha creado con genegeniería usando saltamontes o algo parecido. Tiene unas alas diamantinas, pero también unas grandes patas de fibra de carbono que, en ese momento, rezuman la energía almacenada y no dejan de agitarse. Mientras los directores nos escoltan a bordo del vehímo, veo que se están preparando varios de esos vehículos. Al parecer van a enviar a un gran grupo con nosotros para contemplar el final de ese gran proyecto. Me siento donde me dicen y nos amarran a todos, ya que el impulso del vehímo puede superar la... geomagéstrica inercial. Bueno, basta con decir que el lanzamiento puede ser un tanto alarmante. No es nada comparado con abalanzarse en el núcleo de un fragmento vivo y agitado, pero supongo que para los humanos debe de haber sido algo grandioso y salvaje. Nos sentamos los seis, tranquilos, impasibles y seguros, mientras los demás conversan a nuestro alrededor y el vehímo salta hacia la Luna.

En la Luna se encuentra la piedra lunar, un cabujón enorme, iridiscente y blanco que está encajado en la tierra gris y menuda del lugar. Es el mayor de los fragmentos. Tiene el tamaño de uno de los nódulos de Syl Anagist. La Luna entera es su hendidura. Dispuesto a su alrededor hay un complejo de edificios, sellados en esa oscuridad sin oxígeno, que no son muy diferentes de los que acabamos de dejar atrás. Pero están en la Luna. La Zona Cero, un lugar en el que se hará historia.

Nos llevan al interior, donde un contingente de personal permanente del lugar ha formado una fila para vernos pasar con orgullosa admiración, de la misma manera que alguien miraría unos instrumentos muy precisos. Nos llevan a una especie de cunas que se parecen a las que usamos todos los días para las prácticas, aunque en esta ocasión nos separan en estancias diferentes repartidas por el complejo. Junto a cada una de esas estancias se encuentra la sala de observación de los directores, en la que hay una ventana de cristal transparente desde la que se ve todo. Estoy acostumbrado a que me observen mientras trabajo, pero no a entrar en la sala de observación, como ocurre ese día por primera vez.

Me quedo allí de pie, menudo, con ropas austeras y muy incómodo, entre personas altas vestidas con atuendos llamativos, mientras Gallat me presenta como «Houwha, el mejor de nuestros afinadores». Esa afirmación es la prueba fehaciente de que, en realidad, los directores no tienen ni idea de cómo funciona lo que hacemos, o de que Gallat está nervioso y no sabe muy bien qué decir. Quizás ambas cosas. Dushwha ríe con una concatenación de microtemblores —los estratos de la Luna son estrechos, polvorientos y exánimes, pero no muy diferentes de los de la Tierra—, mientras yo me quedo allí en pie y pronuncio varios saludos agradables, como se espera de mí. Quizá Gallat se refiriese a eso, a que soy el afinador que mejor finge que le importan las tonterías de los directores.

Pero hay algo que me llama la atención a medida que continúan las presentaciones, empiezan las charlas triviales e intento concentrarme para decir las cosas correctas en el momento adecuado. Me giro y me doy cuenta de que hay una columna de estasis cerca del fondo de la estancia, y no ha dejado de zumbar y parpadear con suavidad debido a su energía plutónica, que genera el campo que mantiene estable lo que hay en el interior. Y flotando sobre su superficie de cristal...

En la estancia hay una mujer más alta y mejor vestida que ninguno de los demás. Se fija en lo que acabo de mirar y le dice a Gallat:

—¿Saben lo de la perforación de prueba?

Gallat se estremece y me mira. Luego se gira hacia la columna de estasis.

—No —responde. No dice ni el nombre ni el título de la mujer, pero usa un tono muy respetuoso—. Solo les hemos contado lo necesario.

—En mi opinión, el contexto es necesario. Hasta con los de tu calaña. —Gallat se sorprende al ver que la mujer lo ha metido en el mismo saco que a nosotros, pero no añade nada. La conversación parece entretener a la mujer. Se inclina para mirarme, aunque tampoco soy mucho más bajo que ella—. ¿Te gustaría saber lo que es ese artefacto, pequeño afinador?

La odio de inmediato.

—Sí, por favor —respondo.

Me coge de la mano antes de que Gallat la detenga. Me resulta incómoda. Tiene la piel seca. Me lleva cerca de la columna de estasis, para observar mejor esa cosa que flota sobre ella.

Al principio, me da la impresión de que no es más que un pedazo de metal esférico que flota a unos pocos centímetros de la superficie de la columna y queda iluminado por abajo por el brillo blanco que surge de ella. No es más que un fragmento metálico y esférico cuya superficie está adornada con unas líneas oblicuas y enrevesadas. ¿Un fragmento de meteorito? No. Me fijo en que la esfera se mueve, en una rotación lenta como si un eje algo inclinado la recorriese de norte a sur. Miro los símbolos de advertencia que hay alrededor del borde de la columna y veo los indicadores de calor extremo y presión, y también una advertencia para evitar romper el campo de estasis. Los indicadores aseguran que en el interior se ha recreado el entorno originario de ese objeto.

Nadie haría todo eso por un mero fragmento de metal. Parpadeo, ajusto mi percepción para usar la sesuna y la magia y, en ese instante, doy un paso atrás al ver la luz blanca y cegadora que resplandece y me atraviesa. La esfera de metal está llena de unos hilos de magia concentrados, crepitantes y superpuestos. Algunos incluso se extienden por fuera de la superficie y se alejan. No puedo seguir los que salen de la estancia: quedan fuera de mi percepción. Por alguna razón, sí que veo que se alejan por los cielos. E inscrito en los hilos agitados que sí soy capaz de ver... Frunzo el ceño.

—Está enfadada —digo. Me resulta familiar. ¿Dónde he visto algo parecido a esa magia?

La mujer parpadea al oírme.

—Houwha... —gruñe Gallat en voz baja.

—No —dice la mujer al tiempo que levanta una mano para tranquilizarlo. Se vuelve a centrar en mí y me dedica una mirada llena de resolución y curiosidad—. ¿Qué has dicho, pequeño afinador?

La encaro. Sin duda es alguien importante. Quizá debería tenerle miedo, pero no es el caso.

—Que esa cosa está enfadada —respondo—. Furiosa. No quiere estar aquí. La habéis sacado de otro sitio, ¿verdad?

Otras personas presentes en la habitación contemplan la escena. No todos son directores, pero sí nos miran a la mujer y a mí con incomodidad y confusión manifiestas. Oigo que Gallat contiene la respiración.

—Sí —termina por responder la mujer—. Realizamos una perforación de prueba en uno de los nódulos de las Antárticas. Luego enviamos sondas que cogieron esa muestra de la parte más interna del núcleo. Es una muestra del mismísimo corazón del mundo. —Sonríe, orgullosa—. Esta riqueza propia de la magia del núcleo activará la Geoarcanidad. Esa prueba es la razón por la que creamos Nucleobase, los fragmentos y a ti.

Vuelvo a mirar la esfera de metal y me maravillo al ver que ella está tan cerca.

«Está enfadada —vuelvo a pensar, sin saber muy bien por qué tengo esa impresión—. Hará lo que tenga que hacer.»

¿Quién? ¿Hará qué?

Niego con la cabeza, molesto sin razón aparente, y me giro hacia Gallat.

—¿No deberíamos empezar?

La mujer ríe, complacida. Gallat me fulmina con la mirada y se relaja un poco cuando se da cuenta de que la mujer está realmente contenta. Aun así, dice:

—Sí, Houwha. Deberíamos. Si no le importa...

(Se dirige a la mujer con algún título y algún nombre. Los olvidaré ambos con el paso del tiempo. Cuarenta mil años después, solo recordaré la risa de la mujer, que no diferenciaba entre Gallat y nosotros, y también la indiferencia con la que se quedaba al lado de esa esfera de metal que irradiaba pura maldad... y magia suficiente como para destruir todos los edificios de Punto Cero.

Y también recordaré como yo hice caso omiso de todos los indicios posibles de lo que estaba a punto de ocurrir.)

Gallat me vuelve a llevar a la estancia de la cuna, donde me invitan a subir a mi silla de mallas. Me atan las extremidades, cosa que no entiendo muy bien, ya que cuando estoy en el de amatista apenas siento el cuerpo, y mucho menos las extremidades. La salva me ha provocado un hormigueo que sugiere que le han añadido algún estimulante. No lo necesitaba.

Busco a los demás y descubro que hacen gala de una determinación consistente como el granito. Sí.

Aparecen imágenes en el muro de proyección que tengo delante y aprecio la esfera azul de la Tierra, las cunas de cada uno de los otros cinco afinadores y una cámara de Nucleobase con el de ónice flotando expectante sobre el lugar. Los demás afinadores me miran desde las imágenes. Gallat se acerca y exagera los gestos mientras comprueba los puntos de contacto de la silla de mallas, que se supone que envían información a la división de biomagestría.

—Hoy te encargarás del de ónice, Houwha.

En otro edificio de la Zona Cero, siento la leve sacudida que la sorpresa provoca en Gaewha. Hoy estamos muy armonizados.

—El de ónice es el de Kelenli —digo.

—Ya no.

Gallat baja la cabeza al hablar y vuelve a extender la mano para comprobar las correas, aunque ya no sea necesario. Su gesto me recuerda al que hizo con Kelenli cuando tiró de ella para acercarla a él en el jardín. Vale, ahora lo entiendo. Siempre ha tenido miedo de perderla... por nuestra culpa. Miedo de que se convirtiese en una herramienta más a ojos de sus superiores. ¿Le dejarán quedarse con Kelenli después de que tenga lugar la Geoarcanidad? ¿O acaso teme que ella también acabe en el zarzal? Seguro que es eso. De otro modo, ¿por qué se habría efectuado un cambio tan significativo en nuestra configuración el día más importante de la historia de la humanidad?

Como si pretendiese confirmar mis suposiciones, Gallat comenta:

—La biomagestría afirma que tenéis una compatibilidad más que suficiente como para soportar la conexión durante el tiempo necesario.

Me mira, con la esperanza de que no proteste. De pronto reparo en que puedo hacerlo. En que si se tiene en cuenta cómo se están analizando hoy todas las decisiones de Gallat, las personas importantes se enterarán si insisto en que la nueva configuración es una mala idea. Tengo la oportunidad de alzar la voz, de quitarle a Kelenli a Gallat. La oportunidad de destruirlo, igual que él destruyó a Tetlewha.

Pero es una idea estúpida y carente de sentido, pues ¿cómo ejercer mi poder sobre él sin hacerle daño a ella? Bastante daño voy a hacerle ya a Kelenli cuando encendamos el Motor Plutónico. Debería sobrevivir a la convulsión inicial de magia. Aunque esté en contacto con cualquiera de los dispositivos que fluyen, tiene aptitudes más que suficientes para desviar la retroalimentación. Luego quedará como otra superviviente más, y el sufrimiento pondrá a todo el mundo en el mismo lugar. Nadie sabrá lo que es en realidad, ni tampoco su hijo si es que termina siendo igual que ella. Igual que nosotros. La liberaremos... haciéndola luchar por la supervivencia junto a todos los demás. Pero es mejor que una ilusión de seguridad en una jaula chapada en oro, ¿verdad?

«Mejor de lo que tú podrías llegar a darle», pienso que le digo a Gallat.

—Muy bien —digo. Él se relaja un poco.

Gallat me deja en la estancia y se marcha a la sala de observación con los demás directores. Estoy solo. Nunca estoy solo, ya que los demás están conmigo. Recibimos la señal para comenzar y todo parece quedarse en pausa. Estamos listos.

Primero, la red.

Armonizados como estamos, nos resulta sencillo y placentero modular nuestros flujos de plata y cancelar la resistencia. Remwha hace de yugo, pero casi ni tiene que incitarnos a que resonemos con más o menos fuerza ni tirar de nosotros al mismo ritmo. Estamos alineados. Todos queremos lo mismo.

Encima de nosotros, pero a nuestro alcance, la Tierra también parece zumbar. Casi como si estuviese viva. Al principio de nuestro entrenamiento, estuvimos en Nucleobase y volvimos. Viajamos a través del manto y vimos los gigantescos flujos de magia que se agitan con naturalidad desde el núcleo de hierro y níquel del planeta. Abrir esa fuente interminable será la mayor de las hazañas que jamás haya realizado la humanidad. Antes, algo así habría sido motivo de orgullo para mí. Ahora, lo comparto con los demás y un «destello de láminas de mica y temblor rocoso de amargo esparcimiento» ondea a través de todos nosotros. Nunca nos han considerado humanos, pero lo que vamos a hacer hoy les demostrará que somos algo más que herramientas. Aunque no seamos humanos, somos personas. Y ya no podrán negarse a aceptar lo que somos.

Se acabaron las frivolidades.

Primero, la red. Luego hay que unir los fragmentos del Motor. Echamos mano al de amatista porque es el que está más cerca en el planeta. Aunque estamos a un mundo de distancia de él, sabemos que emite una nota grave y sostenida, y su matriz de almacenamiento resplandece y desborda de energía mientras nos sumergimos, hacia arriba, en su flujo torrencial. Ya ha terminado de succionar los últimos sedimentos de las raíces del zarzal y se ha convertido en un sistema cerrado en sí mismo. Ahora parece que casi está vivo. Cuando lo despertamos de esa quiescencia para hacer que resuene con actividad, empieza a palpitar y al final brilla en patrones que emulan la vida, como la activación de los neurotransmisores o la contracción de la peristalsis. ¿Está vivo? Es la primera vez que me lo pregunto, una pregunta que es posible gracias a lo que nos ha enseñado Kelenli. Es algo que se encuentra en un estado de alta energía de la materia, pero que al mismo tiempo coexiste con algo que tiene un estado de la alta energía de la magia hecho a su imagen y semejanza, y que es posible gracias a los cuerpos de personas que en el pasado reían, se enfadaban y cantaban. ¿Queda algo de la voluntad de esas personas en el de amatista?

De ser así..., ¿aprobarían los niesos lo que nosotros, su caricaturesca descendencia, estamos a punto de hacer?

No me puedo permitir perder más el tiempo con esos pensamientos. Ya hemos tomado una decisión.

Expandimos esa secuencia de inicio a gran escala por toda la red. Sesapinamos sin usar las glándulas sesapinales. Sentimos el cambio. Lo notamos en el interior, ya que somos parte del motor, componentes del mayor de los portentos de la especie humana. En la Tierra, en el centro de cada uno de los nódulos de Syl Anagist, las bocinas resuenan por toda la ciudad y los pilones de advertencia refulgen tan rojos que pueden verse desde muy lejos, todo ello mientras los fragmentos empiezan a retumbar, a brillar y a levantarse de las hendiduras. Se me agita la respiración cuando, al resonar en el interior de todos, empiezo a sentir cómo el cristal se separa de la piedra, cómo tira de nosotros mientras nos encendemos y empezamos a latir con la magia y luego comenzamos a ascender...

(Aquí notamos un balbuceo. Tiene lugar en el momento álgido y es ínfimo y casi imperceptible, ahora que lo observo desde los recuerdos. Algunos de los fragmentos nos hacen daño, solo un poco, cuando se elevan de las hendiduras. Sentimos un rasgueo de metal que no debería estar ahí, el raspón de unas agujas contra nuestra piel cristalina. Olemos cierto tufo a óxido. El dolor pasa rápido y lo olvidamos con la misma presteza, como si del pinchazo de una aguja se tratara. Solo lo recordaremos más tarde. Y lo lamentaremos.)

... a ascender y a zumbar y a girarnos. Respiro hondo mientras las hendiduras y las ciudades que las rodean se pierden a lo lejos a nuestro alrededor. Syl Anagist queda relegada a los sistemas de energía de emergencia, que deberían aguantar hasta que tenga lugar la Geoarcanidad. Pero son irrelevantes, preocupaciones mundanas. Fluyo, vuelo y caigo hacia arriba en esa luz púrpura, añil, malva o dorada; el de espinela, el de topacio, el granate y el de zafiro... ¡Tantos y tan brillantes! Tan vivos al reunir energía.

(Tan vivos, vuelvo a pensar, un pensamiento que envía por la red un estremecimiento, ya que Gaewha piensa lo mismo, y Dushwha, y es Remwha el que nos regaña con un crujido similar al deslizamiento de una falla: «Imbéciles, ¡moriremos si no os concentráis!» Por lo que dejo de pensar en ello.)

Y sí, claro, centrado en la imagen de nuestra percepción, como un ojo que contempla su presa, está el de ónice. En posición, tal y como Kelenli lo dejó la última vez. Sobre Nucleobase.

No estoy nervioso, me digo a mí mismo mientras me abalanzo hacia él.

El de ónice no es como el resto de fragmentos. Hasta la piedra lunar es quiescente en comparación. Al fin y al cabo, no es más que un espejo. Pero el de ónice es poderoso, aterrador, el más oscuro de todos, incognoscible. Mientras que los otros fragmentos son mansos y se implican de manera activa, este tira de mi conciencia en el instante en el que me acerco e intenta hundirme en la convección de las corrientes descontroladas de plata. En ocasiones anteriores, me ha rechazado cada vez que me he conectado a él, igual que ha hecho siempre con los demás. Ni siquiera los mejores magestros de Syl Anagist pudieron dilucidar la razón, pero ahora, cuando me ofrezco y el de ónice me acepta, la descubro al momento. «El de ónice está vivo.» Confirma al instante aquello sobre lo que los demás fragmentos arrojaban dudas: me sesapina. Me conoce, me toca con una presencia que se vuelve innegable.

Y en el mismo momento en el que me doy cuenta de eso y me da tiempo de preguntarme aterrorizado qué pensarán de mí esas conciencias, qué pensarán de sus patéticos descendientes creados con la fusión de sus genes con el odio de sus exterminadores...

... percibo al fin un secreto de la magestría que incluso los niesos daban por hecho en lugar de comprenderlo. Al fin y al cabo, es magia, no ciencia. Siempre hay partes que no se podrán desentrañar. Pero ahora lo sé: cuando algo inanimado se imbuye con la magia suficiente, se le da vida. Si se introducen las vidas suficientes en una matriz de almacenamiento, el objeto adquirirá una especie de conciencia colectiva. Y lo que quiera que quede de ellos, sus almas, por ejemplo, recordará los horrores y las atrocidades.

El de ónice me permite la conexión porque al fin siente que yo también soy partícipe de ese dolor. He abierto los ojos a la manera en la que me explotan y me degradan. Tengo miedo, claro, y estoy enfadado y herido, pero el de ónice no menosprecia lo que siento en mi interior. Sí que busca otra cosa, algo más, hasta que al fin lo encuentra enclavado en un pequeño nudo detrás de mi corazón: la determinación. Me he comprometido a convertir todo lo que está mal en algo justo.

Y eso es lo que quiere el de ónice. Quiere justicia. Y como yo también la quiero...

Mi cuerpo abre los ojos.

—Me he enlazado con el cabujón de control —informo a los directores.

—Confirmado —dice Gallat sin dejar de mirar la pantalla en la que la biomagestría controla nuestras conexiones neuroarcanas. Los observadores prorrumpen en aplausos y los desprecio al momento. Sus insulsos instrumentos y sus débiles glándulas sesapinales al fin les han indicado algo que para nosotros es tan obvio como el respirar. Que el Motor Plutónico está activado y en funcionamiento.

Ahora que todos los fragmentos han despegado y zumban, parpadean y flotan sobre los doscientos cincuenta y seis nódulos de las ciudades y sobre los puntos de energía sísmica, empezamos la secuencia de refuerzo. Los búferes de flujo, los fragmentos de colores más pálidos, se encienden primero, para luego ampliar el ciclo a los generadores, que son los que tienen tonos de joyas más oscuras. El de ónice acepta la secuencia de iniciación y emite un potente quejido que envía ondas por todo el océano Hemisférico.

Se me tensa la piel y el corazón me late con ruidos sordos. En algún lugar, en otra existencia, cierro los puños. Todos lo hacemos, aunque aún notamos esa insignificante separación en seis cuerpos diferentes, doscientos cincuenta y seis brazos y piernas y un corazón enorme, negro y palpitante. Se me abre la boca (se nos abren las bocas) y el de ónice se alinea a la perfección para encauzar el batir incesante de magia de la tierra, abajo en la lejanía, donde el núcleo ha quedado expuesto. Nos crearon para ese momento.

«Ahora», se supone que deberíamos decir. Así, aquí, conectarnos y encerrar el flujo de energía mágica del planeta en un ciclo interminable de servidumbre a la humanidad.

Para eso nos crearon en realidad los sylanagistinos: para confirmar una filosofía. Que la vida es sagrada en Syl Anagist, tal y como debería ser, ya que la ciudad usa dicha vida como combustible de su gloria. Los niesos no fueron los primeros que cayeron víctimas de sus fauces, sino el último y más cruel de todos los exterminios anteriores. Pero para una ciudad creada a partir de la explotación no hay mayor amenaza que no tener a nadie a quien oprimir. Y ahora, si no lo evitan, Syl Anagist tendrá que encontrar la manera de dividir al pueblo en varios grupos y crear conflictos entre ellos. No conseguirán la magia suficiente de las plantas y la fauna creadas con genegeniería. Alguien tendrá que sufrir para que los demás puedan vivir entre lujos.

Syl Anagist pensó que mejor que fuese la Tierra. Que era mejor esclavizar a un gigantesco objeto inanimado que no podía sentir dolor ni oponerse. Que lo mejor era la Geoarcanidad. Pero ese razonamiento era erróneo, ya que Syl Anagist en sí misma es insostenible. Es parasitaria y su hambre por la magia crece a cada gota que devora. El núcleo de la Tierra no es ilimitado. Poco a poco, aunque tardase más de cincuenta mil años, sería un recurso que también acabaría por agotarse. Y entonces todo habría muerto.

Todo nuestro cometido es inútil, y la Geoarcanidad, una mentira. Y si hubiésemos ayudado a Syl Anagist a seguir esa senda, habríamos dicho: «Lo que nos hicieron fue justo, natural e inevitable.»

No.

Y por ello, en vez de eso, decimos: «Ahora.» Así, aquí, conectarnos: los fragmentos más pálidos con los oscuros, y todos a la vez con el de ónice, y el de ónice... de nuevo con Syl Anagist. Obviamos del todo la piedra lunar. Ahora, toda la energía almacenada en los fragmentos estallará por la ciudad, y cuando el Motor Plutónico se apague, también lo hará Syl Anagist.

Todo empieza y termina mucho antes de que los instrumentos de los directores sean capaces de detectar la existencia de un problema.

Estoy unido a los demás, y nuestra canción se termina mientras esperamos a que el ciclo de retroalimentación vuelva hasta nosotros y nos golpee. Me siento satisfecho. Me alegro de no ir a morir solo.

Pero.

Pero.

Recuerda. No fuimos los únicos que decidimos contratacar aquel día.

Es algo de lo que me doy cuenta después, cuando visito las ruinas de Syl Anagist y veo que en las hendiduras vacías hay agujas de metal que sobresalen de las paredes. Es un enemigo que comprenderé solo después de haber quedado humillado y de haberme vuelto a formar a sus pies..., pero te lo explicaré ahora, para que seas capaz de aprender algo de mi sufrimiento.

Hace poco te hablé de la guerra entre la Tierra y la vida que había en su superficie. Un poco de psicología de nuestro enemigo: el Padre Tierra no nos diferencia. Orogenes, táticos, sylanagistinos, niesos, futuro, pasado... Para él, la humanidad es la humanidad. Y aunque otros hayan dirigido mi nacimiento y mi desarrollo, aunque la Geoarcanidad haya sido un sueño de Syl Anagist desde mucho antes de que nacieran mis directores, aunque yo siguiese órdenes, aunque los seis quisiéramos contraatacar..., a la Tierra le dio igual. Todos éramos culpables. Todos fuimos cómplices del crimen de intentar esclavizar al mismísimo planeta.

Y después de habernos declarado culpables, la Tierra dictó sentencia. Aunque al menos tuvo en cuenta el buen comportamiento y nuestra intención.

Esto es lo que recuerdo y lo que he conseguido hilar a posteriori, y también lo que creo. Pero recuerda una cosa y no te olvides nunca de ella: esto solo fue el principio de la guerra.

Al principio, percibimos la disrupción como si fuese un fantasma en la máquina.

Una presencia que nos acompaña, en nuestro interior, intensa, intrusiva e inmensa. Me arrebata el de ónice antes de que llegue a descubrir qué ocurre, y también silencia las señales que emitimos y con las que comentamos: «¿Qué?» y «Algo va mal» y «¿Cómo ha ocurrido eso?». Lo hace con una onda de terrargot tan imponente para nosotros como algún día lo llegará a ser la Hendidura para ti.

«Hola, pequeños enemigos.»

Al fin empiezan a retumbar las alarmas en la sala de observación de los directores. Nos quedamos paralizados en las sillas de malla, gritando sin palabras al tiempo que sentimos la respuesta de algo que escapa a nuestra comprensión, pero la biomagestría solo advierte el problema cuando, de repente, veintisiete fragmentos del Motor Plutónico, el nueve por ciento del total, se desconectan. No veo cómo el director Gallat resopla e intercambia una mirada aterrorizada con los demás directores y sus estimados invitados. Esto no es más que una especulación producto de lo que sé de él. Me imagino que, en algún momento, se habrá girado hacia la consola para abortar el lanzamiento. Tampoco veo cómo, detrás de ellos, la esfera de metal late, crece, estalla, destruye el campo de estasis y baña a todos los que se encuentran en la estancia con unas esquirlas de metal al rojo vivo. Sí que oigo los gritos que resuenan cuando las agujas calientes atraviesan venas y arterias, y también el funesto silencio que le sigue, pero en ese momento tengo bastantes problemas que atender.

Remwha, que es el más avispado, nos despierta de la conmoción y afirma que «hay algo que controla el Motor». No tenemos tiempo de preguntar el qué ni por qué. Gaewha percibe el cómo y emite unas señalas frenéticas: los veintisiete fragmentos «desconectados» aún están activos. De hecho, han formado una especie de subred, una llave de repuesto. Así es como la otra presencia ha conseguido arrebatarme el control del de ónice. Y ahora todos los fragmentos que generan y contienen la mayor parte de la energía del Motor Plutónico están en manos de una presencia ajena y hostil.

En el fondo, soy una criatura orgullosa, por lo que esto es intolerable. Yo era quien tenía que sostener el de ónice, por lo que vuelvo a agarrarlo y lo empujo de nuevo hacia las conexiones que conforman el Motor, al tiempo que se lo arrebato a esa cosa. Salewha sofoca la mayor parte de las ondas de magia que crea esa violenta disrupción, pero algunas rebotan en el Motor y crean una resonancia que... Bueno, en realidad no sé de lo que es capaz una resonancia así, pero sí que no es algo bueno. Me sobrepongo a esas reverberaciones, aprieto los dientes en el mundo real y oigo a mis hermanos gritar y gruñir conmigo, o resoplar entre las réplicas de la agitación inicial. Todo es muy confuso. En el reino de la carne y los huesos, se han apagado las luces de nuestras estancias y percibo el refulgir de los paneles de emergencia, que resplandecen en los bordes de las habitaciones. Las bocinas de emergencia no dejan de resonar, y en algún lugar de Punto

Cero oigo que el equipo ha empezado a traquetear y a romperse debido a la sobrecarga que hemos creado en el sistema. Los directores gritan en la sala de observación. No pueden ayudarnos: nunca han podido. No sé lo que ocurre en realidad. Lo único que sé es que se trata de una batalla; llena de confusión, como todas las batallas. Y a partir de ese momento, no lo tengo muy claro.

La extraña presencia que nos ha atacado nos empuja con fuerza contra el Motor Plutónico e intenta arrebatarnos de nuevo el control. Le grito rabioso, sin palabras: «Crujido magmático y bullir de géiser, ¡márchate! ¡Déjanos en paz!»

«Es culpa vuestra», sisea en los estratos al tiempo que vuelve a intentarlo. Pero cuando falla, gruñe frustrado y se encierra en esos veintisiete fragmentos que se han desconectado de manera misteriosa. Dushwha nota las intenciones de esa entidad hostil e intenta controlar algunos de los veintisiete, pero los fragmentos se le resbalan como si estuviesen embadurnados con aceite. No se aleja tanto de la realidad, en sentido figurado: algo los ha contaminado y los ha dejado tan sucios que es casi imposible recuperarlos. Podríamos hacerlo con esfuerzo, al unísono y uno a uno, pero no hay tiempo. El enemigo se ha hecho con los veintisiete.

Estamos en un punto muerto. Nosotros controlamos el de ónice. También los doscientos veintinueve restantes, que están listos para disparar ese pulso de retroalimentación que destruirá Syl Anagist, y también a nosotros. Pero lo hemos pospuesto porque no podemos dejar en el aire algo así. ¿De dónde ha salido esa entidad tan rabiosa que tiene un poder tan extraordinario? ¿Qué va a hacer con los obeliscos que ha conseguido? Se hace un silencio sepulcral y pasa un rato. No puedo hablar por los demás, pero al menos yo empiezo a pensar que no habrá más ataques. Siempre he sido un imbécil.

Ese silencio no es más que el desafío osado y malicioso de nuestro enemigo, cimentado en magia, metal y piedra.

«Arded para mí», dice el Padre Tierra.

Parte de lo que te voy a contar ahora son especulaciones, incluso después de haberme pasado eones en busca de respuestas.

No te puedo contar más porque en ese momento todo ocurrió de manera casi instantánea, confusa y devastadora. La Tierra cambia de manera gradual, pero también puede no hacerlo. Y cuando contraataca, es un cambio contundente.

Este es el contexto. La prueba de perforación con la que dio comienzo el proyecto de la Geoarcanidad también alertó a la Tierra de los intentos de la humanidad por controlarla. A lo largo de las décadas siguientes, estudió a su enemigo y empezó a comprender cuáles eran nuestras intenciones. El metal se convirtió en su instrumento y en su aliado. Por eso no hay que confiar nunca en los metales. Envió esquirlas de sí mismo a la superficie para examinar los fragmentos en las hendiduras. Allí había vida almacenada en un cristal, algo que sí era comprensible para una entidad de materia inorgánica, al contrario que la mera carne. Aun así, poco a poco aprendió a controlar las vidas humanas de manera individual, aunque requería los litonúcleos para hacerlo. Somos unas criaturas minúsculas y difíciles de cazar. Somos alimañas, pero tenemos cierta tendencia desafortunada a convertirnos en una plaga digna de tener en cuenta. Pero los obeliscos se convirtieron en un arma muy útil, pues era fácil volverlos en nuestra contra, como cualquier arma que se blande de manera descuidada.

«Sobrecarga.»

¿Te acuerdas de Allia? Imagina ese desastre multiplicado por doscientos cincuenta y seis. Imagina la Quietud perforada en cada nódulo, lugar con actividad sísmica y también en el océano; cientos de puntos calientes, burbujas de gas y yacimientos de petróleo resquebrajados y todo el sistema de placas tectónicas desestabilizado. No hay palabras que definan una catástrofe así. Licuaría la superficie del planeta, vaporizaría los océanos y esterilizaría todo lo que hay por encima del manto. Sería el fin del mundo para nosotros y para toda criatura que pudiese evolucionar en un futuro y hacerle daño a la Tierra. Pero la misma Tierra no sufriría daño alguno.

Podríamos detenerlo, si quisiéramos.

No te negaré que nos vimos tentados, enfrentados a la dicotomía entre permitir la destrucción de una civilización o la de toda la vida del planeta. El destino de Syl Anagist estaba sellado. Pero no te confundas: fuimos nosotros los que decidimos. La diferencia entre lo que quería la Tierra y lo que queríamos nosotros solo era una cuestión de escala. ¿Qué fin íbamos a elegir para el mundo? Los afinadores íbamos a morir de todos modos, la diferencia apenas me importaba en ese momento. Y no es inteligente hacerle una pregunta así a alguien que no tiene nada que perder.

Pero yo sí tenía algo que perder. En esos momentos interminables, pensé en Kelenli y en su hijo.

Y esa fue mi prioridad dentro de la red. Por si aún albergabas dudas, te lo diré sin rodeos: yo decidí cómo se produjo el fin del mundo.

Fui yo quien se hizo con el control del Motor Plutónico. No podíamos detener la Sobrecarga, pero sí introducir un retraso en la secuencia y redirigir la mayor parte de su energía. Después de la alteración de la Tierra, la energía era tan volátil que dirigirla de nuevo hacia Syl Anagist, tal y como habíamos planeado en un principio, le habría bastado al planeta para alcanzar sus objetivos. La energía cinética tenía que volcarse en otro lugar, no en la Tierra, si queríamos que la humanidad sobreviviese. Y ahí estaban la Luna y la piedra lunar, listas y a la espera.

Tenía prisa. No había tiempo para elucubraciones. La energía no podía reflejarse en la piedra lunar como se suponía que había que hacer, ello solo habría servido para incrementar la potencia de la Sobrecarga. En su lugar, agarré a los demás entre gruñidos y los obligué a ayudarme. Estaban dispuestos, pero necesitaban un empujón. Juntos resquebrajamos el cabujón de piedra lunar.

Un instante después, la energía golpeó la piedra rota, que no fue capaz de reflejarla y empezó a incrustarse en la Luna. A pesar de todo lo que se había mitigado el impacto, la energía fue devastadora. Tanto, que sacó el astro de su órbita.

La respuesta negativa provocada por usar de manera incorrecta el Motor tendría que habernos matado, pero la Tierra aún seguía allí: el fantasma en la máquina. Mientras nos retorcíamos en nuestros estertores y todo Punto Cero se derrumbaba a nuestro alrededor, el planeta retomó el control.

He afirmado que nos consideraba responsables de haber atentado contra su vida, y así es, pero de alguna manera, y quizá gracias a todos los años de estudio, he llegado a la conclusión de que no fuimos los ejecutores de nuestros propios designios, sino poco más que herramientas de otra facción. Recuerda también que el Padre Tierra no terminaba de entendernos. Para él, los seres humanos no somos más que criaturas frágiles y efímeras separadas en sustancia y conciencia de una manera desconcertante del planeta del que dependen nuestras vidas, criaturas que no entienden el daño que intentaron causar, quizá por ser frágiles y efímeras, y estar así de separadas. Por eso eligió para nosotros lo que le pareció un castigo cargado de significado: nos convirtió en parte del planeta. En mi silla de mallas, grité a medida que las oleadas y oleadas de alquimia recorrían mi cuerpo y transformaban mi carne en magia cruda, viva y solidificada parecida a la piedra.

No nos llevamos la peor parte, eso quedó reservado para aquellos que habían ofendido más a la Tierra. Usó los fragmentos de litonúcleo para hacerse con el control directo de las peores de aquellas alimañas, pero no obtuvo los resultados que pretendía. La voluntad de los humanos es más difícil de predecir que su carne. No estaban hechos para perdurar.

No te voy a describir la conmoción y la confusión que sentí las primeras horas después de cambiar. Ni siquiera sería capaz de decir cómo regresé a la Tierra desde la Luna. Tan solo recuerdo una pesadilla interminable en la que caía y me quemaba; bien podría haber sido un delirio. Tampoco te pediré que te imagines cómo me sentí al encontrarme de pronto solo y desarmonizado después de haberme pasado la vida entera cantando junto a otros que eran como yo. Era justo. Lo acepté, admití mis crímenes. Quería pagar por ellos. Pero...

Bueno. Lo hecho, hecho está.

Durante esos últimos instantes inmediatamente anteriores a la transformación, conseguimos cancelar la orden de sobrecarga en los doscientos veintinueve. Algunos fragmentos se resquebrajaron debido a la intensidad de la energía. Otros se apagaron con el paso de los milenios, pues sus matrices habían quedado perturbadas por fuerzas arcanas incomprensibles. La mayoría se quedaron en espera y siguieron flotando durante milenios sobre un mundo que ya no necesitaba su energía, hasta que, a veces, alguna de las criaturas frágiles de la superficie enviaba una solicitud de acceso confusa y desorientada.

No fuimos capaces de detener los veintisiete de la Tierra. Pero sí que conseguimos introducir un retraso en su entramado de comandos: cien años. Las historias no registraron bien el tiempo, ¿sabes? Cien años después de que se le arrebatara su única hija al Padre Tierra, veintisiete obeliscos se abalanzaron hacia el núcleo del planeta, arrasaron con todo y dejaron unas cicatrices abrasadoras por toda la superficie. No era la purificación que esperaba el planeta. No obstante, fue la primera y la peor de las quintas estaciones, la que conocéis como la del Desastre. La especie humana sobrevivió. Cien años no son nada para el Padre Tierra, ni siquiera en términos de historia humana, pero para los que resistieron la caída de Syl Anagist fue tiempo más que suficiente para prepararse.

La Luna desapareció durante días sin dejar de soltar escombros por un agujero que la cruzaba por el centro.

Y...

No volví a ver ni a Kelenli ni a su hijo. Estaba demasiado avergonzado por el monstruo en el que me había convertido. Pero sé que vivió. De vez en cuando oía el rechinar y el quejido de su voz de piedra, y también el de sus hijos a medida que fueron naciendo. No estaban del todo solos. Con lo que rescataron de la tecnología magéstrica, los supervivientes de Syl Anagist decantaron unos pocos afinadores más y los usaron para construir refugios, planes de supervivencia, sistemas de advertencia y de protección. Esos afinadores terminaron por morir, cuando dejaron de ser útiles o cuando otros los culparon de ser la causa de la ira de la Tierra. Los hijos de Kelenli fueron los únicos que siguieron con vida, ya que no destacaban entre los demás y sus poderes podían ocultarse a simple vista. Lo único que queda de los niesos es el legado de Kelenli, convertido en acervistas que fueron de campamento en campamento advirtiendo de la llegada de un holocausto y enseñando a los demás a cooperar, adaptarse y recordar.

Y salió bien. Sobreviviste. Eso también es gracias a mí, ¿verdad? Hice lo que pude. Ayudé con lo que pude. Y ahora, amor mío, tenemos una segunda oportunidad.

Te toca volver a desatar el fin del mundo.

2501: Una falla geológica se abre por la placa Inferior-Superior. Es enorme. Unas ondas sísmicas recorren la mitad septentrional de las Normelat y las Árticas, pero se detienen en la frontera de la red de nódulos de las Ecuatoriales. Los precios de los alimentos aumentan de manera descontrolada el año siguiente, pero se consigue evitar una hambruna.

Notas del proyecto de Yaetr Innovador Dibars

13

Nassun y Essun en la cara oculta del mundo

Nassun decide cambiar el mundo durante el ocaso.

Ha pasado el día hecha un ovillo junto a Schaffa, ha usado las ropas llenas de ceniza del hombre como almohada, ha respirado su aroma y ha deseado cosas que son imposibles. Al fin se levanta y, con mucho cuidado, le da de comer la última ración de sopa de verduras que ha hecho. También le da mucha agua. Incluso después de que consiga colocar la Luna en trayectoria de colisión, pasarán unos días antes de que la Tierra quede destrozada. La chica no quiere que Schaffa sufra mucho cuando ocurra, pues no podrá estar junto a él para cuidarlo.

(En el fondo es una buena hija. No te enfades con ella. Solo es capaz de tomar decisiones dentro de los límites de su experiencia, y no tiene la culpa de haber vivido cosas horribles. Maravíllate de lo poco que le cuesta amar y de la tenacidad de ese amor. ¡Es suficiente para cambiar el mundo! En algún sitio habrá aprendido a amar así.)

Mientras usa una tela para limpiar la sopa que se ha derramado en los labios del Guardián, extiende su conciencia y empieza a activar su red. Aquí, en Nucleobase, puede hacerlo sin el de ónice, pero la secuencia de inicio llevará su tiempo.

—«Un mandamiento escrito en piedra» —le dice a Schaffa con solemnidad. Ha abierto los ojos otra vez. El hombre parpadea, quizás haya reaccionado al sonido, aunque Nassun sabe que da igual.

Ha sacado las palabras de ese extraño cuaderno escrito a mano, el que le explicó la manera de usar una red más pequeña de obeliscos como «llave de repuesto» para subvertir el poder del de ónice en el Portal. Seguro que el hombre que escribió el libro estaba loco, como bien deja claro el hecho de que al parecer llevaba tiempo enamorado de la madre de Nassun. Es raro y está mal, pero por alguna razón no le extraña. A pesar de que el mundo es muy grande, Nassun empieza a reparar en que en realidad es un pañuelo. Que no son más que historias iguales que se repiten, una y otra vez. Los mismos finales, una y otra vez. Los mismos errores repetidos hasta la saciedad.

—Algunas cosas se arreglan rompiéndolas, Schaffa. —Piensa en Jija, no entiende por qué. El dolor que siente la deja en silencio un instante—. Yo... no puedo mejorar nada, pero al menos puedo asegurarme de que se termine ese mal.

Después se levanta y se va.

No ve cómo Schaffa gira la cara, como la Luna moviéndose en las sombras, para verla marchar.

Decides cambiar el mundo durante el amanecer. Aún estás dormida en el saco de dormir que Lerna te ha llevado a la azotea del edificio marcado con una cruz amarilla. Él y tú habéis pasado la noche debajo de la torre de agua y no habéis dejado de oír el continuo retumbar de la Hendidura y el chasquido ocasional de un relámpago. Deberíais haber tenido relaciones una vez más, pero no pensaste en ello y él tampoco te lo sugirió, así que... Bueno. El tema ya te ha dado demasiados quebraderos de cabeza, y los únicos métodos anticonceptivos de que dispones son la edad y la hambruna.

Te mira cuando te levantas y te estiras, y nunca llegarás a comprender del todo ni a estar cómoda con la admiración que desprende su mirada. Te hace sentir mejor persona de lo que eres. Y justo por eso te arrepientes una y otra vez de no poder esperar a que nazca su hijo. La bondad incansable e inalterable de Lerna es algo que, de alguna manera, debería conservarse. Vaya.

No te has ganado su admiración. Pero pretendes hacerlo.

Bajas las escaleras y te detienes. La noche anterior avisaste a Tonkee, Hjarka e Ykka de que había llegado la hora y te marcharías por la mañana después del desayuno. No mencionaste la posibilidad de que te acompañen. Que se ofrezcan voluntarios es una cosa, pero no se lo vas a pedir. ¿Qué clase de persona serías si los presionaras para enfrentarse a un peligro así? Bastante tienen que aguantar ya, como el resto de la humanidad.

No esperabas encontrártelos a todos en el recibidor del edificio marcado con una cruz amarilla al bajar las escaleras. Todos recogen los sacos de dormir, bostezan, fríen salchichas o se quejan en voz alta de que alguien se ha bebido todo el té, por el óxido. Hoa está allí, colocado a la perfección para verte llegar. Hay una ligera sonrisa en sus labios de piedra, pero no te sorprende. Danel y Maxixe sí que te sorprenden: la primera está en pie y hace una especie de ejercicios marciales en una esquina, mientras el otro corta una patata y la echa en la olla; sí, han encendido una hoguera en el recibidor del edificio, porque eso es lo que hacen los comubundos a veces. Algunas de las ventanas están rotas y el humo sale por ellas. Hjarka y Tonkee también te sorprenden; aún siguen dormidas, hechas un ovillo, juntas, debajo de una montaña de pieles.

Pero lo que de ninguna manera esperabas era ver entrar a Ykka, con una arrogancia similar a la de antaño y, una vez más, sus ojos maquillados a la perfección. Echa un vistazo por el recibidor para observaros a todos y se pone las manos en las caderas.

—¿Os pillo en mal momento, rumbrientos?

—No puedes —espetas. Te cuesta hablar. Tienes un nudo en la garganta. Ykka es la que menos puede. Te quedas mirándola. Aciaga Tierra, ha vuelto a ponerse su traje de pieles. Pensabas que lo había dejado en Bajo-Castrima—. No puedes venir. La comu.

Con un gesto dramático, Ykka pone en blanco sus ojos maquillados.

—Vaya, cómo te alegras de verme, joder. Pero tienes razón:

no voy a ir. He venido para despedirme de ti y de quien te quiera acompañar. Debería aprovechar y haberos mandado matar, ya que en realidad os vais a abandonar a la ceniza por voluntad propia, pero supongo que puedo dejar a un lado los tecnicismos.

—¿Cómo? ¿No podemos volver? —espeta Tonkee. Está sentada al fin, aunque con el pelo revuelto y en una posición un tanto inclinada. Sin dejar de murmurar improperios por haberla despertado, Hjarka se incorpora y pasa un plato de patatas cocidas de la pila que ha ido haciendo Maxixe.

Ykka la fulmina con la mirada.

—¿Volver? Vais a viajar a unas ruinas de los constructores de obeliscos que son enormes y están conservadas a la perfección. Seguro que no os vuelvo a ver. Pero claro, podéis volver, si Hjarka consigue haceros entrar en razón. Al menos, a ella sí que la necesito.

Maxixe bosteza con la fuerza suficiente para llamar la atención de todos. Está desnudo, lo que te permite ver que ya tiene mejor aspecto: aún está demasiado esquelético, como más de la mitad de la comu a estas alturas. Tose menos y le está empezando a crecer el pelo, aunque ahora lo tiene en esa fase graciosa de cepillo antes de que su pelo soplocinérco crezca lo suficiente para encresparse del todo. Es la primera vez que ves sin ropa los muñones de sus piernas, y más tarde reparas que las cicatrices son demasiado perfectas como para que se las haya hecho un saqueador comubundo con una sierra. Bueno, él ha decidido no contarlo. Le dices:

—No seas estúpido.

Maxixe te mira. La situación parece divertirle.

—No voy a ir, no. Pero podría.

—No, por el óxido que no —espeta Ykka—. Ya te he dicho que aquí necesitamos a un orograta del Fulcro.

Él suspira.

—Vale. Pero no hay razón para que no pueda verlos marchar, al menos. Ahora dejad de hacer preguntas y venid a comer.

Extiende la mano hasta las ropas y empieza a vestirse. Obedeces y te acercas a la hoguera para comer algo. Aún no has empezado a sentir las náuseas matutinas, qué suerte.

Mientras comes, observas a los demás y te sientes abrumada, y también algo frustrada. Sin duda te emociona que hayan montado todo esto para despedirse. Estás contenta y no puedes fingir lo contrario. ¿Cuándo te has marchado así de un lugar, sin ocultarlo, sin violencia y entre risas? Te resulta... No sabes qué pensar. ¿Adecuado? No sabes cómo afrontar esos sentimientos.

Esperas que sean más los que no te acompañen. Como vengan todos, Hoa va a tener que llevar una caravana entera a través de la tierra, por el óxido.

Pero cuando miras a Danel, parpadeas sorprendida. Se ha vuelto a cortar el pelo, está claro que no le gusta nada llevarlo largo. Lo tiene afeitado por los lados y... también se ha teñido de negro los labios. A saber dónde habrá encontrado el tinte, por la Tierra. O quizá lo haya fabricado ella misma con carbón y grasa. Pero en ese momento te cuesta verla como la generala Lomocurtido que era. No lo era. Te cambia la perspectiva saber que te vas a enfrentar a tu destino y que una acervista de las Ecuatoriales quiere estar allí y registrarlo para la posteridad. Ya no es una caravana. Es una oxidada misión.

Pensar en eso te arranca una carcajada, y todos dejan sus quehaceres para mirarte.

—Nada —dices al tiempo que haces un ademán para quitarle importancia y dejas a un lado el plato vacío—. Es que... Mierda. Venga, ¿quién se viene, entonces?

Alguien ha traído la mochila de Lerna, y él se la pone en silencio sin dejar de mirarte. Tonkee suelta un taco y empieza a prepararse con prisas, mientras que Hjarka la ayuda con tranquilidad. Danel usa un pedazo de tela para limpiarse el sudor de la cara.

Te acercas a Hoa, quien ha esculpido en su cara una sonrisa burlona, y te quedas en pie junto a él mientras observas todo ese desorden.

—¿Puedes llevar a tantos?

—Mientras estén en contacto conmigo o con alguien que lo esté, sí.

—Lo siento. No lo esperaba.

—¿No lo esperabas?

Lo miras, pero en ese momento Tonkee, que sigue masticando algo y se está echando al hombro la mochila con el brazo bueno, coge la mano levantada de Hoa y se queda quieta para mirarlo con descaro y fascinación. El momento no dura mucho.

—¿Cómo se supone que funciona esto? —Ykka deambula por la estancia sin dejar de miraros a todos y con los brazos cruzados. Está más inquieta de lo habitual, y se nota—. Llegas allí, coges la Luna, la empujas a su posición... ¿y luego? ¿Notaremos el cambio?

—La Hendidura se enfriará —explicas—. No cambiará mucho a corto plazo, porque ya hay demasiada ceniza en el aire. La Estación tendrá que acabarse por sí misma, y va a ser horrible hagamos lo que hagamos. Puede que la Luna ponga las cosas incluso peor.

Ya puedes sentir cómo ha empezado a tirar del planeta. Sí, estás segura de que las cosas irán a peor. Ykka asiente. Ella también lo ha sesapinado.

Pero hay un cabo suelto a largo plazo que no habrías podido descubrir por ti misma.

—Pero si soy capaz de devolver la Luna a su posición...

Te encoges de hombros con impotencia y miras a Hoa.

—Podremos empezar a negociar —replica con voz hueca. Todo el mundo se queda en silencio para mirarlo. Eres capaz de discernir quién está acostumbrado a los comepiedras por la manera en la que se estremecen—. Y quizá, llegar a un acuerdo.

Ykka hace una mueca.

—¿«Quizá»? Así que nos vamos a meter en este embrollo y ni siquiera sabemos si servirá para detener las Estaciones. Aciaga Tierra.

—No —admites—. Pero sí que detendrá esta Estación.

De eso estás muy segura. Y solo por eso ya merece la pena. Ykka se tranquiliza, pero no deja de murmurar en voz baja de vez en cuando. Sabes que también quiere ir, pero te alegra saber que parece estar convencida de no hacerlo. Castrima la necesita. Tú necesitas saber que Castrima seguirá ahí cuando ya no estés.

Todo el mundo está listo al fin. Coges la mano derecha de Hoa con tu izquierda. No tienes el otro brazo para ofrecérselo a Lerna, por lo que el hombre te rodea por la cintura y, cuando lo miras, asiente con seguridad y determinación. Al otro lado de Hoa están Tonkee, Hjarka y Danel, todas cogidas de la mano.

—Esto no pinta bien, ¿verdad? —pregunta Hjarka. Es la única del grupo que parece estar nerviosa. Danel irradia calma y al fin está en paz consigo misma. Tonkee está tan emocionada que no puede dejar de sonreír. Lerna se limita a apoyarse en ti, con la serenidad de una roca, como siempre.

—¡Nada bien! —dice Tonkee, botando un poco.

—Tiene pinta de ser una idea horrible —comenta Ykka. Está apoyada en una pared del recibidor con los brazos cruzados y observa cómo se reúne el grupo—. Vale que Essie tenga que ir, pero el resto... —Niega con la cabeza.

—¿Acaso no vendrías si no fueras la jefa de la comu? —pregunta Lerna. Está tranquilo. Siempre suelta comentarios de ese estilo, con tranquilidad y como si no fuera con él.

La mujer frunce el ceño y lo fulmina con la mirada. Luego te mira con lo que parece recelo y algo apenada, antes de suspirar y separarse de la pared. Sabes lo que siente. Se te hace un nudo en la garganta.

—Oye —llamas antes de que se marche—, Yeek.

Se te queda mirando.

—Odio ese maldito apodo, por el óxido.

Haces como que no has oído el comentario.

—Hace tiempo me dijiste que tenías una reserva de seredis y que nos íbamos a emborrachar cuando acabara con el ejército de Rennanis. ¿Te acuerdas?

Ykka parpadea y luego se empieza a dibujar una sonrisa en su rostro.

—Estabas en coma y eso. Me lo bebí todo.

La fulminas con la mirada, sorprendida al darte cuenta de que te ha molestado de verdad. Ella se ríe en tu cara. Se acabó la despedida emotiva.

Pero ¡bueno! También te vale.

—Cerrad los ojos —dice Hoa.

—Tomáoslo en serio —adviertes a los demás. Pero tú los dejas abiertos mientras el mundo se torna en oscuridad y extrañeza. No tienes miedo. No estás sola.

Es de noche. Nassun se encuentra en pie en lo que cree que es el herbaje de Nucleobase. No lo es: una ciudad construida antes de las Estaciones no necesita algo así. Tan solo es un lugar junto al enorme agujero que hay en su centro. Alrededor del hueco hay unos edificios inclinados de manera inusual, como los pilones que vio en Syl Anagist pero enormes, de varios pisos de alto y anchos como un edificio. Ha descubierto que cuando está muy cerca de esos edificios, que no tienen puertas ni ventanas que ella haya visto, saltan unos avisos formados por palabras y símbolos rojos y refulgentes de unos metros de alto y que brillan en el cielo sobre la ciudad. Pero mucho peores son las alarmas graves y quejumbrosas que resuenan por las calles. No son muy escandalosas, pero sí insistentes, lo que le hace sentir un hormigueo en los dientes y le provoca la impresión de que se le van a caer.

(A pesar de todo, ha mirado en el interior del agujero. Es enorme en comparación con el que había en la ciudad subterránea, tiene un diámetro mucho mayor, tan grande que tardaría una hora o más en rodearlo. Pero a pesar de dicha grandeza, a pesar de ser el testimonio de las hazañas que la humanidad logró con la genegeniería, Nassun no queda impresionada. El agujero no sirve para que nadie se alimente, ni de refugio contra la ceniza o los ataques. Ni siquiera le asusta, aunque eso carece de importancia. Después de su viaje por la ciudad subterránea y por el núcleo del mundo, después de perder a Schaffa, no volverá a asustarse por nada.)

El lugar en el que se ha colocado Nassun es una zona circular perfecta de suelo que hay justo en el exterior del radio de alarma del hueco. La superficie es rara, suave al tacto y mullida. No se parece en nada a ninguna otra cosa que haya tocado antes, pero es una sensación a la que se ha acostumbrado en Nucleobase. En el círculo no hay tierra, aunque en los bordes se ha acumulado un poco de la que ha arrastrado el viento. También hay algunas algas marinas que se han arraigado por la zona, y el tronco alargado y marchito de un árbol joven que hizo lo que pudo antes de que el viento lo arrancara del suelo hace muchos años. Nada más.

La chica repara en que han aparecido varios comepiedras alrededor del círculo mientras ella se colocaba en el centro. No hay rastro de Acero, pero habrá unos veinte o treinta en las esquinas o en las calles, sentados en las escaleras o apoyados en las paredes. Algunos movieron las cabezas o los ojos cuando Nassun pasó a su lado de camino al círculo, pero no les prestó atención antes, ni tampoco ahora. Quizás hayan venido a ver cómo se hace historia. Quizás algunos sean como Acero y esperan que ponga punto y final a su interminable y horrenda existencia, quizás esa sea la razón por la que algunos la han ayudado. Quizá sea porque se aburren. No es que Nucleobase sea una ciudad muy emocionante.

Ahora mismo, todo le da igual excepto el cielo nocturno. Cielo en el que la Luna empieza a ascender.

Esta baja en el horizonte, al parecer más grande de lo que estaba la noche anterior y alargada por la manera en la que el aire distorsiona su contorno. Es blanca, extraña y redondeada, y no parece ser merecedora de todo el dolor que su ausencia ha simbolizado para el mundo. Aun así, tira de todas las entrañas orogénicas de Nassun. Tira del mundo entero.

Pues es hora de que el mundo responda.

Nassun cierra los ojos. A esas alturas todos están alrededor de Nucleobase, la llave de repuesto: tres por tres por tres, veintisiete obeliscos que ha pasado tocando, domesticando y convenciendo durante semanas para que orbiten alrededor del lugar. Aún puede sentir el de zafiro, pero está muy lejos y no lo ve desde allí. No puede usarlo, y tardaría meses en llegar si lo llamara. Los otros servirán. Le resulta raro ver tantos obeliscos juntos en el cielo después de pasarse toda una vida con una o ninguna de esas cosas a la vista al mismo tiempo. Es raro sentir cómo todos están conectados con ella, palpitan a ritmos diferentes y tienen pozos de energía de profundidades diferentes. Los más oscuros son más profundos. Desconoce la razón, pero es capaz de notar la diferencia.

Nassun levanta las manos y extiende los dedos, imita de manera inconsciente a su madre. Con mucho cuidado, empieza a conectar cada uno de los veintisiete obeliscos, uno a uno, luego de dos en dos y por último los demás. La guían las líneas de visión, las líneas de energía, un extraño instinto que requiere relaciones matemáticas incomprensibles para ella. Cada obelisco mantiene la cuadrícula que ha empezado a formar, en lugar de alterarla o cancelarla. En cierto modo es como colocar a los caballos en un arreo: algunos son briosos, mientras que otros van más despacio. Pues esto es como hacerlo con veintisiete caballos de carreras muy nerviosos. La idea es la misma.

Y también le resulta bonito el momento en el que todas las corrientes se detienen, dejan de enfrentarse a ella y quedan unidas. Respira hondo, sonríe sin querer y se siente satisfecha por primera vez desde que el Padre Tierra destruyó a Schaffa. Debería tener miedo, ¿no? Es mucha energía. Pero no lo tiene. Cae hacia arriba por torrentes de gris, de verde, de malva o de un blanco resplandeciente. Partes de ella que no sabría llamar por su nombre se mueven y se ajustan para danzar al unísono con las otras veintisiete partes. ¡Qué bonito! Si Schaffa pudiese...

Un momento.

Algo hace que a Nassun se le ericen los pelos de la nuca. Es peligroso perder la concentración en ese momento, por lo que se obliga a tocar metódicamente cada uno de los obeliscos para ponerlos de nuevo en espera. La mayoría lo consiente, aunque el de ópalo corcovea un poco y tiene que obligarlo. Cuando todos se encuentran estables, abre los ojos con cuidado y mira alrededor.

Al principio, las calles blanquinegras iluminadas por la luz de la Luna no parecen haber cambiado: están tranquilas y silenciosas a pesar de la multitud de comepiedras que se han reunido para contemplarla. (En Nucleobase es fácil sentirse sola entre la multitud.) Luego escudriña un poco de... movimiento. Algo, alguien, que se agazapa y avanza entre las sombras.

Desconcertada, Nassun da un paso hacia la silueta.

—¿H-hola?

La figura renquea hacia un pequeño pilar cuyo propósito Nassun nunca ha sido capaz de averiguar, aunque parece haber uno en cada una de las esquinas de la ciudad. Está a punto de caer, pero consigue apoyarse en el pilar para sostenerse y luego se estremece y levanta la cabeza al oírla hablar. Unos ojos geliris se clavan en Nassun desde las sombras.

Schaffa.

Despierto. Se mueve.

Sin pensárselo, Nassun empieza a trotar y luego corre hacia él. Siente que el corazón está a punto de salírsele por la boca. Ha oído a otros proferir antes ese tipo de expresiones. Siempre las había considerado mera palabrería, tonterías, licencias poéticas, pero ahora sabe a qué se referían, pues la boca se le pone tan seca que es capaz de notar su pulso en la lengua. Se le nubla la vista.

—¡Schaffa!

Está a nueve o diez metros, cerca de uno de los edificios con forma de pilón que rodean el hueco de Nucleobase. A distancia suficiente para reconocerla, pero no hay nada en su mirada que indique que la ha reconocido. Al contrario, el hombre parpadea y luego sonríe de una manera lenta e insensible que hace que la chica se detenga de pronto y note un hormigueo por todo el cuerpo.

—¿Scha-Schaffa? —repite. Su voz casi ni se oye a pesar del silencio.

—«Hola, pequeña enemiga» —dice Schaffa con una voz que reverbera por todo Nucleobase y la montaña que hay debajo, y también por el océano en un radio de miles de kilómetros de distancia.

Luego el hombre se gira hacia el pilón que tiene detrás. Lo toca, aparece una abertura alta y estrecha y se tambalea para atravesarla.

El agujero desaparece al instante.

Nassun grita y se abalanza detrás de él.

Te encuentras en el manto inferior, en mitad del mundo, cuando sientes que se ha activado parte del Portal de los Obeliscos.

O así es como lo interpreta tu mente al principio, hasta que dominas la inquietud y abres tu conciencia para confirmar lo que acabas de sentir. Es difícil. En las profundidades de la tierra hay muchísima magia, e intentar filtrar lo que ocurre en la superficie es como pretender distinguir un arroyo distante entre cientos de atronadoras cataratas cercanas. Todo empeora a medida que Hoa os lleva a más profundidad, hasta que al final tienes que «cerrar los ojos» y dejar de percibir del todo la magia, pues hay algo inmenso cerca que te «ciega» con su brillo. Es como si hubiese un sol bajo tierra, de un blanco argénteo que revolotea con una increíble concentración de magia, pero también puedes sentir cómo Hoa rodea el sol aunque para ello el viaje deba durar más de lo estrictamente necesario. Luego tendrás que preguntarle por qué.

No puedes ver mucho más que el rojo revuelto de las profundidades. ¿A qué velocidad vais? Es imposible saberlo sin disponer de alguna referencia. Hoa es una sombra intermitente en el enrojecimiento que tenéis alrededor y resplandece las pocas veces que puedes verlo. Eso indica que tal vez tú también estés brillando. No abre un camino a través de la tierra, sino que se convierte en parte de ella y hace que sus partículas transiten a través de las del lugar, convertido en una onda que puedes sesapinar igual que el sonido, la luz o el calor. Es muy inquietante aunque no te dé por pensar que es lo mismo que está haciendo contigo. No sientes nada, tan solo el ligero apretón de su mano y el indicio de tensión del brazo de Lerna. No hay más sonido que el batir omnipresente, no hay olores, ni tampoco nada más. No sabes si estás respirando, ni tampoco sientes necesidad de aire.

Pero ese lejano despertar de múltiples obeliscos te hace sucumbir al pánico y está a punto de inducirte a separarte de Hoa en busca de concentración. Pero eres estúpida, ya que algo así no te mataría, sino que te aniquilaría al instante, te convertiría en cenizas, vaporizaría esas cenizas y luego prendería fuego a ese vapor.

—¡Nassun! —gritas o intentas gritar, pero las palabras se pierden en ese grave rugido. No hay nadie para oírte gritar.

Pero. Sí que lo hay.

Algo cambia a tu alrededor, o más bien reparas luego en que eres tú quien ha cambiado con relación a esa cosa. No piensas en ello hasta que sucede otra vez, y te parece haber sentido un tirón de Lerna. Luego al fin se te ocurre mirar los hilillos de plata de los cuerpos de tus compañeros que apenas puedes distinguir en la densidad roja de la tierra que te rodea.

Hay un resplandor con forma humana unido a tu mano, pesado como una montaña en tu percepción y ascendiendo con presteza: Hoa. Se mueve de forma extraña y de vez en cuando se desvía de un lado a otro, tal y como habías percibido antes. Al lado de Hoa hay unos brillos tenues y grabados con sutileza. Uno tiene una interrupción muy evidente del flujo de plata en un brazo; tiene que ser Tonkee. No eres capaz de distinguir a Hjarka de Danel, porque no eres capaz de ver el tamaño ni algo tan detallado como los dientes. Sabes que Lerna sigue ahí porque es el que está más cerca de ti, pero después de él...

Una luz pasa a toda velocidad. Tiene el peso de una montaña, un brillo mágico y con forma humana, pero no es humano. Ni tampoco es Hoa.

Otro destello. Algo se abalanza sobre él en trayectoria perpendicular, lo intercepta y empieza a desviarlo, pero hay más. Hoa vuelve a lanzarse a un lado y otro destello vuelve a fallar el golpe. Pero ha estado cerca. Lerna parece agitado a tu lado. ¿Podrá sesapinarlo?

Esperas de verdad que no, porque ya has entendido lo que ocurre. Hoa está esquivando los ataques. Y tú no puedes hacer nada de nada, solo confiar en que os mantenga a salvo de los comepiedras que intentan «separaros de él».

No. Es difícil concentrarse cuando tienes tanto miedo, cuando te has fundido con la roca semisólida y llena de presión de manto del planeta y cuando sabes que todos aquellos a quienes amas morirán en lenta agonía si fallas la misión. Y también cuando estáis rodeados de corrientes de magia que son mucho más poderosas que ninguna otra cosa que hayas visto antes y os atacan unos comepiedras asesinos. Pero el hecho de haber pasado la juventud aprendiendo a actuar bajo amenazas de muerte te resulta útil.

Unos meros hilillos de magia no bastan para detener a los comepiedras. Lo único que tienes a mano son los ríos serpenteantes de ella que hay en el interior de la tierra. Lanzar tu conciencia hacia ellos es como hacerlo hacia un tubo de lava y, por un instante, te distraes al pensar si aquello es lo que sentirías si Hoa te soltara: un horrible fogonazo de dolor y calor, y luego la nada. Te olvidas de eso y recuerdas algo. Meov. De cómo sacaste una cuña de hielo de la pared de un acantilado en el momento preciso para que destrozara un barco lleno de Guardianes...

Formas una cuña con tu voluntad y la unes al torrente de magia más cercano, una espiral crepitante y serpenteante. Funciona, pero no apuntas bien: la magia sale desperdigada por todas partes y Hoa tiene que volver a echarse a un lado, en esa ocasión por tu culpa. ¡Joder! Lo vuelves a intentar concentrándote más y sin pensar en nada. Estás en la tierra, roja y caliente, en lugar de oscura y cálida, pero ¿qué diferencia hay? Es como el crisol, pero el de verdad, en lugar de ese mosaico simbólico. Tienes que guiar esa cuña hasta ahí y luego apuntar a otro sitio mientras otro destello de montaña con forma de persona empieza a seguirte el ritmo y se abalanza para matarte...

... justo cuando lanzas una oleada de la plata más pura y resplandeciente hacia él. No le golpea. Aún no se te da bien apuntar. No obstante, el comepiedras se detiene de pronto cuando la magia refulge delante de sus narices. Allí en las rojas profundidades es imposible distinguir las expresiones, pero imaginas que la criatura se ha sorprendido y quizás hasta asustado. O eso esperas.

«¡El siguiente te lo vas a comer, malnacido rumbriento hijo de un caníbal!», intentas gritar, pero ya no te encuentras en un espacio del todo físico. No hay sonido ni aire. Imaginas las palabras y esperas que el rumbriento en cuestión note la esencia de lo que querías decir.

Lo que no imaginabas era que los destellos fugaces y oscilantes de los comepiedras se detuviesen. Hoa sigue, pero ya no hay más ataques. Bueno. Te ha gustado ser útil.

Va más rápido ahora que no tiene ningún impedimento. Tus glándulas sesapinales empiezan a percibir de nuevo la profundidad como algo ponderable y racional. El rojo oscuro se torna en marrón apagado y luego se enfría hasta convertirse en un negro opaco. Y luego...

Aire. Luz. Solidez. Vuelves a ser real, carne y huesos sin adulterar por otra materia y sobre una carretera que serpentea entre edificios lisos y extraños, altos como obeliscos situados bajo un cielo nocturno. La sensación de regresar es arrolladora, profunda, pero nada comparado con la conmoción que sientes cuando miras hacia arriba.

Has pasado dos años bajo un cielo lleno de ceniza inconstante, y hasta ahora no tenías ni idea de que la Luna hubiera vuelto.

Es como un ojo geliris enclavado en la oscuridad, un mal presagio enorme y aterrador en un tapiz lleno de estrellas. Ves lo que es sin ni siquiera sesapinarlo: una roca enorme y redonda. Parece pequeña en la inmensidad del cielo y te da la impresión de que necesitarías los obeliscos para sesapinarla del todo, pero en su superficie ves cosas que bien podrían ser cráteres. Has viajado entre cráteres. Los cráteres de la Luna se ven desde donde te encuentras, por lo que tienen que ser enormes y tardarías años en recorrerlos a pie, lo que reafirma tu sensación de que esa cosa es enorme a una escala incomprensible.

—Joder —profiere Danel. Eso te obliga a apartar la mirada del cielo. Está de cuatro patas, aferrada al suelo y agradecida de su solidez. Quizás ahora se arrepienta de la decisión que ha tomado, o quizá no tuviese ni idea de que ser acervista puede ser tan horrible y peligroso como ser generala—. Joder. Joder.

—Pues ahí está —dice Tonkee. También ha levantado la cabeza para mirar la Luna.

Te giras para comprobar la reacción de Lerna, pero...

Lerna. El espacio que tienes al lado, donde él se aferraba a ti, está vacío.

—No esperaba el ataque —explica Hoa. No puedes girarte hacia él. No puedes apartar la mirada del espacio vacío en el que debería estar Lerna. La voz de Hoa es la misma de tenor, hueca y atonal de siempre, pero... ¿lo notas perturbado? ¿Estupefacto? No quieres que esté así de conmocionado. Te gustaría que dijese: «Pero, como era de esperar, fui capaz de manteneros a todos a salvo. Lerna está allí, no te preocupes.»

Pero en lugar de eso, dice:

—Debí haberlo imaginado. Las facciones que no quieren la paz...

Se le quiebra la voz. Se queda en silencio, igual que haría una persona normal al no saber qué decir.

—Lerna. —Fue esa última sacudida. La que pensabas que había estado a punto de daros.

Pero no había pasado eso. Eres tú la que se está sacrificando de manera altruista por el futuro del mundo. Se suponía que él iba a sobrevivir.

—¿Qué le pasa?

Es Hjarka, quien está de pie pero inclinada y con las manos apoyadas en las rodillas, como si estuviese a punto de vomitar. Tonkee se frota los riñones, como si eso sirviese de algo, pero Hjarka no deja de mirarte. Tiene el ceño fruncido y ves el momento exacto en el que se da cuenta de lo que ocurre. Se le tuerce el gesto y se queda conmocionada.

Te sientes... aturdida. No es la sensación de vacío habitual que notas por ser mitad estatua. Es diferente. Es...

—Ni siquiera sabía si lo amaba... —murmuras.

Hjarka se estremece, pero recupera la compostura y respira hondo.

—Todos sabíamos que podía ser un viaje solo de ida.

Niegas con la cabeza..., ¿confundida?

—Es... era... mucho más joven que yo.

Esperabas que viviese más que tú. Eso debería ser lo normal. Se supone que tú ibas a morir sintiéndote culpable por dejarle atrás y matar a su hijo nonato. Se suponía que él...

—Oye —dice Hjarka alzando la voz. Conoces el gesto que acaba de poner. Es la mirada de una Líder, o una que te recuerda que ahora tú eres quien lidera al grupo. Es lo correcto, ¿verdad? Tú eres la que ha montado esa pequeña expedición. La culpable de que Lerna o cualquiera de ellos no se haya quedado en casa. La que no tuvo el valor para hacerlo sola, tal y como había que hacerlo si no querías que ninguno resultase herido. Lerna está muerto por tu culpa, no por la de Hoa.

Apartas la mirada de ellos y, sin querer, lanzas tu conciencia hacia el muñón de tu brazo. Es una locura. Esperas encontrar heridas de batalla, marcas de quemaduras o algo que muestre algún indicio de la razón por la que Lerna ya no está. Pero no ves nada. Estás bien. Vuelves a mirar a los demás y ves que también están bien, porque uno no escapa de las batallas con los comepiedras con simples heridas.

—La guerra está a punto de empezar. —Mientras tú te quedas quieta y embobada, Tonkee se aparta un poco de Hjarka, lo que resulta ser un problema porque la mujer se estaba apoyando en ella. Hjarka gruñe y rodea el cuello de Tonkee con el brazo para mantener el equilibrio. La otra no parece darse cuenta, ya que tiene los ojos abiertos como platos y no deja de mirar a su alrededor—. Aciaga e insaciable Tierra, mirad este sitio. ¡Está intacto! No está oculto, no tiene estructuras defensivas ni camuflaje ni tampoco las zonas verdes necesarias como para ser autosuficiente... —Parpadea—. Habrían necesitado un suministro regular de barcos para sobrevivir. Este lugar no se construyó con la supervivencia en mente. ¡Lo que indica que es anterior al Enemigo! —Vuelve a parpadear—. Los habitantes de este lugar tienen que haber sido de la Quietud. Quizá por la zona haya un medio de transporte que aún no hemos visto. —Se pierde en sus pensamientos y empieza a murmurar mientras se agacha para tocar la superficie del suelo.

No te importa. Pero tampoco tienes tiempo para lamentar la muerte de Lerna ni para odiarte. No es el momento. Hjarka tiene razón. Tienes un trabajo por delante.

Y también has visto las otras cosas que hay en el cielo junto a la Luna, las docenas de obeliscos que flotan cerca y a baja altura, que rezuman energía y que te ignoran por completo cuando intentas acercar a ellos tu conciencia. No son tuyos, pero aun así están dispuestos y preparados, enlazados a alguien de una manera que hace que de inmediato te vengan a la cabeza las palabras «Malas Noticias». Pero están inertes. Alguien los ha dejado en espera.

Céntrate. Carraspeas.

—Hoa, ¿dónde está?

Cuando le miras, ves que ha cambiado de postura: tiene el rostro impertérrito y el cuerpo un poco girado hacia el sudeste. Sigues su mirada y ves algo que te sorprende al principio: un grupo de edificios de seis o siete pisos de alto, con forma de cuña y sin ningún rasgo distintivo. No te cuesta llegar a la conclusión de que forman un anillo, y tampoco adivinar lo que hay en el centro de dicho anillo, aunque no puedas verlo a causa del ángulo de los edificios. Alabastro te lo dijo, ¿verdad? «La ciudad está construida para contener el agujero».

Se te cierra la garganta y te asfixias.

—No —dice Hoa. Bien. Te obligas a respirar. Nassun no está en el agujero.

—¿Pues dónde?

Hoa se gira para mirarte. Lo hace despacio. Tiene los ojos muy abiertos.

—Essun... ha entrado en Warrant.

Así como Nucleobase está arriba, Warrant está debajo.

Nassun corre por pasillos excavados en obsidiana, estrechos, de techo bajo y claustrofóbicos. Hace calor, no es asfixiante, pero sí agobiante y omnipresente. La temperatura del volcán asciende desde la cámara magmática e irradia a través de la antigua piedra. Es capaz de sesapinar ecos de lo que se hizo para crear un lugar así, porque fue con orogenia y no con magia, y ese es el poder más preciso con el que se ha topado hasta el momento. Pero no le importa. Tiene que encontrar a Schaffa.

Los pasillos están vacíos, iluminados tan solo por unas luces extrañas y rectangulares como las que vio en la ciudad subterránea. Eso es lo único del lugar que se parece a dicha ciudad, que tenía un diseño poco apresurado. En la estación había indicios de que se había construido poco a poco, parte por parte, con tiempo para valorar cada fase de dicha construcción una vez terminada, lo que le daba cierto grado de belleza. Warrant es oscura y utilitaria. Nassun recorre rampas inclinadas, pasa junto a salas de conferencias, aulas, comedores, salones y ve que todo está vacío. Los pasillos de aquel complejo se rompieron y se abrieron en el interior del volcán escudo en un periodo de días o semanas, con prisa, aunque no tiene clara la razón. Aun así, de alguna manera es capaz de darse cuenta de la naturaleza apresurada del lugar. El miedo permea las paredes.

Pero nada de eso le importa. Schaffa está allí, en alguna parte. Schaffa, el que llevaba semanas sin apenas moverse y que ahora se las ha apañado para correr, impelido por algo que no es su mente. Nassun rastrea la plata del Guardián, sorprendida por que haya conseguido llegar tan lejos a pesar de lo poco que tardó ella en tratar de volver a abrir la puerta por la que él había cruzado, ver que con ella no funcionaba y usar la plata para abrirla a la fuerza. Pero ahora está ahí en algún lugar y...

... y también lo están los otros. Se detiene un momento, entre jadeos e incómoda de repente. Hay muchos. Docenas... No: cientos. Y todos son como Schaffa, con una plata más tenue, extraña y que tampoco surge de ellos.

Guardianes. Así que ahí es adonde van cuando tienen lugar

las Estaciones. Pero Schaffa dijo que lo iban a matar porque estaba «contaminado».

No lo harán. Cierra los puños.

(No se le ocurre pensar que también la matarán a ella. O sí, pero no deja de pensar en que «no lo conseguirán».)

Cuando Nassun atraviesa a la carrera una puerta que hay en lo alto de una pequeña escalera, el pasillo estrecho se abre a una estancia también estrecha pero de techo mucho más alto. Tan alto que casi se pierde en las sombras, y es tan alargada que no ve lo que hay al otro lado. Y a lo largo de las paredes del lugar, en filas bien ordenadas que llegan hasta el techo, hay docenas o cientos de extraños agujeros cuadrados. Le recuerdan a los agujeros de una colmena, aunque con otra forma.

Y en cada uno de ellos hay un cuerpo.

Schaffa no está muy lejos. Se encuentra en algún lugar de la estancia y ha dejado de moverse. Nassun se detiene también, ahora que el miedo se ha sobrepuesto a su necesidad de encontrar a Schaffa. El silencio hace que se le erice la piel. Le resulta inevitable sentirse aterrorizada. No ha dejado de pensar en la analogía con la colmena, y en cierta manera tiene miedo de mirar a los huecos y ver que una larva le devuelve la mirada, quizá desde encima del cadáver de otra criatura (o persona) que ha parasitado.

Sin querer, mira hacia la celda más cercana. Es poco más amplia que los hombros de la persona que hay en el interior, que parece estar dormida. Es un hombre de pelo gris joven de aspecto y medlatino, y lleva el uniforme bermellón del que Nassun había oído hablar pero que nunca había visto. Respira, aunque despacio. La mujer de la celda que tiene al lado lleva el mismo uniforme, aunque es del todo diferente: es de las Costeras orientales, tiene la piel negra, el pelo trenzado a lo largo de la cabeza en patrones intrincados y labios color vino. Se intuye una ligerísima sonrisa en esos labios, como si fuese incapaz de borrarla incluso mientras duerme.

Parecen dormidos, pero es otra cosa. Nassun sigue la plata de las personas que hay en las celdas, recorre sus nervios y su circulación, y llega a la conclusión de que todos están en algo parecido a un coma. Aunque cree que los comas normales no son así. Ninguno de ellos parece estar herido o enfermo. Y en el interior de cada uno de los Guardianes hay una de esas esquirlas del litonúcleo, dormidas en lugar de refulgiendo rabiosas como la de Schaffa. Le resulta raro comprobar que los hilos argénteos que hay en cada uno de ellos se conectan con los de los que tienen alrededor. Forman una red. ¿Quizá se estén apoyando entre ellos? ¿Y si se dan energía para hacer algo, igual que hace la red de obeliscos? No tiene ni idea.

(No estaban hechos para perdurar.)

Pero en ese momento, en el centro de la estancia abovedada, quizás a treinta metros de distancia, oye un chirrido agudo y mecánico. Se sobresalta, se aparta al momento de las celdas y echa un vistazo apresurado alrededor para ver si el ruido ha despertado a alguno de los ocupantes. No se mueven. Nassun traga saliva y llama en voz baja:

—¿Schaffa?

En respuesta oye un gruñido grave y familiar que retumba por las altas paredes del lugar.

Nassun se abalanza hacia delante entre jadeos. Es él. En medio de aquel extraño lugar hay unos artilugios dispuestos en filas. Cada uno está formado por una silla unida a unos cables plateados y enmarañados que forman bucles y mástiles. Nunca había visto algo parecido. (Tú sí.) Cada uno de esos artilugios tiene el tamaño suficiente para que quepa una persona, pero todos están vacíos. Nassun se inclina hacia uno de ellos para verlo mejor. Y todos se apoyan en un pilar de piedra que alberga un mecanismo de una sofisticación exagerada. Es imposible obviar los pequeños escalpelos, las herramientas parecidas a fórceps de varios tamaños y el resto de instrumental que sin duda sirve para cortar y perforar...

En algún lugar cercano, Schaffa gruñe. Nassun deja de pensar en esas cosas afiladas y corre junto a las filas de celdas...

... para detenerse delante de la única silla de malla ocupada de toda la estancia.

La han ajustado de alguna manera. Schaffa está sentado en ella, pero bocabajo y con el cuerpo suspendido. El pelo le cae a ambos lados de la cara. El mecanismo de detrás de la silla se mueve por su cuerpo de una manera que a Nassun le recuerda a un depredador, pero cuando se acerca ya se ha empezado a retirar. Los instrumentos llenos de sangre desaparecen en el interior del mecanismo, y la chica oye unos tenues sonidos chirriantes. Quizá se estén limpiando. Queda a la vista uno pequeño parecido a unas pinzas que sostiene en alto un premio que no ha dejado de resplandecer un poco y que está lleno de la sangre de Schaffa. Una pequeña esquirla de metal, irregular y oscura.

Hola, pequeña enemiga.

Schaffa no se mueve. Nassun mira con fijeza el cuerpo y tiembla. No puede cambiar de percepción para ver la plata, la magia, para comprobar si está vivo. La herida sanguinolenta que tiene en la nuca está bien cosida, justo debajo de la otra antigua cicatriz que siempre le había llamado la atención. No ha dejado de sangrar, pero sabe que la herida se hizo muy rápido y se cerró a la misma velocidad.

Nassun desea que la espalda y los costados se empiecen a mover igual que un niño desea que no existan monstruos debajo de su cama.

Se mueven mientras el hombre toma aliento.

—N-Nassun —grazna.

—¡Schaffa! Schaffa. —Se abalanza junto a él, se tira de rodillas y se inclina hacia el Guardián para mirarle la cara desde debajo de ese artilugio de malla, ajena a la sangre que aún gotea por los lados del cuello y la cara del hombre. Sus ojos, blancos y bonitos, están entreabiertos. ¡Y esta vez es él! Al verlo, la chica rompe a llorar—. ¿Schaffa? ¿Estás bien? ¿Estás bien de verdad?

Habla despacio y le cuesta hacerlo. Nassun no quiere pensar la razón.

—Nassun. Yo. —Su expresión cambia, más despacio aún. Un maremoto parte de sus cejas y forma un tsunami que le recorre despacio el resto de la cara y crea un gesto de comprensión—. No... No duele.

La chica le toca la cara.

—Esa... esa cosa ya no está dentro de ti, Schaffa. La cosa de metal.

El hombre cierra los ojos, y a Nassun le da un vuelco el estómago, pero luego el Guardián deja de fruncir el ceño. Vuelve a sonreír y, por primera vez desde que le conoce, no hay tensión ni falsedad en esa sonrisa. No lo hace para aplacar su dolor ni el miedo de los demás. Abre la boca. Nassun ve todos sus dientes, ríe un poco, y también llora, aliviada y contenta. Es lo más bonito que la chica ha visto nunca. Le cubre la cara con las manos sin importarle la herida que tiene en la nuca y aprieta su frente contra la de ella. La risa del Guardián hace que a Nassun le tiemble la cabeza. Lo quiere. Lo quiere muchísimo.

Y como lo toca, como lo quiere, como están tan en sintonía con las necesidades y su dolor, y como quiere hacerlo feliz, su percepción pasa a la de plata. No quiere hacerlo, solo quería usar la vista para disfrutar de la manera en la que el hombre la estaba mirando, las manos para tocarle la piel, el oído para oír su voz.

Pero Nassun es orogén, y no puede apagar la sesuna, de igual manera que no puede apagar la vista, el oído o el tacto. Y por eso deja de sonreír y de estar contenta, ya que en ese momento ve que la red de hilillos del interior del hombre empieza a desaparecer y ya es innegable que se está muriendo.

El proceso es lento. Con lo que le queda podría durar unas pocas semanas o meses, quizás incluso un año. En otros seres vivos la plata se agita de manera casi inconsciente, fluye, oscila y se apelmaza, pero en su cuerpo solo hay un ligero goteo en esos mismos lugares. Lo poco que le queda recorre el sistema nervioso, y Nassun ve un vacío deslumbrante en el lugar donde antes tenía el núcleo de aquella red argéntea, en sus glándulas sesapinales. Sin el litonúcleo, tal y como Schaffa le había dicho, no durará mucho.

Ha cerrado los ojos. Duerme, agotado por forzar su debilitado cuerpo en su procesión por las calles. Pero no fue él quien lo hizo en realidad, ¿no? Nassun se pone en pie, temblando y sin apartar las manos de los hombros de Schaffa. El hombre tiene apoyada su pesada cabeza contra el pecho de la chica. Ella mira la pequeña esquirla de metal y entiende al instante la razón por la que el Padre Tierra ha hecho algo así.

Sabe que Nassun quiere hacer bajar la Luna, lo que creará un cataclismo mucho peor que el de la del Desastre. El planeta quiere vivir. Sabe que Nassun ama a Schaffa, y que hasta ahora la chica pensaba que destruir el mundo era la única manera de que el Guardián dejase de sufrir. Pero ahora ha cambiado a Schaffa y se lo ha ofrecido a Nassun como si fuese una amenaza viviente.

«Ahora es libre —se burla la Tierra con ese gesto sin palabras—. Ahora puede vivir en paz sin morir. Y si quieres que viva, pequeña enemiga, solo puedes hacer una cosa.»

Acero nunca dijo que no pudiese hacerse, solo que no debería. Quizás esté equivocado. Quizá, convertido en comepiedras, Schaffa dejará de estar solo y triste por toda la eternidad. Acero es malvado y horrible, y por eso nadie quiere estar con él. Pero Schaffa es bueno y amable. Seguro que encuentra a alguien a quien amar.

Sobre todo si el resto de las personas de todo el mundo también se convierten en comepiedras.

Toma una decisión: la humanidad es un pequeño precio a pagar por el futuro de Schaffa.

Hoa dice que Nassun ha ido bajo tierra, a Warrant, el lugar donde yacen los Guardianes, y notas un regusto amargo en la boca debido al pánico mientras recorres el agujero en busca de una manera de entrar. No te atreves a limitarte a pedirle a Hoa que te transporte: los aliados del Hombre Gris estarán por todas partes y te matarán igual que han hecho con Lerna. Los aliados de Hoa también están por ahí, y tienes el vago recuerdo de dos montañas borrosas entrechocando y apartándose de vuestro camino. Hasta que no se solucione el asunto de la Luna, meterse en la Tierra es peligroso. Sesapinas a todos los comepiedras en ese lugar, mil montañas de tamaño humano dentro y debajo de Nucleobase, y algunos te miran mientras recorres las calles en busca de tu hija. Todas sus antiguas facciones y batallas privadas los han llevado a ese instante, de una forma u otra.

Hjarka y los demás te han seguido, aunque más lento. No están tan asustados como tú. Al fin, ves un pilón del tamaño de un edificio que se ha abierto, de cuajo, al parecer, como si hubiesen usado un cuchillo enorme. Tiene tres tajos irregulares y alguien ha empujado la puerta, que parece tener treinta centímetros de ancho, para que caiga hacia delante. Al otro lado se vislumbra un pasillo amplio y de techo bajo que desciende a la oscuridad.

Alguien sale del agujero cuando llegas. Te detienes al instante.

—¡Nassun! —espetas. Es ella.

La chica que está debajo del umbral es unos centímetros más alta de lo que recuerdas. Tiene el pelo más largo y dos trenzas que le caen por la espalda. Casi no la reconoces. Se detiene de pronto al verte, la confusión hace que frunza un poco el ceño y te das cuenta de que a ella también le ha costado un poco reconocerte. Luego lo hace, y te mira como si fueses la última cosa del mundo que esperaba ver. Y es muy cierto, a decir verdad.

—Hola, mamá —dice Nassun.

14

Yo, en el fin de los días

Soy testigo de lo que ocurre a continuación, y así es como lo voy a contar.

Veo cómo tu hija y tú os miráis por primera vez en dos años, y también el abismo de adversidades que hay entre vosotras. Soy el único que sabe todo aquello por lo que habéis pasado. Solo podéis juzgaros por vuestra presencia, vuestras acciones y las cicatrices que os habéis dejado, al menos por ahora. Tú: estás mucho más delgada que la madre que ella vio por última vez cuando decidió no ir un día al creche. El desierto te ha dejado en los huesos y te ha secado la piel. La lluvia ácida te ha decolorado las rastas, que ahora son de un marrón más claro que antes. Y también tienes más canas. Las ropas que cuelgan de tu cuerpo también están blanquecinas debido a la ceniza y el ácido, y tienes anudada la manga derecha vacía de la camisa, que oscila mientras recuperas el aliento. Y hay otra cosa que también forma parte de la primera impresión que Nassun tiene de la persona en la que te has convertido después de la Hendidura: detrás de ti hay un grupo de personas que se han quedado mirando a la chica, algunos con una cautela que salta a la vista. Por otra parte, tú solo desprendes angustia.

Nassun se queda tan quieta como un comepiedras. Solo ha crecido diez centímetros desde la Hendidura, pero a ti te parecen treinta. Ves que ha empezado a convertirse en una adolescente, antes de lo que debería, pero así es la naturaleza en tiempos difíciles. El cuerpo se aprovecha de la seguridad y la abundancia cuando tiene ocasión, y los nueve meses que pasó en Jekity le sentaron muy bien. Es probable que ese mismo año empiece a menstruar si encuentra la comida suficiente. Pero los cambios más grandes no saltan a la vista. El recelo de su mirada no se parece en nada a la apocada timidez que recuerdas. Su postura, con los hombros hacia atrás, los pies plantados en el suelo y firme. Le dijiste un millón de veces que no se encorvara, y ahora que está bien recta parece muy alta y fuerte. Es una fuerza preciosa.

Su orogenia se posa sobre tu conciencia como un peso pesado sobre el mundo, firme como una roca y precisa como una broca de diamante. Aciaga Tierra, piensas. Su presencia orogénica es igual que la tuya.

Ha terminado antes de que empiece siquiera. Lo sientes tan pronto como sesapinas su fuerza, y te desesperas.

—Te he estado buscando —dices. Has levantado la mano sin pensar, y tus dedos se abren, se retuercen y se cierran una y otra vez, en un gesto que es mitad intento de agarrarla y mitad súplica.

Baja la mirada.

—He estado con papi.

—Lo sé. Fui incapaz de encontrarte. —Es obvio, redundante. Te odias por balbucear así—. ¿Estás... bien?

Aparta la mirada, incómoda, y te molesta mucho que no esté preocupada por ti.

—Tengo que... Mi Guardián necesita ayuda.

Te envaras. Nassun sabe cómo era Schaffa antes de Meov. Sabe que el Schaffa que conocías tú y el que ella quiere son personas muy diferentes. Ha estado en un Fulcro y visto la manera en la que afecta a los que están allí internados. La chica recuerda cómo solías envararte, igual que has hecho ahora, al ver algo de color bermellón. Y de pronto, allí en el fin del mundo, entiende la razón. Ahora te conoce mejor que nunca.

Aun así, para ella Schaffa es el hombre que la protegió de los saqueadores, y de su padre. Es el hombre que la tranquilizó cuando tenía miedo y el que la ayudaba a dormir por las noches.

Lo ha visto enfrentarse a su horrible naturaleza y a la propia Tierra para convertirse en el padre que necesitaba. La ha ayudado a aprender a quererse tal y como es.

¿Su madre? Tú. No has hecho nada de eso.

Y en ese momento vibrante, mientras te esfuerzas por olvidar los recuerdos de Innon despedazado, el dolor acuciante de los huesos rotos de esa mano que ya no tienes y ese «Nunca me digas que no» que no deja de resonar en tu cabeza, la chica intuye algo que habías negado hasta ahora.

Que es inútil. Que no hay relación ni confianza entre vosotras, porque ambas sois lo que la Quietud y esa Estación ha hecho de vosotras. Que Alabastro tenía razón y que hay cosas que están demasiado rotas como para arreglarlas. Que no hay nada que hacer, solo tener compasión y destruirlas.

Nassun niega con la cabeza una vez mientras tú te estremeces junto a ella. Aparta la mirada. Vuelve a agitar la cabeza. Encoge un poco los hombros, no por dejadez, sino porque está agotada. No te culpa, pero tampoco espera nada de ti. Y en ese momento, solo eres alguien que se ha interpuesto en su camino.

Se gira para marcharse, lo que te saca de tu ensimismamiento.

—¿Nassun?

—Necesita ayuda —repite. Tiene la cabeza gacha y los hombros rectos. No deja de caminar. Respiras y vas detrás de ella—. Tengo que ayudarlo.

Sabes lo que está pasando. Lo has sentido. Temido. Siempre. Oyes que Danel detiene a los demás detrás de ti. Quizá piensa que tu hija y tú necesitáis espacio. No les prestas atención y corres detrás de Nassun. La agarras por el hombro e intentas rodearla.

—Nassun, ¿qué...?

Se zafa con tanta virulencia que te tambaleas. Te cuesta mantener el equilibrio desde que perdiste el brazo, y ella es más fuerte que antes. No se da cuenta de que has estado a punto de caerte. Continúa.

—¡Nassun!

No mira atrás.

Estás desesperada por llamar su atención, por hacer que reaccione, por que haga algo. Por cualquier cosa. Piensas y luego dices, detrás de ella:

—¡Sé..., sé..., sé lo de Jija!

Y solo entonces se detiene. La muerte de Jija es una herida abierta en su interior y, aunque Schaffa la ha limpiado y cosido, tardará en curar. El que sepas lo ocurrido la hace encorvarse por la vergüenza. Se siente frustrada por que fuese algo necesario, por haberlo hecho en defensa propia. Que se lo hayas recordado en aquel momento convierte esa frustración y la vergüenza en rabia.

—Tengo que ayudar a Schaffa —repite. Tiene los hombros levantados en un gesto que reconoces después de cientos de tardes en tu crisol improvisado, y de cuando tenía dos años y aprendió la palabra «no». No hay manera de razonar con ella cuando se pone así. Las palabras se vuelven irrelevantes. Las acciones funcionan mejor. Pero ¿qué podrías hacer para demostrarle ahora lo empantanados que están tus sentimientos? Miras atrás con impotencia. Hjarka agarra a Tonkee, quien tiene la mirada clavada en el cielo y en la manera en cómo los obeliscos se han ensamblado, más de los que has visto en toda tu vida. Danel está un poco apartada del grupo, con las manos en la espalda, y los labios negros articulando lo que reconoces como una regla mnemotécnica de los acervistas para ayudarse a recordar todo lo que ve y oye, palabra por palabra. Lerna...

Te habías olvidado. Lerna no está allí. Pero sospechas que si estuviera te habría advertido. Era doctor. Los problemas familiares no eran lo suyo, pero cualquiera podría darse cuenta de que allí había problemas.

Trotas detrás de ella.

—Nassun. Nassun, por el óxido, ¡mírame cuando te hablo! —No te hace caso; eso te sienta como un tortazo en la cara. Esos de los que sirven para aclarar las ideas, y no de los que una quiere responder. Muy bien. No te hará caso hasta que no haya ayudado a... Schaffa. Dejas a un lado ese pensamiento, aunque es como si vadearas un camino de fango lleno de huesos. Muy bien—. ¡Déjame ayudarte!

Eso hace que Nassun vaya más despacio y termine por pararse. Al darse la vuelta, ves que ha puesto gesto precavido. Muy precavido.

—¿Ayudarme?

Miras detrás de ella y ves que se dirige a otro de esos edificios con forma de pilón, que tiene una escalera amplia y una barandilla que sube por la parte inclinada. En la parte alta se verá muy bien el cielo... Algo te dice que tienes que evitar que suba ahí.

—Sí. —Vuelves a extender la mano. Por favor—. Dime qué necesitas. Yo... Nassun. —Te has quedado sin palabras. Te gustaría que sintiese lo mismo que tú—. Nassun.

No funciona. La chica responde con una voz firme como la piedra:

—Necesito usar el Portal de los Obeliscos.

Te estremeces. Yo ya te lo había dicho, hace semanas, pero al parecer no me creíste.

—¿Qué? No puedes hacerlo.

Piensas: «Te matará.»

Nassun aprieta los dientes.

—Voy a hacerlo.

Piensa: «No necesito que me des permiso.»

Niegas con la cabeza, incrédula.

—¿Qué vas a hacer con él?

Pero es demasiado tarde. La has perdido. Dijiste que la ayudarías, pero dudaste. También es hija de Schaffa en lo más profundo de su corazón. Por los fuegos de la Tierra, ha tenido dos padres y es a ti a quien le ha tocado hacerla entrar en razón. No te extraña que haya salido como ha salido. Para ella, tus dudas tienen el mismo significado que «no». Y no le gusta que la gente le diga que no.

Así es como Nassun te vuelve a dar la espalda y dice:

—Deja de seguirme, mamá.

De inmediato, vuelves a empezar a acercarte a ella.

—Nassun...

Se da la vuelta de pronto. La sesapinas en la tierra, también en el aire, ves las líneas de magia y, de repente, se entrelaza de una manera que no llegas a entender. El material del que está hecho el suelo de Nucleobase, que son metales con fibras comprimidas y sustancias cuyos nombres desconoces y que están sobre roca volcánica, tiembla bajo tus pies. Por costumbre, después de pasar años sofocando los berrinches orogénicos de tus hijos, reaccionas al mismo tiempo que te tambaleas, creas un toro en el suelo que pretendes usar para cancelar su orogenia. No funciona, porque lo que usa no es la orogenia.

Nassun lo sesapina y entrecierra los ojos. Grises como los tuyos, como la ceniza. Un instante después, un muro de obsidiana se erige desde el suelo justo delante de ti, atraviesa la fibra y el metal de la infraestructura de la ciudad y forma entre ella y tú una barrera que ocupa todo el camino de lado a lado.

La fuerza de la agitación te hace caer al suelo. Cuando dejas de ver las estrellas y se disipa la tierra, te quedas mirando el muro, conmocionada. Lo ha hecho tu hija. Te lo ha hecho a ti.

Alguien te coge y te estremeces. Es Tonkee.

—No sé si te habías dado cuenta —dice al tiempo que te ayuda a ponerte en pie—, pero parece que tu hija ha heredado tu temperamento. Así que a lo mejor no deberías ser tan agresiva.

—Ni siquiera sé lo que ha hecho —murmuras, aturdida. Asientes para darle las gracias por ayudarte—. Eso no era... No sé... —La precisión de lo que acaba de hacer Nassun no era digna del Fulcro, aunque le enseñaste los fundamentos. Apoyas la mano en la pared, confundida, y sientes los persistentes hilillos de magia en el interior, los notas moverse partícula a partícula hasta que se disipan—. Está mezclando la magia y la orogenia. Eso no lo había visto nunca.

Yo sí. Lo llamábamos armonizar.

Mientras, ahora que ya no la molestas, Nassun ha empezado a subir por las escaleras del pilón. Está en la parte superior, rodeada por unos símbolos rojos de advertencia que se agitan y revolotean por los aires. Una brisa ácida y agobiante recorre el hueco de Nucleobase y levanta los pelos sueltos de sus trenzas. Se pregunta si el Padre Tierra está más tranquilo ahora que ha conseguido manipularla para que le perdone la vida al planeta.

Schaffa vivirá si ella convierte a todos los habitantes del mundo en comepiedras. Es lo único que importa.

—Primero, la red —dice al tiempo que eleva la vista al cielo. Los veintisiete obeliscos titilan entre el estado sólido y el mágico, al unísono mientras los vuelve a encender. Nassun extiende los brazos hacia delante.

En el suelo, te estremeces cuando sesapinas, sientes, te armonizas con la apresurada activación de los veintisiete obeliscos. Ahora es como si solo hubiese uno, y zumba con tanta energía que sientes un hormigueo en los dientes. Te preguntas por qué Tonkee no está tan afectada como tú, pero ella no es más que una tática.

Pero Tonkee no es tonta y ese es el trabajo de su vida. Mientras contemplas sorprendida lo que hace tu hija, ella entrecierra los ojos y mira los obeliscos.

—Tres al cubo —murmura. Niegas con la cabeza, sin decir nada. Tonkee se te queda mirando, irritada porque no lo entiendes—. Mira, si pretendiese imitar un gran cristal, empezaría por unir cristales más pequeños en configuración de cuadrícula cubiforme.

Ahora lo entiendes. El gran cristal que Nassun pretende imitar es el de ónice. Hace falta una llave para inicializar el Portal, es lo que te había dicho Alabastro. Pero lo que ese imbécil inútil no te contó es que hay muchas maneras de formar una llave. Luego abrió la Hendidura en la Quietud. Él usó una red formada por todos los responsables de los nódulos que había cerca, porque lo más seguro era que el de ónice lo hubiese transformado en piedra al instante. Los responsables de los nódulos resultaron ser un sustituto inferior para el de ónice, una llave de repuesto. Tú no sabías qué estabas haciendo la primera vez que lo hiciste, cuando enyugaste a los orógenes de Bajo-Castrima para formar una red, pero en aquel momento él sí sabía que el de ónice era demasiado potente como para que lo usaras directamente. No tenías ni la flexibilidad ni la creatividad de Alabastro. Te enseñó una forma más sencilla de hacerlo.

Pero Nassun es la estudiante que Alabastro siempre habría querido. La chica no había podido acceder antes al Portal de los Obeliscos, ya que era tuyo, hasta ahora. Observas conmocionada, aterrorizada, que se abalanza más allá de la red que ha creado para formar esa llave de repuesto, encuentra otros obeliscos y, uno a uno, empieza a unirlos. Es más lento que hacerlo con el de ónice, pero al parecer es igual de efectivo. Funciona. El de apatita, conectado y enlazado. El de sardónice, envía un ligero latido desde donde flota, en algún lugar del mar meridional. El de jade...

Nassun va a abrir el Portal.

Empujas a un lado a Tonkee.

—Alejaos de mí tanto como podáis. Todas.

Tonkee no se molesta en discutir. Abre los ojos de par en par, se gira y echa a correr. Oyes cómo grita a las demás. Oyes que Danel se resiste. Y luego ya no puedes seguir prestándoles atención.

Nassun va a abrir el Portal, se va a convertir en piedra y morirá.

Lo único que puede detener la red de obeliscos de Nassun es el de ónice. Tienes que llegar hasta él, pero ahora mismo se encuentra justo al otro lado del planeta, a medio camino entre Castrima y Rennanis, donde lo dejaste. En una ocasión, hace mucho tiempo, en Alto-Castrima, fue él el que te llamó. Pero ¿te atreverías a esperar a que hiciese algo así ahora que Nassun se está haciendo con el control de todas las partes del Portal? Tienes que ir tú a por él, y para eso necesitas magia, mucha más de la que puedes reunir por tu cuenta y sin ningún obelisco bajo tu control.

«El de berilio, el de hematita, el de iolita...»

Va a morir justo delante de ti si no haces algo.

Desesperada, abalanzas tu conciencia hacia la tierra. Nucleobase está construido sobre un volcán. Quizá puedas...

Un momento. Algo llama tu atención en el cráter del volcán. Está bajo tierra, pero más cerca. En algún lugar debajo de esa ciudad hay una red. Líneas de magia que se entrelazan y se respaldan entre ellas, que se internan a mucha profundidad para sacar más... Es débil. Lento. Y hay algo familiar, un zumbido desagradable que se afinca en tus recuerdos cuando tocas esa red. Zumbidos que se superponen a zumbidos que se superponen a otros zumbidos.

Vaya, sí. La red que encuentras ahí debajo son Guardianes, casi un millar de ellos. Claro, por el óxido. Nunca habías buscado a sabiendas la magia que tienen en el interior, pero por primera vez entiendes qué es ese zumbido. Una parte de ti, incluso antes del entrenamiento de Alabastro, ya había sentido la extrañeza de la magia que tienen dentro. Descubrirlo hace que sientas una punzada afilada y paralizante de terror. La red de Guardianes está cerca y es fácil de usar, pero si lo haces, ¿qué impide que salgan todos zumbando de Warrant como avispas enfadadas porque alguien acaba de agitarles el nido? ¿Acaso no tienes ya problemas suficientes?

Nassun gruñe en lo alto del pilón. Para tu sorpresa, puedes... Aciaga Tierra, eres capaz de ver la magia que la rodea, que la recorre, que empieza a refulgir como el fuego al tocar madera empapada de combustible. La chica arde en tu percepción y cada vez pesa más.

«El de cianita, el de ortoclasa, el de escapolita...»

Y de pronto te olvidas del miedo al ver que tu niña te necesita.

Afianzas los pies y te abalanzas sobre esa red del suelo, sean o no Guardianes. Gruñes a través de los dientes entrecerrados y los coges todos. Los Guardianes. Los hilillos que salen de sus glándulas sesapinales y se pierden en las profundidades y toda la magia que sale de ellos. Las mismísimas esquirlas de metal, pequeños almacenes de la voluntad de la Aciaga Tierra.

Te haces con todo, lo enyugas y luego lo coges.

Y en algún lugar de esas profundidades en Warrant, los Guardianes gritan, se despiertan y se retuercen de dolor en las celdas al tiempo que se agarran la cabeza. Les haces lo mismo que Alabastro le hizo a su Guardián tiempo ha. Lo que Nassun ansiaba hacerle a Schaffa, aunque tú lo haces sin misericordia alguna. No los odias, pero te dan igual. Coges el metal de sus cerebros y cada centímetro de la luz argéntea que hay entre sus células... y, cuando todos se cristalizan y mueren, has conseguido la plata suficiente de esa red improvisada para llegar hasta el de ónice.

Te oye cuando lo tocas, lejos, sobre el campo de ceniza en el que se ha convertido la Quietud. Caes en él y buceas a la desesperada en la oscuridad para que te haga caso. «Por favor», suplicas.

Se piensa tu ruego. No lo hace con palabras, ni tampoco es una sensación. Tan solo sabes que lo hace. Te examina, nota tu miedo, tu rabia y tu determinación para que todo vuelva a ser justo.

Vaya, eso último ha calado. Sabes que te vuelve a examinar, con más minuciosidad y escepticismo, pues lo que le pediste la última vez fue algo muy frívolo. (¿Destruir una ciudad? Precisamente tú eres la que menos necesita el Portal para algo así.) Pero lo que el de ónice descubre en tu interior esta vez es algo diferente: miedo por los tuyos. Miedo al fracaso. El miedo que acompaña a los cambios que son necesarios. Y debajo de todo ello, la necesidad imperiosa de mejorar el mundo.

A lo lejos, miles de millones de cosas moribundas se estremecen cuando el de ónice emite una ráfaga de sonido grave y atronadora antes de activarse.

En lo alto del pilón, bajo el latir de los obeliscos, Nassun siente que esa oscuridad distante y cada vez más amplia es una advertencia. Pero está demasiado abstraída en su llamada y conectada a demasiados obeliscos. No puede desviar ni una pizca de su atención.

Y cuando los doscientos dieciséis obeliscos restantes se conectan a ella y abre los ojos para mirar a la Luna que va a dejar pasar, cuando se prepara para usar toda la energía del Motor Plutónico con el propio mundo y con sus habitantes para transformarlos de igual manera que yo me transformé en el pasado...

... en ese momento piensa en Schaffa.

Es imposible engañarse a uno mismo en un momento así, imposible ver solo lo que uno quiere ver cuando la energía suficiente para cambiar el mundo rebota en tu mente, tu alma y los espacios que hay entre tus células. Sí, es algo que aprendí mucho antes que vosotros. Es imposible no llegar a la conclusión de que Nassun conoce a Schaffa desde hace poco más de un año y de que no lo conoce de verdad si se tiene en cuenta todo lo que el hombre ha perdido de sí mismo. Es imposible no darse cuenta de que se aferra a él porque no tiene nada más...

Su determinación se ve atravesada por un destello de duda que refulge en su conciencia. No es más que eso. Un simple pensamiento, que le susurra:

«¿Estás segura de que no tienes nada más?

»¿De que Schaffa es la única persona de este mundo que se preocupa por ti?»

Y en ese momento veo las dudas de Nassun, cómo sus dedos se retuercen y su pequeño gesto pasa a fruncir el ceño incluso ahora que el Portal de los Obeliscos ha empezado a completarse. Veo cómo energías que escapan a nuestra comprensión se agitan al alinearse con ella. Perdí el poder de manipular dichas energías hace decenas de miles de años, pero aún puedo verlas. El entramado arcanoquímico, eso que para ti no es más que piedra marrón, y el estado energético que produce han empezado a formarse sin problema.

Te miro mientras tú lo ves y comprendes al instante lo que significa. Te veo gruñir y destrozar la pared que te separa de tu hija, sin ni siquiera darte cuenta de que tus dedos se han convertido en piedra al hacerlo. Te veo correr al pie de las escaleras del pilón y gritarle.

—¡Nassun!

Y en respuesta a tu exigencia brusca, repentina e indisputable, el de ónice aparece de la nada flotando sobre vosotras.

El sonido, un retumbar grave y que resuena en tus huesos, es colosal. La ráfaga de aire que crea es tan atronadora que os tira al suelo a Nassun y a ti. La chica grita, baja algunos escalones y está a punto de perder el control del Portal debido al impacto que causa en su concentración. Gritas cuando dicho impacto hace que te mires el antebrazo izquierdo, que ahora es de piedra, y la clavícula, que ahora es de piedra, y el pie izquierdo y el tobillo.

Pero aprietas los dientes. Ya no sientes dolor, solo angustia por tu hija. Tú solo necesitas uno. Ella tiene el Portal, pero tú tienes el de ónice. Y cuando levantas la vista para mirarlo, para mirar la Luna que resplandece con ese brillo turbulento y translúcido, geliris en un mar de esclerótica negra, sabes lo que tienes que hacer.

Con la ayuda del de ónice, lanzas tu conciencia a medio planeta de distancia y clavas el fulcro de tus propósitos en la herida del mundo. La Hendidura se estremece cuando le exiges que te dé cada ápice de su calor y de la energía cinética de su batir. Te estremeces ante el flujo de tanto poder y, por un instante, te da la impresión de que te va a expulsar como si fueses una columna de lava que lo consumirá todo.

Pero ahora el de ónice también forma parte de ti. Es indiferente a tus convulsiones, porque es lo que estás haciendo, te estremeces en el suelo y te sale espuma por la boca; tantea, usa y equilibra la energía de la Hendidura con una facilidad abrumadora. De repente la enlaza con los obeliscos que resultan estar más cerca, con esa red que Nassun había formado para intentar replicar el poder del de ónice. Pero una réplica no es más que energía, no tiene voluntad, al contrario que el de ónice. Una red no tiene intenciones ocultas. El de ónice asume el control de los veintisiete obeliscos y al instante empieza a hacerse con el resto de la red de obeliscos de Nassun.

Pero la voluntad del obelisco ya no es lo más importante. Nassun lo siente. Se enfrenta a ella. Tiene la misma determinación que tú. Está guiada por el amor: la tuya por el suyo, la suya por el de Schaffa.

Yo os quiero a ambas. ¿Cómo no iba a hacerlo después de todo lo ocurrido? Aún soy humano, al fin y al cabo, y la batalla que aquí se libra atañe al destino del mundo. Algo glorioso y terrible de presenciar.

Pero es una batalla, línea a línea, hilillo a hilillo de magia. Las energías colosales del Portal y de la Hendidura restallan y se estremecen entre vosotras como una aurora boreal cilíndrica de color y vivacidad, una luz visible que proyecta sus ondas a lo largo del espectro. (Dicha energía resuena en tu interior, lugar en el que el alineamiento ya se ha completado, y también en Nassun, a pesar de que sus ondas han empezado a desplomarse.) El de ónice y la Hendidura se enfrentan al Portal, tú te enfrentas a ella, y todo Nucleobase tiembla con la energía que desplegáis. En los oscuros pasillos de Warrant, entre los cadáveres enjoyados de los Guardianes, las paredes retumban y los techos se resquebrajan en una lluvia de tierra y guijarros. Nassun se afana por conservar la magia que queda en el Portal, por apuntarla hacia todos los que tenéis alrededor y también a todos los demás. Y en ese momento llegas por fin a la conclusión de que pretende convertir a todo el mundo en oxidados comepiedras. Mientras, tú te has abalanzado hacia las alturas. Para coger la Luna y, quizá, conseguir una segunda oportunidad para los humanos. Pero para conseguir vuestro objetivo, ambas necesitáis controlar tanto el Portal como el de ónice, y también la energía adicional que surge de la Hendidura.

Habéis llegado a un punto muerto que tiene que acabar. El Portal no se puede quedar conectado para siempre, de igual manera que el de ónice no puede mantener el caos de la Hendidura, ni dos seres humanos, por muy poderosos que sean y mucha fuerza de voluntad que tengan, no pueden sobrevivir a tanta magia durante largos periodos de tiempo.

Y entonces sucede. Gritas cuando sientes el cambio, cuando todo se alinea de pronto: Nassun. Las magias de su sustancia se alinean del todo, ha empezado a cristalizar. Desesperada y por puro instinto, te haces con parte de la energía que pretende transformarla y la apartas, aunque ello solo sirve para retrasar lo inevitable. En el océano y demasiado cerca de Nucleobase hay una sacudida que ni los estabilizadores de montaña pueden soportar. Al oeste, una montaña con la forma de un cuchillo surge del lecho oceánico. Al este aparece otra, que rezuma vapor debido a que se acaba de formar. Nassun gruñe frustrada y se hace con el control de esas dos nuevas fuentes de energía, se apodera del calor y de la virulencia, las rompe y se despedazan. Los estabilizadores aplanan el océano y evitan un tsunami lo mejor que pueden. No los construyeron para algo así. A este paso, Nucleobase acabará por derrumbarse.

—¡Nassun! —vuelves a gritar, angustiada. No te oye. Pero ves a pesar de la distancia que los dedos de su mano izquierda se han vuelto marrones y pedregosos como los tuyos. Sabes de alguna manera que la chica se ha dado cuenta. Es su elección. Está preparada para la inevitabilidad de su muerte.

Tú no. Tierra, no te puedes permitir ser testigo de la muerte de otro de tus hijos.

Y por eso... te rindes.

Me duele mirarte a la cara, porque sé lo que te ha costado abandonar el sueño de Alabastro, que también era el tuyo. Anhelabas crear un mundo mejor para Nassun. Pero, por encima de todo, querías que el último de tus hijos viviese... y por eso tomas una decisión. Seguir luchando os matará a ambas. La única manera de ganar es dejar de hacerlo.

Lo siento, Essun. Lo siento. Adiós.

Nassun jadea y abre los ojos de par en par cuando siente tu presión sobre el Portal, sobre ella, cuando tiras hacia ti todos esos horribles bucles de magia transformadora. Y de pronto te quedas quieta. El de ónice hace una pausa en su arremetida y brilla al mismo tiempo que las docenas de obeliscos que ha llamado. Rezuma una energía que hay que usar sin falta. Pero aguarda un momento. Las magias estabilizadoras al fin consiguen calmar el océano batiente que rodea Nucleobase. El mundo se queda inerte y tenso, a la espera, durante ese momento decisivo.

La chica se gira.

—Nassun —dices. Es un susurro. Están en los escalones inferiores del pilón e intentas llegar a ella, pero no vas a poder. Tu brazo se ha solidificado por completo, y tu torso empieza a hacerlo poco a poco. Tu pie de piedra se desliza inservible en ese material resbaladizo y luego se queda quieto cuando la piedra cubre el resto de tu pierna. Te puedes seguir arrastrando con el pie bueno, pero la piedra en la que te has convertido es pesada. Lo intentas, pero lo de arrastrarte no se te da muy bien.

Nassun frunce el ceño. La miras desde abajo y te sorprendes. Tu pequeña. Es tan mayor, allí arriba debajo del de ónice y de la Luna. Tan poderosa. Tan bonita. Y no puedes evitarlo: rompes a llorar al verla. Ríes, aunque uno de tus pulmones se ha transformado en piedra y solo emites un suave resoplido. Tu pequeña es maravillosa, por el óxido. Estás orgullosa de haber perdido contra ella.

La chica respira hondo, abre los ojos de par en par y no se cree lo que ve: a su madre, aterrorizada, en el suelo. Intentando arrastrarse con las extremidades convertidas en piedra. Con la cara cubierta de lágrimas. Con una sonrisa en el gesto. No le habías sonreído nunca. Nunca.

Y en ese momento, la línea de transformación llega hasta tu cara y desapareces.

Tu cuerpo se queda allí, un bulto marrón de arenisca en los escalones inferiores, con la más ligera de las sonrisas en unos labios a medio formar. Tus lágrimas también se quedan allí, resplandecen sobre la piedra. Nassun las mira.

Las contempla y suelta un profundo sollozo, porque de pronto no hay nada, nada en su interior. Ha matado a su padre y ha matado a su madre y Schaffa está muriendo y no le queda nada, nada, el mundo se limita a quitárselo todo una y otra vez y no le deja nada...

Pero es incapaz de apartar la mirada de las lágrimas que empiezan a secarse en tu cara.

Porque, al fin y al cabo, el mundo también se limitó a quitártelo todo una y otra vez. Nassun lo sabe. Pero, por alguna razón que no cree que llegue nunca a comprender..., incluso mientras morías intentabas alcanzar la Luna.

Y también a ella.

Grita. Se agarra la cabeza con las manos, una de las cuales ya está medio convertida en piedra. Se cae sobre las rodillas, aplastada por el peso de una aflicción que le resulta tan grande como el de un planeta.

El de ónice, paciente pero inquieto, consciente pero indiferente, la toca. La chica es el único componente del Portal que cuenta con una voluntad complementaria y funcional. Al hacerlo, Nassun percibe tu plan, preparado y encauzado, a falta de activarlo. Abrir el Portal, inundarlo con la energía de la Hendidura, coger la Luna. Terminar con las Estaciones. Arreglar el mundo. Nassun sabe, siente y sesapina que esa era tu última voluntad.

Y el de ónice, sin palabras y con un tono abrumador, pregunta:

«¿Ejecutar (S/N)?»

Y sola en ese silencio sepulcral, Nassun toma una decisión.

«SÍ.»

Coda

Yo, y tú

Estás muerta. Pero no eres tú.

Volver a capturar la Luna no se convierte en un acontecimiento dramático, desde la perspectiva de aquellos que están
debajo. En lo alto del edificio de apartamentos en el que se han
refugiado Tonkee y los demás, la mujer ha usado un antiguo
instrumento de escritura, seco hace mucho tiempo pero que ha
conseguido hacer que vuelva a funcionar con un poco de saliva
y sangre en la punta, para intentar calcular el movimiento de la
Luna durante una hora. No sirve de nada porque no tiene datos
de las variables suficientes para hacerlo bien, y también porque
no es una oxidada astronomestra de poca monta, por la Tierra.
Tampoco está segura de si tomó bien las primeras medidas, ya
que se desencadenaron unos terremotos de cinco o seis grados
justo después, antes de que Hjarka la apartara de la ventana.

—Las ventanas de los constructores de los obeliscos no se
rompen —se queja Tonkee después.

—Pero mi oxidado humor sí —espeta Hjarka, y termina la
discusión incluso antes de que empiece. Tonkee ha aprendido
por fin a llegar a acuerdos por el bien de una relación saludable.

Pero a medida que pasan los días y las semanas, descubren
que la Luna ha cambiado. No desaparece. Cambia de formas y
colores en un patrón que al principio no tiene sentido, pero no
mengua en ese cielo cuando se suceden las noches.

El desmantelamiento del Portal de los Obeliscos sí que es

algo más dramático. Después de agotar sus reservas con algo que se podría considerar que está a la altura de la Geoarcanidad, el Portal, tal y como estaba diseñado, activa la secuencia de desconexión. Uno a uno, las docenas de obeliscos que flotan alrededor del mundo empiezan a flotar hacia Nucleobase. Uno a uno, los obeliscos desmaterializados y en ese estado cuántico sublimado por la energía, algo de lo que no necesitas entender nada más, caen por ese negro abismo. Lo hacen a lo largo de varios días.

No obstante, el de ónice, el último y mayor de los obeliscos, flota hacia el mar con un zumbido que es tanto más grave cuanto más desciende. Entra con suavidad en el agua, en una trayectoria que estaba preparada para minimizar los daños, ya que es el único de ellos que ha conservado su estado material. Tal y como pretendían los directores hace mucho tiempo, es lo que permitirá usarlo de nuevo en caso de necesidad. También quedan así enterrados en esa tumba de agua los últimos restos de los niesos, al fin.

Supongo que deberíamos albergar la esperanza de que ningún joven e intrépido orogén lo descubra y pretenda sacarlo de ahí.

Tonkee es la que va en busca de Nassun. Es casi mediodía, unas horas después de tu muerte, bajo un sol que ha salido resplandeciente y cálido en aquel cielo azul sin ceniza. Después de hacer una pausa para mirarlo con sorpresa, fascinación y añoranza, la mujer se acerca el borde del agujero y a la escalera del pilón. Nassun sigue allí, sentada en uno de los escalones de la parte baja junto al bulto parduzco en el que te has convertido. Tiene las rodillas levantadas, la cabeza gacha y una mano del todo abierta y solidificada, el ademán que usó para activar el Portal, apoyada a su lado en el escalón.

Tonkee se sienta al otro lado y te mira durante un rato. Nassun se estremece y levanta la vista al percatarse de que hay otra presencia, pero Tonkee se limita a sonreír y, con torpeza, pone una mano en lo que antaño fuera tu pelo. Nassun traga saliva a duras penas, se frota las marcas resecas de lágrimas que tiene en la cara y luego asiente con la cabeza a Tonkee. Se sientan juntas, contigo, y lloran tu muerte durante un rato.

Danel es la única que más tarde acompaña a Nassun para

rescatar a Schaffa de la oscuridad desoladora en la que se ha convertido Warrant. El resto de Guardianes que aún tenían lito-núcleos se han convertido en joyas. La mayoría parecen haber muerto donde se encontraban, aunque algunos han caído fuera de sus celdas al agitarse y sus cuerpos resplandecientes están desperdigados sin orden ni concierto por el suelo y las paredes.

Schaffa es el único que ha sobrevivido. Está desorientado y débil. Cuando Danel y Nassun lo ayudan a volver a la luz de la superficie, descubren que su pelo, ahora cortado de manera de-sigual, ha empezado a teñirse de canas. A Danel le preocupan los puntos de sutura que tiene en la nuca, aunque ha dejado de sangrar y parece que a Schaffa no le duelen. No es eso lo que acabará con su vida.

Es indiferente. Cuando es capaz de sostenerse por su cuenta y el sol le ha ayudado a despejar la mente de alguna manera, Schaffa abraza a Nassun, allí, junto a lo que queda de ti. La chica no llora. Está conmocionada. Los demás se acercan: Tonkee y Hjarka se unen a Danel, y se quedan de pie junto a Schaffa y Nassun mien-tras se pone el sol y vuelve a aparecer la Luna. Quizá sea un fune-ral silencioso. Quizá necesitasen tiempo y compañía para recu-perarse de esos acontecimientos que son demasiado extraños y devastadores como para alcanzar a comprenderlos. No lo sé.

En otra parte de Nucleobase, en un jardín que hace tiempo se convirtió en una pradera silvestre, Gaewha y yo miramos a Remwha —o Acero, Hombre Gris o como quieras llamarlo— debajo de la Luna, que ha empezado a menguar.

Lleva allí desde que Nassun tomó su decisión. Cuando al fin dice algo, no puedo evitar pensar que su voz ha pasado a sonar débil y agotada. En otros tiempos hacía resonar las mismísimas piedras con el tono seco y cortante de su terrargot. Ahora suena anciano, afectado por miles de años de interminable existencia.

—Solo quería que terminara —explica.

Gaewha, Antimonio o como quieras llamarla, dice:

—No nos crearon para eso.

Gira la cabeza despacio para mirarla. El mero hecho de ver cómo lo hace cansa. Ese imbécil cabezota. En su gesto se refleja la desesperación del tiempo, todo porque ha rechazado admitir que hay más de una manera de ser humano.

Gaewha le ofrece una mano.

—Nos crearon para «hacer un mundo mejor».

Me mira en busca de apoyo. Suspiro para mis adentros, pero extiendo también la mano como si fuese una tregua.

Remwha mira ambas manos. En algún lugar, quizás entre los demás de los nuestros que se han reunido para contemplar aquel momento, se encuentran Bimniwha, Dushwha y Salewha. Hace mucho que olvidaron quiénes eran o, simplemente, han preferido aceptar lo que son ahora. Nosotros tres somos los únicos que recordamos el pasado. Lo que es bueno y malo al mismo tiempo.

—Estoy cansado —admite.

—Una siesta te vendría bien —sugiero—. Todavía tenemos el de ónice.

¡Vaya! Aún queda en él algo del viejo Remwha. No creo que mereciese que me mirara así.

Pero nos da la mano. Juntos los tres, y también los demás que han llegado a entender que el mundo tiene que cambiar y que la guerra tiene que terminar, descendemos hacia las burbujeantes profundidades.

Cuando nos colocamos alrededor, descubrimos que el corazón del mundo está más tranquilo de lo habitual. Es buena señal. No nos echa de allí enfurecido nada más llegar, lo que es mejor señal aún. Comentamos nuestros términos con unos flujos de reverberación conciliatorios: la Tierra se queda con la magia que forma parte de su vida y nosotros nos quedamos con la nuestra, sin intromisiones. Le hemos devuelto la Luna y abandonado los obeliscos como actos de buena fe. Pero, a cambio, las Estaciones tienen que terminar.

Hay un momento de quietud. Y más tarde descubro que ha sido de varios días. En ese momento, me da la impresión de que ha pasado otro milenio.

Al cabo, notamos una inestable sacudida gravitacional. «Acepto.» Y la mejor señal de todas es que libera las innumerables identidades que había ingerido a lo largo de todo ese tiempo. Giran y se alejan, se desvanecen entre corrientes de magia y no llego a saber lo que les ocurre después. Nunca sabré lo que les pasa a las almas después de la muerte. O, al menos, no lo sabré hasta que pasen unos siete mil millones de años más, cuando la Tierra termine por morir.

Intimida lo que queda para descubrirlo. Bastante han costado los primeros cuarenta mil años.

Pero bueno..., no me queda otra que ascender.

Vuelvo hasta donde se encontraban tu hija, tu antigua enemiga y tus amigas para contarles lo que acaba de pasar. Para mi sorpresa, han pasado varios meses desde mi partida. Se han asentado en el edificio que había ocupado Nassun y sobrevivido gracias al antiguo jardín de Alabastro y los suministros que les llevamos a Nassun y a él. No serán suficientes a largo plazo, claro, aunque lo han complementado muy bien con cañas de pescar improvisadas, trampas para pájaros y unas algas secas comestibles: Tonkee parece haber descubierto la manera de cultivar en la orilla del agua. Qué ingeniosas son estas personas modernas. Pero cada vez queda más claro que tendrán que regresar pronto a la Quietud, si quieren seguir con vida.

Encuentro a Nassun, quien está sentada sola en el pilón. Tu cuerpo sigue en el mismo lugar donde cayó, pero alguien te ha colocado unas flores frescas y silvestres en la mano que te quedaba. Reparo en que al lado hay otra mano, que se abre en un gesto de ofrecimiento y que está junto al muñón de tu brazo. Es demasiado pequeña para ti, pero lo ha hecho con buenas intenciones. La chica no habla durante un buen rato después de que yo haya aparecido, y descubre que eso me agrada. Los suyos hablan mucho. Pero es mucho tiempo en silencio, y hasta yo empiezo a impacientarme un poco.

Le digo:

—No volverás a ver a Acero.

Quizá fuese algo que le preocupaba.

Se estremece un poco, como si se hubiese olvidado de mi presencia. Luego suspira.

—Dile que lo siento. Yo... no pude.

—Lo entiende.

Nassun asiente. Luego dice:

—Hoy ha muerto Schaffa.

Me había olvidado de él. No debería: era parte de ti. Pero... No digo nada. La chica parece preferir que lo dejemos así.

Respira hondo.

—¿Nos...? Los demás dijeron que fuiste tú quien los trajo aquí. Y también a mamá. ¿Nos podrías llevar otra vez? Sé que será peligroso.

—Ya no corremos ningún peligro. —Al ver que frunce el ceño, se lo explico todo: la tregua, la puesta en libertad de rehenes, el cese inmediato de las hostilidades que ha derivado en el fin de las Estaciones. No significa estabilidad total. Las placas tectónicas seguirán siendo placas tectónicas. Y también seguirán produciendo desastres que estén al mismo nivel que las Estaciones, aunque reducirán mucho su frecuencia. Luego le digo—: Podéis usar el vehímo para volver a la Quietud.

Se estremece. Luego recuerdo lo que sufrió en aquel lugar. Después la chica dice:

—No sé si podré darle magia. Me... me siento...

Levanta el muñón cubierto de piedra de la muñeca izquierda. En ese momento lo entiendo. Y sí: tiene razón. Se ha alineado a la perfección y estará así durante lo que le reste de vida. Ha perdido la orogenia, para siempre. A menos que se quiera unir a ti.

Le digo:

—Yo le daré energía al vehímo. La carga debería durar unos seis meses, más o menos. Tenéis ese tiempo para marcharos.

Cambio de posición y voy al pie de las escaleras. Nassun se sobresalta, mira alrededor y descubre que te he cogido en brazos. También he cogido su antigua mano, porque nuestros hijos siempre forman parte de nosotros. Se pone en pie y, por un instante, me siento incómodo. Pero no hay infelicidad en su rostro, solo resignación.

Espero durante un momento, o un año, para ver si quiere decirle algo a tu cadáver para despedirse. Pero dice:

—No sé qué será de nosotros a partir de ahora.

—¿«Nosotros»?

Suspira.

—Los orogenes.

Vaya.

—La Estación en la que nos encontramos durará un tiempo, aunque se haya sofocado la Hendidura —respondo—. Sobrevivir requerirá cooperación entre mucha gente diferente. Y la cooperación da lugar a oportunidades.

Frunce el ceño.

—¿Oportunidades? ¿Para qué? Dijiste que las Estaciones terminarían después de lo ocurrido.

—Así es.

Levanta las manos, o una mano y un muñón, para hacer un gesto de impotencia.

—La gente nos mataba y nos odiaba pese a necesitarnos. Ahora ni siquiera tenemos eso.

Tenemos. Nosotros. Todavía piensa que es una orogén, aunque a partir de este momento lo único que podrá hacer, como mucho, es oír la Tierra. Me abstengo de comentárselo, pero sí respondo:

—No los necesitaréis.

Se queda en silencio. Confusa, quizá. Luego añado, para aclarárselo:

—Al terminar las Estaciones y tras la muerte de todos los Guardianes, los orogenes podrán conquistar o eliminar a los táticos, si deciden hacerlo. Antes, ningún grupo podría haber sobrevivido sin la ayuda conjunta.

Nassun resopla.

—¡Eso es horrible!

No me preocupo por explicarle que el hecho de que algo sea horrible no le resta ni un gramo de verdad.

—No habrá más Fulcros —dice. Luego aparta la mirada, afligida, quizá por haber recordado la destrucción del Fulcro de las Antárticas—. Creo... Estaban equivocados, pero no sé cómo vamos a... —Agita la cabeza.

Contemplo en silencio cómo se enfrenta a sus dudas durante un mes, o un instante. Al cabo, digo:

—Los Fulcros estaban equivocados.

—¿Qué?

—Apresar a los orogenes nunca fue la única opción para consolidar la seguridad de la sociedad. —Hago una pausa deliberada y Nassun parpadea, quizás al recordar que los padres orogenes son perfectamente capaces de criar a sus hijos orogenes sin que se produzca ningún desastre—. Los linchamientos nunca fueron la única opción. Los nódulos nunca fueron la única opción. No fueron más que decisiones. Se podrían haber tomado otras diferentes.

Hay mucha pena en Nassun, tu pequeña. Espero que algún día descubra que no está sola en el mundo. Espero que aprenda a recuperar la esperanza.

Nassun agacha la cabeza.

—No van a tomar otra decisión.

—Lo harán si los obligas.

Es más sabia que tú, y no se opone a la idea de obligar a la gente a portarse bien con los demás. El único problema es la metodología.

—Ya no puedo usar la orogenia.

—La orogenia —digo, alzando la voz para que preste atención— nunca fue la única manera de cambiar el mundo.

Se me queda mirando. Siento que ya he dicho todo lo que tenía que decir, así que la dejo ahí rumiando mis palabras.

Me dirijo a la estación de la ciudad y cargo el vehímo con la magia suficiente para el viaje de vuelta a la Quietud. Nassun y los suyos aún necesitarán viajar durante meses o más para llegar a Rennanis desde las Antárticas. La Estación empeorará mientras viajan, porque ahora tenemos Luna. Pero... son parte de ti. Espero que sobrevivan.

Cuando se ponen de camino, vengo aquí, al centro de la montaña que hay debajo de Nucleobase. Para ocuparme de ti.

No hay ningún camino marcado para iniciar el proceso. La Tierra, que para honrar las buenas relaciones dejaré de llamar «Aciaga», nos reordenó al instante, pero muchos de los nuestros ya tienen la habilidad suficiente como para replicar esa reordenación sin un prolongado periodo de gestación. Aun así, he descubierto que la velocidad puede tener resultados inesperados. Puede que Alabastro, como lo llamarías tú, no se recuerde a sí mismo hasta dentro de unos siglos. O que nunca llegue a hacerlo. Pero tu caso tiene que ser diferente.

Te he traído aquí, he vuelto a ensamblar la sustancia arcana pura de tu ser y reactivado el entramado que debería preservar la esencia primordial de tu personalidad. Perderás algunos recuerdos. Los cambios siempre se llevan algo por delante. Pero te he contado esta historia y he preparado lo que queda de ti para que recuerdes lo máximo posible de tu pasado.

Que sepas que no quiero moldearte de ninguna manera en concreto. De ahora en adelante, podrás ser quien quieras. Pero necesitas saber de dónde vienes para poder saber adónde vas. ¿Lo entiendes?

Y si decides abandonarme..., lo asumiré. He pasado por cosas peores.

Y espero. Pasa el tiempo. Un año, una década, una semana. La cantidad es indiferente, aunque Gaewha termina por perder el interés y se marcha para ocuparse de sus asuntos. Y espero. Con la esperanza de que... No. Me limito a esperar.

Y un día, en las profundidades de la fisura en la que te he metido, la geoda se parte y silba al abrirse. Te pones en pie entre sus mitades, y la materia que te conforma empieza a asentarse y a enfriarse para alcanzar su estado natural.

Me pareces bonita, creo. Con rastas que parecen cabos de jaspe. La piel de un mármol de color ocre y veteado con muescas que parecen arrugas alrededor de la boca y los ojos, y también unas capas estratificadas que te sirven de vestimenta. Me miras, y te devuelvo la mirada.

Luego preguntas, con una voz que resuena como la que tuviste en el pasado:

—¿Qué es lo que quieres?

—Tan solo estar contigo —respondo.

—¿Por qué?

Cambio de postura a una más humilde, con la cabeza gacha y una mano en el pecho.

—Porque así es como uno sobrevive a la eternidad —afirmo—. O al paso de unos pocos años. Con amigos. Con familia. Avanzando con ellos. Adelante.

¿Recuerdas la primera vez que te lo dije, cuando estabas desesperada por resarcir el daño que habías provocado? Quizá. Tu posición también cambia. Ahora tienes los brazos cruzados y gesto escéptico. Me resulta familiar. Intento no albergar esperanzas, pero fracaso estrepitosamente.

—Amigos. Familia —dices—. ¿Qué soy para ti?

—Ambas cosas y más. Estamos por encima de las definiciones.

—Mmm.

No estoy inquieto.

—¿Qué quieres tú?

Te lo piensas. Oigo el lento y regular batir del volcán, abajo en las profundidades. Luego dices:

—Quiero que el mundo sea mejor.

Nunca me había arrepentido tanto de mi incapacidad para dar un brinco y gritar de alegría.

En lugar de hacer eso, transito hacia ti con la mano extendida como si fuese un ofrecimiento.

—Pues vamos a hacerlo mejor.

Mi respuesta parece haberte gustado. Eres tú. Eres tú de verdad.

—¿Así de fácil?

—Puede que nos lleve un tiempo.

—La paciencia no es una de mis virtudes.

Pero me das la mano.

No seas paciente. No lo seas nunca. Así es el principio de un nuevo mundo.

—Tampoco de las mías —afirmo—. Así que manos a la obra.

Apéndice 1

Una lista de las quintas estaciones que se han registrado antes y desde la creación de la Afiliación Ecuatorial Sanzedina, de la más reciente a la más antigua.

La Estación de la Asfixia: 2714-2719. Período Imperial. Causa más probable: una erupción volcánica. Lugar: las Antárticas, cerca de Deveteris. La erupción del monte Alok cubrió un radio de más de ciento cincuenta kilómetros de nubes de fina ceniza que se solidificaba en los pulmones y las membranas mucosas. El resultado fue de cinco años sin luz solar, aunque el hemisferio boreal no se vio tan afectado (allí solo duró dos años).

La Estación del Ácido: 2322-2329. Período Imperial. Causa más probable: un terremoto de nivel superior a diez. Lugar: desconocido, en medio del océano. Un desplazamiento de placas repentino dio lugar a una cordillera de volcanes que se interpuso en una corriente en chorro. Esta corriente se acidificó, sopló hacia la costa oeste y, al cabo, a lo largo de toda la Quietud. La mayor parte de las comus costeras quedaron bajo el tsunami que tuvo lugar al principio, y las demás no salieron adelante o se vieron obligadas a mudarse cuando sus flotas y sus instalaciones portuarias fueron pasto de la corrosión y dejó de haber pesca. La oclusión atmosférica de las nubes duró siete años. Los niveles de pH en la costa siguieron siendo inaceptables durante muchos años más.

La Estación del Hervor: 1842-1845. Período Imperial. Causa más probable: una erupción con hipocentro debajo de un gran lago. Lugar: Surmelat, cuadrante del lago Tekkaris. La erupción precipitó al aire millones de litros de vapor y partículas, que provocaron lluvias ácidas y oclusión atmosférica en la mitad meridional del continente durante tres años. La mitad septentrional no sufrió efectos negativos, por lo que algunos arqueomestros no se ponen de acuerdo en considerarla una verdadera «Estación».

La Estación de los Jadeos: 1689-1798. Período Imperial. Causa más probable: accidente minero. Lugar: Normelat, cuadrante de Sathd. Una Estación causada únicamente por humanos que dio comienzo cuando unos mineros que se encontraban en la frontera nordeste de los yacimientos de carbón de las Normelat prendieron un fuego subterráneo. Se trata de una Estación no demasiado acusada en la que hubo luz solar ocasional y no contó con lluvias de ceniza ni acidificación, excepto en la zona afectada. Unas pocas comus declararon la Ley Estacional. Unos catorce millones de habitantes de la ciudad de Heldine murieron en la primera explosión de gas natural. Los cúmulos de fuego se propagaban con rapidez, hasta que los orogenes imperiales consiguieron controlar y sofocar los focos externos para evitar que se siguiera propagando. El resto del fuego solo se pudo aislar y continuó ardiendo durante ciento veinte años. A causa de los vientos, el humo resultante provocó problemas respiratorios y asfixias en masa en la región durante décadas. La pérdida de los yacimientos de carbón de Normelat provocó un aumento catastrófico en el coste del combustible para la calefacción y el desarrollo de la calefacción geotérmica e hidroeléctrica, lo que provocó la creación de la Acreditación Geniera.

La Estación de los Dientes: 1553-1566. Período Imperial. Causa más probable: sismo oceánico que provocó la erupción de un supervolcán. Lugar: Grietas Árticas. Una réplica del sismo oceánico activó un punto caliente desconocido cerca del Polo Norte. Esto provocó la erupción del supervolcán. Algunos testigos certificaron que la explosión se oyó desde las Antárticas. La ceniza llegó hasta la exosfera y cubrió el mundo muy rápido, aunque las Árticas fueron el lugar más afectado. Si esta Estación causó más daño del habitual se debió a lo poco preparadas que se encontraban algunas comus: ya habían pasado novecientos años desde la última Estación y la creencia popular las consideraba meras leyendas. Se dieron casos de canibalismo desde las zonas septentrionales hasta las Ecuatoriales. Al final de la Estación, se creó el Fulcro en Yumenes, con instalaciones auxiliares en las Árticas y las Antárticas.

La Estación de los Hongos: 602. Período Imperial. Causa más probable: erupción volcánica. Lugar: Ecuatoriales occidentales. Una serie de erupciones durante el monzón aumentaron la humedad y redujeron la luz solar en más o menos la quinta parte del continente durante seis meses. Pese a ser una Estación tranquila en comparación con las demás, llegó en un momento perfecto que hizo proliferar los hongos desde las Ecuatoriales hasta las medlat septentrionales y meridionales, lo que afectó a los cultivos establecidos del ya extinto miroq. La hambruna resultante duró cuatro años: dos para que la plaga fúngica terminara su ciclo de vida, y otros dos para que la agricultura y la distribución de alimentos se recuperara. La mayoría de las comus afectadas pudieron sobrevivir con sus abastos, lo que ayudó a certificar la eficacia de las reformas imperiales y la preparación de la Estaciones. Además, el Imperio se mostró generoso y en las zonas que dependían de los cultivos de miroq repartió semillas que tenía almacenadas. Como consecuencia, muchas comus de las latitudes medias y regiones costeras se unieron por voluntad propia al Imperio, que duplicó su tamaño. De este modo comenzó la Era Dorada.

La Estación de la Locura: 3 antes del Imperio - 7 del período Imperial. Causa más probable: erupción volcánica. Lugar: Picos de Kiash. La erupción de varias aperturas volcánicas de un antiguo supervolcán (el mismo responsable de la Estación Gemela que había tenido lugar unos diez mil años antes) expulsó al exterior grandes depósitos del mineral oscuro conocido como augita. Aquello tuvo como resultado diez años de oscuridad que fueron devastadores, no solo por el hecho de que se tratara de una Estación, sino también porque causó un incremento notable de las enfermedades mentales. La Afiliación Ecuatorial Sanzedina (conocida como el Imperio Sanzedino) se creó en esta Estación, cuando la caudilla Verishe de Yumenes conquistó muchas comus afectadas usando tácticas de guerra psicológica. (Véase VV. AA., *El arte de la locura*, Editorial de la Sexta Universidad.) Verishe se autoproclamó emperadora el primer día que regresó la luz del sol.

[**Nota del editor:** La mayor parte de la información sobre las Estaciones anterior a la fundación de Sanze o bien es contradictoria, o bien no se ha podido confirmar. La siguiente lista de Estaciones se configuró durante la Conferencia Arqueoméstrica de la Séptima Universidad que tuvo lugar en 2532.]

La Estación de los Errantes: Circa 800 antes del Imperio. Causa más probable: cambio en los polos magnéticos. Lugar: imposible de determinar. Esta Estación conllevó la extinción de varios cultivos importantes para el comercio de la época y veinte años de hambruna debido a la confusión que experimentaron los polinizadores al desviarse el norte geográfico.

La Estación de los Vientos Cambiantes: Circa 4200 antes del Imperio. Causa más probable: desconocida. Lugar: imposible de determinar. La dirección de los vientos dominantes cambió durante varios años antes de volver a la normalidad. Se ha establecido que se trata de una Estación pese a la ausencia de oclusiones atmosféricas, ya que lo único que puede haber dado lugar a un cambio de estas características es un acontecimiento sísmico (probablemente, en alta mar).

La Estación de los Metales Pesados: Circa 4200 antes del Imperio. Causa más probable: erupción volcánica. Lugar: Surmelat, cerca de las Costeras orientales. Una erupción volcánica (se cree que del monte Yrga) causó una oclusión atmosférica que duró diez años, a lo que hay que sumar la contaminación por mercurio que se extendió por toda la región oriental de la Quietud.

La Estación de los Mares Amarillos: Circa 9200 antes del Imperio. Causa más probable: desconocida. Lugar: Costeras orientales y occidentales, y zonas costeras meridionales hasta llegar a las Antárticas. Esta Estación solo se conoce gracias a los escritos que se han encontrado en ruinas Ecuatoriales. Por razones desconocidas, una plaga bacteriana afectó a prácticamente todas las formas de vida marinas y causó enfermedades en la costa durante varias décadas.

La Estación Gemela: Circa 9800 antes del Imperio. Causa más probable: erupción volcánica. Lugar: Surmelat. Según las canciones y registros orales de la época, la erupción de un conducto volcánico causó una oclusión que duró tres años. Cuando se empezó a despejar, tuvo lugar una segunda erupción en un conducto diferente, por lo que la oclusión se prolongó otros treinta años.

Apéndice 2

Glosario de términos usados con regularidad en todos los cuadrantes de la Quietud

Abasto: Reserva de comida y suministros. Las comus tienen abastos protegidos y resguardados en todo momento en caso de que tenga lugar una quinta estación. Solo los miembros reconocidos de una comu tienen derecho a compartir de un abasto, aunque los adultos pueden usar su parte para alimentar a niños y otros que no estén reconocidos. Los hogares individuales suelen tener su propio abasto personal, que también está protegido contra aquellos que no pertenecen a dicha familia.

Acervista: Persona que estudia el litoacervo y la historia desconocida.

Anillos: Se usan para indicar rangos entre los orogenes imperiales. Los aprendices sin rango deben superar una serie de pruebas para conseguir el primer anillo. El rango más alto al que puede aspirar un orogén es el decanillado (diez anillos). Cada anillo está fabricado con una piedra semipreciosa pulida.

Antárticas: Las latitudes más meridionales del continente. «Antárticos» también se utiliza como gentilicio para los habitantes de las comus de estas regiones.

Apellido al uso: Primer apellido de la mayoría de los ciudadanos, que indica la casta al uso a la que pertenece dicho individuo. Hay veinte castas al uso reconocidas, pero solo siete de ellas son comunes en la actualidad y desde la época del Imperio de la Antigua Sanze. Un individuo hereda el apellido al uso de su progenitor del mismo sexo, ya que se da por hecho que los rasgos más característicos son más propensos a heredarse así.

Apellido de comu: El segundo apellido que usa la mayor parte de los ciudadanos y que sirve para indicar la lealtad y los derechos que le corresponden de la comu a la que pertenece. El apellido se suele conceder en la pubertad como prueba de que se ha alcanzado la edad adulta y para indicar que a dicha persona se la considera un miembro valioso de la comunidad. Los inmigrantes que llegan a una comu pueden solicitar el ingreso en ella y, después de ser aceptados, pueden usar el apellido de dicha comu con normalidad.

Árticas: Las latitudes más septentrionales del continente. «Árticos» también se utiliza como gentilicio para los habitantes de las comus de estas regiones.

Balastos: En el Fulcro, niños orogenes desanillados que no han superado el entrenamiento básico.

Bastardo: Una persona que nace sin casta al uso, lo que solo ocurre con los varones de padre desconocido. Aquellos que consiguen ser valorados pueden obtener el permiso para usar el nombre de la casta al uso materna en el apellido de la comu.

Carretera imperial: Una de las mayores innovaciones del Imperio de la Antigua Sanze. Se trata de vías rápidas (carreteras elevadas para caminar o para el tráfico a caballo) que conectan todas las grandes comus y la mayor parte de los grandes cuadrantes entre sí. Un equipo de genieros y orogenes imperiales construyen estas vías rápidas. Los orogenes se dedican a determinar la ruta más estable a través de las zonas con más actividad sísmica (o de reprimir dicha actividad si no hay una ruta estable), mientras que los genieros redirigen el agua y otros recursos importantes cerca de los caminos para facilitar los viajes durante las Estaciones.

Cebaki: Miembro de la raza cebaki. Cebak llegó a ser una nación (parte de un sistema político que cayó en desuso, anterior al Imperio) de las Surmelat, aunque se redistribuyó dentro del sistema de cuadrantes cuando el Imperio de la Antigua Sanze la conquistó hace siglos.

Comepiedras: Una especie humanoide consciente y no demasiado común cuya piel, pelo y demás elementos físicos tienen aspecto pedregoso. Se sabe poco de ellos.

Comu: Comunidad. La unidad sociopolítica menor dentro del sistema de gobierno del Imperio, que se suele corresponder con una ciudad o un pueblo, aunque las ciudades muy grandes pueden estar formadas por varias comus. Los miembros reconocidos de una comu son aquellos a quienes se les ha facilitado el derecho de compartir y proteger el abasto y que a cambio apoyan la comu mediante impuestos y otras contribuciones.

Comubundos: Criminales y otros indeseables a los que se les ha negado el reconocimiento en cualquier comu.

Costero: Habitante de una comu de la costa. Son pocas las comus costeras que se pueden permitir contratar a un orogén imperial para crear barreras de coral y protegerse de los tsunamis, así que las ciudades costeras deben reconstruirse una y otra vez. Por ello suelen tener pocos recursos. Los habitantes de la costa occidental del continente suelen ser pálidos, de pelo lacio y, en ocasiones, tener pliegue epicántico en los ojos. Los habitantes de la costa oriental suelen ser de piel negra, pelo rizado y, en ocasiones, tener también pliegue epicántico en los ojos.

Creche: Lugar donde se cuida a los niños que son demasiado jóvenes para trabajar mientras los adultos realizan trabajos para la comu. Cuando las circunstancias lo permiten, también es un centro de enseñanza.

Cuadrante: La unidad sociopolítica intermedia dentro del sistema de gobierno del Imperio. Un cuadrante está formado por cuatro comus geográficamente adyacentes. Cada cuadrante cuenta con un gobernador ante el que responden los líderes individuales de las comus y que, a su vez, responde ante el gobernador regional. La comu más grande de cada cuadrante se convierte en su capital, y las capitales de los cuadrantes más grandes están conectadas entre sí mediante el sistema de carreteras imperiales.

Ecuatoriales: Las latitudes del ecuador y las que se encuentran en las inmediaciones, a excepción de las regiones costeras. «Ecuatoriales» también se utiliza como gentilicio para referirse a los habitantes de las comus de la región ecuatorial. Gracias a las temperaturas cálidas y relativamente estables de las llanuras centrales del continente, las comus ecuatoriales suelen ser prósperas y ostentar poder político. Las Ecuatoriales fueron en sus tiempos el corazón del Imperio de la Antigua Sanze.

Esmerador: Un artesano que utiliza herramientas pequeñas y trabaja la piedra, el cristal, el hueso y otros materiales. En las comus más grandes se puede dar el caso de que los esmeradores utilicen técnicas mecánicas o de producción en serie. Los esmeradores que trabajan el metal, o aquellos que son incompetentes, se llaman, de manera informal, «rumbrientos».

Estación de carretera: Estaciones dispuestas a intervalos a lo largo de cada carretera imperial y en muchas carreteras secundarias. Todas las estaciones de carretera cuentan con un surtidor de agua y se encuentran cerca de terrenos cultivables, bosques u otros recursos útiles. Muchas de ellas se encuentran en zonas de escasa actividad sísmica.

Estallo: Un volcán. También se los llama montañas de fuego en algunos idiomas de las Costeras.

Falla: Lugar en el que debido a las grietas en la tierra hay sismos frecuentes e intensos y las erupciones son comunes.

Fulcro: Una orden paramilitar que se creó en la Antigua Sanze después de la Estación de los Dientes (en el 1560 del período Imperial). El cuartel general del Fulcro se encuentra en Yumenes y hay dos instalaciones auxiliares en las regiones ártica y antártica, lo que permite controlar la totalidad del continente. Los orógenes que se entrenan en el Fulcro, también denominados orógenes imperiales, son los únicos que tienen permitido practicar el arte prohibido de la orogenia bajo unas reglas organizativas muy estrictas y bajo la atenta vigilancia de la orden de los Guardianes. El Fulcro es autosuficiente y tiene un autogobierno. Los orogenes imperiales se caracterizan por sus uniformes negros, lo que les ha granjeado el nombre coloquial de «ropasbrunas».

Geniero: De «geoniero». Un ingeniero de lo relacionado con la tierra: mecanismos de energía geotérmica, túneles, infraestructuras subterráneas o minería.

Geomestro: Estudioso de la piedra y el papel que desempeña en la naturaleza. Término general para designar a un científico. En particular, los geomestros estudian litología, química y geología, que no se consideran disciplinas independientes en la Quietud. Algunos geomestros se han especializado en la orogénesis, es decir, el estudio de la orogenia y sus efectos.

Guardián: Miembro de una orden que dice controlar al Fulcro. Los Guardianes siguen, protegen, controlan y guían a los orogenes de la Quietud.

Herbaje: Una zona de tierra sin explotar que se puede encontrar intra o extramuros de la mayor parte de las comus, como dicta el litoacervo. Los herbajes de las comus se pueden usar para la agricultura o la cría de animales en cualquier momento, y también usarse como parques o terrenos en barbecho durante las épocas en las que no tiene lugar una Estación. Las familias también suelen mantener sus propios vergeles o jardines.

Hervor: Un géiser, una fuente termal o una fumarola.

Innovadores: Una de las siete castas al uso. Los Innovadores son individuos que destacan por su creatividad y la manera en que utilizan su inteligencia. Son los responsables de resolver los problemas técnicos y logísticos durante una Estación.

Kirjusa: Un mamífero de tamaño medio que en ocasiones sirve de mascota o se utiliza para proteger hogares o ganado. Suelen ser herbívoros, pero durante las Estaciones se vuelven carnívoros.

Ley Estacional: Ley marcial que puede declarar cualquier líder de una comu, gobernador de un cuadrante, gobernador regional o un miembro reconocido de la Junta Yumenescí. Durante una Ley Estacional se suspenden los gobiernos de los cuadrantes y las regiones y cada comu funciona como unidad sociopolítica con autogobierno, aunque las normas del Imperio recomiendan encarecidamente la cooperación local con otras comus.

Lomocurtido: Una de las siete castas al uso. Los Lomocurtidos son individuos que destacan por su habilidad física, que les permite realizar los trabajos más duros y encargarse de la seguridad en caso de que tenga lugar una Estación.

Medlat: Las latitudes intermedias del continente; es decir, las que se encuentran entre el ecuador y las regiones árticas o antárticas. «Medlatino» también se utiliza como gentilicio para las regiones de las medlat. A pesar de que producen la mayor parte de la comida, materiales y recursos importantes del mundo, estas regiones se consideran el erial de la Quietud. En la medlat hay dos regiones: la septentrional (o Normelat) y la meridional (o Surmelat).

Mela: Una planta de las medlat, familia de los melones de los climas ecuatoriales. Las melas son un tipo de plantas de guía que suelen dar frutos sobre el nivel del suelo. Durante las Estaciones, la fruta crece bajo tierra, como si se tratara de un tubérculo. Algunas especies de mela cuentan con flores que atrapan insectos.

Metaloacervo: Una seudociencia refutada y repudiada por la Séptima Universidad, al igual que la alquimia y la astromestría.

Nódulos: Red de estaciones gestionadas por el Imperio que están repartidas por toda la Quietud para reducir o sofocar los acontecimientos sísmicos. Los nódulos suelen emplazarse en las Ecuatoriales, debido a la escasez de orogenes entrenados por el Fulcro.

Novacomu: Término coloquial que se usa para designar a aquellas comus que se han creado desde la última Estación. Las comus que han sobrevivido al menos una Estación se suelen considerar lugares más atractivos para vivir, al haber demostrado su resistencia y eficacia.

Orogén: Persona que posee la orogenia, la haya entrenado o no. Término despectivo: **orograta**.

Orogenia: Capacidad de manipular la energía térmica, cinética y otras relacionadas para intervenir en los acontecimientos sísmicos.

Pelo soplocinéreo: Una característica racial sanzedina que, según las reglas actuales de la casta al uso de los Sementales, es ventajosa. Por lo tanto, se le da prioridad en la selección. El pelo soplocinéreo es muy áspero y grueso, y suele crecer de punta. Cuando se lleva largo, cae y cubre la cara y los hombros. Es resistente al ácido, no retiene demasiada agua después de una inmersión y ha demostrado servir como depurador de ceniza en condiciones extremas. En la mayor parte de las comus, las reglas de los Sementales solo tienen en cuenta la textura, aunque los Sementales de las Ecuatoriales también exigen que tenga el color característico de la ceniza (entre gris pizarra y blanco, desde el nacimiento) para pertenecer a esta denominación tan codiciada.

Portabasto: Un abasto de suministros pequeño y fácil de transportar que muchas personas guardan en sus hogares en caso de que haya temblores o cualquier otra emergencia.

Quebraduría: Terreno que ha sufrido actividad sísmica muy reciente y pronunciada.

Quinta estación: Un invierno prolongado (que dura al menos seis meses, por designación imperial) que tiene lugar cuando hay actividad sísmica u otra alteración medioambiental a gran escala.

Región: La unidad sociopolítica mayor dentro del sistema de gobierno del Imperio. Las regiones reconocidas por el Imperio son las Árticas, las Normelat, las Costeras occidentales, las Costeras orientales, las Ecuatoriales, las Surmelat y las Antárticas. Cada región tiene un gobernador ante el que responden todos los cuadrantes locales. El emperador designa oficialmente a los gobernadores regionales, aunque en la práctica la Junta Yumenescí suele seleccionarlos y elegirlos de entre sus filas.

Resistentes: Una de las siete castas al uso. Los Resistentes son individuos que destacan por su capacidad para sobrevivir a las hambrunas o las plagas. Son los responsables de cuidar a los débiles y los que se encargan de los cadáveres durante las Estaciones.

Salvaguardia: Bebida que se sirve tradicionalmente en negociaciones, primeros encuentros entre bandos hostiles en potencia y otras reuniones formales. Contiene una leche vegetal que reacciona ante la presencia de cualquier otra sustancia.

Sanze: En origen, una nación (parte de un sistema político que cayó en desuso, anterior al Imperio) de las Ecuatoriales, lugar de procedencia de la raza sanzedina. Cuando terminó la Estación de la Locura (año 7 del período Imperial), la nación de Sanze dejó de existir y se formó la Afiliación Ecuatorial Sanzedina, formada por seis comus de sanzedinos en su mayor parte bajo el gobierno de la emperadora Verishe Líder Yumenes. La Afiliación se expandió con rapidez gracias a las consecuencias de la Estación y consiguió aunar a todas las regiones de la Quietud en el año 800 del período Imperial. Cuando tuvo lugar la Estación de los Dientes, la Afiliación empezó a denominarse coloquialmente como el Imperio de la Antigua Sanze, o solo Antigua Sanze. Debido a los Tratados de Shilteen del año 1850 del período Imperial, la Afiliación cesó de existir y se pasó a llevar a cabo un control más local (bajo la supervisión de la Junta Yumenescí), ya que se determinó que sería más eficiente durante las Estaciones. En la práctica, la mayor parte de las comus siguen utilizando los sistemas de gobierno, económicos y educacionales propios del Imperio y la mayoría de los gobernadores regionales siguen pagando impuestos como tributo a Yumenes.

Sanzedinés: El idioma que hablan los sanzedinos y el oficial del Imperio de la Antigua Sanze. Se ha convertido en la lengua vehicular de la mayor parte de la Quietud.

Sanzedino: Miembro de la raza de los sanze. Para los estándares de los Sementales Yumenescí, los sanzedinos deben tener la piel broncínea y el pelo soplocinéreo, cuerpo mesomórfico o entomórfico y una altura en edad adulta de más de un metro ochenta.

Semental: Una de las siete castas al uso más comunes. Los Sementales son individuos que se seleccionan por su salud y estructura envidiables. Durante las Estaciones, son los responsables de mantener saludables las líneas de sangre y de las mejoras en las comus o razas gracias a las medidas selectivas. A los Sementales nacidos en la casta que no reúnen los mínimos aceptables de la comunidad se les permite usar el nombre de la casta al uso de un familiar cercano en el apellido de la comu.

Séptima Universidad: Famosa universidad que estudia la geomestría y el litoacervo, gestionada en la actualidad por el Imperio y que se encuentra en la ciudad ecuatorial de Dibars. Las versiones anteriores de esta universidad han contado con fondos privados o se han mantenido gracias a algunos colectivos. Nótese la Tercera Universidad de Am-Elat (del año 3000 antes del Imperio), que llegó a ser reconocida en la época como nación soberana. Las facultades regionales o cuadrantales más pequeñas pagan un tributo a la universidad a cambio de recursos y especialistas.

Sesuna: Conciencia de los movimientos de la tierra. Los órganos sensoriales que realizan esta función son las glándulas sesapinales, que se encuentran en el tronco del encéfalo. Dicha acción se denomina sesapinar.

Testático: Término despectivo que utilizan los orogenes para designar a aquellos que carecen de orogenia. Se suele utilizar la abreviatura «tático».

Tremor: Movimiento sísmico de la tierra.

Agradecimientos

Fiu. Ha sido largo, ¿verdad?

Para mí, *El cielo de piedra* marca el final de otra trilogía. Por varias razones, el periodo durante el que escribí este libro ha resultado ser uno de enormes cambios en mi vida. Entre otras cosas, dejé mi trabajo principal para hacerme escritora a tiempo completo en julio de 2016. Me gustaba mi trabajo, donde conseguía que la gente tomara decisiones saludables o al menos que sobreviviera lo suficiente como para tomarlas en uno de los momentos de transición más importantes de su vida adulta. Me gusta pensar que, como escritora, sigo ayudando a la gente. Al menos, esa es la impresión que me da, a juzgar por todas las cartas o mensajes que me habéis enviado por internet para contarme lo mucho que os han conmovido mis libros. Pero en mi trabajo principal esa conexión era mucho más directa, con todo el sufrimiento y las recompensas que eso conlleva. Lo echo mucho de menos.

Pero no os confundáis, es un cambio de vida bueno y necesario. Mi carrera como autora ha despegado de la mejor manera posible y, al fin y al cabo, también me gusta mucho escribir. Pero cuando hay cambios en mi vida, forma parte de mi naturaleza reflexionar sobre ellos y reconocer tanto lo que he perdido como lo que he ganado.

El cambio fue mucho más fácil gracias a una campaña de Patreon (plataforma de micromecenazgo para artistas) que empecé en mayo de 2016. Y cambiando a temas un tanto más tristes... Patreon también me permitió centrarme por completo en mi madre durante los últimos días de su vida, a finales de 2016 y principios de 2017. No suelo abordar asuntos personales en público, pero quizás os hayáis dado cuenta de que, entre otras cosas, la Trilogía de la Tierra Fragmentada es mi intento de lidiar con el tema de la maternidad. Mamá pasó unos últimos años muy complicados. Creo (y muchas de las bases en las que se cimientan mis novelas quedan claras, vistas en retrospectiva) que en cierta manera sospechaba que no le quedaba mucho tiempo de vida. Quizá lo hiciese para prepararme. No estaba preparada cuando ocurrió, pero... ¿quién lo está?

Me gustaría dar las gracias a todos: a mi familia, a mis amigos, a mi agente, a mis mecenas de Patreon, a la gente de Orbit (entre ellos, mi nueva editora), a mis antiguos compañeros de trabajo, a la gente de cuidados paliativos... A todos los que me ayudaron en aquellos momentos.

Esa es la razón por la que trabajé tan duro para que *El cielo de piedra* se publicara a tiempo, a pesar de todos los viajes, las hospitalizaciones, el estrés y las miles de humillaciones burocráticas de la vida que hay que afrontar cuando muere uno de tus progenitores. Sé que cuando trabajaba en el libro no me encontraba en mi mejor momento, pero tengo clara una cosa: el dolor que habéis leído en la novela es auténtico dolor. La rabia es verdadera rabia. El amor es amor de verdad. Habéis hecho este viaje conmigo y siempre daré lo mejor de mí. Es lo que habría querido mi madre.